U0617432

国家出版基金项目
NATIONAL PUBLICATION FOUNDATION

1945—1949年

本卷主编◎宋喜坤

东北解放区文学大系

戏剧卷⑧

总主编◎丛　坤

黑龙江大学出版社
哈尔滨

图书在版编目（CIP）数据

1945—1949年东北解放区文学大系．戏剧卷／丛坤总主编；宋喜坤分册主编．-- 哈尔滨：黑龙江大学出版社，2021.10

ISBN 978-7-5686-0468-0

Ⅰ．①1… Ⅱ．①丛… ②宋… Ⅲ．①解放区文学－作品综合集－东北地区－1945-1949②戏剧文学－作品综合集－中国－1945-1949 Ⅳ．① I218.3

中国版本图书馆CIP数据核字（2021）第101536号

1945—1949年东北解放区文学大系　戏剧卷
1945—1949 NIAN DONGBEI JIEFANGQU WENXUE DAXI XIJUJUAN
宋喜坤　主编

责任编辑	杨琳琳　魏　玲　高　媛　于　丹　宋丽丽　徐晓华　范丽丽　常宇琦
出版发行	黑龙江大学出版社
地　　址	哈尔滨市南岗区学府三道街36号
印　　刷	哈尔滨市石桥印务有限公司
开　　本	720毫米×1000毫米　1/16
印　　张	312
字　　数	3494千
版　　次	2021年10月第1版
印　　次	2021年10月第1次印刷
书　　号	ISBN 978-7-5686-0468-0
定　　价	998.00元（全十册）

本书如有印装错误请与本社联系更换。

版权所有　侵权必究

《1945—1949 年东北解放区文学大系》

学术顾问（按姓名笔画排序）

冯毓云　　刘中树　　张中良　　张毓茂

编委会（按姓名笔画排序）

主任：于文秀

成员：叶　红　　丛　坤　　刘冬梅　　那晓波
　　　　孙建伟　　李　雪　　杨春风　　宋喜坤
　　　　张　磊　　陈才训　　金　钢　　赵儒军
　　　　侯　敏　　郭　力　　戚增媚　　彭小川
　　　　蓝　天

出版说明

　　1945 年到 1949 年的东北解放区，社会风云变幻，文学繁荣发展。当时的文学创作者们以激昂向上的笔触，再现了波澜壮阔的解放战争和轰轰烈烈的土地改革，讴歌了人民军队可歌可泣的英雄事迹，描绘了劳动人民翻身后的喜悦心情，书写了时代的大主题。为了再现这段文学风貌，我们编辑出版了《1945—1949 年东北解放区文学大系》。

　　这套丛书大体以体裁分编，计小说卷（长篇、中篇、短篇）、散文卷、戏剧卷、诗歌卷、翻译文学卷、评论卷及史料卷七种，所收录作品以新文学为主。此阶段作品浩如烟海，而部分文字资料因时间久远或受当时技术所限出现严重缺损，考虑到丛书篇幅有限，故仅收入代表性较强的作品。对于因原始资料不全、不清晰而无法完整呈现，或受条件所限未收集到权威版本的篇目，则整理为存目，列于丛书卷末，以备读者参考。

　　丛书编辑过程中，多数篇目由原始版本辑录，首次收入文集，也有些篇目参照了此前出版的多种文集。原始文献若有个别字迹不清确不可考的，丛书中以□代替。

　　丛书收录作品以 1945 年 8 月至 1949 年 10 月为时间节点，个别作品的完成时间略有延伸。大部分作品结尾标注了写作时间，以及初次发表或结集出版的版本信息。作品编排大体以作者姓名笔画为序（特殊情况除外，如集体创作作品列于卷末）。

就筛选标准而言，所收主要为东北作家创作的主题作品，也有非东北籍作家创作的有关东北解放区的作品。除此之外，还有此时期公开发表的反映抗日战争题材的作品，以及在东北出版的反映其他解放区的、革命主题特色鲜明的作品。需要指出的是，在本丛书的史料卷中，还有一部分作品创作于新中国成立之后，但反映了解放战争时期东北解放区的文学发展面貌，或记述了一些典型事件、代表性人物，亦具珍贵的史料价值，为完整呈现当时的文学风貌，这部分作品亦收入丛书，以"节选"的方式呈现。

需要特别说明的是，此时期的个别作家受时代限制，思想表现出了一定的历史局限性，体现在文学创作方面可能表现为不同程度的瑕疵，这一群体的作品，只要总体导向是正面的、积极的，从保证史料全面性、完整性的角度考虑，我们也将其予以收录。个别作家在解放战争时期是积极追求进步的，但随着社会环境的变化，却出现思想动摇甚至走向错误道路，对于其作品，本丛书只选取其有代表性的、取向积极的篇目，对于其他时期该作家的不当言论、思想，我们不予认同。此外，在当时复杂的政治环境下，还有一些作品中的个别表述可能存在一些偏差，但只要其主题思想是积极进步的，则丛书亦予以收录。

丛书旨在突出东北解放区文学原貌，侧重文献整理，故此在编辑过程中，重点对作品中会影响读者理解的明显讹误进行了订正，对于字词、标点符号以及句法等，尊重原文的使用习惯，不予调改，以突出其史料价值。此外，由于此时期文学作品肩负宣传进步思想的重任,而读者对象大多文化程度较低,创作者亦水平不一,因此创作主旨以通俗易懂为要,一些篇目语言风格通俗、浅白,甚至个别篇目、细节存在一些俚语表达,为遵从原貌,丛书仅对不雅字、词、句加以处理,其余不予调改。本书选文除作者原注外,亦保留原文在初次出版时的编者注,供读者参考。

《1945—1949 年东北解放区文学大系》

戏 剧 卷 ⑧

总序 ·· 1

总导言 ·· 1

戏剧卷导言 ···································· 1

东北军政大学宣传队

为谁打天下 ···································· 1

田川　平章　丁毅

一个解放战士 ·································· 90

白华　雪立

挖苦根 ·· 118

白鸢　孙芋

劳军鞋 ·· 136

冯金方　鲁汶

透亮了 ·· 150

宁玉珍　鲁琪　叶秉群

模范旗 ·· 169

辽宁白山文艺工作委员会

大苞米 ·· 180

儿女英雄 ·· 194

赶上他 ·· 224

焕然一新 ·· 244

姐妹比赛 ·· 260

开荒 ·· 278

铺家底 ·· 296

朱漪　沈贤

送公粮 ·· 309

合江鲁艺文工团创作小组

定大法 ·· 318

牟平　周旋

一笔血债 ·· 356

存目 ·· 395

敬告 ·· 401

总　序

张福贵

从古至今,东北在中国历史与文化进程中,特别是近代以来都是决定中国社会政治发展走向的重要因素。当然,这种作用不单纯是东北自生的,更是多种因素叠加和交汇的结果。东北文化既是文化空间概念,同时更是历史时间概念,是不同空间、区域的多种历史文化的积累,是一种时空统一的文化复合体。值得注意的是,除了抗战时期的特殊因缘使"东北作家群"名噪一时外,作为东北历史文化和现实社会表征的东北文学特别是东北解放区文学,在相当长的时间里却未得到应有的关注。黑龙江大学出版社在对过去为数不多的东北文学史料进行整理的基础上出版的东北文艺史料集成——《1945—1949 年东北解放区文学大系》,因而可以说是特别值得关注的。

《1945—1949 年东北解放区文学大系》内容丰富,除了包括小说卷、诗歌卷、散文卷、戏剧卷之外,还包括评论卷、史料卷和翻译文学卷。这是一个前所未有的大工程,也是一件大善事。正如"总导言"中所说的那样,丛书注重发掘新资料,通过回归文学现场,复现了东北解放区文学的整体面貌。东北解放区文学处于东北现代文学快速繁荣发展的历史时期,在土改文学、工业文学、战争文学等方面代表了 20 世纪 40 年代解放区文学的成就,是对《在延安文艺座谈会上的讲话》所确立的文艺观念的全面实践。对东北解放区文学的系统研究有利于更全面地总结解放区文学的成就,有利于把握延安文艺传统与东北解放区文学的内在联系,以及解放区文学对新中国文学制度、观念、创作等方面的影响。以"历史视角""时代视角"对东北解放区文学,尤其是解放战争时期的土改题材、工业题材的小说和戏剧进行分析,可以勾勒出政治意识形态对东北解放区文学运动、文学社团、文学形态、文学制度、文学风格、文学论争等产生的影响,有利于把握东北解放区文学的历史价值、认识价值、审美价值与当代意义,同时对于挖掘东北地区的文化历史和建设东北文化亦具有现实意义。东北解放区文学是基于延安文艺传统而创作的,对东北解放区文艺运动、文艺理论的全面审视具有重要的历史价值和理论意义。此外,对东北解放区文学进行深入研究,探寻人民文艺理论的历史源头,对于当代文艺创作、审美观念的引导亦具有一定的启示作用。但是,受地域因素、资料整理程度、研究者文化背景等条件的制约,东北解放区文学在中国当代文学史上的特殊地位与价值一直以来并未引起研究者的足够重视。

东北解放区文学无论是在中国大文学史中还是在东北文学和文化发展的历史中,都是具有特殊意义的存在。

虽然现代东北文学在新文学运动初期晚于也弱于关内文学的发展,但是 1931 年九一八事变发生,新起的东北文学及东北作家被国难推到了文坛中心,萧红、萧军等青年作家更是直接受到鲁迅的关注和扶持,迅速成为前沿作家。这一批流落到上海等都市的青年作家由此被称为"东北作家群",他们奠定了东北文学在中国大文学史上的特殊地位。然而,正像全面抗战进入相持阶段之后,中国文坛也变得相对平静、舒缓一样,除了萧红、萧军等人外,东北文学和东北作家也逐渐失去了文坛的关注。应当承认,一些东北作家的文学成就和文坛名声之间并不完全相符,是时代造就了他们,提高了他们的文学史地位。然而,另一方面,我们对其中有些作家及作品的价值却又是认识不足的。对此,我自己也有一个认识转化的过程:过去单纯依据多数东北作家的创作进行判断,感觉某些艺术价值之外的因素在评价中发生了作用,其地位可能有些"虚高";但是,对于20世纪的中国文学史来说,艺术之外的价值判断就是艺术判断本身,或者说,社会判断、政治判断就是中国文学史评价的根本性尺度。因为在中国作家或者说在知识分子的群体意识之中,政治的责任感和社会的使命感几乎是与生俱来的,而中国20世纪风云激荡的社会现实又为这种责任感和使命感提供了最好的生长环境。"悲愤出诗人","文章憎命达",文学创作是与政治、思想、伦理等融为一体的,脱离了这一切,文艺也就失去了时代与大众。所以说,无论是具体的作品分析,还是文学史研究,没有了这些"外在因素",也就偏离了其本质。"东北作家群"是时代的产物,也是时代文艺的产物,20世纪中国文学史中应该有他们浓墨重彩的一笔。作为后人,对历史做出评价往往是轻而易举的,但是这"轻而易举"往往会导致曲解甚至歪曲了历史,委屈了历史人物。"东北作家群"的价值和意义不是单一的,因为对中国现代文学史的评价从来就不是一种艺术史、学术史的评价,而是一种思想史和政治史的评价。正如鲁迅当年为萧军的成名作《八月的乡村》所作的序中所写的那样,"这《八月的乡村》,即是很好的一部,虽然有些近乎短篇的连续,结构和描写人物的手段,也不能比法捷耶夫的《毁灭》,然而严肃,紧张,作者的心血和失去的天空,土地,受难的人民,以至失去的茂草,高粱,蝈蝈,蚊子,搅成一团,鲜红地在读者眼前展开,显示着中国的一份和全部,现在和未来,死路与活路。凡有人心的读者,是看得完的,而且有所得的"。《八月的乡村》不仅是中国现代第一部抗日题材的长篇小说,也是世界反法西斯战争题材的第一部长篇小说,其意义和价值是特殊的、特有的,不可单单以艺术审美的标准来看待这部作品。"东北作家群"的存在及其创作的意义,不只是为 20 世纪 30 年代的中国文坛增添了特有的地域文化内容和东北文学特有的审美风格,更在于最早向全国和世界传达出中华民族抗敌御辱的英勇壮举,最早发出反法西斯的声音。此外,在抗战大历史观视域下,"东北作家群"的创作为十四年抗战史提供了真实的证据。特别是东北解放区的早期文学直书十四年历史的特殊性,这是十分可贵的和独特的。于毅夫的散文《青年们补上十四年这一课》,深刻而沉重地描写了十四年殖民统治下东北人的精神状态和文化演变:

　　这许多现象,说明了东北在十四年殖民统治的过程中,文化生活上是起了很大的变化。翻开伪满的《满语国民读本》一看,真是"协和语"连篇,如亚细亚竟写成アジヤ,俄罗斯竟写成ロシヤ,有的人一直到现在还把多少元写成多少円,这都是伪满"协和语"的残余,说明殖民统治残余的文化还在活着,还没有死去,这在今天不能不说是一件遗憾的事!仔细想来,这也难怪,因为日本的魔手,掌握了东北十四年,今天一旦解放,希望不着一点痕迹,这是完全做不到的,要从历史上来看,它切断了东北历史十四年,这十四年的历史是很黯淡地被抹掉了,十四年来也的确是一个大变化,在这期间多少国家兴起了,多少国家衰落了,多少血泪的斗争、多少波浪的起伏,都被日本鬼子的魔手所遮断! 我回到家乡接触到成千成百的青年,几乎都不大明了这十四年来的历史真相,有的连中国内部有多少省都不知道,连云南、贵州在哪里都不晓得。

难能可贵的是,作者较早地认识到在经历了十四年的奴化教育之后,对东北人民进行民族和民主意识的启蒙是至关重要的。"不过历史是不能停滞的,殖民统治残余的文化必须要肃清,法西斯毒化思想也必须要肃清,既然是日本鬼子切断了东北历史十四年,既然法西斯分子要篡改这一段历史,那我们就应该设法补足这十四年的历史!""要做到这点,我想青年们今天的迫切要求,不是如何加紧去学习英文、代数、几何、物理、化学,读死书本事,争分数之短长,准备到社会上去找一个饭碗,而是如何加紧去学习新文化,如何加紧学习社会科学,如何去改造自己的思想,如何进一步地去改造这遭受法西斯思想威胁的半封建的半殖民地的社会!""因此我向青年们提议要加强你们对于新文化的学习,加强对于社会科学的学习,特别是政治的学习,不要把自己圈在课堂里,圈在死书本子上。""新青年要掌握着新文化,新思想,才能创造起新中国新东北!"(《东北日报》1946 年 10 月 13 日)

在一批最前沿的左翼作家流亡关内之后,东北文学经过了一段艰难而相对平静的发展阶段。在表面繁华而内在凶险的沦陷区文艺界,中国作家用各种文艺手段或明或暗地与侵略者进行抗争,并为此付出了血的代价。这种状况直到 1945 年光复之后才发生根本

性转变,东北文艺创作者们一方面回顾过去的苦难,另一方面表现出对新生活的憧憬,这正是后来东北解放区文艺的心理基础,而日渐激烈的解放战争又为东北文艺的走向和解放区文艺的诞生提供了具体的现实基础。这与以萧军、罗烽、舒群、白朗、塞克、金人等人为代表的东北籍作家的返乡,以及在东北沦陷区留守的左翼作家关沫南、陈隄、山丁、李季风、王光逖等人的坚持,是分不开的。当然,随我党十几万军政人员一同出关的延安等地的众多文艺家,在东北文艺的创设中更是起到了引领和带头作用。这其中已经成名的有刘白羽、周立波、丁玲、草明、严文井、张庚、吴伯箫、华山、陆地、公木、方青、任钧、雷加、马加、陈学昭、西虹、颜一烟、林蓝、柳青、师田手、李克异、蔡天心等。

东北解放区文艺的创作直接继承了延安文艺特别是毛泽东《在延安文艺座谈会上的讲话》精神。在党的直接领导下,东北解放区先后创办了《东北日报》《中苏日报》《东北民报》《关东日报》《辽南日报》《西满日报》《大连日报》《松江日报》《合江日报》《吉林日报》《胜利报》等,这些报纸多为党的机关报,其文艺副刊发表了大量的文艺作品、理论文章及文艺动态。这些报纸副刊对于东北解放区文学的引导与建构起到了重要的作用。与此同时,《东北文学》《东北文化》《东北文艺》《文学战线》《人民戏剧》《白山》《戏剧与音乐》等文学杂志,以及东北书店、大众书店、光华书店等出版机构相继创办,这些文艺刊物和书店对解放区文艺的发展也起到了很大的推动作用。

革命的逻辑和阶级的理论是东北解放区文艺创作的普遍主题。这是一种革命的启蒙,与左翼文艺一脉相承,只不过东北的社会现实为这种主题提供了更为广泛而坚实的生活基础。抗战胜利后,为了开辟和巩固东北解放区,使之成为解放全中国的军事和经济基地,我党进军东北,抢占了战略制高点。可是,在东北,人民军队所处的环境与山东等老解放区完全不同,殖民统治因素加之国民党的宣传,使得我们的政治优势在最初未能完全发挥出来。正如李衍白在散文《黎明升起——巨大变化的东北一年间》中所写的那样:"群众在犹豫中,岁月在艰苦里,这就是我们在东北土地上刚刚开始播种,还没有发芽开花时的现实遭遇。"随着革命形势的发展,革命军队传统的政治思想工作优势又体现了出来。我党在部队中开展了以"谁养活了谁"为主题的"诉苦运动",这颠覆了中国东北乡村社会的封建伦理,提高了官兵的阶级觉悟,极大地增强了部队的战斗力。

这种革命的逻辑在土改题材的作品中表现得最为突出。方青的短篇小说《擦黑》讲述了这个朴素的道理:

"……像赵三爷那号人,把咱穷人的血喝干了,咱们才不得不去找口水喝饮饮嗓;他们喝干了咱们的血没有一点过,咱们找口水喝饮饮嗓子就犯了罪?旧社会就是这么不公平!他们还满口的仁义道德,呸!雇一个扛活的,一年就剥削好几十石粮食,还总是有理!穷人的孩子偷他个瓜吃,就叫犯罪,绑起来揍半天,这叫什么他妈的道德?咱们要讲新道德,咱们贫雇农的道德;就是用新道德来看咱们贫雇农;像上边说的那些犯了点毛病的,都不要紧,脸上有点黑,一擦就干净了,只要坦白出来,都是穷哥儿们好兄弟。一句话:只要是姓穷的就有理,穷就是理!金牌子上的灰一擦净,还是金牌子。家务事怎么都

好办!"李政委讲的话刚一落音,大伙高兴地乱吵吵起来:

"都亲哥儿兄弟么!"

除此之外,还有在"你给地主害死爹,我给地主害死娘……"的事实教育下,认识到了彼此都是阶级弟兄,大家都是穷苦人的"无敌三勇士",他们从此"火线上生死抱团结"。(刘白羽《无敌三勇士》)

土地改革是东北解放区文艺最引人关注的问题。东北解放区文学作品中有许多极具写实性的"穷人翻身"故事,如周立波的《暴风骤雨》、马加的《江山村十日》、白朗的《孙宾和群力屯》、井岩盾的《瞎月工伸冤记》、李尔重的《第七班》、西虹的《英雄的父亲》等文艺经典作品。

方青的《土地还家》描述的就是这一历史巨变给贫苦农民带来的心理和生活的变化:

> 二十年了,郭长发又重新用自己的手来耕作自己的土地了。这是老人留下的命根,叫它长出粮食来养活后代的儿孙:可是二十年的光景,它被野狼吞了去,自己没有吃过它一颗粮食——他想到是旧社会把他的地抢走了。
>
> 现在呢?他又踏在这块地上铲草了。他感到自己已经离开家二十年,如今又回到母亲的怀里,亲切地叫着:"娘!我回来了。"——于是他又感到是:这是新社会把我的地要回来的。他这样想着,不由得拉长了声音跟儿子说:

"柱儿！想不到啊，盼了二十年，那时候你才三岁。多亏共产党……记住！可别忘了本啊!"

他直起腰来，两手拉着锄把，又沉重地重复着这句话：

"柱儿！记住，可别忘了本啊!"

佚名的《永北前线担架队速写》则写了老乡们在一天的时间里就组织起了八百余人的担架大队，作者经过和担架队员们的交谈，感受到了新解放区人民的觉悟。大队长问担架队员们："你们这次出来抬担架，怕不怕?"大伙回答："不怕!"大队长又问："为什么不怕?"大伙答："不怕，这是为了自己。"担架队员们相信唯有民主联军存在，他们才能活着。他们说："胜利是我们的，土地才是我们的。""赶走国民党反动派，保卫我们的土地和民主。"这与《白毛女》"旧社会使人变成鬼，新社会使鬼变成人"和《王贵与李香香》"要是不革命，穷人翻不了身，要是不革命，咱俩结不了婚"的主题是一样的。淮海战役的胜利是山东人民用手推车推出来的，而东北解放区的建立和辽沈战役的胜利又何尝不是如此!

战争书写是东北解放区文艺中最主要的内容，革命理想主义、革命集体主义和革命英雄主义精神，是东北文艺的思想主题，也是东北文艺的审美风尚。这种简单明了的思想、昂扬向上的精神本身就具有一种审美特质，它奠定了新中国文艺的审美基调。就东北解放区文艺而言，无论是描写抗日战争还是描写解放战争的作品，都普遍具有鲜明而朴素的阶级意识、粗犷而豪迈的革命情怀。

蔡天心的诗歌《仇恨的火焰》，描写了在觉醒的阶级意识支配下东北民主联军官兵的战斗情怀：

仇恨燃烧着，

像火一样烧灼着广阔的土地。

听啊——

大凌河在狂呼，

辽河在咆哮，

松花江在怒吼，

在许多城市和乡村里，

哪儿出现反动派的鬼影，

哪儿就堆成愤怒的山，

哪儿有敌人的迹蹄，

哪儿就燃起仇恨的火焰……

……

我们要

用剪刀剪断敌人的咽喉，

用斧头砍下他们的头颅，

用长矛刺穿他们的胸脯，

用棍棒打折他们的脚胫，

用地雷炸弹毁灭他们，

用从他们手里夺过来的武器，

打垮他们，

然后用铁镐把他们埋掉！

我们要用生命，用鲜血，

保卫这自由解放的土地，

不让反动派停留!

"赶走敌人啊,

赶快消灭它!"

让这充满着力量和胜利的声音,

随同捷报传播开去,

让千百万颗愤怒的心,

燃起

仇恨的火焰!

这种激情在东北解放区的散文、报告文学和战地通讯中表现得最为明显,如丁洪的《九勇士追缴榴弹炮》、马寒冰的《雪山和冰桥》、王向立的《插进敌人的心腹》、王焰的《钢铁英雄王德新》等。这些作品内容真实,情感深沉厚重,延续了抗战时期散文书写浪漫主义与现实主义相结合的审美特征。这些既有写实性又有抒情性的东北解放区散文作品在战争中凝聚人心,彰显力量,具有极大的宣传、鼓舞作用。

最为难得的是,面对东北发达的近代工业景观,作家们更多地描写了工人们的斗争和生活,这些作品成为东北文艺中最为独特而珍贵的展示,而且直接影响了新中国工业题材文学的创作。战争期间,沈阳、长春、大连等地的工业设施惨遭破坏。光复之后,为了保护工厂和恢复生产,工人们表现出了忘我的精神和高超的技术。这使得从未见过现代工业景象的文艺家们感动和激动,他们纷纷用笔来描写现代工业生产和城市新生活,从而给中国现代文学带来了前所未有的新气象。大连大众书店于 1948 年 8 月出版的

《"工农园地"选集》，就收录了城市工人拥护并融入新生活的历史片段，如袁玉湖《锉股的"火车头"》，郓景明、孙聚先《熔化炉的话》等。此外还有李衍白《工人的旗帜赵占魁》，草明《工人艺术里的爱和恨》，张望《老工友许万明》等。李衍白在散文《黎明升起——巨大变化的东北一年间》中，描写了东北现代工业的风貌和工人们的热情：

> 今日的城市也正在改变着一年以前的面貌，先看一看今天的哈尔滨，代表它新气象的是全部工业齿轮的旋转，是市中心区黑夜中的灯光如昼，是穿插在四条线路的廿五台电车和六条线路上卅台公共汽车，是一万五千吨自来水不停地输送给工厂、商店和住宅。这些数目字不仅超过了去年今日（蒋记大员们劫掠后所造成的混乱情况），而且有些超过了伪满。在紧张的战争中加速地恢复这些企业，同样不是依靠别的，而仅仅是由于工人的觉悟。你想一想，一个工人为了修理一个发电的锅炉，但又不能停止送电，于是就奋不顾身钻进可以熔化生铁、数百度的锅炉高热中，他穿着棉衣，外面的人用水龙朝他身上喷冷水，就这样工作一会热不住了跑出来，再钻进去，来回好多次，最后，完成了任务。我们有好多这种感人的事例。

我们在这些描写工友的散文里，看到了解放区新生活带给城市工人的希望。他们积极上工，传授技术，加班加点，争着当劳动英雄。这在中国同时期其他地域的文学作品中是极少见的。

质朴单一的写实手法是东北文艺的普遍表现方式,这种质朴不单是一种审美风格,更是一种直面大众的话语策略。这一传统与近代"政治小说"、五四新文学、左翼文学和抗战文艺等都是一脉相承的。文艺作为一种宣传和斗争的工具,自然要承担起团结和争取最广大人民群众的历史任务。因此,质朴单一的写实手法、通俗易懂甚至有些粗俗的语言风格,成为东北解放区文艺的普遍表现形式。

鲁柏的诗歌《夸地照》用简朴的形式表达了翻身农民淳朴的感情:

一张地照领回家,
全家老少笑哈哈;
团团围住抢着看,
你一言我一语来把地照夸:

长方形,四个角,
宽有八寸长两拃;
雪白的纸上写黑字,
红穗绿叶把边插。

上边印着毛主席像,
四季农忙下边画;
地照本是政委会发,
鲜红的官印左边"卡"。

里面写着名和姓,

地亩多少填分明，

拿到地照心托底，

努力生产多收成。

　　这首诗歌不仅使用了农民的口语，而且用东北农村方言来直观地描摹地照的具体形状和细节，表达了翻身农民朴素的情感。这种描写和表现方式与中国古代民歌传统有直接的联系。

　　井岩盾的小说《瞎月工伸冤记》以一个雇农自述的方式讲述自己的悲苦经历和内心感受。当工作队员问他是否受地主老赵家的气，他说："大伙吃他的肉也不解渴啊，都叫他给熊苦啦。"于是在工作队的启发和支持下，他"找大伙宣传去了"："张大哥，李大兄弟啊，咱们都是祖祖辈辈受人欺负的人呀！这回来了八路军啦，八路军给咱们穷人做主呀！有话只管说呀！有八路军，咱们啥都不用怕呀！"这是东北解放区贫苦农民普遍具有的经历和感受，而这种质朴无华的语言也是地道的东北农民的日常语言，具有天然的亲和力。

　　邓家华的小说《打死我也不写信》从情节到语言都相当质朴，甚至有些幼稚，但是那种情感是真挚的。"我"被敌人抓去，遭到严酷的鞭打，"当时我痛得忍不住，皮肤里渗透出一条一条青的红的紫的血痕，可是打死我也不写信的，他们看到我昏过去了，也就走了。等我清醒过来时，浑身疼痛，我拼死命地弄坏了门逃了出来，可是不巧得很，又碰到了伪军，又把我抓起来了，他们还是逼迫我写信，我坚决地说：'死了心吧！就是死了，我父亲会帮我报仇的。'救星来了，在繁星的晚上，忽然西面枪声不停地响着，新四军老部队来攻击了，伪军们都吓得屁滚尿流地逃走了，啊！新四军救出我了,我很快地到了家里,见了爸爸妈妈,心里真是高兴得流泪了"。

李纳的散文《深得民心》记叙了长春一个米面商人对民主联军和共产党的淳朴情感:"他已经将红旗展开,举到我的眼前,我看到七个大字:'中国共产党万岁!'""'中国共产党万岁!'他重复着这七个字,从眼镜里透露出兴奋的眼睛。这脸,比先前更可爱更慈祥了:'我喜欢这七个字,所以我选择了它。'""大会开始了,人们都向着会场移动,老先生也站起来要走,临走时他问我在什么地方工作,我告诉了他,他高兴地说:'好,都是民主联军。深得民心,深得民心。'"抛开其内容不论,作品文字风格的朴素也显露出解放区文艺在艺术层面幼稚和不甚精致的弱点,而这弱点又可能是许多新生艺术的共有问题。也许,正因为幼稚,它才有更广阔的发展空间。

形式的多样性特别是短小化是东北解放区文艺创作的普遍特点,短篇小说、墙头诗、快板诗、散文、战地通讯、说唱文学等成为最常见的艺术形式。战争的环境、急剧变化的生活和读者的接受水平与习惯等,决定了人们需要并且适应这种短平快的表达方式,而这也是延安文艺和抗战文艺形式的延续。天意的《县长也要路条》描写了两个一丝不苟的儿童团员在放哨时不放过民主政府的县长,硬是把他和警卫员带到乡长那里查证的故事。其篇幅短小,不到400字,但是内容蕴意深刻,语言风趣自然,简直就是一篇微型小说。

小区区的短诗《一心一意要当兵》,将人物的关系、思想、表情和语言都生动形象地表现出来,极具说服力和感染力:

葫芦屯有个小莲青,

一心一意要当兵——

他爹说：

"你去吧。"

他娘说：

"你等一等！……"

他老婆说：

"哪能行?！……"

忸忸怩怩来扯腿；

哭哭啼啼不放松：

"你去当兵啥时还？

为老为少撇家中！"

小莲青，

脸一红：

"小青他娘，

你醒醒：

八路同志千千万，

哪个不是老百姓?！

我去当兵打蒋贼，

咱们才能享太平。"

　　当然,东北解放区文艺中也有许多保留了浓郁的文人气息的作品,这些作品与五四新文学的"纯文艺"审美风格有明显的承续性。例如大宇的诗歌《琴音》：

　　一个琴师

把琴音遗失在幽谷里

滑落在幽谷的谷缝里了

琴音栽培了心原上的一棵草儿

琴音赞咏了艺术的生命

一支灿烂的强烈的光焰

我就永住在这琴音里了

就仿佛身陷于一片梦的缘边

仿佛浴着一片无际的云海

无垠的生旅无限的生涯

何处呀

我摸索到何处呀

琴音丢在幽谷里

滑落在幽谷的谷缝里了

十分明显,这不是东北解放区文艺创作的主流。

《1945—1949 年东北解放区文学大系》的编者耗费了大量精力来做这样一项浩大的地域性文学工程,这不只是对东北文艺的巨大贡献,更是对新中国文艺的巨大贡献。在此之后,东北文艺研究将迈上一个新台阶。

总导言

丛 坤

从 1945 年抗战胜利到 1949 年新中国成立这个时期,对于东北而言是极为特殊的。抗战胜利后,中共中央发布了《建立巩固的东北根据地》的指示,迅速成立了以彭真为书记的东北局,抽调了四分之一的中央委员、两万名党政干部、十三万主力部队赶赴东北,与国民党反动派展开激烈的斗争。在广大人民群众的支持下,中国共产党及其领导的军队从最初的战略防御转为战略反攻。1948 年 11 月,辽沈战役胜利,全东北获得解放。在解放战争时期,在中国共产党的领导下,东北人民反奸除霸,建立民主政府,消灭土匪,进行土地改革,在政治上、经济上翻身做了主人。东北的政治、经济、文化、教育等各个领域都发生了翻天覆地的变化,尤其是在文学创作方面,东北地区取得了不可低估的成就,文学创作出现了前所未有的发展和繁荣的局面。

"东北作家群"的回归、党中央选派的文化宣传干部的到来、文学新人的成长使得解放战争时期东北地区的创作队伍不断壮大。在东北沦陷后从东北去往关内的进步作家中,除萧红病逝于香港、

姜椿芳在上海从事党的地下工作外,塞克(即陈凝秋)、舒群、萧军、罗烽、白朗、金人等都积极响应党的号召,陆续返回东北。1945年9月至11月,党中央从陕甘宁边区和各个解放区抽调一大批优秀的文化工作者到东北解放区。据不完全统计,这一时期来到东北解放区的文化工作者有刘白羽、陈沂、周立波、草明、严文井、张庚、吴伯箫、华山、西虹、陆地、李之华、胡零、颜一烟、公木、林蓝、江帆、李纳、魏东明、夏葵、常工、方青、任钧、李则蓝、煌颖、侯唯动、李熏风、雷加、马加、袁犀、蔡天心、鲁琪、李北开等。① 中共中央东北局宣传部与东北文艺协会在"土地还家"口号的基础上,提出了"文艺还家"的口号,号召广大文艺工作者在与农民同吃、同住、同劳动的同时,领导农民群众参加土地改革运动,帮助农民成立夜校、学习文化、办黑板报、成立文艺宣传队,提高他们的写作能力与文艺欣赏能力,在农民、工人等基层劳动者中培养了一大批"文学新人"。创作队伍的空前壮大为东北解放区文学的繁荣奠定了坚实的基础。

东北解放区文学的繁荣也与当时出版事业的空前繁荣密不可分。东北局宣传部将建立思想宣传阵地(即报刊、出版机构)、改造思想、建构意识形态话语权确定为首要任务。进入东北不久,东北局于1945年11月在沈阳创办了机关报《东北日报》(1946年5月28日由沈阳迁至哈尔滨,1948年12月12日搬回沈阳)。该报面向东北全境的党政军发行,是东北解放区发行量最大的报纸。之后,东北解放区创办、发行的报纸近百种。据《黑龙江省志·报

---

① 彭放:《黑龙江文学通史(第二卷)》,北方文艺出版社2002年版,第354页。

业志》的统计,当时黑龙江地区(5省1市)的每个省市不仅有党政机关报,而且有人民团体和大行业的专业报纸,有些县也出版油印小报。仅哈尔滨出版的大报就有《哈尔滨日报》《哈尔滨公报》《哈尔滨工商日报》《大众白话报》《午报》《自卫报》《北光日报》《新民日报》《民主新报》《学生导报》《文化报》等。这一时期的报纸,无论设没设副刊,都或多或少地发表过文学作品。

东北局还出资创办了东北书店、光华书店、大连大众书店、辽东建国书店、兆麟书店、吉东书店、辽西书店等众多的图书出版机构。其中,东北书店是东北解放区规模最大、贡献最大的书店,在东北全境建有201个分店,发行网点遍布东北全境。除出版、发行图书外,东北书店还创办了《知识》《东北文学》《东北画报》《东北教育》等期刊。这些出版机构大量出版政治读物、教材和文学书籍,促进了东北解放区出版业的发展。仅以东北书店为例,从1946年到1948年,东北书店总共出版图书杂志760种、各类图书1 520余万册。① 东北解放区纸张和印刷质量上乘的大量出版物不仅发行于东北各地,还随着东北野战军入关和南下,成为陆续解放的北平、天津、武汉等地人民群众急需的读物。历史上一向"文风不盛"的东北第一次有大量的出版物输送到关内文化发达之地,这成为一时之盛事。

此外,东北解放区先后创办的文学类期刊的数量是惊人的。如1945年至1947年创办的文学期刊有《热风》(半月刊)、《文学》(月刊)、《文艺》(周刊)、《文艺工作》(旬刊)、《文艺导报》(月

---

① 逢增玉:《东北解放区文学制度生成及其对当代文学制度的预制》,载《文学评论》2017年第4期。

刊)、《东北文艺》(月刊)。1947 年以后创刊的大型专业期刊有《部队文艺》、《文学战线》(周立波主编)、《人民戏剧》(张庚、塞克主编),综合性期刊有《东北文化》(吴伯箫主编)、《知识》(舒群主编)等。其中,《东北文化》与《东北文艺》的影响最为突出。《东北文化》的主要任务是协同东北文化界,从政治上、思想上启发广大的东北青年和文化工作者,提高他们的自觉性,激发他们的革命热情、积极性和创造性,使他们在东北人民解放的伟大事业中发挥应有的作用。《东北文艺》是纯文艺性的刊物,刊载小说、戏剧、散文、诗歌、漫画、速写、报告文学、杂文、书刊评价,以及文学理论、有关文艺运动史的论著等。《东北文艺》聚集了一大批优秀的作者,如周立波、赵树理、罗烽、公木、萧军、塞克、舒群、白朗、严文井、刘白羽、西虹、范政、宋之的、金人、马加、雷加等。在他们的影响下,《东北文艺》还不断提携文学新人,这成为该刊的传统。从创刊到终结,《东北文艺》在新中国成立前后产生了很大的影响,20 世纪50 年代成长起来的许多作家、诗人是从这里起步的。可以说,《东北文艺》在解放战争和革命胜利后对新中国文学新人的培养起到了重要的作用。报纸、文学期刊、综合性期刊和出版机构的大量涌现,为东北解放区文学的发展创造了良好的条件。

与此同时,为了更好地团结广大文艺工作者,东北局于 1946年在黑龙江佳木斯成立了东北文化工作委员会,成员有张闻天、吕骥、张庚、塞克等。此后,若干文艺与文化团体陆续成立,其中最有影响的是 1946 年 10 月 19 日由全国文协的老会员萧军、舒群、罗烽、金人、白朗、草明 6 人在哈尔滨发起筹备的"中华全国文艺协会东北总分会"。这个文艺团体表面上是由文人自由结社,实际上主体是来自延安、具有干部身份的文化人,其中不少人是党员或东北文艺界的领导干部。"中华全国文艺协会东北总分会"对东北解放区文学的发展起到了不可忽视的作用。此外,中苏文化协会、鲁迅文艺研究会等文艺社团相继成立。1948年3月,中共东北局宣传部首次召开了由文学、戏剧、音乐、美术、电影等部门的150余名文艺工作者参加的文艺工作者会议。会议对抗战胜利以来的东北解放区文艺工作进行了总结,并制订了随后一段时间的文艺工作计划。此外,中共中央东北局宣传部内部成立了文艺工作委员会,吕骥、舒群、刘白羽、张庚、罗烽、何世德、严文井、袁牧之、朱丹、王曼硕、华君武、白华、向隅、田方、沙蒙、吴印咸任委员,负责指导东北解放区的文艺工作。

1946年秋,已迁至哈尔滨的原延安鲁迅艺术学院,按照东北局的指示北撤至佳木斯,并入东北大学,更名为鲁艺文学院。同年12月,东北局又决定让鲁艺脱离东北大学,组建东北鲁艺文工团。1948年秋冬之际,随着沈阳的解放,东北鲁艺文工团在经历了三年多艰苦卓绝的转战与工作后进入沈阳,随后正式复名为鲁迅艺术学院,恢复了延安鲁迅艺术学院的学校建制。文艺团体的纷纷建立为东北解放区文学创作队伍的培养提供了组织保证。

为了纪念解放东北这段革命岁月,为了展现东北解放区文学的勃兴与繁荣,我们编辑出版了《1945—1949年东北解放区文学大系》,分别从小说、散文、戏剧、诗歌、翻译文学、评论、史料等体裁角度进行整理、收录。

一

抗战胜利后的东北解放区文学是延安文艺的延伸与发展,东北解放区四年所发生的巨大变化,都生动、形象地展现在东北解放区的小说创作中。东北解放区小说充分展示了当时的社会生活，塑造了形形色色的人物形象，给人们留下了时代的缩影与历史的印迹。

东北解放区小说创作大体可以分为两个阶段。第一个阶段是从1945年日本投降到1946年中共东北局通过"七七"决议，第二个阶段是从1946年通过"七七"决议到1949年新中国成立。在当时的局势下，中国共产党要最广泛地发动群众，进入东北的文艺工作者便肩负了与武装部队同样重要的"文化部队"的任务。他们用文学作品教育、引导群众，积极参与了粉碎旧的国家机器和意识形态的过程。在党的文艺方针政策的指引下，东北解放区的作家们广泛深入到农村土地改革、前方战斗生活和工厂建设之中，亲身体验群众生活。这使得东北解放区的小说能够迅速地反映生产、生活、军事等各个领域的变化与东北人民精神世界的变化。

从1931年日本发动九一八事变到1945年日本投降，十四年的沦陷历史构成了东北文学不可磨灭的创痛记忆。对沦陷时期东北社会生活的回忆，是这一时期小说的一个重要题材。而抗战题材小说则是对异族侵略者铁蹄下民生困难的真实记录，也是对战争年代民族精神的热情颂扬。但娣的《血族》、陆地的《生死斗争》、范政的《夏红秋》、骆宾基的《混沌——姜步畏家史》等都是这方面的代表作品。

土改斗争是东北解放区小说三大题材的重中之重。在那场深刻改变了中国农村政治、经济关系的运动中，东北解放区作家将强烈的政治使命感与巨大的创作热情相融合，创作出了大量的优秀作品，周立波的《暴风骤雨》、马加的《江山村十日》、安危的《土地底儿女们》等至今仍被读者反复阅读。

小说创作需要一个孕育的过程,相对来说,中长篇小说需要更长的时间来构思和写作,而短篇小说则完成得较快。在复杂、激烈的土改运动中,东北解放区作家们努力笔耕,迅速创作出大量的短篇小说。在这些小说中,我们可以看到东北农民在土改运动中的精神变化,农民经历了几千年的封建压迫,他们身上的枷锁不仅是物质上的,更是精神上的,从奴隶到主人的蜕变需要一个心灵的搏击历程。

反映前线战争是东北解放区小说的另一个重要题材,这些小说真实地体现了军民的鱼水情谊。西虹的《英雄的父亲》、纪云龙的《伤兵的母亲》等都是当时影响较大的作品。1947 年至 1948 年是解放战争中我党从防御转为反攻的时期,随着战事的推进,中国人民解放军(1948 年 1 月 1 日,东北民主联军改称为东北人民解放军,同年 11 月 13 日改称为中国人民解放军)的队伍急剧壮大,部队官兵的成分因而趋于复杂化。为此,部队采用诉苦的办法对广大指战员进行阶级教育,提高他们的政治觉悟和思想觉悟。诉苦教育消除了战士之间的隔阂,为解放战争的胜利打下了坚实的思想基础。刘白羽的短篇小说集《战火纷飞》、李尔重的中篇小说《第七班》等反映了这一主题。

除上述三大题材外,解放战争时期东北涌现出来的工业题材小说,亦可视为中国现代工业题材小说的发端,这也从一个方面证明了东北解放区小说的文学史价值和文化价值。

东北解放区的工业在新中国发展史上占有非常重要的地位。在这一方面,影响最大的是女作家草明的中篇小说《原动力》。这篇小说虽然存在粗糙和简单等不足之处,但作为新中国成立前描写工业生产和工人思想的作品,是值得关注和肯定的。此外,李纳

的《出路》、鲁琪的《炉》、韶华的《荣誉》、张德裕的《红花还得绿叶扶》等作品也广受好评。这些小说充分展现了东北解放区工业蓬勃发展的景象,展现了工业生产对人的改造,也开创了新中国工业文学的先河。

东北解放区的相当一批小说,强调小说的政治价值,强调创作为工农兵服务,大多通俗易懂,而缺乏对心理深度和史诗境界的发掘。然而,东北解放区小说明朗新鲜,创造性地继承了延安文艺精神,反映了东北解放区的历史巨变和社会变革中诸多的社会问题,为新中国成立后的十七年文学开辟了道路。

二

散文卷在本丛书中占有重要的分量,真实地记录了解放战争中东北解放区人民的巨大贡献,独特的作品体例亦标示出其在新中国散文创作史中的独特地位。

解放战争时期东北战区的胜利,不仅是军事史上的奇迹,更是人民意志创造历史的丰碑。许多作者都以醒目而直接的题目记录了解放军普通战士勇敢战斗、不畏牺牲的英雄事迹,以真挚的情感,突出了普通战士大无畏的战斗精神和取得战斗胜利的信心。这些作品表现了同一个主题:解放军是人民的军队,中国共产党是全心全意为人民服务的。这也是新中国强大的根基体现。

散文卷中还有一部分作品,叙述了悲壮的抗联斗争的事迹,如纪云龙的《伟大民族英雄杨靖宇事略》、菽沅的《老杨——人民口中的杨靖宇将军》、陈堤的《悼念李兆麟将军》等。英勇不屈的民族气节是抗联英雄所具的崇高品质,也是抗联精神最真实的写照。而东北书店于1948年6月出版的《集中营》,以革命者的亲身经历叙述了大义凛然、为真理献身的革命志士的事迹，让后人真正理解了"头可断血可流，革命意志不能丢"的气节，"永不叛党"是英烈们用鲜血和生命刻写在党章之中的。

从1946年到1948年，尽管国民党军队在东北重要城市盘踞并负隅顽抗，但是东北农村却发生了翻天覆地的变化。中国共产党在根据地开展土改运动，领导农民推翻了地方统治势力，领导农民斗地主、分田地，农民欢欣鼓舞，迎来了新生活。强大的后方农村根据地为部队供给提供了保障，同时，许多年轻的子弟为了保护胜利果实自愿参加了解放军，这改变了国共双方在东北的兵力布局。《永北前线担架队速写》等作品反映了这一主题。

此外，解放区散文作家的笔下还洋溢着新生活的喜悦，如严文井的《乡间两月见闻》。除了乡村，对于那些在战后重新回到人民手中的城市，我党也开始接管，并进行初步的恢复性建设。在作家们的笔下，新生活带来了新气象。大连大众书店于1948年8月出版的《"工农园地"选集》，就收录了描写城市工人拥护和融入新生活的散文。在这些描写工厂、工友的散文里，我们可以看到解放区的新生活给城市工人带来了希望。

这些散文作品大多短小精悍，有迅速性、敏捷性和战斗性等特点，具有独特的艺术特征。这与当时许多作家的出身密切相关。如刘白羽、草明、白朗、华山、西虹等作家对战争环境和百姓生活有着敏锐的观察力和真实的体验，他们的作品使得东北解放区1945年至1949年的散文创作呈现出独特的风格，表现出纪实性和文学性相结合的特点。此外，由众多从延安来到东北的文艺干部组成的随军记者，以大量的新闻报道反击了国民党的舆论污蔑，记录了解放军战士不畏艰险、顽强抗敌的英雄事迹，同时表现了后方人民

在解放区土改过程中翻身解放、分得土地的喜悦心情。

散文作家记录这些真人真事的报道在东北解放战争中起到了巨大的宣传作用，成为鼓舞人心的强大的精神力量。东北解放区散文也因为内容真实、情感真实而呈现出历久弥新的生命力，往往给读者带来身临其境的感受，也让人忽略了作品本身的艺术特质。实际上，这些散文正是在真实的基础上，以生动与丰富的细节给读者留下了深刻的印象，在真实性的基础上呈现出文学性。华山的《松花江畔的南国情书》就是代表作品之一。

细节的生动亦使东北解放区散文具有鲜明的文学性。东北解放区散文将我军战士的大无畏精神写得非常真实、感人。在展示解放区新生活、新风尚方面，许多拥军爱民的片段写得细腻、真实。

东北解放区散文在主题内容上具有很高的价值，大量的散文颂扬了东北人民解放军的集体主义精神和英雄主义精神，表现了我军指战员的英勇气概，体现了战士们浩气长存的革命豪情。因此，东北解放区散文具有较高的文学价值，其明朗的表现方式恰恰是后来共和国文学明确表达和高度肯定的。题材广泛、内容真实和情感深厚的纪实性文学，使得东北解放区散文在战争时期凝聚了强大的精神力量。反映中国人民解放军不畏艰险、英勇战斗的长篇报告文学，在风格上激情澎湃，体现出解放军崇高的革命乐观主义精神。这一时期的散文把东北解放历史进程的全貌和战士们的英勇壮举再现了出来，东北解放区散文也因此具有了军事史和共和国历史的资料留存价值。东北解放区散文在创作上因为具有纪实性与文学性相结合的特点，为军旅散文创作提供了新的美学范式。

三

在东北解放区文学中,戏剧具有内容丰富、种类繁多、通俗明了、利于传播等特点,兼之创作群体庞大,故而获得了巨大的丰收,这成为东北解放区文学繁荣的重要标志之一。东北解放区的戏剧具有鲜明的启蒙性、宣传性和战斗性等特征,对生产建设、围剿土匪、土改运动和解放战争发挥着不可替代的宣传作用。

东北解放区戏剧的繁荣首先得益于东北解放区报刊对戏剧的支持。例如,《东北日报》刊发的剧作涉及歌唱新生活、感恩共产党、批判美蒋、拥军劳军、参军保家、歌颂劳模等多方面的内容。1947 年 5 月 4 日创刊的《文化报》则是东北解放区第一份纯文艺性质的报纸,主要刊载一些文学常识、短文、小诗、书评、剧报等。此外,《前进报》《北光日报》《合江日报》等都刊发了大量的戏剧作品。而从刊载量来看,期刊对戏剧的支持力度更大。在众多的文艺期刊中,对戏剧传播影响较大的是《东北文学》《东北文化》《东北文艺》《文学战线》《知识》和《人民戏剧》等。

从 1945 年年底开始,东北解放区以各家出版社为依托陆续出版了许多戏剧作品,这是解放区戏剧传播的重要途径。较有影响的是东北书店和人民戏剧社等。在解放战争期间,东北书店出版的各类戏剧作品和理论书籍近百种,形式包括话剧(独幕话剧、多幕话剧)、京剧、评剧、二人转、歌舞剧(广场歌舞剧、儿童歌舞剧)、歌剧、新歌剧、小歌剧、道情剧、活报剧、秧歌剧、小喜剧、小调剧、皮影戏等。其中,秧歌剧超过一半。

文艺团体的迅猛发展是解放区戏剧广泛传播的最终体现。1945 年 11 月以后,东北文工团等数十个文艺团体在东北局宣传部的领导下先后成立。这些文艺团体以《在延安文艺座谈会上的讲话》为指导,坚持走文艺大众化的道路,活跃在东北城市和乡村,战斗在前线和后方。他们创作、表演了一系列以支援前线、土地改革、翻身当家为主题的作品,这些作品受到人民群众的好评。

从内容方面来看,歌颂工人阶级是东北解放区戏剧的一个重要内容。东北光复后,作为解放全中国的大本营,哈尔滨、沈阳等工业城市的作用得以凸显,工人阶级成为时代的主角。从剧作内容来看,第一种是反映工人生活的剧作,如王大化、颜一烟创作的《东北人民大翻身》;第二种是歌颂先进个人无私支援解放区建设、帮助工厂恢复生产的剧作,较有影响的有《献器材》《十个滚珠》《一条皮带》《刘桂兰捉奸》;第三种是歌颂党的政策的剧作,代表作品是《比有儿子还强》和《唱"劳保"》。工业题材戏剧的大量创作,极大地拓宽了解放区戏剧的创作领域,为新中国工业题材戏剧的发展奠定了坚实的基础。

东北解放区戏剧中描写农民翻身解放、分得土地的农村题材的戏剧的比重最大。第一类是反映东北农民翻身解放,通过新旧对比来歌颂新农村、新生活的剧作。第二类是反映粉碎各类阴谋、同复辟分子做斗争的剧作,代表剧作有《反"翻把"斗争》等。第三类是反映改造后进、互助合作,表现农民积极开展大生产运动的剧作,如《二流子转变》。第四类是描写劳动妇女反抗封建婚姻、争取民主权利、积极参加劳动生产的剧作,如《邹大姐翻身》。

东北解放后,群众的思想还比较保守,革命启蒙的任务十分重要,尤其是要帮助东北人民认同和接受中国共产党及其领导的人民军队。在描写军队的戏剧中,既有表现人民军队英勇战争、不怕牺牲、勇于献身的剧作,也有以军民互助、拥军支前为主要内容的剧作,这类剧作完整地再现了东北人民从最初的误解民主联军到后来积极送子参军、送夫参军、拥军支前的全过程。前者的代表作有《老耿赶队》《鞋》《两个战士》等,后者的代表作有《透亮了》《收割》《支援前线》等。

在艺术特点上,虽然东北解放区戏剧的整体水平不是最高的,但是其庞大的作者群体、巨大的创作数量、伟大的历史功绩,使得解放区戏剧创作达到了巅峰状态。东北解放区戏剧因对传统戏剧和西方舶来戏剧的融合而具有现代性,在这种融合的过程中实现了本土化,并形成了民族化、大众化、乡土化的特征。东北解放区戏剧的民族化特征源于延安时期戏剧的"中国化"。而其大众化特征是指具有广泛的群众基础,且创作群体亦十分大众化。东北解放区戏剧的乡土化则主要表现在地域特色上。

在创作方法上,东北解放区戏剧继承了延安戏剧的传统,剧作家们用现实主义的方法把自己身边刚发生或正在发生的事情通过戏剧的形式真实地反映出来,集中表现工、农、兵的日常生活。东北解放区戏剧起到了鼓舞斗志、颂扬先进、宣传政策、支援前线的作用。

在戏剧结构上,东北解放区戏剧的戏剧冲突尖锐而集中,叙事模式多元,表现方式多样。在人物塑造上,剧作塑造了一个个爱憎分明、个性突出、敢作敢为的人物形象。这些人物形象生动丰满、有血有肉,为观众熟悉和喜爱。

东北解放区戏剧在取得较高的艺术成就和发挥重要的宣传作用的同时,也存在一定的不足。然而瑕不掩瑜,民族化、大众化、乡土化的特征,使得戏剧的宣传性、教育性、战斗性的作用得以充分发挥出来。东北解放区戏剧对光复后进行的民众文化启蒙、文化宣传具有不可替代的作用,对解放区的土地改革和解放战争做出了不可磨灭的贡献。

四

东北解放区诗歌秉承了我国诗歌的优秀传统,具有红色革命基因。它一方面与伪满时期的诗歌做了彻底的割裂,另一方面又延续了东北抗联诗歌的革命精神和爱国主义情怀,集中书写了山河易色、异族入侵带给东北人民的苦难和屈辱,书写了受难的人民在共产党领导下的觉醒与反抗,书写了东北人民在艰苦的自然环境与战争环境中形成的坚韧、乐观、幽默的性格。

东北解放区诗歌是中国解放区诗歌的重要组成部分,与其他解放区诗歌保持着一致性和连续性。它之所以能复制延安解放区的文学模式,主要是因为其创作队伍中的很大一部分是来自延安解放区的革命文艺工作者,故在文学制度和文学政策上与全国其他解放区能保持一致。东北解放区诗歌的作者主要有四种身份:一是中共中央派驻到东北的文艺工作者;二是抗战时期流亡到关内的"东北作家群"(在抗战结束后返回东北);三是虽然本人不在东北解放区,但是其作品在东北解放区的重要报刊上发表过并产生了一定影响的诗人;四是来自各行各业的业余诗人。《东北日报》文艺副刊曾陆续发表过很多业余诗人的作品,这些业余诗人中既有宣传干部,又有工人、农民、战士、学生(其中有许多人使用笔名,甚至使用多个笔名,今天有些作者的真实姓名已很难核实)。有一些诗人并不在东北解放区工作,但是其作品在东北解放区的重要报刊上发表过,并对全国解放区的文学发展产生过重要影响,如艾青、田间等。东北解放区的代表诗人有公木、方冰、马加、严文井、鲁琪、冈夫、天蓝、韦长明、刘和民、李北开、彤剑、侯唯动、胡昭、李沅、夏葵、林耘、顾世学、萧群、蔡天心、杜易白、西虹、师田手、白刃、白拓方、叶乃芬、丁耶、孙滨、阮铿等。

从内容上看,东北解放区诗歌主要是反映当时东北解放区的经济建设、军事斗争、农村工作和城市建设等,具有现实性、时代性。从艺术形式上看,诗歌谣曲化、大众化、民间化的特点突出。抒情诗、叙事诗、街头诗、朗诵诗、歌谣、童谣等成为当时最常见的诗歌体裁。东北解放区诗歌具有以下几个显著特点:

第一,诗歌内容具革命性且高度政治化。东北解放区文学是为中国共产党解放东北和建设东北的政治任务服务的,其主要功能和目的是紧密贴近和配合解放区的主流政治运动。很多诗歌是为满足当时的政治需要而作的,充分体现了《在延安文艺座谈会上的讲话》在诗歌创作方面的实践成绩。东北解放区诗歌与中国解放区诗歌在题材选择、审美价值上保持着一致性,并具有东北解放区特有的地域性特点。揭露、批判、颂扬是东北解放区诗歌的三大主旋律,诗人们以工人、农民、士兵、英雄人物、劳动模范等为书写对象,歌颂英雄人物,记录战争风云,赞美新农民,抒发家国情怀。

第二,具有鲜明的战争文学特点。东北经历了十四年艰苦卓绝的抗日战争,接着又经历了五年的解放战争,近二十年间,始终处于战争状态。诗歌也呈现出战时文学特质,记录了艰苦卓绝的战争场景与生活现实。对于重大战役的抒写与记录,英雄主义、乐观精神、必胜信念的情感基调,加之大东北茫茫雪原、天寒地冻的地域特点,使得东北解放区诗歌具有鲜明的东北地域特色。

第三,农村题材也是东北解放区诗歌的重头戏。东北经过十四年的抗日战争,土地荒废,农民思想落后。抗日战争结束后,解放军入驻东北,一方面做农民的思想工作,进行思想启蒙,另一方面在农村贯彻党的土改政策,进行土地革命,让农民成为土地真正的主人。因此,在东北解放区,启蒙农民思想、反映土改运动、揭露地主阶级剥削农民的本质、塑造新农民形象成为农村题材诗歌的主要内容。

第四,工业题材诗歌在东北解放区诗歌中独领风骚。《文学战线》等报刊还专门设立了工人专栏,如《文学战线》专辟"工人创作特辑",作者均来自生产第一线。工业题材诗歌丰富了东北解放区诗歌的样态,也成为东北解放区诗歌的重要组成部分。

第五,叙事诗是东北解放区诗歌的主要体裁。长篇叙事诗体量大,便于完整地呈现人物或事件的变化过程,便于刻画生动、饱满的艺术形象,因此很受东北解放区诗人的青睐。在《东北文艺》《文学战线》等杂志和个人诗集中,带有浓郁的东北民间话语特色,反映土改运动、翻身农民踊跃参军等内容的长篇叙事诗一时间大量出现。

第六,诗歌审美倡导大众化、通俗化。在解放战争时期,文学要担负着团结人民、教育人民、打击敌人的任务,因此,战时诗歌不能一味地追求高雅的诗意,它既要通俗易懂,便于启蒙民众,又要迎合普通大众的审美需求,适应战争时期的宣传需要。东北解放区诗歌的谣曲化倾向突出,诗作大多出自部队宣传干部、战士、工人、农民之笔,以社会现象为题材,具有相当强的时效性,普遍具有语言通俗易懂、直抒胸臆、为群众所熟悉和易于接受等特点,真正达到了为工农兵服务的目的。

东北解放区诗歌也存在一些不足。由于过于强调宣传性、鼓动性和战斗性,重内容而轻艺术,艺术水准较低,东北解放区诗歌未能达到思想性和艺术性相结合的高度。

五

东北翻译文学兴起于 20 世纪 20 年代末,当时的《北国》《关外》等文学期刊上都登载过翻译作品,对俄苏、英、美、日等国家的民族文学作品,以及批判现实主义、"普罗文学"等文艺理论均有译介。但这种生动、活跃的局面随着 1931 年九一八事变的发生而不复存在。1931 年至 1945 年,在长达十四年的沦陷时期,东北翻译文学出现了两块文学阵地:一个是以沈阳、大连为中心的"南满文学"阵地,另一个是以哈尔滨为中心的"北满文学"阵地。辽南文坛在九一八事变以后出现了一股译介欧美和日本文学及其理论的潮流,主要刊发、翻译消极的浪漫主义、自然主义的文艺作品和理论,只刊发少量的俄苏文学。相对而言,北满文坛对俄苏现实主义文学作品及其理论的翻译有着更重要的意义。

解放战争时期的东北解放区文学的传播模式主要是"延安模式"。在翻译文学方面,东北解放区文艺工作者侧重译介的目的性和计划性。从目前了解到的情况来看,当时很多期刊都设有翻译栏目,其中《东北日报》《东北文艺》《前进报》《群众文艺》《知识》等都设立了介绍苏联文学的专栏,经常发表苏联社会主义建设时期和卫国战争时期的作品。此外,侧重刊发翻译文学的报纸、期刊还有《文学战线》《文化报》《知识》《东北文化》等。文学观念是文学创作的潜在基础,规范和支配着这个时代的文学创作。解放区的作家们译介了大量的苏俄作品,其中大部分是社会主义现实主义作品。除报刊外,东北解放区翻译文学的出版途径还有书店。由书店、期刊、报纸构成的媒介场,有效地促进了东北作家与世界文艺思潮的交流,尤其是苏联所倡导的革命现实主义文学创作思想对东北的文艺运动发挥了指导作用。

《东北日报》的译介主要集中在俄苏文艺思想、作家作品方面,其中刊发爱伦堡、法捷耶夫等文艺理论家的作品的数量最多,产生的影响也最为深刻。这些作品极大地开阔了东北知识分子的视野。《东北文艺》每期都对俄苏文学作品、作家进行介绍,较有代表性的是 1947 年曾连载过的金人翻译的苏联作家华西莱芙斯卡娅的中篇小说《只不过是爱情》。《文化报》介绍了大批的俄苏作家,刊载了一些文艺评论、文学作品等。《文学战线》在刊发原创作品的同时,则侧重于介绍俄苏文学作品和翻译俄苏文艺理论。

东北书店出版了大量的翻译过来的苏联文艺论著和苏俄文学作品,目前搜集到的翻译文艺论著的种类达 110 余种。其翻译出版的俄苏文学作品具有丰富的题材,包括电影文学剧本、报告文学、游记、书信集、诗歌、小说等。辽东建国书社、大连大众书店、光华书店等也是翻译作品重要的出版机构。

翻译文学的发展有助于文学创作的繁荣与文艺理念的更新,但东北解放区译介作品的内容较为单一,翻译的作品几乎全都来自苏联,俄苏文艺思想、文艺理论和文艺作品得到高度关注,成为文坛的主流。其原因有如下几个方面:

首先,从地缘因素来看,东北与苏联有着天然的地缘关系。东北地区与苏联的东西伯利亚地区有着相似的自然环境,都处于高纬度寒带地区,气候寒冷,地广人稀。自然环境和原始文化的相似为思想的交流提供了基本契合点。

其次,从政治因素来看,俄苏文学在中国的兴衰与中俄之间的政治文化交流有着密切的关系。当时的文人也希望通过译介苏联文学作品来改造和影响人们的思想意识,以及树立新民主主义革命的奋斗目标和未来社会主义的奋斗目标。

最后,从社会现实来看,东北解放区的沈阳、大连等地在中国人民解放军进驻之前已经驻有苏联红军,而且在经济、文化等方面与苏联交往密切,苏联文学作品的翻译、出版自然丰富。

1942年之后,延安文艺工作者主要是对苏联等少数社会主义国家的文学作品进行译介。对于与苏联接壤的东北解放区来说,由于与外界接触困难,能获得的外国文学作品更少,在建设新文学方面,除了以五四新文学和老解放区文学为资源外,苏联文学便是重要的资源。苏联文学对建设中的东北解放区文学具有不同寻常的意义。

六

东北解放区建立后,文学创作繁荣一时。然而,文学创作在繁荣的背后也存在着一些问题,其中一个突出的问题就是创作者的背景复杂,其中有来自抗日根据地的,也有来自关内国统区的,还有本土的。不同的思想意识、价值取向、艺术趣味掺杂在各类作品中,部分作品的创作倾向出现了偏差。这些问题引起了文艺界的关注。东北解放区的主要报刊和杂志纷纷开辟评论专栏,采用编者按、读者来信、短评、述评、观后感等形式开展文艺批评,为确立正确的文艺路线提供思想保障。

初到东北的文艺工作者首先感受到的是新老解放区之间政治环境和文化环境的差异。自清朝灭亡到抗战胜利的三十多年间,东北民众饱受战乱的痛苦。抗战胜利后,虽然旧的社会结构和文化体制已经解体,但旧的意识形态还残留在一些人的头脑中,东北民众与新政权之间存在着一定的隔膜。刚刚到达东北的大多数文艺工作者对东北特殊的历史环境认识不足,尚未做好相应的思想准备,仍然延续过去的创作方法和思维方式,脱离群众和实际。以什么样的形式和内容来服务刚刚从殖民者的铁蹄下解放出来的人民,是当时文艺工作迫切需要解决的问题。

文艺争鸣与文艺批评既是抗日根据地文艺工作的优良传统,也是党指导文艺工作的重要手段。毛泽东同志在《在延安文艺座谈会上的讲话》中指出,文艺界的主要的斗争方法之一,是文艺批评。此时,东北文艺工作者的首要任务就是对旧的意识形态进行批判和改造,从而构建与延安解放区主体同构的新的意识形态场域。因此,在本地区文艺界开展一场广泛的文艺批评运动就显得十分迫切和必要。1945 年 11 月,陈云同志在《对满洲工作的几点意见》中提出了党在东北的几项重要任务:"扫荡反动武装和土匪,肃清汉奸力量,放手发动群众,扩大部队,改造政权,以建立三大城市外围及长春铁路干线两旁的广大的巩固根据地。"这既是党在东北的中心工作,也是东北文艺界所面临的主要任务。东北解放区的文艺队伍自觉地将创作与政治任务结合起来,坚持为人民服务的创作方向,以《在延安文艺座谈会上的讲话》为指导来进行创作。东北这块古老而又年轻的土地上结出了丰硕的艺术成果。这些作品在内容上贴近当时东北的现实生活,在形式上生动活泼,富有浓郁的地方乡土气息,在教育人民、鼓舞人民、组织人民、团结人民、打击敌人方面发挥了重要作用。东北解放区文艺作为革命文艺版图中的一个独立板块开始形成,它既是"延安文艺"的派生,又具备地域文化品格。它不是由内而外自发产生的,而是在改造和清除原有旧文化的基础上通过外部输入逐步确立的。

与"延安文艺"相比,东北解放区文艺自身也出现了一些新的特质,特别是在文艺批评方面,文艺工作者表现出了强烈的自觉性。他们坚持无产阶级和人民大众立场,从不同层面和角度开展文艺界的批评与自我批评,引导东北解放区文艺朝着正确的方向发展。

东北解放区文艺的根本任务与延安文艺的根本任务保持着高度一致,但又具有特殊性。如果简单地照搬、照抄延安文艺的经验,那么东北解放区文艺很难适应革命发展的需要。东北解放区文艺首先具有启蒙的意义,它不仅具有文化启蒙的意义,也具有政治启蒙的意义。为此,东北解放区的文艺工作者以《在延安文艺座谈会上的讲话》精神为指导,树立起无产阶级的文艺大旗,以新文化来改造旧社会,重塑民众的国家意识、民族意识和政治意识,把东北建设成为中国革命的战略大后方。

在延安文艺旗帜的指引下,东北文艺界通过理论探讨和思想整风,统一了广大文艺工作者对革命文学根本属性的认识,东北的文艺工作焕然一新。广大文艺工作者在理论和实践两个方面取得了很大的成就,既继承和发扬了延安文艺思想,也将《在延安文艺座谈会上的讲话》精神与具体实践结合起来。夏征农、蔡天心、铁汉、甄旅、萧军、胥树人等知名的文艺界人士都对这个问题做了深入研究,产生了较大的影响。

与延安文艺相比,这个时期的东北文艺作品主题更丰富,创作者以切身的生命体验为基础,再现了解放战争时期东北所发生的波澜壮阔的革命斗争,以及在这个过程中东北人民的生活与精神面貌。

东北解放区的文艺发展也不是一帆风顺的,它也走了一些弯路。但是,在毛泽东《在延安文艺座谈会上的讲话》的指引下,文艺工作者不仅投身到创作之中,也开展了广泛的文艺批评,营造了一个宽松的舆论环境,作家们畅所欲言,在批评他人的同时也开展自我批评。这为创作的繁荣奠定了理论基础,也为新中国的文艺创作和文艺批评积累了资源和经验。

<h2 style="text-align:center">七</h2>

史料卷是大系的综合卷,其编撰初衷是反映东北解放区文学创作的初始背景,呈现当时的政策和文学创作的大环境,通过对资料的梳理,为弘扬东北解放区文学创作的优良传统提供第一手的基础资料。史料卷共分为七大部分。

一是文艺工作政策方针。文艺工作的政策方针是党根据一定历史时期的总路线和总任务确立的文艺指导原则,反映了一定时期文艺创作的总体规划、部署和要求。史料卷旨在呈现东北解放区创作繁荣的大背景下中国共产党对文艺工作的总体规划和实施情况。史料卷主要收录了与东北解放区相关的宣传文件,以及部分会议发言和讲话等内容,其中有出版、通讯、写作的相关规定,也有重要领导对文艺工作的指示要求,同时还收录了部分重要会议成果。

二是重要报纸、期刊。报纸、期刊大量创办是文艺繁荣的重要标志之一。报纸、期刊直接促进了文学事业整体的发展和繁荣,使优秀作品产生了广泛的社会影响。1945年11月《东北日报》创办后,东北解放区先后创办、发行的报纸近百种。此外,在东北局宣传部的统一领导下,地方与军队也创办了数十种文学与文化类刊物。从成人刊物到儿童刊物,从高雅刊物到面向大众的通俗刊物,从文学到艺术,靡不具备。诸多的文艺报刊为文学作品的生产提供了园地,成为东北解放区文学创作的先锋阵地。

三是文艺团体、机构。在东北解放区,多个文艺团体和机构活跃在文艺创作和宣传的第一线,对东北解放区文艺事业的发展发挥了重要作用。东北局先后出资创办了东北书店等众多的图书出版机构,使得东北解放区报刊出版和传媒得到快速发展。1946年,东北局在佳木斯成立了东北文化工作委员会,此后,中苏文化协会、鲁迅文艺研究会等文艺社团也相继成立。东北文艺工作团等文艺团体也迅速发展。在组建大量的文艺团体和文工团之际,军队与地方政府和宣传部门还非常重视文艺人才的培养和文学教育体系的建立,在演出之余,也招收和培养文艺人才。在短短的四年间,东北解放区建立了众多的文艺工作团体与人才培养学校。这体现了我党对教育人民、教育部队和动员人民参与革命的重视。

四是作家及创作书目。从延安来到东北的革命文艺工作者数以百计,此外,20世纪30年代从哈尔滨流亡到关内各地的东北作家群成员也陆续返回东北。这些文化工作者云集黑龙江,办报纸,办杂志,从事广泛的文化艺术活动,使得东北解放区文学艺术以全新的姿态向共和国迈进。史料卷收录了活跃在东北解放区的多位作家的生平和创作情况,当然,由于这一历史时期具有特殊性,作家区域性流动较为频繁,对作家的遴选和掌握主要以创作活动的轨迹和作品发表的区域为依据。

五是东北解放区文学回忆与纪念。为了弥补现有资料不足的缺憾,史料卷特别收录了部分文学界前辈及其家人的回忆与纪念文章,其中既有参加文艺团体的亲历感受,也有对文艺创作细节的点滴回忆。由于年代久远,这些资料的某些细节无法准确、翔实地体现出来,但这些资料记录了东北解放区文艺工作者的亲历感受,对补充和完善史料卷的内容大有裨益。

六是大事记。为了对解放区文学创作资料进行细致整理,进而为读者提供一个简明的、提纲挈领式的线索,史料卷呈现了大事记。大事记旨在将反映文学活动和文艺创作的各种资料予以浓缩,按照时间线索对史料进行编排。大事记简明扼要地记述了1945年9月至1949年9月东北解放区文学方面的大事、要事,涵盖了部分文艺作品创作、文艺团体成立的时间节点,有助于读者了解东北解放区文学的发展脉络。

七是索引。鉴于东北解放区文学总体呈现出体裁广泛、内容丰富等特点,史料卷以作者为线索,将分散在小说卷、散文卷、诗歌卷、戏剧卷、评论卷、翻译文学卷中的作品整理出来,形成丛书索引。索引以作者为基点,将作者在各卷中的作品情况(作品名称、所在卷册、页数)逐一列出,可以在一定程度上呈现出东北解放区文学的整体情况,亦可以体现出作者的创作风格和特点,进而从不同角度展示出东北解放区文学发展的脉络和趋势。

随着军事上的胜利和东北解放区的形成,东北的政治面貌、经济面貌发生了根本性的变化,特别是文化呈现出前所未有的发展和繁荣的局面。东北解放区在政策制定、政策实施、新闻出版、文艺社团、文艺教育体制、作家培养等涉及文艺发展与繁荣的各个方面,继承、发展和完善了延安文艺体制,对当代文学和文艺制度产生了重要和深远的影响。

尽管东北解放区文学得到前所未有的发展和繁荣,但这份珍贵的文化资料始终没有得到系统整理,有关资料分散在哈尔滨、齐齐哈尔、牡丹江、佳木斯、长春、沈阳、大连等地,加上年代久远,这给编选工作带来了很大的困难。一方面,区域性的文学史料不易引起一般研究者的重视,文学史料的保留和整理工作在通常情况下很不理想,尽管编选者在前期已有一定的资料积累,但是很多工作还需要从头开始。另一方面,由于年代久远,加之当时的出版印刷技术有限,许多资料的保存和整理已经成为一大难题。许多珍贵的文学资料甚至已经出现严重的、不可恢复的缺损,因此,整理和出版东北解放区的文学史料,对东北解放区文学和中国现代文学的研究具有重要意义,同时,对人们了解和认识东北解放区这段历史也具有重要意义。

东北解放区文学创作距今已有七十年的历史,从20世纪80年代开始,东北解放区文学作为中国现代文学的一部分开始进入研究者的视野,搜集、整理与研究工作逐渐深入,一大批有分量的成果随之产生。其中,具有代表性的成果有两项,一项是林默涵主编的《中国解放区文学书系》(重庆出版社,1992年出版),另一项是张毓茂主编的《东北现代文学大系》(沈阳出版社,1996年出版)。这两部著作以文学价值作为侧重点,对东北解放区文学进行了很好的梳理。此外,黑龙江、辽宁与吉林三省的社会科学院文学研究所通力编辑出版的《东北现代文学史料》(共九辑),其价值亦不可低估,当时资料的提供者或为亲历者,或为亲历者之亲友,这从文献抢救的角度来看可谓及时。尽管《中国解放区文学书系》和《东北现代文学大系》对东北解放区文学进行了较大规模的搜集与整理,但由于编辑侧重点不同,这两部著作对东北解放区文学作品只是有选择性地收录,东北解放区文学作品分散在各地图书馆与散落在民间的态势并未改变。进入21世纪后,随着时间的流逝,承载东北解放区文学作品的旧报、旧刊、旧图书流失和损毁的情况日益严重,对东北解放区文学进行进一步搜集与整理的必要性在中国现代文学界达成共识。2008 年,东北现代文学研究者、黑龙江省社会科学院文学研究所研究员彭放在主编完成《黑龙江文学通史》(北方文艺出版社,2002 年出版)之后,提出了编辑出版《东北解放区文学大系》的建议,这一建议得到了认可。事隔十年,2018 年,由黑龙江省社会科学院文学研究所与黑龙江大学出版社联合策划的《1945—1949 年东北解放区文学大系》荣获国家出版基金资助出版,这完成了老一代东北现代文学研究者的夙愿。

《1945—1949 年东北解放区文学大系》的编者,力求完整地体现东北解放区文学的整体风貌,在文学价值之外,亦注重作品的文献价值,以文学性与文献性并重作为搜集、整理工作的出发点。

《1945—1949 年东北解放区文学大系》的篇目编选工作,由黑龙江省社会科学院发起,联合黑龙江大学、哈尔滨师范大学、哈尔滨学院等黑龙江省多所高校共同开展。为了保证学术性,本丛书特聘请多位东北现代文学领域的专家组成编委会,各卷主编均为中国现代文学方面学养深厚的研究者。本丛书的篇目编选工作得到了北京、吉林、辽宁等地多家相关单位的支持。东北现代文学界德高望重的老一代学者亦给予大力支持,刘中树、张毓茂与冯毓云三位先生欣然允诺担任本丛书的学术顾问,本丛书的姊妹著作《1931—1945 年东北抗日文学大系》的总主编张中良先生亦为学术顾问。特别应提及的是,张毓茂先生在允诺担任本丛书学术顾问不久后就溘然离世,完成这部著作就是对先生最好的悼念。

本丛书的资料搜集工作,除得到东北三省各家图书馆的支持外,还得到了中国现代文学馆、黑龙江省浩源地方文献博物馆的大力支持。东北红色文献收藏人胡继东、华东师范大学历史系博士崔龙浩，以及华东师范大学历史系高铭阳、雷宇飞等人为本丛书的集成提供了大量珍贵而稀缺的第一手资料。对于他们的无私奉献，在此表示诚挚的感谢！此外，黑龙江大学文学院、哈尔滨师范大学文学院许多在读的博士生、硕士生和本科生也参与了资料搜集工作，在此，请恕不一一列名。

《1945—1949 年东北解放区文学大系》除入选 2019 年度国家出版基金资助项目之外，还被列入黑龙江历史文化研究工程项目，在此谨致谢忱。

戏剧卷导言

东北解放区戏剧创作导论

宋喜坤

东北解放区文学是东北解放战争时期的文学，"抗战胜利后的东北解放区文学，则是延安文艺的延伸与发展"①。随着哈尔滨的解放，已完成伟大历史使命的东北抗日文学在延安文学的指导和改造下，带着余热迅速转型为东北解放区文学。1945 年至 1949 年，来自延安和各沦陷区的知识分子，以及东北地区的革命群众在中国共产党的领导下，创作了大量的东北抗战文学作品。② 戏剧具有内容丰富、种类繁多、通俗易懂、利于传播等特点，获得了创作上的巨大丰收，这成为东北解放区文学大繁荣的重要标志之一。东

---

① 张毓茂、阎志宏：《东北现代文学史论》，载《社会科学辑刊》1994 年第 2 期。

② 东北解放区的戏剧创作数量颇丰，据统计，各类剧目约有 332 种，已查找到剧目 234 个。

北解放区戏剧是中国共产党领导下的群众性戏剧，具有启蒙性、宣传性和战斗性等特点。在中国共产党领导下的东北解放区，戏剧对生产建设、围剿土匪、土改运动和解放战争发挥着不可替代的宣传作用。

一

1946 年春天，延安的革命文化机构和文艺团体集中转移到佳木斯，佳木斯成为指导东北文化的中心，被称为东北"小延安"①。在中国共产党的领导下，哈尔滨、佳木斯、齐齐哈尔、大连、沈阳等地的文化运动蓬勃开展起来。东北解放区戏剧种类繁多，内容和题材丰富，创作群体庞大，因此东北解放区开展了大规模的群众戏剧运动，这促进了东北解放区文学的繁荣。

东北解放区戏剧的生成是政治文化和民间文化糅合的结果，这主要表现为党的组织领导得力、多元文化交融、作家阵容强大。组织领导得力是指在党的领导下建立了各级"文艺协会"来领导和指导东北文艺工作。1945 年 9 月 15 日，中共中央东北局成立，在宣传部部长凯丰（何克全）的领导下，东北解放区的文化工作如火如荼地开展起来。1946 年 10 月 19 日，"中华全国文艺协会东北总分会"筹备会在哈尔滨召开。1946 年 11 月 24 日，"中华全国文艺协会佳木斯分会"成立。1947 年 6 月 15 日，"关东文化协会"成立。随着革命文化工作的迅速开展，哈尔滨、佳木斯、齐齐哈尔、长春、沈阳、大连等城市都成立了"文艺协会"等文化组织。这些"文

---

① 王建中、任惜时、李春林等：《东北解放区文学史》，辽宁大学出版社 1995 年版，第 63 页。

艺协会"的成立符合当时东北文化的发展状况,这些"文艺协会"所提出的开展"民主的科学的文化运动"与新启蒙思想相吻合。"文艺协会"作为东北文艺的领导组织对东北解放区戏剧的发展做出了不可磨灭的贡献。

东北地域文化的成分复杂,悠久的关外本土文化融合了中原儒家文化,形成了既粗犷又细腻、既豪放又婉约的关东文化。随着中国革命文化大军战略目标的转移,东北文化又融入了先进的延安文化,经延安文化改造后,发展为融政治话语和民间话语为一体的东北解放区文化。东北解放区戏剧文化是党的主流政治文化,兼容了东北民间文化。东北解放区戏剧在内容上以政治话语为核心,在艺术形式上以民间话语为依托,以改造后的东北民间舞蹈、东北大秧歌、北方萨满神舞、民间莲花落子、鼓书等为载体,以东北方言为基础。东北解放区戏剧实现了"旧瓶装新酒"。

东北解放区拥有一支经验丰富的戏剧创作队伍。1946 年,有着光荣的革命传统和文化传统的哈尔滨汇集了从延安来的各路文艺工作者。知名的戏剧作家丁玲、萧军、端木蕻良、塞克、宋之的、刘白羽、阿英、草明、骆宾基、严文井、颜一烟、王大化、张庚等,加之陈隄等原东北作家,以及青年学生、部队文艺工作者、工人作者群、农民作者群,形成了一支文化经验丰富、创作热情高涨的规模宏大的创作队伍。这为东北解放区戏剧的发展和繁荣做好了准备。在革命文化指导下生成的革命戏剧,必然要反映时代生活,并为革命政治服务。民间话语和政治话语的融合,以及民间文化和政治文化的糅合,共同促进了东北解放区戏剧的发展和繁荣。

专业剧作者和工农兵群众创作的戏剧由报刊刊载和书店发行后,经专业戏剧团体演出后与观众见面,发挥着宣传、教育和启蒙的作用,促进了东北解放区戏剧的快速传播。

1945 年 11 月 1 日,中共中央东北局的机关报《东北日报》创刊,其宗旨是"通过宣传报道,打破当时在部分人中存在的和平幻想,揭露美蒋制造中国内战的阴谋"①。《东北日报》刊载的文学作品中不乏戏剧作品。据不完全统计,该报副刊从 1946 年 7 月 9 日至 1949 年 10 月 13 日共刊载话剧、广场剧、秧歌戏、快板、鼓词、二人转、小演唱等各类剧作 38 个。这些剧作涉及歌唱新生活、感恩共产党、批判美蒋、拥军劳军、参军保家、歌颂英雄模范等内容,如《支援前线》《唱"劳保"》《军民拜年》《十二个月秧歌调》等群众性作品。1947 年 5 月 4 日,由萧军任主编的《文化报》在哈尔滨创刊,该报是东北解放区第一份纯文艺性质的报纸,刊载一些文化常识、短文、小诗、书评、剧报等。其中有评剧(如《武王伐纣》)、说唱(如《李桂花的故事》),以及一些喜剧评论。除《东北日报》和《文化报》外,《前进报》《合江日报》《牡丹江日报》《关东日报》《大连日报》《西满日报》《哈尔滨日报》《辽南日报》《安东日报》等都刊载了大量的戏剧作品。这些报纸有力地配合《东北日报》宣传马列主义和党的政策方针,对东北解放区的文化启蒙做出了应有的贡献,产生了广泛的影响。

虽然东北解放区的期刊数量没有报纸多,但是其戏剧的刊载量却比较大。在众多的文艺期刊中,对戏剧传播产生较大影响的是《东北文学》《东北文化》《东北文艺》《文学战线》《知识》《人民戏剧》《生活知识》等。1945 年 12 月创刊的《东北文学》以刊载小

---

① 哈尔滨市地方志编纂委员会:《哈尔滨市志·报业广播电视》,黑龙江人民出版社 1994 年版,第 88 页。

说、诗歌、散文为主,偶尔也刊载戏剧作品,如由言的《各怀心腹事》等。1946年5月,《知识》在长春创刊,王大化、颜一烟等都在《知识》上发表过作品,其中较有影响的作品有颜一烟的《徐老三转变》、雪立的《揭底》、李熏风的《把红旗插遍全中国》、田川的《一个解放战士》等。1946年10月创刊的《东北文化》的主要任务就是"协同整个东北文化界,从政治上思想上启发广大的东北知识青年、知识分子以及文化工作者,提高他们的自觉性,鼓舞他们的革命热情,与为人民服务而斗争的积极性、创造性,使之在东北人民解放的光荣伟大事业中发挥应有的作用"[①]。《东北文化》刊载的戏剧作品不多,较有影响的是塞克的《翻身的孩子》。1946年12月创刊的《东北文艺》是纯文艺性刊物,刊载小说、戏剧、散文、诗歌、翻译作品、漫画、速写、报告文学、杂文、书刊评价作品等。《东北文艺》与"东北文协"同时诞生,它的作家阵容强大,其刊载的戏剧作品有冯金方等人的《透亮了》、张绍杰等人的《人民的英雄》、鲁亚农的《买不动》、莎蕻的《拥军碗》、李熏风的《农会为人民》等。这些剧作具有多样化的形式和多元化的题材,具有宣传性和战斗性,充分发挥了东北解放区文学的"武器"作用。1946年12月,《人民戏剧》在佳木斯创刊,其宗旨是帮助解决一部分剧本的问题,提供一些理论和技术材料。在两年多的时间里,鲁艺文工团的创作组和群众作者在《人民戏剧》上发表秧歌剧、独幕剧、儿童剧、歌剧、历史剧等多种形式的剧作20多篇,如《参军》《缴公粮》《打黄狼》等。另外,《人民戏剧》还翻译、刊载了《白衣天使》(苏联)、《莆劳伦丝》(美国)等国外戏剧,促进了中外戏剧的交流,显

---

① 《发刊词》,载《东北文化》(创刊号),1946年第1卷第1期。

示出了编者们的国际视野。周立波主编的《文学战线》主要刊载文艺论文、小说、戏剧、诗歌、报告文学、人物传记、散文、速写、日记、民间故事、翻译作品和书报评介等。《文学战线》刊载了不少优秀剧作,如田川的《一个解放战士》、李熏风的《把红旗插遍全中国》等。《文学战线》刊载的剧作主要反映人民群众的斗争和生活。

东北解放区在1945年底开始以各级出版社为依托陆续出版戏剧作品,这是东北解放区戏剧传播的重要途径。戏剧作品的出版单位主要是各类书店,较有名气的书店有东北书店、人民戏剧社、哈尔滨光华书店、新华书店、大连新中国书局、大连大众书店、辽东建国书店等。在诸多书店中,东北书店是东北解放区影响最大、规模最大、出版贡献最大的书店。东北书店在东北全境有201个分店,《知识》《东北文学》《东北画报》《东北教育》等都是东北书店发行的刊物。在解放战争期间,东北书店出版各类戏剧作品和理论书籍,发行数十万册。戏剧形式包括话剧(独幕话剧、多幕话剧)、京剧、评剧、二人转、歌舞剧(广场歌舞剧、儿童歌舞剧)、歌剧、新歌剧、小歌剧、道情剧、活报剧、秧歌剧、小喜剧、小调剧、皮影戏等。其中,秧歌剧超过一半。东北书店不仅出版了戏剧作品,还出版了不少有关戏剧理论和戏剧经验的著作,如贾霁的《编剧知识》等。

文艺团体的迅猛发展是东北解放区戏剧传播的最终体现。1945年11月2日,东北文工团在东北局宣传部的领导下成立。后来,东北三省相继成立了数十个文艺工作团体,其中较有影响的有东北文工一团、东北文工二团、总政文工团、东北鲁艺文工团、东北文协文工团、东北炮兵文工团、东北军政治部文工团、东北军政大学文工团、兆麟文工团、黑龙江省文工团、齐齐哈尔文工团、旅大文工团等。这些文艺团体以《在延安文艺座谈会上的讲话》为指导，坚持走文艺大众化的道路，坚持文艺为工农兵服务的原则，活跃在东北城乡，战斗在前线和后方，开展各种文艺活动，宣传革命文艺思想，教育和争取人民群众。这些文艺团体表演了《我们的乡村》《军民一家》《东北人民大翻身》《血泪仇》《二流子转变》等剧作。这些作品以支援前线、土地改革、翻身当家为主题，具有积极的教育意义，在组织群众、支援前线、开展土改运动、发展生产等方面起到了巨大的作用，取得了良好的启蒙效果，受到了人民群众的好评。

二

时代呼唤着文学，文学紧跟着时代，文学是时代的映像。毛泽东在 1942 年的《在延安文艺座谈会上的讲话》中指出："所以我们的文艺，第一是为工人的，这是领导革命的阶级。第二是为农民的，他们是革命中最广大最坚决的同盟军。第三是为武装起来了的工人农民即八路军、新四军和其他人民武装队伍的，这是革命战争的主力。第四是为城市小资产阶级劳动群众和知识分子的，他们也是革命的同盟者，他们是能够长期地和我们合作的。"[1]有关戏剧的文艺批评是政治和艺术的统一、内容和形式的统一，要符合政治标准。受到《在延安文艺座谈会上的讲话》的影响，加之作者主要来自延安解放区，东北解放区的戏剧创作从一开始就是为主流政治服务的，东北解放区戏剧成为革命宣传的"武器"。东北解

---

① 毛泽东：《在延安文艺座谈会上的讲话》，见《毛泽东选集》第 3 卷，人民出版社 1991 年版，第 855 页。

放区戏剧的服务对象以工农兵和城市市民为主,剧作内容集中体现了人民群众在东北光复后的喜悦心情和对党的歌颂,展现了工人积极参加生产斗争、农民积极参加土改斗争、军人奋勇参加解放战争等一系列革命政治生活面貌。

歌颂工人阶级是解放区戏剧的一个重要内容。东北光复后,作为老工业基地的哈尔滨、沈阳等工业城市的作用得以凸显,工人阶级成为时代的主角。获得新生的工人阶级当家做主,以百倍、千倍的热情投入到新中国的建设中,谱写了一曲曲拥军爱民、积极生产、支援前线的动人乐章。

从剧作内容来看,第一种是反映工人生活的剧作。例如,王大化、颜一烟创作的《东北人民大翻身》生动地再现了东北工人阶级翻身后的喜悦,反映了东北人民的生活和历史变迁。《二毛立功》是大连锻造工厂工人王水亭以自己为原型自编、自导、自演的一部秧歌剧,集中展现了工友二毛"后进变先进"的思想转变过程,展现了工人自己的新生活。正如罗烽所说:"但它所走的是生活结合艺术、艺术结合生产、工人结合知识分子的道路,它就一定能逐渐完美起来。"①这类描写工人思想转变或描写劳动英雄的戏剧还有《立功》《不泄气》《红花还得绿叶扶》《取长补短》《师徒关系》等。

第二种是歌颂先进个人无私支援解放区建设、帮助工厂恢复生产的剧作。其中,较有影响的有《献器材》《十个滚珠》《一条皮带》和《刘桂兰捉奸》。《献器材》《十个滚珠》《一条皮带》反映的是东北解放后,为了实现早日开工的目标,工厂组织工人捐献生产器材,使得人们明白"献器材,争模范"的道理。独幕话剧《刘桂兰

---

① 王水亭:《二毛立功》,东北书店1949年版,第2页。

捉奸》描写的是在刘老汉将两箱机器皮带献给工厂的过程中，女儿刘桂兰和李大嫂发觉工厂里有潜伏的特务，最终机智地将特务李德福抓获。这些剧作均是以工人无私捐献物品为主线，展现了家人从反对、不理解到支持捐献的思想转变过程。这些剧作虽然有些程式化，但是贴近生活，比较真实。

第三种是歌颂党的劳保政策的剧作。代表作品有《比有儿子还强》和《唱"劳保"》。独幕话剧《比有儿子还强》写的是铁路机务段工人高大爷在新社会有了"劳保"，这被大家比喻成多个"儿子"。《唱"劳保"》则是通过写老纪老婆"猫下了"（生孩子）和张大哥工伤这两件事来体现新旧劳保制度的不同。这两部剧作通过比较新旧社会，歌颂了共产党和毛主席，指出了解放区政府和工会是工人真正的靠山，从而激发了工人努力生产、争当劳动模范的热情。在延安解放区戏剧中，工业题材戏剧的数量较少。工业题材戏剧的大量创作，极大地拓宽了东北解放区戏剧的创作领域，为新中国工业题材戏剧的发展奠定了坚实的基础。

在东北解放区戏剧中，描写农民翻身解放、分得土地的农村题材的戏剧所占的比重最大。1946年5月4日，中共中央发出了《五四指示》①，开展土地改革运动，调动农民的积极性，加快东北解放战争的进程。为了配合土地改革运动和加强对农民的思想改造，文艺工作者创作了大量的反映农民翻身的戏剧。这主要表现在以下四个方面。

---

① 即《中共中央关于土地问题的指示》，通称《五四指示》。日本投降以后，中共中央根据农民对土地的迫切需求，决定改变党在抗日战争时期的土地政策，由减租减息改为没收地主土地分配给农民。《五四指示》的制定就体现了这种转变。

第一方面是反映东北农民翻身解放,通过新旧对比来歌颂新农村、新生活的剧作。在这类剧作中,秧歌剧《血泪仇》是最具代表性的一部作品。《血泪仇》讲述了国统区农民王东才被保长迫害,最终逃到解放区获得解放的故事。在剧作中,这种父子相残、妻离子散的故事真实地再现了旧社会农民的苦难生活,通过对比解放区的幸福生活,鲜明地表达了广大农民对翻身解放的渴望。通过描述地主对农民的剥削事件来突出地主阶级的罪恶,借以引起农民对地主阶级的仇恨,从而引发农民对新生活的向往。秧歌剧《土地还家》描写了群众在土改运动中存在的各种问题,农民最终彻底觉悟。剧作告诉人们,共产党、八路军才是农民的救星,封建压迫必须要肃清。除上述作品外,这类剧作还有《老姜头翻身》《永安屯翻身》等。

第二方面是粉碎各类阴谋、同复辟分子做斗争的剧作。《反"翻把"斗争》以东北解放区为背景,讲述了农民群众面对地主阶级的翻把挖掉坏根的故事,凸显了广大农民谋求翻身和解放的迫切心情。《一张地照》围绕土地的"身份证"——"地照"展开叙述,通过对比"中央军"与共产党对土地截然不同的态度,指出只有共产党才能帮助农民实现"土地还家"的愿望。《捉鬼》是一部批判封建迷信的优秀剧作,旨在告诉人们封建迷信是不可信的,要相信共产党,只有共产党才能真正救穷人。值得注意的是,在这些同地主、坏分子做斗争的剧作中,很多作品都设置了这样的情节:地主利用子女与贫苦农民联姻或用金钱收买农民,企图逃避制裁和划分成分。在主题思想方面,这方面的剧作既写出了农民在土地改革后的团结,又写出了被推翻的地主阶级的翻把;既写出了劳动人民的思想觉悟,又写出了反动阶级的阴险和毒辣。这方面的剧作塑造了许多真实的、有血有肉的人物形象。在解放区的戏剧中,地主阶级的伎俩从未得逞。

第三方面是反映改造后进、互助合作、积极进行大生产的剧作。解放区农村题材的戏剧在改造后进、互助合作、积极进行大生产方面起到了抓典型和介绍经验的作用,加速了土地改革的进程,为土地改革提供了政策保障和经验保障。在东北解放后,农村在土地改革的过程中经历了"开拓地""煮夹生饭""砍挖运动""平分土地"这四个阶段。农民当家做主,分得土地,真正成为土地的主人。但在土地改革初期,个别农民思想落后,仍然存在不少问题。《二流子转变》讲述的是"二流子"李万金在生产小组长于大哥等人的帮助和教育下幡然悔悟,最终改掉恶习、投入到"安家底"的生产建设中的故事。《焕然一新》讲述的是耍钱鬼、懒汉子方新生由消极变积极,最后当上区劳动模范的故事。同样成为模范的还有李万生①,李万生说服父亲和家人参与生产劳动,为前线作战的战士提供优质的物资,他最终成为解放区的生产模范。互助组具有重要作用,参加互助组的组员之间的合作态度直接影响春耕的速度和质量。《换工插犋》《互助》《大家办合作》等剧作指出,互助组组员之间的积极合作能调动农民的生产积极性,有利于促进农业生产,有利于提高生产效率和农民的生活质量。

第四方面是劳动妇女反抗封建婚姻、争取民主权利、积极参加生产劳动的剧作。东北解放区妇女解放主要体现在妇女翻身、婚姻自由和男女平等上。《邹大姐翻身》通过讲述邹大姐翻身上学的经历,突出了解放时期劳动妇女打倒地主、反对剥削、翻身解放、追

①　刘林:《生产小组长》,东北书店1948年版。

求平等的观念。在《新编杨桂香鼓词》中，杨桂香的父母被媒婆欺骗，迫于压力将女儿许配给老地主，杨桂香依靠民主政府成功退婚，成为识字队长，后来与劳动模范订婚，并鼓励爱人积极参军。韩起祥编写的《刘巧团圆》后来被改编成评剧《刘巧儿》。巧儿的父亲刘彦贵为了卖女儿撕毁了与赵家柱儿的婚约，后来巧儿和柱儿自由恋爱，经政府审判，一对劳动模范终于走到一起。这些剧作主题鲜明，虽然情节简单，但却将反抗封建婚姻、追求恋爱自由的民主观念根植到解放区人民群众的心中。在东北解放区戏剧中，批判重男轻女、提倡男女平等的作品也颇受欢迎。例如，《儿女英雄》表达了转变落后思想、争取劳动权利、倡导男女平等的观念；《干活好》讲述了妇女分得田地，受到平等对待，在提升地位后成为生产活动的参与者；《夫妻比赛》和《赶上他》通过讲述夫妻进行劳动比赛来表达男女平等、同工同酬的愿望；《一朵红花》《姐妹比赛》讲述了妇女积极参加生产劳动。在这些剧作中，妇女成为生产活动的主要参与者，不再受到歧视，甚至当上了劳动模范，成为美好家园的缔造者和新社会的主人。

在东北光复后，人民群众的思想还比较落后和保守，部分青年人甚至在光复前都不知道自己是中国人。这表明，"在东北青年学生中还有很大一部分没有摆脱敌伪的奴化教育和蒋党的愚民教育的影响，依然还是盲目正统观念，反人民思想在他们头脑中占统治地位"[①]。因此，对东北解放区人民进行革命启蒙就显得尤为重要。在启蒙的过程中，最重要的就是帮助东北人民认同和接受中国共产党及其领导的人民军队。在东北解放区戏剧中，描写军队

---

① 《尽量办好中学》，载《东北日报》1947 年 9 月 4 日。

的戏剧既有英勇作战的壮烈场面，又有拥军优属的动人场景，完整地再现了东北人民从最初误解民主联军到后来积极送子参军、送夫参军和拥军支前的全过程。

第一类是表现人民军队英勇斗争、不怕牺牲、为解放中国勇于献身的剧作。《阵地》通过描写连长分配战斗任务和战士们争当爆破队员的场面，歌颂了解放军战士为了争取革命胜利不畏牺牲的精神。除了描写战斗场面以外，部分剧作还注重描写部队生活，表现战士们在艰苦的斗争生活中团结互助的精神，如《老耿赶队》《鞋》《两个战士》等。值得一提的是，在以战斗生活为主的军队题材的剧作中，出现了以后方医院的女护士照顾伤兵为情节的作品，小型歌舞剧《我们的医院》为充满硝烟的军队题材的剧作增添了色彩。这些剧作主题鲜明，塑造了各类英雄形象：既有孤胆英雄老丁，又有不怕误解、为伤员献血的护士和医生；既有"后进变先进"的杨勇①，又有教导新兵立大功的马德全②。自萧军的"中国现代文坛上第一部正面描写满洲抗日革命战争的小说"③《八月的乡村》后，经抗日战争阶段的完善和发展，战争题材的戏剧作品在东北解放区得到丰富和补充。这为后来新中国同类题材的戏剧创作积累了不可或缺的宝贵经验。

第二类是以军民互助、拥军支前为主要内容的剧作。在东北解放初期，部分群众对共产党、八路军不了解，甚至有误解。因此，

---

① 一鸣等：《杨勇立功》，东北书店 1948 年版。

② 黎蒙：《马德全立功》，东北书店 1949 年版。

③ 乔木在《八月的乡村》这篇文章中写道："中国文坛上也有许多作品写过革命的战争，却不曾有一部从正面写，像这本书的样子。这本书使我们看到了在满洲的革命战争的真实图画：人民革命军是和平的美丽的幻想，进一步认识出自由的必需的代价，认识出为自由而战的战士们的英雄精神。"

拥军题材的剧作在情节上也表现了从误解到拥护再到踊跃参军、奋勇支前的过程。《透亮了》将"天亮了"和"透亮了"呼应起来,预示劳苦大众迎来了解放,同时预示这种"透亮了"是老百姓精神和肉体的双重解放。《三担水》讲述的是刘大娘对民主联军从最初有戒心到最后拥护的过程,通过比较"中央军"和民主联军,老百姓终于认可了民主联军。《军民一家》描写了人民群众由猜疑、误会解放军到后来拥戴解放军的情景。在误解消除后,人民群众开展了轰轰烈烈的拥军活动。老百姓为部队送军鞋、送公粮,慰问部队。这表现出老百姓对解放军解放东北的渴望与感激。在拥军题材的剧作中,较有影响的是莎蕻的《拥军碗》,作品从战士和群众两个方面表现了军民鱼水情,体现了军民一家亲。《女运粮》则是从妇女能顶半边天这个视角出发,表现妇女在支援前线工作中的重要性。除上述剧作外,拥军题材的剧作还有《劳军鞋》《缴公粮》等。老百姓不仅拥军,而且积极送亲人参军。于是,剧作中出现了"老姜头送子参军"①和"四妯娌争相送丈夫参军"②等感人场景。这些剧作表现了老百姓的参军热情,表现了老百姓对前线解放军的积极支持,突出了人民要将革命进行到底的决心。东北解放区戏剧中也有军爱民、民拥军的戏剧。《军爱民、民拥军》讲述了王二一家代表村民们慰问八路军,为八路军送年货,表达对八路军的感激之情和拥护之心。《收割》讲述了战士帮助农户收割,却不接受农户给予的物品和福利,体现了人民解放军铁一般的纪律和为人民服务的优良传统。《支援前线》表现了老百姓听闻长春、沈阳

---

① 朱漪:《送子入关》,东北书店 1949 年版。

② 力鸣、兴中:《妯娌争光》,光华书店 1948 年版。

解放时的激动心情，在歌颂解放军的同时也体现了军民之间的团结。此外，《骨肉相联》《都是一家人》等作品也都表现了军民鱼水情，表现了人民与解放军一条心，表现了解放军一心一意为人民服务。

东北解放区戏剧以反映工农兵生活为主，很少以知识分子为主题。在现已收集到的剧作中，只有独幕剧《晚春》描写了城市知识女性与旧家庭的斗争。此外，儿童歌舞剧《老虎妈子的故事》采用童话的形式，批判了"老虎"象征的"中央军"反动势力。该剧作与童话《小红帽》相似，既有模仿，又有独创，显示出当时东北解放区文学与世界文学的紧密联系。

三

虽然东北解放区戏剧的整体艺术水平不是很高，但是其庞大的作者群体、巨大的创作数量、伟大的历史功绩，使得东北解放区戏剧创作达到了巅峰状态。中国现代戏剧诞生于新文化运动之中，到延安时期已经比较成熟。东北解放区戏剧继承延安戏剧传统，自然而然地完成了自身的现代化转变。东北解放区戏剧的现代性源于中国传统戏剧和西方戏剧的融合。在这种融合的过程中，东北解放区戏剧实现了本土化，形成了民族化、大众化、乡土化的特征。

东北解放区戏剧具有民族化特征，这种民族化源于延安时期戏剧的"中国化"。毛泽东曾谈道："使马克思主义在中国具体化，使之在其每一表现中带着必须有的中国的特性……教条主义必须休息，而代之以新鲜活泼的、为中国老百姓所喜闻乐见的中国作风和中国气派。"①这段讲话既点明了马克思主义要实现中国化,又指出了文化和文学也要实现中国化,这在文学领域引发了解放区和国统区关于"民族形式"的讨论。对于民族形式问题,周扬也表明了自己对民族形式的看法,认为民族形式就是民间形式,指出必须对民间形式进行改造。在周扬看来,中国文艺理论没有得到建构的原因就是文艺工作者盲目地追逐西方文艺潮流。文艺的民族化实际上就是文艺的中国化。毛泽东和周扬的观点概括起来就是:文艺要实现中国化,中国化的表现形式就是民族形式,民族形式就是民间形式,旧的民间形式要进行改造。

东北解放区戏剧形式多样,种类繁多。其中既有由西方传入的"文明戏"(话剧),又有传统国粹京剧和评剧;既传承了本土固有的莲花落、大鼓、蹦蹦戏(二人转),又改造了歌剧和秧歌戏。话剧作为一种舶来的戏剧形式,是不同于中国传统戏曲的剧种。话剧在实现本土化的过程中,尤其是在毛泽东《在延安文艺座谈会上的讲话》发表后率先实现了民族化。这种民族化表现在以下几个方面。首先是对戏曲进行改编。如崔牧将传统戏曲与话剧融合在一起,将梆子戏《九件衣》改编成话剧。"虽然多少受了那出老戏的启发,但所表现的人和事,却完全是重起炉灶新创作的。"②虽然《九件衣》是由旧剧改编成的,但是它着眼于地主和农民的剥削关系,因此在进行农村阶级教育方面是有一定意义的。其次是继承传统戏剧的优秀遗产。《老虎妈子的故事》是将三姐妹、老虎和猎人的唱词连接在一起的儿童歌舞剧。整部歌舞剧具有较强的象征

---

① 人民教育出版社编:《毛泽东同志论教育工作》,人民教育出版社 1992年版,第 46 页。

② 崔牧:《九件衣》,东北书店 1948 年版。

意义:三姐妹象征着底层百姓,是"待宰的羔羊";老虎象征着"中央军",是"吃人的魔王";猎人象征着人民子弟兵,以消灭"吃人的野兽"为己任。三个象征使整个戏剧具有超出戏剧本身的意味:解放军为人民伸张正义,消灭"中央军",解放东北。《老虎妈子的故事》将"大灰狼和小白兔""老虎和小女孩""小红帽"等中国民间故事糅合在一起,以歌舞剧的形式表现出来,凸显出民族化的特征。除话剧、歌剧外,京剧、评剧、秧歌戏、大鼓、落子、二人转、快板、活报剧等本身就是民族戏剧(戏曲),其民族化、中国化主要表现在对旧戏的改造和"旧瓶装新酒"上。这类剧作有很多,如鲁艺根据评剧曲调改编的歌剧《两个胡子》。经过内容和形式的改造,东北解放区戏剧实现了民族化。

　　东北解放区戏剧具有大众化的特征,这种大众化指的是戏剧具有广泛的群众性。东北解放区戏剧涵盖的剧种较多,不同的剧种所面对的观众群体不同。话剧和歌剧的观众以青年学生、城镇市民、知识分子为主,改造后的京剧、评剧的观众以城乡老派民众为主,地方戏曲为普通工农大众所喜爱,而秧歌剧和新歌剧则受到新派市民的喜爱。在毛泽东《在延安文艺座谈会上的讲话》精神的指引下,东北解放区戏剧创作呈现出全面为工农兵服务的态势,剧作内容主要反映东北土地改革、剿灭土匪、解放战争等一系列革命政治事件。受到当时政治文化语境的影响,东北解放区戏剧创作者的主体意识减弱,非主体意识增强,因此各个剧种的主题和内容自觉地统一了。统一为工农兵题材的东北解放区戏剧得到了各个剧种观众的认可,从而实现了大众化。翻身后的东北解放区人民不只做戏剧的观众,还踊跃参演他们喜爱的戏剧。秧歌剧早在陕甘宁边区时期就已经发展成熟。有着丰富的创作经验的鲁艺文艺工作者到达东北后,将东北旧秧歌中的色情成分剔除,在剧作中加入了反映社会生产、生活的新内容。源于对东北地方舞蹈——大秧歌的喜爱,东北人民非常喜欢这种融民间音乐、民间舞蹈和狂野表演于一体的秧歌剧。在秧歌剧的演出过程中,东北人民被剧作感染,踊跃参加演出活动,"这些节目的演出,增强了东北人民当家作主的自觉性"①。东北秧歌剧具有贴近大众、对演出场地要求不高、适合露天表演等特点,因此这种大众参与、自娱自乐的形式很快就成为东北解放区的重要剧种。在东北解放区,秧歌剧种类繁多:有翻身秧歌剧,如《欢天喜地》《农家乐》等;有生产秧歌剧,如《二流子转变》《十个滚珠》《献器材》等;有锄奸惩恶秧歌剧,如《挖坏根》《买不动》《揭底》等;有拥军秧歌剧,如《拥军碗》《妯娌争光》等;有部队秧歌剧,如《荣誉》《斗争》《谁养活谁》等②。除秧歌剧外,快板、落子等剧种的大众化程度也很高。

东北解放区戏剧的大众化还表现为创作上的大众化,即作者的大众化。东北解放区戏剧的作者阵容庞大:既有来自陕甘宁边区的戏剧作者,又有东北本土的戏剧爱好者;既有文工团的文艺工作者,又有各行各业的普通劳动者;既有成熟的老作家,又有初出茅庐的学生。而各行各业的劳动者创作的戏剧,成为东北解放区戏剧的亮点。工人很爱话剧(包括秧歌剧),很爱从事戏剧活动,工人还善于迅速地把自己的新生活、新问题反映到戏剧创作里

---

① 弘弢:《生气勃勃 丰富多彩——解放战争时期东北解放区的文艺工作》,载《党史纵横》1997 年第 8 期。

② 任惜时:《东北解放区的新秧歌剧创作》,载《辽宁大学学报》1995 年第 1期。

去。① 群众创作的戏剧有很多,如《二毛立功》就是大连锻造工厂工人王水亭根据自己的经历创作的。除了工人参与戏剧创作以外,东北解放区还出现了农民创作的戏剧。这类工农群众直接参与创作的作品反映的是工厂、农村、部队的真实生活,塑造的形象是他们身边熟悉的人物,戏剧的语言是大众化的群众语言。东北解放区戏剧真正实现了文艺为工农兵服务的目标,成为《在延安文艺座谈会上的讲话》精神在东北解放区得以全面贯彻的典范。

东北解放区戏剧的乡土化特征主要表现在地域文化特色上。1946 年,延安的革命文艺团体集中转移到东北,延安文学和东北地域文学在哈尔滨交汇。以《在延安文艺座谈会上的讲话》作为指导的延安文学比东北地域文学更具革命性,这就使得延安文学具有无可争议的合理性和正统地位。根据东北革命文化的发展需要,文艺工作者对东北地方曲艺的各剧种进行了整合和改造,并将其纳入新的革命文艺体系中。在对民间艺术进行改造的过程中,东北大秧歌和二人转是最早被改造的。改造前的东北大秧歌以娱乐为目的,舞蹈多,说唱少,色情成分多,教育意义小,舞蹈多为东北民间舞蹈,音乐多为东北民歌和二人转小调。改造后的秧歌剧加大了情节和台词的比重,内容以劳动生产、拥军优属、参军保家、肃清敌特为主,如《三担水》《参军保家》等。二人转在东北地区拥有大量的观众,民间有"宁舍一顿饭,不舍二人转"的说法。正因如此,二人转的宣传作用非常大。"蹦蹦又名二人转,亦称双玩意儿,流行于东北农村中(俗称蹦蹦戏,其实戏剧的意味较少),流行的戏有《蓝桥》《红娘下书》《卖钱》《华容道》《古城》《王员外休

---

① 草明:《翻身工人的创作》,载《东北文艺》1947 年第 2 卷第 3 期。

妻》等。演唱时一人饰包头（即花旦），手中拿一块红手帕，一人饰丑，用板胡和呱啦板伴奏，演员一面轮流歌唱，一面扭各种秧歌舞。舞蹈内容，主要是以逗情逗笑热闹为目的，与唱词往往无关。"①对二人转、拉场戏的改造与对秧歌的改造相同，主要是内容上的改造。二人转歌唱的内容大多源自民间故事或历史传说，如《干活好》就用了两个秧歌调子和一段评戏，其他都是蹦蹦戏。改造后的二人转减少了封建迷信内容和黄色故事情节，净化了语言，增加了拥军、生产等新内容，如《支援前线》《陈德山摸底》等。对东北大秧歌、二人转和拉场戏的改造集中表现在内容方面，而艺术上的改革力度并不大。秧歌继续"扭"和"浪"，演员仍然"逗"和"唱"，角色还是分为"旦"和"丑"，样式还是耍龙灯、跑旱船、踩高跷，步法始终离不了"编蒜辫""十字花""九道湾"。秧歌道具有所改变，红绸子、手绢、大红花、红灯笼的使用多了起来。在音乐方面，二人转的改变不大，音乐仍然是文武咳咳、胡胡腔、快流水、四平调等传统曲牌。秧歌剧的音乐还是以东北民歌和二人转曲牌为主。例如，《自卫队捉胡子》采用了东北民歌曲调"寒江调""锔大缸调""绣荷包调"；《光荣夫妻》采用了"花棍调"；《姑嫂劳军》《一朵红花》等秧歌剧还采用了二人转的文武咳咳、那咳等曲牌。东北有秧歌剧和二人转等表演形式，它们被东北人民认同，已经打上了乡土文化的烙印，其乡土化特征极其显著。

此外，东北解放区戏剧的乡土化特征，还离不开原汁原味的东北方言的运用。东北解放区戏剧"语言的运用都达到了当时话剧

---

① 肖龙等：《干活好》，东北书店 1948 年版。

创作的高水平"①,尤其是东北方言的运用。受到东北戏剧大众化的影响,原汁原味的东北方言的运用是戏剧被观众接纳和喜爱的重要因素,如嗯哪、老鼻子、下晚儿、眼巴巴、磨不开、个色、胡嘞嘞、膈应、猫下、不大离儿、拾掇、整、自个儿、消停、不着调、疙瘩、硌叽、重茬、唠扯、差不离儿、麻溜、急歪、昨儿个。此外,东北民间谚语和歇后语的运用也不容忽视。在这些剧作中,东北方言土语、民间谚语随处可见,使东北人民感到亲切和乐于接受,拉近了剧作和观众的距离,加强了宣传的效果。

四

东北解放区戏剧是中国现代戏剧的重要组成部分,具有承前启后的作用。它忠实而客观地记录了东北解放战争时期的历史风云,在戏剧史、革命史和社会史方面都具有重要的参考价值。东北解放区戏剧在民族化、大众化、乡土化和革命化的进程中,积累了丰富的经验,形成了鲜明的艺术特色,实现了从现代戏剧到当代戏剧的过渡。

在创作方法上,东北解放区戏剧继承了延安戏剧的传统,除《老虎妈子的故事》运用了象征手法外,其余剧作皆采用现实主义创作方法。剧作家们运用现实主义的方法,通过戏剧的形式把刚发生或正在发生的事情真实地反映出来。这些剧作集中描写了工农兵的日常生活,起到了鼓舞斗志、颂扬先进、宣传政策、支援前线的作用。在戏剧结构上,戏剧冲突尖锐而集中,叙事模式多元:劝诫模式的剧作有《二流子转变》,成长模式的剧作有《杨勇立功》

---

① 柏彬:《中国话剧史稿》,上海翻译出版公司1991年版,第307页。

《刘巧团圆》,误会模式的剧作有《三担水》《比有儿子还强》等。东北解放区戏剧具有多种表现方式,既有多幕剧,又有独幕剧。在人物塑造上,东北解放区戏剧作品塑造了一个个爱憎分明、个性突出、敢作敢为的人物形象,如《好班长》中的刘振标、《二毛立功》中的二毛、《买不动》中的王广生等。这些人物形象生动丰满,有血有肉,观众熟悉并易于接受。

东北解放区戏剧在取得较高的艺术成就和起到重大宣传作用的同时,也存在着不足。第一,东北解放区文学是典型的"革命文学",东北解放区戏剧是典型的"革命戏剧"。导致这种状况出现的原因有两个:一方面,文学具有反映时代的使命,这是文艺的功用;另一方面,受到政治的影响,剧作家创作的自主意识弱化了,而政治意识强化了。《在延安文艺座谈会上的讲话》要求文艺为政治服务,这就使得戏剧创作出现了公式化、概念化的倾向。第二,不少剧作都是因宣传需要而创作的,是应时应事之作,因此创作时间短,艺术水准不高。此外,工人、农民、学生也参与创作,因此一些作品粗糙,质量不高。从整体上来看,专业作者要好于业余作者,鼓词、话剧等剧种要强于秧歌剧,多幕剧要优于独幕剧。第三,反动人物被类型化和丑化,语言也存在粗鄙、不干净的问题,脏话较多。不少剧作对"中央军"、地主阶级、特务等反动对象较多地使用脏话。这类语言的使用者多为革命的工农兵人物,针对的多为反动军队或地主阶级等对立的角色,因此这些粗鄙的语言被作者美化、合理化和合法化,这降低了戏剧语言的纯净度。

虽然东北解放区戏剧有以上不足之处,然而瑕不掩瑜,其民族化、大众化、乡土化的特征,使得戏剧的启蒙性、宣传性、教育性、战斗性的作用得以充分发挥。东北解放区戏剧对光复后东北人民进行的文化启蒙、拥军优属、动员参军、生产建设等具有重要意义，对解放区的土地改革和解放战争做出了不可磨灭的贡献。

（作者系哈尔滨师范大学教授）

◇东北军政大学宣传队

为谁打天下

时间:一九四六年八月至一九四七年四月。

地点:南满××县,新解放的夹生区。

人物:刘保田——二十五岁的农民。

　　　杨德成——二十五岁的农民。

　　　王永祥——二十二三岁的农民。

　　　四虎——二十九岁的农民。

　　　刘母——四十八九岁,刘保田的母亲。

　　　刘永泰——五十多岁的农民,刘保田的父亲。

　　　杨母——五十多岁,杨德成的母亲。

　　　王喜生——十八九岁的孩子,是个雇农。

　　　高区长——民主政府的区长。

　　　指导员——我军×连指导员。

　　　五班长——我军×连的班长,后升为排长。

　　　战士——我军战士二十余名。

群众——男二十余名,女十余名。

杜本厚——四十多岁的恶霸大地主。

于麻子——三十多岁,破落地主,屯长,后为蒋匪保长。

薄奎——三十多岁,杜本厚的管账的,狗腿子。

拐六——三十多岁,街混子,杜本厚的小狗腿子。

姨太太——杜本厚的小老婆,二十七八岁。

邱营长——蒋匪军营长,三十多岁。

蒋匪连长——二十六七岁。

蒋匪班长——四十岁,兵油子。

蒋匪士兵——A、B、C、D、E、F、G。

第一幕

时间:一九四六年初秋的一个傍晚。

地点:第一场,刘保田回家的路上。

　　　第二场,村口刘家门前。

人物:刘保田、杨德成、四虎、永祥、刘母、五班长、刘永泰、杨母、薄奎、于麻子、杜本厚、高区长、指导员、王喜生、群众、战士等。

第一场

(前奏曲终)

幕:第二道幕前。

保:(刘保田,下简称保,穿着白衣黑裤,普通农民的服装上唱第一曲)

　　(一)共产党领穷人,

2

斗倒地主和恶霸；

穷哥们一个个，

欢天喜地拥护他。

哎哟！

欢天喜地拥护他。

（二）我刘家几辈子，

当牛当马；

到如今这才能，

翻过身来当了家。

哎哟！

翻过身来当了家。

（三）分了房子分了地，

有了吃有了穿；

全屯的穷哥们，

抱住团体力量大。

哎哟！

抱住团体力量大。

（四）我刚才在连部，

报了名要参加。

指导员他说是："队伍今天要出发。"

哎哟！

队伍今天要出发。

（五）我一定要参军，

保住咱们自己的家。

一心要拿枪杆，为咱们穷人打天下。

哎哟!

为咱们穷人打天下。

(白)刚才我在连部和指导员说好了,他答应我参加队伍;可是指导员又说:"叫我问问我爹我妈愿意不?!"今年我家刚分了几垧地,侍弄得也不错,眼看该割地了,我爹身板挺结实,也能"忙呵"得过来,他倒没啥,我妈怕是不让我走。唉!咱们家受了几辈子罪了,年年给人家支使着,好容易民主联军来了,咱才翻了身,分了几垧地,高区长常说:"共产党的队伍,是咱们穷人的队伍。"咱穷人不参加谁参加!反正不管怎么的,我一定要参加。

(接唱第一曲)

(一)刘保田我心中,

主意拿定;

咱要想保住地,

就得要去参军。

哎哟!

就得要去参军。

(二)老父亲身板壮,

倒不要紧;

我母亲心肠软,

她一定不答应。

哎哟!

她一定不答应。

(三)左一思右一想,

这可叫我咋整;

回家去对父母,

把这道理来说清。

哎哟！

把这道理来说清。

（绕场欲下,四虎,永祥,杨德成在后边,一面叫一面上）

虎:（四虎,下简称虎,农民服装）保田! 你蹽哪去啦?! 刚才高区长叫我找你,我遥哪找你也没找着你。

保:找我干啥?! 我刚才到连部去来。

虎:才刚高区长说:"咱们队伍要出发去打反动派去了!"

永:（永祥,下简称永）高区长说:"为了多打反动派。"

保:才刚在连部指导员都跟我说了。

德:（杨德成,下简称德,心里藏不住高兴）保田! 这回我可要走了,才刚高区长找我们几个合计一下。

保:合计啥来?

德:刚才高区长说:"农会的赵主任、副主任、老张、老王,都跟他一块走,农会的事交给咱们办了。"末后了,我跟区长说:"我要参加队伍。"区长答应了。我走后农会的事,全靠你们了!（他非常兴奋地说着）

保:（着急的）指导员已经答应我啦! 我也要去参加啦!

永:（为了农会的事,他不愿意让保田走）那可不行,德成哥一走,你再一走,咱们农会还有啥人啦?!（担心的）再说,咱们农民会里还有薄奎、于麻子那几个坏种,都是跟杜剥皮穿一条裤子的,你一走,叫我们两个可咋整?!

保:（坚持自己的意见）有你们俩还不行? 反正我一定要走!

永:（他急了）那不行,高区长说:"让留下三个人。"你为啥偏要去?

德:四虎哥! 保田一定要去,你看咋整?（看着四虎等着他决定）

虎：（稍加考虑）保田一定要去就让他去吧，（保德两人心里欢喜地互相看了一眼）反正咱们农会里除了咱俩，还有孙海林、李海、王占江、李大个子，还有老王头呢……

保：（赶紧抓住机会）对啦！还有杨大婶、唐老疙瘩、长兴子、李海盛、李福祥……

德：可不?! 要数起来，那人可老啦！

虎：只要咱们穷人抱住团，就啥也不怕。

永：（总是不想叫保田走，为农会有些自私）我看呐！你妈要不让你去那可咋整?!

保：（坚决的）不叫我去？我也要去！

虎：咱们就一块去吧！（对保）和你妈商量商量！

众：对！走吧！（同唱第一曲）

　　天不怕地不怕，

　　穷人团结力量大。

德：你参加！

保：我参加！

众：为咱们穷人打天下。

　　哎哟！

　　为咱们穷人打天下。

保：（接唱）就恐怕我母亲，

　　她不让我去参加?!

众：（接唱）咱大伙赶快去，

　　劝劝她老人家。

　　哎哟！

　　劝劝她老人家。

第二场

幕:太阳落山的时序,远远的村落,隐约的房舍,一缕炊烟,在袅袅地
　　上升;台右:一棵青绿的榆树或者是杨树,树下:一座砖修的庙
　　宇,可能是杜剥皮为了"行善"而修建的。它经过风雨的剥蚀,显
　　得破旧,台左是刘保田家矮矮的柴火杖子,它中间有个能出入一
　　个人的小门;从台的四面八方都可以出入上下,刘家的门口,往
　　往是村里的人们集会的地方,也是四通八达的岔路口。

班:(五班长,下简称班,全副武装,准备着出发。匆匆忙忙的,手里
　　拿着瓦盆上)大娘! 给你盆啊!

母:(刘母,下简称母,穿着普通农民的服装,从矮杖子的门里出来)
　　班长! 你们用呗! 省得拿来拿去怪麻烦的!

班:不用啦! 大娘! 谢谢你老人家,我们要出发了。咱们在这儿住
　　着,给你老人家添麻烦啦!

母:(惊讶的)啊?! 怎么? 要走啦! 那咱们这?

班:我们出发打反动派去,日后再回来看望你老人家来。

母:(恋恋不舍的,很难受的)唉……(乐器奏第二曲)

班:老大娘! 不要难过,不把反动派打走了,咱们穷老百姓就捞不着
　　安生日子过。

母:(叙述地唱第二曲)
　　自从咱队伍到这里,
　　咱再没受过地主的气!
　　分得了杜剥皮的两垧好地,
　　有了吃有了穿再不受累;
　　穷人从此当了家,

就是咱死了也有块坟茔地。（乐声续奏过门）

班：咱们的队伍就是为了保卫咱们穷人翻身吗！

母：（悲哀沉重的心情,接唱二曲）

千年的古树开了花,

穷人从此当了家。

有了房有了地还敢说话,

再不怕地主欺压咱；

可是咱队伍这一走,

啥时候才能再到咱家。

班：（接唱三曲）

（一）咱队伍出发去打仗,

为保护咱们穷老乡,

为了要保住咱们房子和土地,

永远不叫杜剥皮再欺压老大娘。

（二）杜剥皮欺压老大娘,

全都是依仗国民党,

咱们去挖掉他的老根蒋介石,

地主恶霸再不能来欺压老大娘。

母：（忧虑的心情,唱第二曲）

五班长说的话记在心,

听说这两天风声紧；

说是"中央军"要来临,

以后的日子可咋整?!

班：（安慰她）咱们屯里不是还有农会吗? 只要咱们穷人抱住团,"遭

殃军"来了,坏种们也不敢炸刺!

母:(把班长拉过一边,东西望望悄悄的)班长!你不知道,就说屯长
　　和薄奎呗,都和杜剥皮他们一个鼻子眼出气,不能给咱们穷人说
　　话,有些个"老实巴交"的也不顶事,"遭殃军"一来,谁还敢
　　吱声?!

班:那咱们农会不是还有永祥、四虎,他们不都能给咱们穷人办
　　事吗?

母:你不知道,班长!屯里的事就像一锅饭没煮熟,还乱七八糟的
　　呢!你们走了,咱们可靠谁呀?!

班:咱们农会……

　　(保,德,虎,永匆匆忙忙地上来)

众:五班长在这呢!

班:回来了!(对保)我们走后,你们在屯子里,(对众)要好好地给咱
　　们穷人办事!

众:没错。

班:(告辞)好!大娘!我走了。

母:再来可到家串门。

班:那一定!再来一定来看望你老人家来。(下)

众:五班长!不送了!

德:班长!我一会就回去啦!

班声:好!不要送了,不要送了!

保:(寻思了一下)妈!这回我跟德成大哥一块参加去了!

母:(突然地一愣,这件事是她从未想到过的。勉强的应付的)你参
　　加吗?!我也愿意。

保、德等:(互相递了眼色,表现着愉快,没想到会有这样的答复)

母:(沉思片刻,她想到儿子离开以后的情景,秋收的困难,想得很

乱,慢慢央求的声调)可是你走了,家里留下你爹妈这两个老废物可咋整?眼看着就要割地了,咱们分的两垧地也收成了,你爹自个也"忙呵"不过来,你把庄稼收拾"利洒"再走不行吗?!

保:(身上像浇了瓢凉水,一团高兴飞得精光,一声不吱,到一边生闷气去了)

德:(劝说的)大婶!你老让保田去吧!割地的时候,永祥、四虎也能帮你拾掇回来呀!

母:他们也分了地啦!还"忙呵"不过来呢,哪还有空;再说,永祥和四虎家也挺困苦的,到割地的时候,还得卖个什么零工"伍的"。

虎:大婶!你放心吧!到割地的时候,我们一定帮你"忙呵"。

母:(哀求的)保田!我盼着你割完地再走,那时候你愿意到哪到哪,爹妈不拦你。(很焦急的)

泰:(刘永泰,下简称泰,唧着烟袋上,他穿着小短夹袄,精壮,利洒的老年人;显得很结实)德成?!是咱们队伍要走啦?!

德:大叔!是啊!是咱们队伍要走啦!

泰:(愣住了)

虎:咱们队伍要出发去打反动派了!

泰:(有些留恋)怎么就走呢?!

保:(向泰)爹!我这回要和德成大哥一堆儿去参加了!

泰:(不加可否的)保田!我心里明镜似的,队伍好,你也不小了,要上哪去,我也挡不住你;可是!唉!你该寻思寻思,咱们这个家你也知道,你自己看着办吧!

母:(悲苦的声音)你看你爹这么大岁数了,你就撩下走了?!

保:(烦恼地唱第五曲)

(一)杜剥皮仗势力把穷人欺压,

咱刘家几辈子当牛当马；

共产党来了咱出了气，

分房子分土地安下了家。

（白）妈！（接唱）

（二）地里边庄稼熟，

我应在家务庄稼，

我也该在家里，

养活爹爹和妈妈。

（白）可是，爹！

（三）没有那红太阳，

地里怎能长庄稼？

没有那民主联军，

哪里会有咱的家！

（四）我参军就为了，

保住房子保住地；

我参军就为了，

保住爹爹和妈妈。

泰：（好容易找到了个理由似的）我不是不叫你去，可你妈只有你这

么一个！

保：（辩驳地接唱第五曲）

杨大婶也只有，

德成大哥他一个，

人家能去参加，

为啥偏偏不让我？

（拉住德成，又生气地甩开了）

母:（奔过去拉保）你一个去不去的又能咋的！

保:（避开母又站到一边去了,接唱第五曲）

大哥喜生子,

年轻的兄弟一大帮。

他参加我参加,

大家参加保住家！

你不去我不去,

反动派来了看咋的?！

（把脚一跺,坐在庙旁边生气去了）

德:（解劝的）大娘！你叫保田去吧！你想想,咱们受了几辈子穷,成
年倒辈叫人家把身子绑到地里,好容易咱们队伍来了,咱们才翻
了身,自个有了地种,有了饭吃,咱们参加就是为了保住房子,保
住地,为咱们穷人打天下么！

母:（无可奈何的）这我都明白！

保:（顶撞的）你明白为啥不叫去呢？

母:等割完地再去也不晚哪！（推托的）

（天际的红霞已渐渐黯淡而消逝了）

永:（没有忘记农会的事,天真的）你看怎么样！大婶不叫你去,你就
别去得了。

保:（生气地推了他一把）

虎:（瞪了永祥一眼）

永:（吐了舌头,跑到一边不言语了）

虎:我看！（为难的）保田哪！你就过个两天吧！大婶正在气头上,
等些日子,把咱们屯里的事整得不大离了,再跟大婶合计合计,
我,永祥,咱们一块去。

杨:（杨母,以下简称杨,颤颤巍巍的,满心地高兴,拿着一双鞋,她穿着普通农民的服装上）德成！德成！你这孩子,人家都"拾掇"利索啦,你还在这唠扯啥？给！把这双鞋带着,道上有个下雨阴天的留着好"巴扎""巴扎"泥伍的。（抬头看天）怎么？天阴啦！眼看就要变天了。（天更加黑暗,隐隐地听到风声）

德:妈！你先回去吧！

杨:（嘱咐的）在咱们队伍上,可得好好干,别老惦记着家。

德:（安慰的）妈！你放心吧！我决不能给你老人家现眼！（坚决的）

保:（赌气地看着母）你看人家杨大娘。

母:（哭哭咧咧的）你割完地就去！

泰:德成,那你就先去,为后我定规叫保田去找你。

母:（敷衍的以为搪塞过去就算了）把地割利索了就去,这穷家有啥呆头。

德:那好吧！（向保）保田！我先走了,走后,我家,还有我妈,你们大伙多照看点。

虎:你放心吧！在咱们队伍上好好干,别惦记着家,家里我们照看,放心吧！

德:走吧！咱们到连部去。

永、虎:对！我也去！

　　（杨,德,虎,永一齐下）

虎:（又转回来,安慰保田）保田！我看你过些日子再去吧！

保:（把身子一扭,不理他）

虎:（看他不理,没有吱声悄悄地撵德等去了）

母:（看看走远的人影,又悄悄地看看保田,很关心地又看看走远的人们）

保:(看母一眼,突然跑下去)

母:(发现保田跑下去,大惊地哭喊着追下)保田! 保田!(慢慢地又
　　失望地走回来哭着)

泰:(一声不吭的,一直在抽烟)

女:(群众中女一)大婶! 你们保田也参加啦?!

母:唉!(以衣襟擦着脸)

薄:(薄奎,下简称薄。穿着破旧的布协和服,中式裤,头顶破毡帽,
　　鬼鬼祟祟的)哭啥? 又有房子又有地,吃不愁穿不缺,刮风不透
　　下雨不漏,还哭个啥呀? 噢! 你家保田参加啦! 那不就更"打
　　么"了呗! 那你家就该受军属优待啦! 我这个兴农委员,日后还
　　得多照看着点你们哪。

泰:(生气的,不想理他。抽身回屋)

　　(群众陆续走上)

男:(群众中男一)薄二哥! 听说风声紧得邪乎?

薄:(神秘的)可不! 风声紧得邪乎,听说张天师传下了法旨了(鬼祟
　　地信口开河地造起谣言)八月十五,天昏地暗,日月无光,黑虎星
　　下界,率领着猴兵猴将,这世道可就要大变啦!

男:(惊骇莫名的)唉呀!

薄:(捅了一下男,男吓得一哆嗦)老四,这可是一人传十,十人传百,
　　如若不传,口吐鲜血而亡,你可要加点小心。

　　(群众面面相觑)

薄:这是天意。(得意地卖弄)有些人呐!(对母)还想跟着八路军蹽
　　呢! 真是死到临头不知死!

喜:(王喜生,以下简称喜,着蓝小褂,军裤,扎着绑带,戴着军帽,活
　　泼地唱着"没有共产党就没有中国"的歌子)"共产党一心救中

14

国,他领导……"（看大家在场,对刘母）大娘！我保田哥呢?！

母:跟你德成哥到北边拉去啦!

喜:大娘！你叫保田哥参加啦?！那"敢情"好了,我去找他去!（往
　　下跑,被薄奎截住）

母:（解释的）我才没让他参加呢!

薄:（假惺惺的）喜生子,二叔可是向着你呀?（威吓的）眼看八路军
　　都挺不住啦,你这不是白找着送死去啊?！

喜:（反击的）我不信!

薄:（若有其事的）你看! 二叔多咱糊弄过你,忘了,你当猪倌那
　　回啦!

喜:（不提则已,提出来更勾起火来）那回怎么的,头年杜剥皮瘟了
　　猪,他硬赖是我给打死的,拿皮鞭子抽,你还给烧火来着!

薄:（无话可说的）你看……

　　（远处吹哨子队伍在集合）

喜:集合了!（急急地跑下）

　　（群众陆续地上）

众:是队伍要走吗? 怎么就走了呢?！

　　（音乐奏第六曲,长长的一列队伍从群众中辟开的一条路中间
走过去,他们向群众打招呼,告别,群众议论纷纷,他们留恋着队伍,
在队伍的末尾出现了德成、四虎、永祥、喜生子、保田等,德成和喜生
子已全换军装）

德:（安慰着保田,边走边说）大婶不叫你去,你就等些日子再去,别
　　着急。

虎:可不是!

保:（烦躁的）你们走啦,为什么非把我留在家里不可呢?

母：保田！（如获至宝的）你不能走啊！（一把拉住保田不放，保田挣扎不出）

（指导员上来，他带着图囊，驳壳枪）

德：保田，你别叫大婶着急了。

指：（指导员以下简称指，和蔼的）保田！老大娘不愿意，你就等以后再来，那时候一定还收你。现在家里不叫你去，你跟来啦，咱们队伍上也不应该留你啊！是不是？你在农会里工作也是革命么！好好地给咱们穷人办事也是和队伍里一样。

保：（痛苦的，跺着脚，不吭气了）唉！

杨：（很留恋的）德成！你要好好地照顾喜生子，他还小。你拿他当你亲兄弟看待。（对喜）喜生子！你走了，大婶从小拉帮你这么大，这会你也长大了。你去参加了可得好好地干！别忘了给你死去的爹妈报仇！别总惦记着我！

喜：大婶！你老放心！我忘不了！我好好地干！

指：（对德，喜）你们快赶队伍去吧！

众：不远送啦！常来信好好干，别惦记着家……

喜、德：（告别的）一定好好干，回去吧……

指：（站在庙旁的石块上面很和蔼的声音）老乡们！咱们队伍在这住着，给老乡们添麻烦啦！现在我们为了消灭更多的反动派，去打那些祸害老百姓的国民党军队，为了咱们穷人有房子住有地种，永远不受地主阶级的气，我们要去打仗了。老乡们！要打仗就不能老住在一个地方不动，该进就进，该退就退，该走个超道，就走个超道，该绕个远就绕个远，主要的是要多消灭敌人。所以咱们的队伍要暂时离开这里，但是老乡们记着，咱们的队伍会回来的！咱们的队伍是要打回来！（激昂的）

（天更昏暗，仅有前面一线光，天全黑）

（群众拥挤，最后排一个老头挤上去，拉指导员）

老：（群众中一老）指导员！

指：（环顾群众，坚决的声音）老乡们记着，咱们的队伍要打回来的！

（一甩头，匆匆下）

（群众一拥而上，远眺，心中留恋着自己的队伍）

高：（高区长，下简称高，穿着地方工作人员的蓝衣服上，站在刘家柴
火杖子旁边的石块上）老乡们！

（群众转身，拥向高区长。杜本厚、于麻子溜溜球球鬼祟地上，
杜戴破毡帽，青衣裤已破烂不堪，于麻子戴破"战斗"帽，黑协和服已
破烂，站在一边）

众：（失声地喊出）高区长！

高：老乡们！（留恋的）我们要走了；但是我们不会走远的，就在这左
近，共产党，民主政府永远是和咱们穷人一条心的；大伙不要听
坏蛋的造谣，只要咱们穷人抱住团，就什么也不怕。我们走了以
后，那些被斗争清算的地主们，要好好地对待咱们穷人，将功折
罪，如果哪个敢再欺压咱们穷人，咱们就不答应他，民主政府一
定要严加惩办！（严厉的）

杜：（杜本厚以下简称杜，鞠躬如也地摵了摵尾巴似的）

高：老乡们！再见吧！（欲下）

泰：（落泪拉住高区长）高区长！

高：（默默地看着群众下）

（天更阴沉，暴风雨就要来了，远远的天际一闪闪的电光，隐隐
地有雷声传来）

（群众陆续地叹息着走回各人的家里去）

杜：（给于麻子递了眼色叫于去看看大伙）于屯长啊！依我看，还是和大伙合计合计欢迎国军吧！

（群众急急欲下）

于：（于麻子以下简称于，张张罗罗的）别走，别走！都往前凑合凑合，听本屯长给你们"叨咕""叨咕"。说是八路军这回可走啦！国军备不住马上要到咱们这疙瘩来，咱们屯堡也该商量商量，欢迎国军吧！（杜满意地摸着下巴下）我可告诉你们：如果谁要是迟缓不照办的话，就罚款五百块！

（一道闪光，沉重的一声雷响，群众看看天）

薄：（站在高区长站过的石头块上）哎！穷棒子们听着，现在你们八老爷可蹽啦！你们分人家杜掌柜的东西，麻溜点如数送还；要不啊，可小心脖子后边打雷。（薄、于，溜溜地满意地下）

（猛烈的一道连着一道的闪电，划过天际，霹雳一声巨雷）

（群众默默不语地向各个回家的路上散去）

永：妈的！我看你们。（虎拉住永，同扶杨母下）

（一雷接一闪，一闪又一雷，连续轰隆着）

母：（拉保田）保田！快进屋吧！眼看就变天了。

保：（愤怒异常，激厉而且坚决的）变天！总有个晴天的时候！

（跺脚）

（雷声大作，暴风雨湮没了景色，黑暗压迫着农村）

（幕落）

第二幕

时间：距第一幕五天。

地点：杜本厚的家。

人物：姨太太、薄奎、杜本厚、于麻子、拐六、蒋匪军士兵 E，蒋匪军邱营长。

（乐器起奏第七曲）

幕：一个客室，封建地主家庭的摆设；台右首是两扇的屏门，门侧后是一个大窗户，下面一节是玻璃的，窗下摆着一个圆的或者三角的小茶几，是日本式的（也许是杜剥皮"八一五"以后在协和会什么伪满机关里捡的"洋捞"）。在这茶几上摆着一对日本"扣碗"和日本圆茶壶以及玻璃杯等等。左首是通内室的。左侧墙下放一长方桌，桌有桌围子，这桌围子上绣着"丹凤朝阳"或"鲤鱼卧莲"之类，桌上有一对掸瓶，瓶里有掸子，或金定高香。两瓶中间有一镜架，架上有大镜子一面，随便什么地方放有扫地笤帚和抹布；地下桌上放着乱纸，屋子里显得有些凌乱。

姨：（姨太太，以下简称姨，奇特而合乎她身份的装束，一套粉红色旧的上下衣，衣上有小花，上衣外套有紫红色或大红色的毛衣最好镶有绿边。穿着一双绣花鞋，粉红色的丝袜子，套在裤脚外边，绿的或蓝的腿卡子箍在袜口上；她的头发蓬乱着，脑后一个大的元宝形的发卡子，看来后面的头发像个公鸡尾巴；她一夜似乎没有睡觉，手拿一面蓝国民党旗，缝着，唱第八曲）

（一）忙呀！忙呀！

　　可院套忙得个呀真够呛；

　　八口肥猪仰八壳朝天，

　　捆绑上，捆呀捆绑上啊！

（白）八口肥猪够不够呢？谁知道人家国军能来多少？哎！为了做这个小旗呀！（唱第八曲）

（二）箱呀！柜呀！

满屋里翻得个呀不成样，

白绸那个裤衩（读乍）呀，

扎呀么扎着十二个犄角，

砌呀砌"中央"呀！

（三）忙呀！忙呀！

夜傍黑直忙到今儿早上；

上下眼皮老是挤咕眨咕直打仗，

直呀直打仗！

（四）盼呀！望呀！

我伸着个脖子盼呀！（到门口去）

盼"中央"呀！

穷棒子们看你们还有啥办法，

还有啥办法！

（白）哎呀！你看这个死薄奎，把外屋地整得这个埋汰，又蹽到哪去挺尸去啦！"冷丁"人家长官们来了该多"砢碜"；（向窗外喊）薄奎！薄奎！

薄：（内应）来了！来了！（上，已经换了长大衫，头上戴着尖顶帽头，匆匆忙忙的，扎煞着两只手）二太太干啥？

姨：（嗔怒的）你到哪卖呆去了，还不"麻溜"点把外屋拾掇拾掇！

薄：（赶忙在地下拾乱纸）我在后院看他们杀猪呢！那帮穷棒子就不乐意给你往好里整，把那些猪肠子整得一节股一节股的，整得乱七八糟，你要不瞅着点，好东西还不都给糟践了！

姨：（不耐烦）快杀完了吧？

薄：杀了一多半了！（一边收拾一边说）

姨:(生气的)杀了一下晚,还没杀完?(将做的旗子拿在手里,站到桌上往墙上比划着,看合适不合适)

薄:(急忙地拿凳子要挂)二太太做得真板正,我给你挂吧!

姨:你看你埋里埋汰的,我还怕你埋汰了我的小旗呢!

薄:是是!(买好的)你看二太太做得真好,啧啧!(扶着桌子)

姨:扶着干啥!你给我看着点高低!

薄:是!是!(看旗的位置)高点!再高点!还得高点,再高一丁点!

姨:(往上使劲)还不行?(用劲过猛几乎摔下来)

薄:(急去扶姨)

姨:哎呀!死人!也不知道扶着点。(用手指戳薄前额一下)

杜:(已完全不是第一幕的装束了,黑绒礼帽顶在肥胖的头上,青缎子小夹袄和青湖绉夹裤分别地装饰在上下身,白布的或者纺绸的中式衬衣在领子部分和袖子部分露出来。他沉重地摆出一副"绅士"的臭架子,踱着方步唱第九曲)

　　人有福来天照应;

　　马上膘来人走红运。

　　喜鹊叫门贵客到!

　　穿戴起来我就迎财神。

　　只要把"中央军"迎进门,

　　我定把穷人都杀尽。(作出杀人的姿势)

姨:(讨好的)你看!咋样?行不行?

杜:好!(仔细看)哎!好像缺点什么似的。

姨:缺啥?!不是十二个犄角?

杜:(不言语,似乎是品着滋味,摇着头)

薄:(趁势表示他很聪明地了解主人的意思)我看也像缺点什么似

21

的。（突然发现了问题的焦点，卖弄乖巧的）呵！是缺块红
的吧?!

姨:（不高兴大声地鄙视薄奎）你懂得啥！人家这是啥，那是啥?

杜:（寻思着慢慢吞吞的）咱家那张金边的主席像呢?!

薄:（姨太太说了他，他讪讪地站在那里。突然这一下可找了个机会
似的）对啦！要挂上个蒋主席的像那就更好看啦！

杜:薄奎呀！你找找去！

薄:是。（欲下）

姨:（制止薄奎）到哪找去？那不是五月那"前儿"，穷棒子们开会，杨
德成拿去，两脚给踩个稀烂。

薄:这回踩吧！看谁踩谁！

杜:（狠狠的）踩吧！

姨:（看杜不高兴）缺点就缺点吧！就这样也挺好看的啦！

杜:（惋惜的）差点劲！

于:（手执国民党小蓝党旗，急急忙忙地跑上）四爷！才刚拐六回来
说国军已经到了腰屯了，二里地一眨眼就到，你们准备得咋
样了？

杜:（慌忙）于屯长！我看你"麻溜"地把各户下招呼到屯东头，等着
欢迎，我就到！

于:行！行！（唱第十曲）
四爷四爷你放心吧！
外边的事情全有我，
只要是四爷你嘴一动，
管保把事情办利索。（下）

杜:（吩咐薄奎）快拾掇！

姨:薄奎,你快点拾掇!

薄:是!

　　(姨,薄二人忙乱起来)

姨:(唱第十一曲)

　　快呀! 快呀!

　　去把那个挂联拿呀挂联拿呀,(薄下)

　　粉壁墙上挂呀挂字画呀。

薄:(在内接唱十二曲,边唱边出来)

　　来啦! 来啦!

　　挂联字画就在这疙瘩,

　　粉壁墙上挂呀挂字画。

　　(二人边唱边把字画挂好,上联是"德行动天地",下联是"清白传子孙"。或者是针对地主阶级的家庭、人物本质给以强烈讽刺的对联更恰当)

姨:(接唱第十一曲)

　　快呀! 快呀!

　　去把那个门帘拿呀,门帘拿呀!

　　窗户纸上贴呀贴红花呀! (向窗上贴红花)

薄:(接唱十二曲)

　　来啦! 来啦!

　　红花门帘房门上挂呀!

　　财神福神接呀接进家。(把门帘挂在门上,门帘是白色红花的,或者是大红的上绣着大大小小的花,最好像京戏台上的门帘一样更合适。杜一边换着衣服,穿灰绿的绸缎长袍和青马褂上)

　　(于麻子上)

（接唱十三曲）

于、姨、薄：（合唱）好啊！好啊！

薄：（独唱）粉壁墙上挂字画呀！

姨：窗户那纸上贴呀贴红花呀！

薄：红花门帘，房门上挂呀！

于、姨、薄：（合唱）财神福神接呀接进家呀！哈哈！（同笑）

薄：嘿！比五月间四爷做寿的时候还收拾得漂亮呢！

姨：那还用说，那时候是穷棒子为王，咱们一天到晚心惊肉跳的，哪
　　还顾得上张罗这些，这"前儿"呵，"中央"来啦，咱们可……（众
　　同笑）

杜：（在一旁笑嘻嘻的很得意的）

于：四爷快走吧！（见杜扣子还没扣好，把手里的旗子插到脖子里帮
　　杜扣着扣子）（薄在后面拉长袍，丑态百出卑鄙不堪。姨下）

杜：（抽出于脖子里的小旗，于看旗已不在，随着杜的屁股后下）（薄
　　继续收拾）

拐：（拐六，以下简称拐，穿一套破旧的衣裤，上黑下白，戴灰的或者
　　咖啡色的破毡帽，一拐一拐的）二哥！（对薄）四爷叫你不让那些
　　穷棒子到前院来，都在后院待着。

薄：（新奇的）拐六，你看见那个官没有？

拐：（自鸣得意的，似乎他就是那个官）看见啦！

薄：什么样？

拐：可神啦！就跟"康德"九年小林队长到咱家来的那派头一样，骑
　　着大洋马，还穿着那大马靴呢！（比着马靴的穿着法，一抬腿几
　　乎跌倒）

姨：（内声）拐六啊！那个官带来太太没有哇？

拐:（没听准）什么？

薄:（拉他）问你,那官带着太太没有？

拐:（明白）唔……（外边狗咬,有人声）快！ 快！ 来啦！ 来啦！

于:（内声）薄奎！ 薄奎！

薄:拐六快去沏茶！

拐:（慌慌忙忙地不知拿什么好,最后从墙角拿了一把笤帚,匆匆忙忙地拐下去）

薄:（拿着壶碗下）（蒋匪军营长的马弁持枪上站一旁）（杜在前边引路,边走边嘻嘻哈哈的）

杜:（哈着腰,几乎矮了半截,有些像只大肥狗,只是他还穿着人的衣服。一耸一耸的）哈！

邱:（蒋匪军邱营长,以下简称邱。看去似乎还有个神气,头上顶着大沿的蒋匪军帽,美式服装马靴,为了遮盖他手上血腥的痕迹,带着一副洁白的手套,在腰际挂着支 U.S.A 牌的手枪。上场以后东张西望,心事重重的）

杜:（进屋,赶忙用掸子掸去椅子上的土,实际上那里已经没有土了）营长！ 快请坐。营长不瞒你说,敝人这个家,实在是……唉！ 都叫那些穷棒子们给我"踢蹬"光啦！ 这回多亏国军早来一步,要不我这条命都保不住啦！（见了邱就像见了他的亲爹一样,不知该说什么好）说一句掏心肺腑的话,想"中央",盼"中央",把我两只眼睛都盼红了。

邱:（不在意地笑了笑）

杜:（忽然想起）哎！（对内喊,显然是有些生气了）咋还不出来招待客（切）呀！

姨:（应声而出,着草绿色旗袍,衬着丑恶的红得像猴子屁股的脸,更

加恶劣,头上还附加了几朵颜色极不调谐的花)官长! 一路上辛苦啦! (递烟给邱)

邱:(莫名其妙地站起来)没有什么! 没有什么! 为了国家,为了和平没有什么! (目不转睛地盯住姨)

薄:(端茶上,姨递茶给邱,薄下)

杜:(感激的心情)营长为了我们黎民百姓,不辞辛苦,远道而来,咱们黎民百姓真是感恩不尽,唉! 这回国军来了,咱们可要好好地出一口气了!

姨:可不是!

邱:那是当然啰! 现在是咱们的天下,所以兄弟我这次到这方面来,就是奉了上峰的命令:收复失地,为民除害,为国家戡乱,以后这方面的治安,还要多多委托杜先生……

杜:(受宠若惊的)那还用说,理所当然,理所当然。营长刚到,对本屯四周围的八路的情形,待本人向长官说一说。

邱:(两只眼睛死死盯在姨的身上脸上,随便应了一声)嗯!

杜:在本屯北边拉山上,离这二里来地,还有八路军。

邱:(一惊转过身来,看着杜)

杜:(还未觉察邱的惊惶)大约莫二三百人,山不高"狭"。要是在咱们屯子南头把大炮一支,管保他一个也跑不了,一下子都给他包了渣!

邱:才二里多地?!

杜:(献殷勤的)还有离这五里来地,有个林湾屯八路探子常到那疙瘩去"煞摸";再还有早先这疙瘩的那个八路区长,就是领着穷棒子专门跟咱们作对的那个高区长也在那疙瘩,营长那"地场"的暗八路可不少!

邱:(发毛了,在地上来回地走着)才二里多地?不妙,不妙,(返身向杜)这些情报?

杜:千真万确,一点不带掺假的,都是我个人派人去捎(读臊)听来的。

邱:这么说!(戴手套拿帽子准备要走)

杜:(急了)哎!营长,我对着日头老爷说话!这些事还能含糊?不含糊,一点也不含糊。

邱:……

杜:咱们这本地,你就放心吧:谁通八路谁家有参加的,咱们都知道,营长你放心吧!

邱:天不早了,队伍还要赶到××镇去(演出时可以填镇名)。

姨、杜:怎么?营长不在这住?

杜:哎呀!营长啊!粮草款项早就筹划好了,营长,就你这一营弟兄在这住个一年半载的啥也不用犯愁!

邱:这是上峰的命令,那个地方靠山临水的还很好!

杜:那!营长!咱们这个地方可咋办?

邱:(壮胆的)没关系××镇离这才几里地,我邱明仁在此驻防,谅他们也不敢,你们放心,再见吧!(走)

杜:(急给姨使眼色)

姨:(急走到门边搁住)那可不行!饭都预备好啦!

杜:营长!赏个脸,赏个脸,便饭,没有什么好吃的。

姨:(献媚的)土里土瘪的,也没有什么好酒,营长可得赏个脸,请吧!往里边请吧!

邱:(想走又不忍离去,斜着眼看着姨,调情的)那好,(走几步返身向杜)回头你派个人把筹划的粮草款项给我送去。

27

杜:一定！一定！请！请！

（邱和姨并肩下）

于:（内声）弟兄们坐好，八个人一桌，（内示蒋匪军一部乱哄哄地喊叫，于上）四爷！我都把弟兄们安排好啦！马上开席吧！

杜:（装模作样的）营长也没有心思在咱们屯子住啊！

于:（大失所望的）哎呀！那可咋整?！

杜:不要紧！才刚就在这疙瘩，我跟邱营长唠得挺近边，他还是我个亲戚呢！

于:（放心）那不就更好了吗！

杜:（故意郑重其事的）我屋里的叔伯哥哥的堂兄弟的外孙女是邱营长他小姨子的娘家嫂子的妹妹。

于:（计算着）这么一说营长还是四爷的表侄呢！（远远的女人吵嚷，喊叫"救命"！蒋匪军吆喝声。乱成一团）

拐:（急急忙忙的面如土色）四爷！四爷！国军一进屯子，挨家乱串，抓猪撵鸡，大姑娘小媳妇撵得满街乱跑，鸡飞狗跳墙的，急哭乱喊，屯东头屯西头都乱套了！你看咋整?！

杜:（大怒，狠狠地打了拐六一巴掌制止他喊）混蛋！你乱吵吵啥，让你们好好招待国军，你们咋招待的? 你们要招待得好，国军顶规矩了，快去！国军要啥给啥，这天下还是国军打出来的呢！

拐:四爷！大伙都……

杜:去去！（不耐烦的）

于:去！瘸瘸的啥也不能干！这套玩意儿！

杜:（得意地笑笑，又突然板起脸来，摆着架子）于屯长啊！我一会跟营长合计一下，就搞你当咱们屯堡的保长吧！

于:那全靠四爷拉帮一把啦！我这个为人吗，四爷，你还不知道么！

（浑身似乎在发痒似的。笑眯眯的）

杜：（主要的意图）至于我那个地吗……（想把话留给于来说的）

于：（赶紧接下去，表示很会体贴四爷的心意）收回来！收回来！谁
　　要是敢不交由我于麻子一手承当！

杜：先不用着急，（老奸巨猾）咱们是放长线钓大鱼，等他们把粮食打
　　下来，让他们一口袋一口袋地送到咱们家来呀！（全盘托出）

于：还是四爷有办法！好！好！

杜：那时候再往回收地呀！

　　（内发出邱与姨饮酒欢笑声）

于：四爷！这八口肥猪，我看不能出在四爷你老的身上（显得自己又
　　卖弄一手）。

杜：（很大方）那你看着办吧！

于：有办法（表现自己很会办事的），叫他们各户下拿出自动慰劳捐，
　　不就结了么！

杜：也好，那你酌量着办吧！（进内）

于：四爷！你就来肝吧！（得意地欲下，在门口恰遇薄奎拿酒壶上）
　　老二！你可要留心侍候啊！营长是四爷的表侄呢！

薄：那你擎好吧屯长！

于：屯长？眼下升了保长了，"中央官"呢！（笑）哈！哈！

　　（音乐奏第七曲幕急落）

第三幕

时间：距第二幕一月后的一个夜里

地点：

　　　　第一场：刘永泰家场院上

　　　　第二场：杜家客室

　　　　第三场：杨母回家的路上

　　　　第四场：村边河套里

　　　　第五场：刘永泰回家的路上

　　　　第六场：刘永泰家里

人物：刘永泰、刘母、保田、四虎、于麻子、杨母、群众男一、高区长、薄奎、拐六、王喜生、杜本厚、邱营长、姨太太、蒋匪军士兵 A。

第一场

（音乐起奏第十四曲）

幕：一个月夜，天空高高悬着个下弦月，几颗不很亮的星星闪烁着，场的左后侧有草垛两个，台的后方是一堵破土墙，墙左侧方有一个很大的豁子，墙背后是一棵不知名的老树，只能看到些干干的枝丫。

远处传来吆呵牲口的声音和滚子吱吱扭扭的声音，人的声音是苍凉抑郁疲惫不堪的。显然，他们已经几天几夜没有睡觉了，他们连着几夜，空着火烧着似的肚子，为地主恶霸在打场。

场上是刘家三口，刘永泰佝偻着身子扫"谷囊"，刘母在收拾零碎，刘保田有气无力地一锨又一锨地扬着谷子，他们都换了破烂的棉衣。

泰：（力竭声嘶地唱第十五曲）

十七十八人睡月发，

全家人空着肚子把场来打。

眼泪流下往肚子里咽,

血汗种下的几颗粮啊!

杀人的地主他要拿,

但不知八路军到多咱,

他来搭救咱全家。

保:(他还穿着夹衣服,扬着谷子接唱前曲)

咱刘家人穷志不穷,

哪怕他半夜刮冷风;

几辈子的冤仇恨记在心中,

杜剥皮你逼死多少人命?!

你坑害多少穷人?!

有一天穷人们抓住你,

叫你点天灯。

(四虎散披着破棉袄,很疲劳地擦着汗上)

虎:保田! 打得不大离了吧?!

保:快完了,你和永祥帮杨大娘打得咋样啦?!

虎:快完了,哎! 保田! 咱们打完了帮老王头打吧!

保:好吧!

虎:大叔啊! 于麻子又来催粮啦没有啊?

泰:(狠狠的无可如何的)来啦! 一天都来好几趟啊! 才走了不大
会儿!

母:唉! 自从这帮官胡子来了这一个多月,就没有一天消停过,屯里
的姑娘媳妇,叫他们糟践的唉……

泰:唉! 就连杜剥皮的小老婆,都跟邱营长靠上啦! 真他妈的不要
脸哪!

虎:(恨极的)真他妈的,自从国民党来了,杜剥皮仗着邱营长,他又抖起神来了,又收地,又要粮,哼! 叫他王八蛋×的抖吧!

保:(突然发现一个黑影在左侧草垛后面)谁?! (喊)

永:(慢慢地出来)我! 四虎哥在这吧?! (发现虎在场上)四虎! (在四虎耳边说了两句什么)

虎:(沉思了一小会)嗯! 就在这合计一下吧! 保田也在这,省得再到别的地场去了! (对永)你领他上这疙瘩来吧! 这也没有外人,天到这时候啦! 没人来,这还蔽静。道上加点小心,别冒里冒失的。(嘱咐着)

永:嗯哪! (下)

虎:保田! (悄声的)高区长来了!

泰:高区长! (热情忘形地失声喊出来)

虎:嘘! (捂住泰的嘴)大叔! 小点声!

　　(大家互相望望,去旁边看看,欢喜使他们忘记了几天几夜的疲劳,静静地等着)

永:(走上来悄悄地看看场上,没有人,向后摆摆手)

高:(换了一身破棉袄,夹裤子,棉衣下面鼓鼓昂昂的可能是一支驳壳枪)四虎!

　　(大家闻声齐转身,拥上去,如见了亲人一样)

泰:(在万分紧急困苦艰难中,在绝境里,见了能替自己出主意想办法的亲人的时候,兴奋得眼泪夺眶而出)高区长! (泣不成声)

众:(兴奋得很,但心中有些凄酸)

高:(机警的)老大爷! 不要难受。(向虎)四虎! 你看谁去站个岗,注意一下旁边的情况,别来了人就麻烦了。

保:爹! 你去吧!

母:我去吧!

高:(关心的)大娘,你老看着往老杜家和往西边炮楼去的两股岔道
　　就行了。

母:(下)

泰:(一把抓住高区长的手)高区长,你走了以后,咱们算又掉在火坑
　　里了,国民党"中央熊"挨家翻,啥都弄完了,靠村边大道边的高
　　粱苞米都割得一干二净,这个捐那个款,唉! 区长! 咱们队伍都
　　在哪里,你在哪住呢?

高:都离这不远"狭"!

泰:(神秘的)薄奎和于麻子说国民党打到哈尔滨了?

高:没有的话! 别听他们那些谣言。别看蒋介石的军队占了咱们些
　　地方,现在他是顾得了脑袋顾不了屁股。早晚也得给咱们倒
　　出来!

保:(疑问的)怎么顾了脑袋顾不了屁股?

高:现在国民党从关里不大好调动了;关里打得也够他呛的;在咱们
　　东北的队伍就有这么些,能动弹的顶多有四个师,剩下那些得守
　　着他的老窝不能动。西丰打了个××师,打得他够呛,在东边又
　　消灭了他一个××师;咱们北边一动,他就得抽兵往北跑,他南
　　边吃了亏,又得从北往南调。这就是顾得了脑袋顾不了屁股,生
　　了疮挖块肉补是补不平的,拆东墙补西墙,啥时候也得有个豁
　　子,于麻子跟薄奎都是瞎白话。咱们队伍离这才二三十里地,头
　　半拉月在李家窝铺还打了个胜仗,咱们还活抓了国民党一个副
　　团长,消灭了一千多人;枪啊! 子弹哪! 可老了。国民党打到哈
　　尔滨那是说梦话! 他离哈尔滨还远着赫呢! 他做梦到哈尔滨
　　吧,再不就是当俘虏上哈尔滨吧!

泰：那好哇！高区长！杨德成和喜生子都好吧?!

高：都挺好的，喜生子也吃胖了，德成打仗挺勇敢，还立了一大功，现在当了班长了。我见过他们一面，都吃得红光满面的；你告诉杨大婶，叫她不要惦记着，都挺好的。

保：（沉思）

虎：高区长，农会委员马占海叫杜剥皮活活地打死了，小组长李福祥叫杜剥皮和"中央熊"的邱营长弄去灌辣椒水压杠子，临完了，活埋了。

高：（默默不语）

众：（悲伤地低下了头）

高：四虎、永祥、保田，（嘱咐的）你们要注意，咱们活动是活动，可不能冒冒失失地蛮干，干工作要精细，不能有一点大意的，一大意就要出事的。咱们队伍快要打回来了，咱们的活动要更精心才对。

虎：嗯！

高：上回我叫老王来告诉你们的那个事情你们做了没有？

虎：你不是说叫我们看看国民党军队有多少人和枪吗？我倒留了心啦！咱们屯住了一个连有八九十人。

永：（反驳的）哪有八九十人，顶多七十人到头啦！枪什么的还没有留神。（狗咬众惊，四顾无人）

高：你们留点心，还有粮食的问题，还是要留点吃的，不然，杜剥皮一收地，一要粮，咱们啥也没有啦！大伙不能挨饿啊！

永：对！咱们一粒也不能交给他。（气愤的）

高：咱们先打下点来藏起来好吃，剩下的慢点打，跟他磨蹭。万一要是谁家的粮都叫收去了没有吃的啦，四虎！你们在咱们农会里，得给他们想法子串换一些。你们记住啊！在最艰难的时候，咱们农会越要抱紧了团，更要一个心眼。这个事方家屯做得好，粮也藏了，国民党和坏蛋都没法治！

虎：好！这个办法好，叫杜剥皮他"洋棒"吧！他翻把！要地，要粮，你等着吧！（恨不绝声）

高：四虎，永祥，保田，你们把今个这些事都跟农会的会员唠唠，叫他们也知道知道。大伙要加小心，国民党军队长不了，你们没有看见：他们那都是抓来的兵，没有几个真心愿意打的。咱们把眼光往长了看；咱们队伍快回来了。

虎：可不是，在我们西院住着的几个一天"哭叽尿丧"的。那个连长老熊他们，前天西院还跑了两个，他们能打个啥？！

高：（叮咛的）你们要小心，在村里查坏人，我离不了咱们"巴拉"这十几个屯子。说不准哪天我还来，反动派和坏蛋洋棒不了几天；你们好好地干。还有……

母：（急上）于麻子来啦！

高：（沉着的）你们要加小心，我走了！过几天再来。

虎：我送你出去，大月亮地我领你走个僻静道，没有卡子的地场。

（虎，高，永等下）

泰、母：快点！（急得厉害）加小心啊！（关心的）

于：（内声）不管怎么的，到明儿个，你这自动乐助捐是非交不结；谁让你儿子当八路来，（走上）这是国家的法律，谁敢不遵！（对泰）刘永泰！你这回的壮丁费和治安费共是一万三千五百六，还有这个……

泰：（哀求的）保长，求你再缓一天半天的，你老看这不是连夜赶呢么！明个一早一准凑够给你老送去；说啥也误不了你老的事，还能叫你老……

于：还得缓个一天半天的？得啦！说啥今个也得凑够，为了你们这
　　些个事情，调理我黑天下火的东跑西颠，总没个完了。嗯！（不
　　耐烦）

杨：（上）保长！我们那个罚款，不是已经交了，咋还跟我们要呢？！

于：（不耐烦的）什么罚款罚款的，才刚不是跟你说得明明白白的啦
　　么！谁家有参加的，谁家就得出这笔款子，这叫自动乐助捐，一
　　个月一回。

杨：（无可奈何的）那可坑死人啦！

于：坑死人？！那谁让杨德成参加八路来？为你这事，我这为保长的
　　好悬跟你们沾了包！

男一：（拿钱上）保长！给你老先带着。

于：（接款对月光数数）这够数？这差老啦！这三勾连一勾也够不
　　上啊！

男一：保长！这还是拿我那匹小红马，给四爷家押来的呢！你老先
　　带着，剩下的等亮天，我再想办法给你老凑齐。

于：（转向泰，杨）那你们两家是拿不拿？！

　　（男一溜下，保田暗暗地拿起木铣，看于行动）

泰：（不语后退）

于：你不拿咱们到保上去！（拉住泰）

保：（过去抱住泰）

泰：（唱第十六曲）

　　求求你于保长发发善心；

　　我们家怎能比上别人。

母：（接唱前曲）

老四家有房子有地有马，

咱现下房无一间地无一垄。

泰、母：(合唱前曲)

你多少给我们留个缓空，

俺砸锅卖铁把款还清。

于：(威胁地唱第十七曲)

不要给我来耍熊，

这话我都不爱听；

你没见东头马占海，

交不起款子要了命。

(白)(恫吓的)你们没听见这两天东边拉一个劲地楔炮；官家催得紧，要交不齐你们可寻思着；(忽然想起)告诉你们明天另一笔新款子又到期啦！"本党特别捐"这可不同别的，可一点也不能含糊，你们快预备好，我先到那边去一会就来。

保：(一把抓住于)你还叫咱们穷人活不活了？！

母、泰：保田！保田！(拉住保，保松手)

于：(趁机溜跑，在墙缺口处站住)你小子等着！

保：(欲冲去)你妈的！(泰拉住不放)

泰：唉！(唱第十八曲)

今天捐明天款像座高山。

母：(接唱前曲)

又要捐又要粮整天没有完。

泰、母：(合唱前曲)

穷人们度日月，

就如同嘴嚼沙子往肚里咽，

穷人们度日月实在艰难。

杨：(唱第十九曲)

他大婶你不要把心伤，

天狗哪能吃得了红太阳；

八路军决不会把穷人忘，

树毛子总有一天拔尖往上长。

(白)他大婶，你别难过，八路军和德成孩子还能把咱们忘了！

泰：啊！他杨大娘，才刚高区长来啦！

杨：(神秘的)高区长来啦！

(几个人看看左右)

泰：高区长说："德成挺胖，打仗挺能干，立了一大功。眼下已经升了班长啦！"(对母)上回真应该叫保田去参加来的。这回庄稼收拾完了，保田去找他德成哥去吧！省得在家里受这份活罪。我老了不能行啦！

保：(想着德成，心中难过)

母：你又埋怨我做啥？

保：(心情烦闷)唉！(唱第二十曲)

提起德成哥我心里难过，

悔恨我先前一步走错；

没有跟德成哥参加队伍，

到如今受苦处无几奈何。

我本想下决心去找那德成哥，

国民党又订下十家连座，

飞不起跳不高不死不活，

千悔恨万悔恨先前做错。

38

喜:(穿着便衣,爬在短墙的缺口处看望,以后叫)大婶! 保田哥!

众:(惊喜)喜生子,你怎么回来啦?

杨:(几乎同时喊出来)孩子你怎么回来的?

喜:(见了久别的亲人,孩子的心里非常高兴,愉快,他感到家乡的温暖)嗯哪!(他很沉着)

杨:你德成哥呢?

喜:德成哥在队伍里挺好,他立了大功,还当了班长了,在胸脯上挂个大奖章,(用手比划着大小)(走近的喜生子看出来在他便衣里边有绿军服)连长和指导员叫我好好干,将来也立大功呢!

保:你来干啥来了?

喜:咱们队伍前半拉月在李家窝铺打了个大胜仗,听连长说过几天以后又要打仗了。这一片我熟,就叫我和一个同志来到咱们屯侦察侦察看看反动派有多少人,有多少枪,武器配备得咋样。刚才我们俩把情况弄明白了,从四虎哥家出来,四虎哥说:"你们大伙都在这疙瘩打场呢。"那个同志在屯后苞米地里等我,我来看看你们,唉! 大叔啊! 咱们还抓了个反动派的副团长呢!

泰:啊! 喜生子! 咱们队伍在哪呢?!

喜:离这三十多里地! 我要走啦,那个同志还等着我呢!

杨:喜生子,你跟我回去,我给德成拿个布衫拿双鞋。

喜:麻溜点吧! 我在这等着。天亮以前我得回连部去。

(犬吠声,众惊,四外去看)

保:这靠大道边,我看你还是到杨大娘家去拿上东西再打这边走。

杨:才刚于麻子还来着呢! 回家去拿东西一袋烟的工夫就回来了。

母:弄点饭吃吧!

喜:走吧! 回家去拿吧! 别叫那个同志等着急了。

泰:加点小心啊。（同下去）

（薄奎、拐六打着灯笼,抱着算盘子账本上）

薄:（唱第二十一曲）

人不得外财不能富。

拐:（接唱）

马不喂夜料哪能肥。

薄:（接唱）

只要我眼前把福享。

拐:（接唱）

我混点吃喝沾点光。

薄:老刘头,打得不大离了吧!

泰:噢! 老二,打完了!

薄:那敢情好,那短下四爷的粮,就算算吧!

泰:算吧! （无可如何的）

薄:（翻账本)前前后后总共是十三石四斗四升七。

泰:（惊骇的)啊! 没有这么些吧! 这我不白捞忙啦! 砸锅卖铁也交
不够这个数啊!

薄:没有这么些? 你听着,头年你欠四爷的租粮一石三按一个月三
分利,蹦蹦利,到现在该交三石零四升七;今年五月二十三你分
了四爷高粱三斗,黄豆二斗,谷子五斗,一共是一石整,都折成高
粱一共是一石二斗整,这是倒算粮;四爷的意思要加一倍,两
石四。

泰:（分辩的)今年我没有分那么些粮食啊!

薄:今年我当的清算委员,我给你过的斗,这还瞒得了我? 听着:今
年你分了四爷两垧地,现下全都收回来,哎! 这不是光对你一

家,全都是这样!

泰:那你不活活地要我的命吗!

薄:(不耐烦)你听着,四爷先前一垧地要按五石粮算。

泰:(惊)一垧地五石粮?

薄:你听着,(买好的)我给你讲了讲情,一垧地给你留下一石吃的,你一共是两垧地八石粮。

泰:(哀求的)天涝打不了多少;老二! 你忘了国军不是叫把靠大道边和靠屯子的苞米高粱割倒了防八路吗?! 高粱苞米还没熟就都瞎了。一垧地连三石都打不上,别说按四石啦。总共也不过打五石来粮啊! 这不活活地……

薄:(讨厌的)你别穷啰里啰嗦的啦! 我没那么大工夫跟你磨牙,拐六,来给他算算!

拐:(拿起算盘)

薄:(拿灯笼看账本)先打上三石零四升七合啊! 再打上两石四斗整,加上一个八石整。多少?

拐:十三石四斗四升七合。

薄:听见没有?! 十三石四斗四升七,这账是丁对丁,卯对卯,小葱拌豆腐一青二白;这还有啥含糊,快预备着,(推泰)十三石四斗四升七,别装蒜。(薄,拐下)

泰:(跌倒在地。气极发抖地站起来,唱第二十二曲)

杜剥皮! 杜剥皮!

我把你喝穷人血贼辣狠的狼;

杜剥皮! 杜剥皮!

你要粮要款把人伤,

你叫我全家怎么活?!

你叫我全家怎么活?!

豁出我老命和你拼!

找你杜剥皮,算老账。

(疯了似的,跌跌撞撞地奔下)

(杨母和喜生子同上,喜拿着一包东西沉着的)

杨:(悄悄地上来)喜生子,你回去告诉你德成哥,别惦记我,我身板挺好,他走后,我没闹病,家里头的事,你保田哥,四虎哥,永祥哥帮我的忙,庄稼打得大不离了,叫他好好干,狠狠地打反动派军队,给咱穷人报仇。

喜:(机警地看四周)嗯! 大婶你回去吧,我知道哇!

杨:(嘱咐的)孩子! 你也好好干,给你死去的爹妈争光,报仇。啥时候立了大功也给我个信。孩子你告诉你们连长快打回来吧,咱们屯的穷老百姓盼你们盼得心急火燎的啦!

(于麻子带了一条绳子,听声,急上抓喜生子,喜被扑倒)

杨:喜生子! 喜生子!

(于,喜二人在地下滚着,杨母上去帮助喜生子,最后喜生子翻上来,扼住于麻子的咽喉,拼命地掐。然后,喜跑下去。于翻起来,追喜生子,一脚绊在"滚子"上,跌倒又爬起来,杨母拉住于麻子不放手,于一脚踢开杨母)

于:(大喊)抓喜生子,抓喜生子!

杨:喜生子! 喜生子! (踉踉跄跄地下)

(第二道幕急落)

第二场

(音乐起奏第七曲)

幕:景同第二幕,唯在国民党旗之上加蒋介石画像一幅,在长方桌上
　　增加银供器一套。在左侧烛台上点着一支烛,在掸瓶上放着邱
　　营长的大沿军帽。室内空无一人,烛光摇曳着,显得阴惨恐怖,
　　时间已经是半夜了,静静的没有一点声音。

薄:(匆匆忙忙地上,向里屋喊)四爷! 四爷!

姨:(穿着一身枣红色有小花的印度绸旗袍,拖着鞋,纽扣还没有来
　　得及扣好,头发有些蓬乱,急忙地跑出来。显然她还没有睡觉)
　　吵吵啥! 不知道今个营长来啦!

薄:是! 是! 你请四爷出来吧!

姨:啥事说呗!(表示她能主事的样子)

薄:于保长把喜生子和杨德成他妈抓来啦! 刘永泰那个老东西,气
　　昂昂地找四爷算账来啦!

姨:算账? 这可不是他八路爷在的时候啦! 谁跟谁算呐?!

　　(于麻子得意洋洋地捆着喜生子与杨母上)

于:哎! 四爷呢?

姨:别嚷! 营长酒喝多了,这会儿刚睡。(看杨母和喜)这不是喜生
　　子,(看杨母)你也来啦! 哼! 你们等着吧!(下去)(稍停)

杜:(怒气冲冲地上,穿着元青色的长袍)

于:老二(对薄)要不着你们俩还蹀了呢!(对杜)四爷!(指喜生
　　子)这是派回来的,(指杨母)这是在刘永泰家场院逮来的。

杜:(给于使眼色,意思是把杨带下去拷打审问)

于:(恶狠狠的)走!(推杨下)

杜:(对薄)你到屋里去告诉营长一声!(薄下去转对喜)你回来干什
　　么来啦?(似乎是很温和)

喜:……(胸脯挺着一起一伏,气愤已极一言不发)

43

杜：（不怀好意的）怎么样？你在那里待着好哇?!

喜：（不语）

杜：（讥讽口气）怎么样，八路好吗？你跑回来干啥?!

薄：（上）营长出来啦！

（姨扶营长出来，营长有些醉意。晃晃悠悠的）

杜：（赶忙站起来扶营长）快请坐吧！营长！（指喜）这就是我和你说

　　过的那个喜生子，现在是八路的探子，让于保长在刘永泰家场院

　　上抓住的。

邱：（慢慢地抬起头来，眼睛扫到喜的脸上，狰狞的面目对着他）你们

　　队伍在哪呢？（尚和缓的）

喜：……

邱：派你回来干什么来啦?!

杜：（接腔的）是不是回来探情报来了?!

喜：……

杜：你咋不吱声？

（屋后面打杨母的声音，杨母愤恨的短促的呻吟声）

邱：你们的长官是谁？

杜：谁？叫什么名字！

邱：（厉声的，把桌子拍得山响）你们的负责人是谁？

喜：（愤怒地叫出来）毛主席，朱总司令！

杜：（怒极，举手欲打喜）

邱：（制止了他的行动）跟你一块来的还有谁？

杜：还有谁？是不是你们队伍回来了？

杨：（在后屋声音）打吧！打吧！我儿子总有一天能回来，把你们

　　这些……

杜：(震怒已极)你咋老不吱声?!(冲向喜生子)

喜：(气极地一踹踹倒杜,对着邱及杜和墙上高悬的蒋介石大骂起来)我×你杜剥皮十八代祖宗!我给你们家放猪,不给我饱饭吃,拿胳膊粗的棒子打我,拿红烙铁烙我;十冬腊月你们暖房热炕地坐着,穿皮袄,叫我披着麻袋片上河套,把脚冻得血赤胡拉的干了十来年,没见过你们半个大钱;我×你杜剥皮十八代的祖宗,大地主,二满洲没有一个好犊子!

(邱、杜惊倒片刻后)

邱：给我打,给我打!(气急败坏的)

杜：(用手绢塞喜嘴)你骂!你骂!(对姨)你是死人,一点眼力见也没有。来揪住,你骂!(打喜)你骂!(姨畏缩地前来帮助)

杨：(在屋后声)你们打死我,我儿子,八路军会给我报仇的,看你们还能洋棒几天!

邱：(愤怒地拍着桌子)来人!来人!

薄：(急急忙忙地跑上来)营长!那位老总,看营长睡着了,到外边溜达去了!营长!

邱：给我狠狠地打!快拉出去枪毙!

杜：营长!(溜须的)你别跟这小犊子生这个气,把他交给我,我有办法,枪毙他,那太便宜他!

邱：(信任他的)嗯!那你看着办吧!要杀,要砍,随你的便,(恶狠狠的)把这些穷党穷头,给他个连根拔。

杜：是!对!薄奎呀!把他吊到草棚上,该死跑不出老虎嘴。

邱：这回不能白白放过他,好好地收拾收拾。

杜：(谄媚的)营长!你消消气,赶快到屋里歇歇;(对姨)你在那愣着干啥,把营长扶到屋里去歇歇!

姨：对啦！刚才薄奎说："刘永泰来啦，要跟你算老米账呢！"

杜：刘永泰，（对姨）你把营长快扶进屋去歇着，（姨扶邱下去）薄奎！

（对外）薄奎！把刘永泰给我叫来！

（姨上）

姨：拐六！（大声喊着）沏点红糖水，待会好给营长醒醒酒。

（拐六应声）

泰：（被薄推进来，东倒西歪地跌在地上，畏缩地看着杜，慢慢地爬起

来）四爷！

杜：（拍着桌子厉声的）怎么的？你要找我算账，你不看一看这是谁

的天下；告诉你：这不是你八路爷在的时候啦，你反啦！喜生子

那个小犊子怎么跑到你家场院里去啦！老混蛋！你为什么不来

报告，他带来多少人，你还窝藏多少八路？！快说！

薄：（帮腔的）你窝藏多少八路？快说！快说！（用鞭子威胁着泰）

杜：才刚喜生子全说啦！你私通八路，想领头造反，你还找我算账，

给我拉下去打！

薄：走！（抽他一鞭子）走！

泰：（号叫）我冤枉啊！冤枉啊！（被薄一步一鞭子地拖下去）（屋后

泰被打，号叫声忽隐忽现）

于：（出了满头大汗。衣服掖在裤带里）四爷！我把那死老杨婆子打

个半死，她除了号就是骂。啥也没说出来！

杜：先把她押起来再说。于保长，你怎么把喜生子抓住的？

于：（咽了一口吐沫）是这么回事：我到老刘家催款去啦；妈的刘保田

这个犊子想打我，我也打不过他，回来叫了薄奎拐六一块去抓刘

保田，我在头前，刚走到场院的墙豁子那疙瘩，看见老杨婆子和

一个人嘀嘀咕咕地说啥呢！月亮地里我凑到跟前一看是喜生

子；我想喜生子当八路了，怎么能让他跑了呢！非抓住不结。可我也没他劲大，又有老杨婆子帮忙，四爷，我差点叫他掐死，腿也"卡"血印了。幸亏，薄奎拐六来了，四爷！这小子可不能放了，放了可是个祸害呀！

杜：（恨恨的）于保长！他们还不死心，还想勾引八路跟咱们作对，你把薄奎叫来，（于下去，薄奎上）薄奎你把刘永泰往死打一顿，再把他撵走。（薄欲下）

于：（上来站在一边）整死拉倒呗！

杜：回来！告诉他天不亮把粮交齐，头晌把房子倒出来。（薄下，泰被打，号叫声）

姨：放回去干啥？

杜：女人家懂得啥，刀把子在咱们手里攒着呢怕啥？都整死了，谁给咱们侍弄地呀？！快去陪营长去吧！（泰从后面被拖出去，台下可见）

薄：（内声）天不亮倒房子！（左一鞭，右一鞭痛打着）

姨：（拿邱的帽子下）

杜：把那死老婆子撵走！（于下）

　　（杨母被推在门外跌倒，于左右开弓地用鞭子抽着，杨母号叫呻吟下）

于：（上）四爷！还有什么事没有？

杜：于保长啊！今个营长来啦，带来一份公事，（递信给于）跟咱们屯堡要十名壮丁，限明天下晚交齐！

于：怎么要这么急呀！

杜：听着啊！咱们屯的粮食还堆在场院上，还都没打利索，一下子走了，谁给咱们家送粮食啊！我跟营长合计一下，分三拨走，第一拨走俩,就让李大个子和……(向于)你看还有谁呀?

于:刘保田!哼!今个傍黑"前儿"我去催款他还想打我呢!这回叫你打!

杜:他家粮食打利索了吗?

于:打利索啦!

杜:你麻溜地到刘保田家去看看他在家不在家,要在家,你带两个弟兄把他抓来,把这帮穷党穷头都拾掇干净。

于:是!是!

杜:哎!你把薄奎叫来!(于下)哼!我看你们这帮穷棒子,就是再能,等我一个个慢慢地收拾你们。(喝了几口水,乐器奏第二十三曲唱)

靠住那"中央"坐得稳,

如今的天下属我们;

斩草除根才解恨,

叫你们穷人再翻身。(把大衣一脱)

(白)再叫你们翻身。(下)

薄:(上来看台上无人,呆呆地看看通里屋的门)四爷!

(第二道幕落)

第三场

第二道幕前

杨:(内唱第二十四曲)

杜剥皮啊!心似狼;

皮鞭子抽得我遍体鳞伤。

这受罪的日月何时尽?

穷人没有靠山苦难当。

盼只盼德成儿替娘把仇报，

八路军赶快回来我诉诉冤枉。（虎，永扶杨上）

虎:大婶！听说你和喜生子叫于麻子抓去了，我们俩在杜剥皮门口
等你,喜生子呢？

杨:（满面流血,头发蓬乱,声嘶力竭的）喜生子还叫杜剥皮吊着呢！

永:啊？ 我去……

虎:（制止永祥）大婶！ 你别难受,往后我们一定好好照顾你,你放宽
心吧！

杨:我不难受,我不难受！（虎,永扶杨下）

第四场

（音乐起奏第二十五曲）

幕:同一个晚上,在屯外的河边上。正面短短的山崖,显出是河堤。
在山崖中间,远远望去是一条很宽的大河;台正中一棵曾经为雷
电霹断的大树残留的烧焦了的树桩。天上稀疏的星,月亮已落
下去了,刮着风,一个漆黑的夜。

杜:（穿着短衣服,全黑色,只有衬衣袖口卷在外边的是白的;背后藏
着闪亮的斧子,阴森恐怖的氛围里,他鬼祟地上来,看望了地势。
颤抖凄厉地叫着）薄奎！薄奎！（随叫声,他走下去）

薄:（左手拿着鞭子,右手揪着喜生子上来）

喜:（被打得浑身是血的前胸和脊背,显出一条条的血红的痕迹,嘴
被堵着。他被反缚着,仅仅穿着一条黄绿军裤。被按在地上）

杜:（夺过薄的皮鞭,把斧子插在腰带上,拼命地抽打着喜生子）

喜:（突然一跃而起英勇地瞪着杜）

杜：（被这突然英勇的行为吓住了）

喜：（把杜踹倒数次，昂然的宁死不屈的神色，给杜以极大的威胁，勇

　　敢地走着）

杜、薄：（随后跌跌撞撞狼狈地追随着）

杜：（拉住喜走上河堤，照着喜脑后狠狠地一斧劈去。音乐戛然

　　而止）

喜：（挺直地落到堤后河水里去了）

杜：（看着水流的方向走了几步。狠狠的）再叫你翻身。

薄：（站在堤下浑身打着哆嗦）

杜：（见薄恐惧大怒）**我劈死你这窝囊废！**（举斧作欲劈姿势）

薄：（跪地哀求）**哎呀！四爷！**

杜：（厉声的）**走！**

薄：（胆战心惊的蹑手蹑脚的，不时回头看杜下）

（第二道幕落）

第五场

第二道幕前

（音乐奏第二十六曲）

泰：（内喊）天哪！（一头闯出来，慢慢地又爬起来，脸上伤痕流血，踉

　　踉跄跄地唱前曲）

杜剥皮！杜剥皮！

你你你坑害我全家。

于保长！于保长！

你你你不让我说话；

地主保长保长地主，

一个一个如虎狼,

这叫我刘永泰可怎么办!

无奈何我只得转回家。(昏昏然下)

第六场

幕:仍旧是同一个晚上,远处似乎有鸡在叫,时间已经是鸡叫二遍或
者又要叫三遍了。

刘永泰家,左侧一堵斜的墙壁,墙中间有一纸窗,已破烂不能遮
风,墙已年久失修;剥落得很厉害,和墙一致的方向是一个土炕。
炕上仅能睡二人,炕席不能遮土,炕上有几片破麻袋。在炕上的
另一头有一个破方凳子;台左前角通里屋;台右前角象征着有门
通外面。

幕启后,保田在整理一个小包,刘母在一边叨念着。

母:你爹去了半宿啦,怎么还不回来,是不是出了啥事了?

保:妈! 我不等我爹了,等一会天亮了就不好走了。小鸡叫过二遍
这么大工夫啦!

母:咳! 再等一会,见见你爹再走,长这么大了你这是头一回离家,
谁知道啥时候才能见面!

保:(想了想)妈! 我今下晚在场院上跟于麻子"支把"了一下子,他
没准要报这个仇,我看还是赶紧走吧! 等明个天一亮就走不出
去了。

母:(未有肯定的态度)

保:(急得热锅蚂蚁似的)

泰:(一头从门外闯进来,一跤跌倒地上)

保、母:(一齐扑过去)爹! 他爹! 你怎么啦?!

泰：（痛苦地唱第二十七曲）

　　他赖咱租子十三石四，

　　我跟他讲道理不许我说；

　　喜生子杨大婶全被抓住！

　　只打得鲜血淋淋不知死活。

　　杜剥皮下狠心把咱家害，

　　硬逼咱今夜晚倒出房子来。

　　（白）他们说……他们说……

母：说什么？

泰：说让咱们天不亮倒出房子来！（一头倒在炕上）（保田去里屋拿

　　碗弄来水给泰喝）

于：（从外上）刘永泰你家摊的那个一万三千五百六的款子上边又来

　　催了，"麻溜"地交给我，别让我遛腿了。

母：（惨伤的）保长！你们还让不让我们穷人活了，你看看我们穷

　　人……（抖着衣服，擦着泪）

于：穷！（轻鄙的）怨你们没能耐，别跟我装相啦！

保：（在一旁招呼着泰）

母：（哭着）

于：你不给是不是？（闯进屋）

母：（喊叫）保长！保长！

于：（一甩手，母一跤倒在地上。进屋里面去了）

保：妈！妈！

薄：（手里提着大斗，大襟掖在裤带上匆匆忙忙地上来）刘永泰，你家

　　场院上的粮食是六石四，按昨晚算的十三石四斗四升七，下短七

　　石零四升七，赶快交齐倒房子！

泰：杜剥皮！杜……（薄一甩泰，泰从炕上跌在地下）

薄：死啦！（急下）

保：（一下扑到泰身上抱起上身来喊叫）爹！爹！

泰：（低沉断续无力的）保田！孩子！你记住！你爹是叫大粮户杜剥皮害死的，你参加八路军，给你爹报仇！（咽气）

保：（痛哭）爹呀！

于：（从屋里提出一个口袋来）怎么？死啦！那你们快拿钱到保上呈报啊！（走，又停）这点粮食顶了；你家的本党特别捐，下欠的一万块钱款子快点给拆腾。

保：（气愤使他忘记了一切，一跃而起，按倒于麻子，狠狠揍着，揍了一顿，又用牙咬着。突然松开手，到炕边拿凳子。举起欲砸于）

于：（趁机一溜，倒关了门，跑下）

保：（凳子从他手中无力地滑落下来。扑到母前）妈！妈！（又跪着爬到泰前）爹！爹！

母：（渐苏醒过来。唱第二十八曲）

　　啊——逼死人的天哪！

　　可说天哪！天哪！

　　你还叫咱穷人活不活！活不活！

　　可说天哪！天哪！

　　你还叫咱穷人活不活！（跪着冲向泰尸前）保田他爹！（唱）

　　你死……死……死……啊……

　　叫我母子怎么活！怎么活！

　　（两眼直瞪，冲到门口撞到墙上愣住，以手慢慢地摸着墙，猛烈地回身抱住保田）

母：保田！你去参加八路军！给你爹娘报仇。为咱们穷人打天下。

（接唱第二十九曲）

大地主几时不打倒，

你爹娘的仇恨几时能报？

快去参加八路军，

快去把那德成找；

为咱穷人打天下，

为你父母把仇报。

只要能打倒杜剥皮，

为娘我死！死！

死也甘心了。（撞墙自尽）

保：（凄惨的绝叫）妈呀！（到秦前）爹！（寻思一刻跑下去，手执菜
　　刀上，冲至门前停住）高墙大院狗腿子多！我！参加八路军！打
　　天下！报仇！（扔刀抱母尸）妈呀！儿把你老人家埋葬以后，就
　　去参加，为爹娘报仇打天下。（音乐奏起第三十曲）（进屋里去拿
　　铁锹出，沉重的脚步，至门口顿止）可是杜剥皮抢走了地！叫我
　　往哪安置你老人家？！（将母尸移过去靠近父尸）叫我往什么地
　　场安置你老人家？！（挖着屋里的地，外边狗咬，扔锹，去门前看
　　望，脱去上衣给父母盖好。拿起铁锹依门做斗争的准备！稍停
　　无声，继续地挖地）

于：（突然地破门而入见保田）刘保田！该你出壮丁了，走吧！（对他
　　所带的一个蒋匪士兵）把他带走！

保：（突然砍了于一锹）

兵A：（以枪挡住锹）

于：（躲在兵A背后）

兵A：你动我开枪了！（干嚷不动地方）

保:(猛烈一铣劈去)

兵A:(用枪挡住,保田用力过猛,铣被打落地上)

保:(取过炕边凳子,向于又砍去,正中兵A的手腕,枪被打落,保扑过去打于,被兵A拉住;回手抓兵A,推向于,使兵和于互相撞,同跌地上。拾起铁铣乘机从窗跳出去)

于:(爬起来)快!快!跑了!给他一枪。

兵A:(拾起枪来,顶上子弹,无目的地放了一枪)

于:快从窗户出去追!追!(两人跳窗)

于:(喊声)站住!在那呢,穿白的那个!站住!站住!给他一枪!

(轰然一声枪响,幕急落)

第四幕

时间:距第三幕两个月。

地点:××屯我军×连驻地。

人物:杨德成,小钢炮——战士,战士一,二,三,四,五,六,七,八,九,十……排长——原五班长,指导员。

第一场

(音乐奏第三十一曲)

幕:早晨,远处有村落的景色,其中掺杂着有些短树和大树;村落里人家的门上,有的飘着鲜红的锦旗,那是英雄们的战功,它代表着人民战士的勇猛顽强;近处的树上有鸟叫。操场上在练习着刺杀。

战士们:(都是一色的白衬衣,军帽,军裤,绑带。开幕时:大家在侧

幕里做着直刺和其他的动作,有力地刺着,雄壮地唱三十
一曲)

(一)刺刀闪白光,

两眼盯前方,

两臂靠紧双手握紧枪;

来一个直刺来一个直刺,杀!

要是反动派不投降?

刺刀狠劲穿胸膛。

要是反动派不投降?

刺刀狠劲穿胸膛。

(二)刺刀闪白光,

两眼盯前方!

练好技术准保要打胜仗;

加油地苦练,加油地苦练,杀!

要是反动派不缴枪?

坚决把他消灭光。

要是反动派不缴枪?

坚决把他消灭光。

杀!杀!杀!

德:(吹哨子向幕后喊)第二排休息啦!

(战士七,八,九,十陆续上。大家有的擦汗,有的继续练习
刺着)

小:(小钢炮以下简称小)班长! 你看咱们刺枪练得怎样?

德:一般的还行,不过还不够熟练! 还是苏联刺带劲!

小:带劲! 唰! 一个直刺,又一个直刺,不管什么刺法,都是向前进

的;不像日本刺那玩意,前后乱蹦,我看日本刺是赌等着挨打的架子。还是这个好。(连续地来了几下)好!

四:刺枪得好好地练熟才行,熟练才能眼明手快;上回李家窝铺战斗要不仗着熟练,怎能一连气撂倒三个呢!

五:你真不善!

七:上回你可悬忽啦!(对四)那三个小子一家伙都扑你去了,叫你都捅倒了!

八:我可得好好地练,上回拼刺刀的时候,我将把前头的一个撂倒,后面又来了两个;要不是老李啊!我早完了。

众:哈!哈!你可得好好地练练!

(排长出来)

众:排长来了!

八:排长!我刺杀的前击动作,咋抓不住要领?往后你可得好好地教教我!

排:对!等有时间我教你,五班长集合一下队伍。

德:是!(吹哨子)第二排集合!(战士们上集合)立正!向右看齐!向前看!报数!稍息!立正!(向排长持枪敬礼)稍息!

排:同志们:(战士立正)稍息!上次李家窝铺战斗,打了个大胜仗;我们二排有好多同志立了功,也开了庆功会,我们二排得到了"顽强冲杀"的光荣称号。我们经过了这样短短的休整时间,大家都抓紧时间苦学苦练技术和战术,是很好的。现在给大家报告一个好消息:刚才连长指导员在营部开会回来说,"我们连又接受了新任务"。现在大家停止刺杀,回去赶快进行战斗准备,待命出发。同志们!我们经过了诉苦运动,我们要报仇,而且每次战斗我们二排都胜利地完成了任务,我们要保住顽强冲杀的光荣;在这一次战斗中应该更加发扬顽强冲杀的精神,保证干净利索全部歼灭敌人。大家有信心没有?

众:(立正)有!

排:稍息:好,同志们!现在各班就回去讨论,好好地准备,怎样胜利地完成这次任务。完了!

众:(立正)

德:稍息! 立正! (敬礼)稍息! 解散!

众:杀! (围上了排长)

小:排长! 什么任务?

排:打仗! (走回来)苗庆林! 这一次你准备怎么完成任务啊?!

四:排长! 上次李家窝铺战斗我一个人抓两个俘虏,缴了四支枪;这回至少要加一倍,抓他四个俘虏,缴八支枪。

排:小钢炮呢?!

小:排长! 你这回来肝吧! 上次李家窝铺战斗是个遭遇战,咱们爆炸组就未捞着立功的机会。这回,排长! 你指到哪,我把炸药送到哪!

排:好!

三:小钢炮! 这回可看你的钢炮啦!

小:这还用你说呀!

三:对! 这回我的机枪一定给你好好地掩护。

小:哎! 老于! 这牛皮不是吹的,火车不是推的;上回李家窝铺战斗突击组冲到半道上,你的机枪就卡壳了!

三:(玩笑地推了小一把)切! 这回我一定把机枪修得好好的,打起来咔咔的;保证不发生故障。

众:这一次我要立功,非打个漂亮仗不可!

德：好！各班带回去开会,五班回去开会了。

（众有喊六班,七班开会声）

九：排长！你参加我们班开会吧！

排：好！

（音乐奏第三十一曲）

（第二道幕闭）

第二场

幕：第五班的屋子里：台正中有一堵墙,有一个窗户,窗下放着桌子一张,窗两旁有挂包之类,左侧面有一大长条凳和些高矮不等的大的小的凳子。

开幕时班的讨论已进行了一多半了。

小：(郑重地严肃地站起来发表意见)同志们！我这一次一定要送第一包炸药,叫反动派的地堡来个底朝上；坚决轻伤不下火线,重伤不哭。地主、二满洲杀了我爹,把我哥哥拉去出劳工,在西安煤矿里活活地折腾死了。这个仇非报不结。

一：(激愤的情绪)我这回一定要求最艰苦的任务,给咱们被地主恶霸害死的亲人报仇。我参加革命的时候就看透了,要不打倒地主头子蒋介石,咱们穷人就没有好日子过,班长,是不是？

六：班长！我这还有一千块钱,是家里给我捎来的。这是分的斗争果实。(拿出来给班长)我不用了,我是共产党员,我牺牲了就拿它作永久的党费。

五：班长！我想了一个多月了,跟指导员提出要求,我要做一个共产党员；这回我要求任务,我要立功,如果我在战场上死了,希望组织上能承认我是个共产党员,班长,你跟指导员提一提。

三：只要你能克服你不冷静的缺点，战场上顽强，立了战功，指导员
会考虑你的意见的。班长你咋不吱声？

德：我想起喜生子来了。上回李家窝铺战斗以后，他跟三班张殿文
到我们屯子去侦察敌情；完成任务以后，张殿文在苞米地里等他
多半宿都没回来，后来天快亮了屯里打枪了他才回来的，回来以
后受了连长和指导员的批评。叫他又去侦察了解了一次，他回
来啦说："喜生子叫我们屯的大地主杜剥皮抓去了。"他还告诉我
说："我妈叫杜剥皮打得瘫吧啦。"以后谁也不知道喜生子整到哪
去啦。喜生子从小死了爹妈，我妈把他拉扯大的，就像我亲兄弟
一样；他给杜剥皮放猪当半拉子十来年，今年五月前儿斗争杜剥
皮他可积极啦！我看呐……（很难过的）

四：糟了！那要落在杜剥皮手里，不是完了？！

德：要真是那样！（坚决的）我们给他报仇！

众：给喜生子报仇！给我们亲兄弟报仇！

德：同志们！这一次我们要求主攻任务，作刀尖班！你们大伙同意
不同意？！

众：（齐声的）同意！

德：好！大家先收拾收拾，一边准备一边交换意见；想什么办法，能
缴获多，伤亡少，大伙出主意，参考参考？

（大家都活动起来，刚才的严肃空气变成了活跃的，大家都生气
勃勃的了）

小：（对三）老于！你把机枪擦得好好的，配合咱们，咱们动作要一
致，（正在捆炸药）我们送炸药，你得钉住劲打，打得反动派抬不
起头来把碉堡眼封死，叫他一枪也不能还才行呢！

三：（看着机枪）我这挺机枪要说到哪打到哪！

小：那可不带吹的，可别到时候来个打到哪说到哪！

三：你这家伙竟耍宝！

小：只要你的机枪给我掩护好，我们爆炸组完不成任务，我这组长负完全责任。老张！（对八）对不对？！

八：对！

德：对！只要你的机枪掩护好，爆炸组把地堡炸开，咱们不叫他"出水"，保证很快地解决战斗，抓活的一个也不让他跑。

一：那一定！缴枪抓俘虏是我们的事！

三：（十分有把握的）我们机枪组向你们爆炸组、突击组提出保证，要是你们在半路上受到损失，我们机枪组负完全责任。

五：我们负责！

小：君子一言。

五：快马一棒槌！

小：空口无凭，立据为证！来老于！（掏出本子来）你给我写！

五：（一把抓住本子）哎！慢点！慢点！不行！

众：咋的！咋的！

五：那立了功算谁的呀？！

七：算我们爆炸组的呗！（和小递眼色）

一：算我们突击组的呗！（和别人递眼色）

五：去个吊的吧！说的倒比唱的还好听；我们机枪组把你们掩护上去，爆炸组炸地堡，能立功，突击组抓俘虏缴枪也立功，功都叫你们立了，我们机枪组还立啥功啊！你们吃干的咱们喝稀的，不干，班长！你说有这个理没有啊！我看要立功就是咱全班的。

七：不光是你一个人的！

一：也不是你一个人的！

德:(立刻抓住这个具体事实进行组织鼓动)对！刘成江说得对,上次在全团集合的时候,团长报告集体立功的好处,号召咱们各个战斗组都要互相配合协同动作,一块完成任务立了功是大家的。

众:对呀！这回咱们要互相配合争取全班集体立功。

小:对！咱们配合好,一定把四班那面团部的流动模范旗夺过来不可！

德:大家有这个信心,有这个劲头没有啊?!

众:有！

德:好！同志们我们现在向组织上提出保证各个战斗小组确实配合,要求主攻任务,在战场上轻伤不下火线,重伤不哭,遵守战时群众纪律,大家同意不同意?!

众:同意！

三:班长！我们要提出保证减少伤亡。

小:执行俘虏政策,缴获交公。

德:好！那我们把决心书写下来交给组织上。

众:对！写！写！

二:(头上包着手巾,全副武装匆匆忙忙地从室内出)班长！咱们要打仗吗?!

德:对啦！咱们连接受了新的任务;张德全同志,你的病还没有好,(摸摸他的头)你看你还发烧呢！我看你还是留在后方休息吧！

二:那不行！你们都去打反动派,我为啥不能去！在诉苦会上我诉了苦,要报仇,我的病早好了,你们去报仇立功,全班得了旗子,我算哪份啊!

众:算了！你的病还没好利索;报仇立功的机会多得很！下回再去吧！

二：那不行，班长我准备好了，你们就是说出"大天"来我也得去！

（摔了手巾）

众：班长！就你没按手印呢！

德：好！（按手印）

二：你们写决心书，填上我的名字。（按手印）

（指导员上）

众：指导员来啦！

指：你们准备得怎么样啦?!

八：指导员，抽烟。

指：（接烟，点火）

二：指导员，我病早好了！这回出发他们还不让我去！

指：（安慰的）你身体不好，还是不去吧！报仇立功的机会多着呢！

二：（刚强的）那不行！指导员！我病早好了，这回一定要去。

指：（说服他）好！到出发的时候，你身体好啦！就跟着走。不好的
时候就留在后方安心休养啊！

二：现在就好啦！（下）

指：哈！（看二下去）小钢炮，你准备怎么样啦？

小：指导员！我们爆炸组都准备好了，只要上级有命令，不管任务多
艰苦，我们保证完成。

八：指导员只要他们把道路扫清，我们突击组就保证一个敌人也跑
不了。抓活的。

三：我们机枪组保证掩护他们减少伤亡；不管地形怎么不好，也要想
法使他们很好地完成任务，一定压倒敌人的火力把敌人打得抬
不起头来。

德：指导员！才刚大伙都下了决心，这是王德明的一千块钱，（给指）

大家要给王喜生同志报仇;响应团首长的号召,各战斗组确实互相配合,协同动作,要求主攻任务,争取全班集体立功;在战场上保证轻伤不下火线,重伤不哭;遵守战时群众纪律,执行俘虏政策,缴获交公,完成最艰苦的任务。

小:(兴奋地补充)我们还要争取团部那面流动模范旗子。

德:指导员! 我代表我们全班向组织上要求主攻任务,这是我们的决心书。

指:好! 同志们! 大家所提出的立功计划很好。大家有这样的决心,别说是团部的流动模范旗,就是师部的那面光荣旗帜也不成问题;我和连长帮助大家完成你们的计划。争取光荣的旗帜。同志们! 这一次我们要打回去,打到蒋管区去,打到我们原来住过的地方去,解放那些受苦受难的穷哥们;这一次我们详细地讨论一下以后,把最艰苦的任务交给你们第五班。

(唱第三十二曲)

同志们杀敌情绪高!

众:嗨嗨嗨嗨情绪高!

指:战斗准备要做好!

众:战斗准备要做好!

指:擦好枪来磨快刀!

众:嗨嗨嗨嗨磨快刀!(比着擦枪磨刀姿势)

指:去到战场立功劳!

众:去到战场立功劳!(互换地位,表示决心)

指:三三制战术掌握好!

众:嗨嗨嗨嗨掌握好!(变为三三制的排列队形)

指:战斗小组配合好!

众:战斗小组配合好!

指:全体同志团结牢!

众:嗨嗨嗨嗨团结牢!（全体团结在一起）

指:猛打猛冲逞英豪!

众:猛打猛冲逞英豪!

　　猛打猛冲逞英豪!

　　猛打猛冲逞英豪!

指:大家快准备,等一会参加全营的动员大会去,我到别的班上看看!

小:指导员! 你别忘了!

指:什么?

小:把最艰苦的任务交给我们这班!

指:忘不了!（下）

德:大伙快准备,快集合了!

八:班长! 指导员刚才说打回去! 打到咱们住过的地方去,那一定是打到咱们家那去呀!

三:我看不一定吧?! 怕是要打到我们家去。

四:打到你们家去? 我看不能;一定打到我们那疙瘩去,上回李家窝铺战斗,离我们家才二十多里地! 猛一猛劲一个钟头就走到了。

德:这回回去,咱们屯子参加的准少不了。

四:有四虎子,永祥,还有……

德:刘保田! 上回要不是叫他妈拉住不放,咱们走的时候他早跟来啦!

四:这回再到咱们屯去:先抓杜剥皮,好好地整整,然后给他杜剥皮来个活剥皮,点天灯。

德:到时候就知道喜生子叫他们给整哪去了!

排:(在后面吹哨子)集合了!

德:集合啦! 参加全营动员大会去,快走,动作迅速!

（音乐奏第三十二曲幕落）

第五幕

时间:距第四幕七八天。

地点:蒋匪军一个据点里,距离刘保田家的村子较近。

人物:蒋匪军连长,班长,士兵 A、B、C、D、E、F,邱营长,刘保田。

幕:一个碉堡的内部,下半部是钢骨水泥的,上半部是用砖修成的,有着跪射、立射的枪眼,正中偏右有铁门,门口是三级台阶。开幕时匪兵 A、B 正在放哨,A 坐在碉堡墙下的石块上,B 坐在门口的石阶上,抽着纸烟头。

A:(伸个懒腰打呵欠,唱江苏小调三十三曲)

头七到来哭哀哀,

手拿红被盖上来;

风吹红被四角动,

好像奴郎活转来。

（呵欠,拖着美式步枪,到右边去转转看看）这一天 × 他娘的,活受洋罪;平常日子还能到屯子里去串串溜溜,想弄点啥就弄点啥,找个娘们也还能欢乐一阵;现在又情况吃紧了。一天不让出门,闷在这碉堡里。情况紧就紧吧! 反正今天老子算活过来啦! 就看晚上八路军来不来吧!

B:(懒洋洋的)活一天算一天,"当一天和尚撞一天钟",活一天就赚他四个豆腐渣窝窝头吃。

A：×！你忘了头两天吃黄豆了！这还是这两天呢！谁知道明天
吃啥！

B：反正得给吃饭，不吃饭就不给他打仗。

A：说不准啥时候就把裤带扎得紧紧的挨饿呢！

B：挨饿？哼！

A：怎么样，冲锋式在脖子后一支，你还敢不放枪？（看了看周围，听
听没有声音）活阎王连长是催命鬼，叫你死你还敢活着？说鸡蛋
带把，你还敢说不是树上结的！少他娘的想那一套吧！反正该挨
饿总唉不着，该死就活不了，走着瞧吧！

B：这算没活路了，（无精打采的）打也得死，不打也得死；要叫八路军
抓去也好不了！听营长说：八路抓去抠鼻子挖眼睛，剥皮，大头朝
下活埋！

A：听他那一套呢！谁可也没见过！谁知道是怎么回事？咳！越想
越发愁，算了吧！走到哪算到哪；反正是"天无绝人之路"，车到山
边总得走出个道来！

　　（外边有脚步声，A、B二人分头很正经地去站岗了。刘保田扶
着匪兵C上来；匪兵C面有病容，消瘦不堪的，死气沉沉和A、B敬
礼换岗，C身软无力几乎跌倒，A扶住他）

A：老王！病得怎么样了？（关心的）

C：(唉声叹气的)唉！不死不活的，一天吃不下去喝不下去的；也不
给治，唉！我的家里……

B：别说你的家，我们还不是一样，家里没吃没喝的抓来打日本子，日
本打完了，该回家了，可是又用大船火车弄到这来打仗！啥时候
死还说不一定呢！还管得了家！跟连长好好求求情，批准你全

休吧!

保:(牢骚的)说了有十八遍啦!几天水口没打牙了,病得都东倒西歪的,还得出勤务,咱们还不如牲口,牲口还能有个歇脚的时候,病了还得请个兽医治治!这可好!哼!咱们当兵的就不是人啦!

A:(机灵的)保田,小点声叫活阎王听见又该打你一顿嘴巴,踹你一顿美国脚啦!记住好汉不吃眼前亏。

保:(狠狠的)哼!走着瞧吧!

　　(A、B二人下去,保扶着C坐在A坐的地方,他自己拿着枪,坐在一边)

C:(呻吟)咳呀!刘保田!你说我这咋整啊!好也好不了,死也死不了,受这份洋罪,咳!这是人干的事!等我好了咱们跑吧!

保:上回连长看得紧;哼!这回打响了看!活阎王连长,叫你小子横吧!打响了我先收拾你。王德禄啊!平常不好跑,枪一响就好办了!实在不能跑,八路军来了就缴枪!

C:保田!我家不知道咋样了!我们家我爹是个喉吧!啥活不能干,我叫他们抓来了还不都得饿死。(哭起来)

保:你还有个家,我的家,(提起来心里非常难过的)我爹我妈叫我们屯子的地主杜剥皮给逼死了!连埋都没埋,就叫他们抓来当兵了,我连家都没有了;×他妈的,杜剥皮国民党,"中央军"都是一个鼻子眼出气的。原来八路军在屯子的时候我想参加八路军来的。(看看外边)(唱第三十四曲)

地主们和恶霸把穷人欺压,

他们和国民党都是一家;

杜剥皮逼死了我爹我妈,

"中央军"狗保长又把我抓；

当了兵受苦情挨骂挨打，

有一天报此仇把地主来杀；

我爹妈临死时留下一句话，

我一定当八路为穷人打天下。

（白）将来咱们去参加八路军，这个仇非报不可！

C：保田！ 你看这是个啥玩意？（拿出一张纸递给保田）

保：这是搁哪弄的？

C：在厨房里老刘给我的，说是要叫连长看见可不得了，我就一直揣着没敢拿出来。

保：这是八路军发的反对内战通行证，有这个就能到八路军去，什么地方都可以收你，还有没有了？

C：听伙房老刘说，原来一大把来着，是连长交给特务长，叫特务长烧的；老刘偷了两三张，给我一张。

保：嗯！（看传单）

C：唉！ ×他妈的！ 我又病了！ 真是！ 要不……（脚步声，保田去碉堡枪眼处站好，C仍坐着不动，他是挣扎不起来了）

班：（班长东倒西歪已有醉意地上来）你们两个站岗呢？（对保）你们两个看什么呢？（见保手中有东西）

保：没啥！

班：没啥？！

保：（把单子放在背后的皮带上）啥也没有！

班：你转过来！

保：（勉强地转过身来，传单露出来了）

班：（发现）叫我看见不要紧，在排长连长面前还能遮盖遮盖；要是叫咱们那个活阎王连长看见了,你们就得掉脑袋。我这个当班长的和咱们弟兄们是一个心眼。只要是排长连长不知道就不要紧,班上不出事说不定他还说班长个好,要是一整出来,班长也得跟着挨熊。(醉醺醺的)是不是!刘保田!

保:有!

班:你去叫他们几个到这来!

保:是!(下)

班:(从怀里掏出个酒瓶子,一包子东西)咳!今朝有酒今朝醉!(说话舌头都有点硬了)混一天算一天。(一口一口地吃着喝着)

(匪军兵 A、B、D、E、F、保田同上)

班:来!来!给你们喝点酒(指酒),一天闷在碉堡里也出不去,够受的。

A、B:班长又请客了!(参加进来)保田!来喝一口。

众:来!来!(都很高兴的)

保:我不会喝酒!

E:(也去参加)

(A、B 二人划起拳来)

班:你们小声点,叫连长听见了又得挨顿熊。王德禄(向 C)你来吃一点吧!

C:唉!啥也吃不下去!

保:三天啥也没有吃了。

A:班长!这酒是什么地方弄来的?

班:你喝就喝吧!少问。

A:我看是……

班:(聊以解嘲的)偷来的!抢来的!谁来的!要来的呗!

70

B:这炒豆饼是不错。

班:这也成了好宝贝了。

A:这是好宝贝,说不定啥时候又该吃树皮草根了!

班:弟兄们! 这两天又吃紧了。你们知道不知道啊?!

众:咋不知道呢?

班:知道就好办! 这回来的劲头比上回还大啊!

（保田注意听着）

A:我看这回咱们怕挺不住!

班:挺不住可也得硬挺着,你挺不住连长的冲锋枪在脑袋瓜儿后面
　　一支,你还不得挺着!

B:后脑瓜支着冲锋枪是小事;万一要叫八路军抓住了,还不得活剥
　　皮! 班长! 你说……

班:嗯!

保:八路军优待俘虏!

B:优待? 听说不是去了就点名?

保:人家先得要知道知道谁叫啥名字嘛!

B:是架起机关枪来点名。

（A、D 在划拳）

保:我可没听说过,八路军在我们屯住过;那时候他们队伍里还有抓
　　的俘虏兵呢!

B:真的? （不信的）

保:活阎王和营长那是胡扯淡,吓唬大伙;叫大伙往死了打,谁也别
　　缴枪,他才造的这个谣言,糊弄咱们。你别听他那套!

班:刘保田（申斥的）你怎么敢说营长连长造谣扯淡呐!

保:本来就是造谣扯淡么!

班：要叫营长连长听见你这是扰乱军心,罪该枪毙,我这班长也得跟你受拐带坐禁闭。以后可不准随便胡说八道的!

保：(默默不语)

A：班长,你跟三班长可不一样,你对咱们为啥这么好哇!

班：对大伙好么,大伙也别忘了对我好,谁知道啥时候打仗,谁又知道啥时候当俘虏兵呢?! 我原来就是个当兵的,怎么还不知道你们的心眼里想啥?

B：嗯!

A：来再喝一口。

班：我前十五年当韩复榘的大头兵,我那个班长就是个煞神,外号叫大巴掌,三句话不来就是拳头巴掌脚连卷带骂的;我们那个班里的张连奎,一天就得挨个两三回,有一回打仗了,刚一接上火,张连奎就把那个熊班长一枪就撂倒了! (酒喝多了,顺口流出心事来)

E：班长你放心,打仗的时候,咱们怎么也不能撂倒你!

班：将心比心,两好成一好吗! 我这四十多岁的人,啥甜酸苦辣没尝过! (外边有脚步声)

班：(慌了手脚)赶快收拾!

A：(抓起瓶子猛然地灌了一通)

B：(又抢过来,灌得光光的,把瓶子从枪眼里甩出去)

(大家都不安地站着,C挣扎地靠着保田站起来。连长凶凶地进来)

连：(看看大家闻了闻)哪来的一股酒味!

众：(默然)

连：牛班长!

班:有!

连:怎么搞的! 怎么随便酗酒?!

班:没人喝酒! (不安的)

连:(看了看)这几天情况吃紧"匪军"常来骚扰;你们要好好注意,谁也不许乱跑,叫匪军抓去,匪军抠鼻子,挖眼睛,剥皮活埋。谁要是在战时不好好打,小心冲锋枪;我好比是你们的爹! 排长好比是你们的叔叔大爷,班长是你们的哥哥,团长营长好比是你们的爷爷,我们说的话你们要好好地服从,谁不服从命令,随意行动一律枪毙! 等一会营长来检查。完了!

(连长怒目地看看大家,匆匆地走到门边又看了看开门下)

保:(大声的)我×你妈! 我是你爹爹!

连:你说什么? (突然回来)

保:(不语)

连:你说什么? (重重地打保一拳)

班:没有谁说话! 他说叫王德禄(指 C)倒下歇歇。

连:歇什么! 有点小病就挺不住,害的是相思病,你是个林黛玉,是个姨太太! 不准歇! 活动活动就好了!

班:是!

连:娘卖×的,(对 C)我看是思想不纯想开小差,哼! 就小心你的骨头,有病? (怒冲冲地下去)

班:刘保田! 你这个人也不看个时候,你又有五六天没挨揍了吧! 没挨揍你肉皮子痒痒?!

保:×他奶奶的,我们当兵的不当他儿子,不当他孙子;当这个熊兵还得小三辈。

B:刘保田! 你少说一句吧! 说小三辈就真小三辈啦?!

E：少惹点是非吧！上回那二十扁担你还没记住！

班：你们收拾收拾！等着营长来检查！（醉醺醺地下去）

A：（又想起那个老调来了）头七到来哭哀哀！

E：算了算了！老唱那玩意，有个啥意思！

B：刘保田！你说八路军不杀俘房是真的？

保：我亲眼见过俘房么！就是不杀还优待！

众：怎么优待？

保：抓去以后跟他们连长指导员吃一样的穿一样的，这还不是优
　　待呀？

B：跟他们当官的一样？

保：嗯！不打不骂。（唱第三十五曲）

　　　　在去年八路军住在我家，

　　　　官长们对弟兄不骂不打；

　　　　抓住了俘房兵都讲宽大，

　　　　只要是缴了枪一个也不杀；

　　　　一切事有自由要干啥就干啥，

　　　　想回家发路费叫你回家；

　　　　活阎王他说的都是吓唬咱，

　　　　劝弟兄你千万不要相信他。

众：这玩意……

保：不信！你们看这是啥！（拿出通行证来）

B：（念传单上面的字）反对内战通行证！（翻过来念）蒋杜军弟兄
　　们！你们不要为卖国贼蒋介石大地主卖命；赶快起义到人民方面
　　来，民主联军优待你们；想回家就发给路费，一切都由你们自己随
　　便选择……（想了想）是真的？！

班:(匆匆忙忙进来)营长来了!你们这是干什么?赶快收起来,叫营长看见你们……(慌张的)

B:(把传单塞给保田,保田不接,传单落地,保田用脚踩住)

（连长和邱营长进来）

班:(喊口令)立正!(举手敬礼)

邱:(慢慢地把手举起来还礼,没有喊稍息)你们怎么搞的,娘卖×的;××军的纪律都叫你们败坏了,你们不能打仗,就是你们不懂礼义廉耻;随便饮酒,到外边去搞娘们!我们××军的官兵有谁敢随便搞娘们的,娘卖×的再这样一个一个打断你们的狗腿。现在奸匪又来捣乱,没有什么了不得的,要好好打,坚持戡乱到底;这是领袖蒋主席的剿匪方针。谁打得好,赏美金一百元。要有逃跑退却的,当场枪毙。班长不退,全班退却,班长阵亡杀全班;排长不退,全排退却,排长阵亡杀全排;连长不退全连退却,连长阵亡杀全连。以此类推。

保:(为了怕传单被发现动了动)

邱:你动什么,长官正在训示你们,你们敢随便乱动!

保:(面有藐视之色,他想到邱营长和杜本厚的姨太太的事)

邱:(大怒)你不高兴,你敢藐视本营长,你混蛋!你这种行为就是不尊重杜司令长官!(以拳打保田)

保:(保田动了一步,传单露出来,急忙想再用脚踩住,但邱已看到)

邱:这是什么?

保:(急忙想拾起传单)

邱:不许动!(打保一拳)

连:(拾起来看)这是奸匪的传单!

邱:(大怒)你混蛋!敢通奸匪;你是奸匪的间谍!(拳打脚踢地打刘

75

保田)反了,反啦!（再打,对连长）捆起来! 班长是哪个!

班:有!

邱:你混蛋! 在你班上有奸匪为什么不立刻报告!

班:是!

邱:是什么?

班:（畏怯的）是奸匪,不是……营长……他不是……

邱:不是什么?（对连）拉出去! 孙连长! 等一下集合全营训话,完
毕以后送交军法处审问!

（突然外边枪响）

德:（喊口号）××军弟兄们听着:"枪是老蒋的,命是自己的,缴枪不
杀,民主联军优待俘虏!"（枪声大作）

邱:打! 打!（完全失去方才的"威严",脸色苍白哆嗦着,像一个丧
家之犬似的夹着尾巴溜走了）

连:打,打,死也得打。（以督战队长的姿态,用手枪逼着蒋匪士兵）

保:（注意听声音感到很熟悉似的）

（匪兵 B 急得乱钻乱窜,连长把这个抓过来把那个抓过去,来回
地推着扯着）

（碉堡外远处一个小地堡已被炸开,声音很大使大碉堡内的人
害怕地缩了一下）

（C 也有些精神扶着墙站起来了）

德:（喊）打死你们的官长,战场光荣起义吧!!

连:打,不准动!（拿枪威胁着）打! 打!

（德成率领我军战士冲出,匍匐前进,有的用跳跃的势子接近
碉堡）

保:（趁连长不备猛然一枪打倒连长）

班:（见连长倒地，害怕地跪下）刘保田！我对你可挺好的，咱们可不
　　错啊！

保:同志们！不要打了！弟兄们！缴枪，八路军来啦！缴枪，八路军
　　优待。

　　（大家把枪从枪眼里塞出去，一个个举着手走出去）

保:（把美国帽一摔）×你妈的！（走出来他非常高兴的）（C 也有些
　　力量地扶着墙走出来）

　　（战士一名进碉堡搜索）

德:举起手来！（对保和兵 C）

保、C:（举手）

保:（两眼注视德成看了很久才认出失声叫）德成！

德:（拉住保田）保田！

保:（兴奋已极的）这一回我可能参加八路军了！

　　（排长——原五班长急急上来）

德:排长！你看刘保田！

C:刘保田打死了连长，大家才缴的枪。

排:刘保田！你在战场上光荣起义是有功的！

保:排长！我要参加八路军，报仇。

C:我也参加八路军，报仇。（也有些力量了）

排:好！

　　（战士五、三从后面推出了邱营长，他已不是美国装束，脸涂得
黑黑的，大军帽不知搞到哪里去了！马靴丢了一只，一件不合身的
黑大褂罩在外面，满头满身是草叶子草梗，营长的架子完全消失了，
他非常狼狈地哆嗦着）

战士五:报告排长，在柴火堆里抓住个官。

保、C:(认出来了)他是我们的营长,姓邱。

排:好！带到司令部去！

众:走！

（幕落）

第六幕

时间:距第五幕数小时。

地点:第一场:杜本厚大门口。

第二场:在路上。

第三场:杜本厚大门口。

第四场:祭灵去的路上。

第五场:屯外旷场布置的灵堂。

人物:拐六,薄奎,杜本厚,于麻子,姨太太,永祥,四虎,保田,德成,
杨母,高区长,指导员,群众全体,战士全体,解放战士一部分。

第一场

幕:杜本厚的大门,是一个普通的大门,门上有对联,恰合地主阶级
的要求。门心上两个大字是"迪吉"或者"戬谷"。门的两侧是黄
土墙。

（天亮了,远处传来鸡鸣,几声犬吠）

拐:(一拐一拐地走上慌忙地拍杜家的大门)开门！开门！开门！

薄:(在内应声)谁呀！（声音似乎是闷在鼓里）

拐:我！二哥！快开门！

薄:(开门)怎么了？

拐:（结结巴巴的）快！快！八路军打来啦！邱营长叫八路抓住了！
　　快去告诉四爷吧！

薄:（慌张了）啊！你去瞭着点。（下）

拐:（对着侧幕,作远望的神气,惊惶不定）快点！

杜:（在内声）快快,把这个拿着,我那块表！快拾掇。

姨:（大声地叫着）拿这个！哎呀！真是！

薄:（匆匆忙忙地出来）拐六！来拿着这个。（递给他一个大包袱）

杜:快走！（出来就喊）

　　（杜、薄狼狈不堪地先跑下去,拐六落在后面一拐一拐地跑
下去）

姨:（急急忙忙地从门出）拐六！（不见人了,着急的她的意思是想叫
　　拐六帮她拿一两件,因为她拿的包袱太多,而且太大）薄奎！（往
　　远处看了看）哎呀！来啦！来啦！（慌张地跑下去）

　　（四虎、永祥和两三个群众,手里拿着扎枪,斧子,锄头和铁铣急
急跑上来）

虎:（对永祥）永祥！你和李海把着门,我和海林进去。（进门去）

　　（永祥和群众一人把着门。而且举着手中的武器）

永:不让狗×的跑了！

虎:（在内声）西屋里看看！怎么？东屋！

群众三:没有！

虎:（急躁的）×他妈的跑了！（走出来）永祥！杜剥皮蹽啦！

　　（一群女人和小孩跑上来）

虎:（告诉女人们）你们老娘们往那边撵！（对永祥等）走！咱们往这
　　边截着,他妈的！跑不了！（大家同下去）

（第二道幕闭）

第二场

（在第二道幕前）

（杜本厚，薄奎，拐六，急急地跑着，拐六赶不上，他突然跌倒）

杜：拐六！拐六！快跑！（同下）

姨：（披头散发，鞋也丢了，气喘喘地跑上来。脚下一滑，一跤跌倒在地上）

（一群女人拿着擀面杖和烧火棍赶上来，抓住姨太太，一阵痛打）

女一：（制止大家）别打了！别打了！把她带到农会去！（大家拉住姨太太跌跌撞撞地下去）

第三场

幕：仍旧是杜本厚家的大门口。

（音乐奏第三十六曲）

男二：（急急忙忙地跑出来，看看远处，回头大声叫喊）快出来啊！八路军回来啦！快出来啊！八路军回来啦！

（群众三三五五跑上来）

众：八路军回来了！

（民主联军的队伍鱼贯上场，大家很亲热地问候老乡，有的拉手，说上一两句话）

（于麻子手执小旗站在一边，收敛了要款时的凶相；现在是点头哈腰一蹶一蹶的。有时说一两句不关痛痒的话，如"少见啊！辛苦啦"之类。在场上他獐头鼠面的最特殊，最显眼）

男三：（一眼看见德成和刘保田）刘保田、德成都回来了。（大家

（拥上）

保：（上来）杜剥皮呢？

众：去抓去啦！（保田和德成跑下去）

男二：（远远看见指导员）指导员回来了！（一眼看到高区长）高区长！

（群众热烈地把指导员和高区长拥到中间来）

众：你们可回来啦！要再晚回来几天，咱们老百姓饿也得饿死，"中央军"可把咱坑苦啦！

男二：指导员，你们走了这几个月，咱们老百姓可苦够受哇，××军，（可填番号）可把咱们祸害得够呛！

男三：高区长，这回咱们老百姓眼睛可亮了！谁是白的！谁是红的，咱们可看清楚啦！咱们这回可要决心跟着你呀……

高：老乡们，反动派××军，来这疙瘩祸害了咱们几个月，把大伙可坑害苦啦！现下咱们民主联军又把咱们解放啦！这天下是咱们的，咱们说了算，谁仗着反动派××军抢去咱们的地，撵咱搬家，杀了咱的亲人，欺负咱们，咱们就跟他算清楚……

（天渐渐亮了，太阳刚出来，照着于麻子在一旁鬼鬼祟祟地做出种种丑态，时而举手，时而鼓掌，时而举小旗，但大家未注意到他）

男二：对！高区长说得对，拥护高区长！

众：拥护高区长！

指：对！老乡们！咱们穷人可得好好出口气了；春天闹翻身的时候，老乡们还是前怕狼后怕虎的；怕变天，幻想"中央"……这回××军来了，老乡们都看透了吧？他们是一帮什么东西；现在可不一样啦！咱们的队伍到处都是，到处都打胜仗，蒋介石的军队叫咱们消灭得可老了！这天再也变不了啦！这天下永远是咱们穷人的。

众：（喊口号）天下永远是咱们穷人的！（兴奋已极）（四虎持扎枪急忙跑上）

虎：乡亲们！（见指）哎呀！指导员！（又见高）哎呀！高区长！（非常亲热的。返身对众）乡亲们！杜剥皮，薄奎，都叫咱们逮住啦！（于麻子听说急溜下去，大家很激愤地想冲下去打杜剥皮等）嗳！（制止的）等一会，等一会，就是没见于麻子！

男三：哎！（寻找的）才还在这来的。（望远处）跑了！（四五个群众急追下去）

众：（指远处，看着追于麻子）逮住！逮住！从那边截住！别叫他跑了！逮住了！（又冲下二三群众，把于麻子抓上来，狠狠地痛擂一顿）打！打！（一面打着一面喊）

虎：（制止的）先不忙着打；依我来说：咱们先不忙；杜剥皮自从反动派来了，仗着××军杀害咱们农会干部，杀死了咱们的亲人，把咱们分的地抢回去，现在我们要和他算清楚。咱们开大会斗争他，公审他；把他抢去的地收回来，把他的财宝浮物挖干净；然后叫他给咱们的农会干部和咱们的亲人祭灵，好不好？

众：好！好！对！（齐口同声地喊着）

虎：高区长！你看怎么样？（征求意见）

高：好！老乡们！我代表民主政府接受大家的意见，先开斗争大会算账；然后组织人民法庭公审杜本厚，于麻子，薄奎他们，叫他们给咱们的农会干部和咱们的亲人祭灵！

众：（欢呼）报仇！算账！点天灯，祭灵，给亲人报仇。（拥着于麻子，而且是有人抓着他的衣襟和后领子推下去，指导员和高区长相随下）

（第二道幕闭）

第四场

（音乐起奏第三十七曲）

（第二道幕前）

（武装战士及群众数人押杜本厚、薄奎、于麻子、姨太太走过场，杜、薄、姨等均披麻戴孝）

（指导员，高区长胸戴白花，以沉痛的心情走在前面）

保：（胸戴白花，臂裹黑纱，悲哀地抱着父母的灵牌，左右两个战士搀着他，战士每人手里拿着一个花圈，胸佩有白花，臂戴黑纱，保田抽泣着，后面随着一个战士抱王喜生之灵牌及花圈，杨德成扶着杨母颤颤巍巍地下去）

群众：（都有白花，或者不佩带什么，三三五五，匆匆忙忙的，互相谈论着）公审会开得好，这回出了气了！走！看祭灵去！走！快走！（有的跑着，有的很快地走过去）

第五场

（音乐起奏第三十七曲）

（全体唱第三十七曲）

千年的仇啊！（领唱众作呜咽声）

万年的恨啊！

仇啊恨啊似海深！（合唱）

仇啊恨啊似海深；

血债要用血来偿还！

愤怒的泪眼对仇人；

亲人的灵前把仇报，

屈死的人们也翻了身，

亲人的灵前把仇报；

屈死的人们也翻了身。

（音乐奏三十八曲）

幕渐渐地开了：景是一个灵堂，布置在台的右后角上，桌上布满了灵牌，上面写着蒋匪军侵占后被害死难者的名字；几个花圈摆在灵台上，桌上有供献果品之类和很显眼的杜剥皮家的银供器，白蜡烛是点着的，香炉里的整股香燃烧着；在桌子两侧有区政府送来的挽联，上联是"旧时代受苦人含冤下地狱"，下联是"新社会贫雇农（或劳动者）雪恨上天堂"，上款写着死难者的名字，下款写"第×区区政府区联会敬挽"等；在桌后是一棵树，上绑着白绸子的彩球。杜、于、薄、姨跪在一边；战士整队严肃地站在左侧；群众掺杂地站在各处；高区长，指导员分站在灵台两侧；杨母坐在椅子或凳子上；刘保田站在灵台左侧。台左右两角均有两个战士端枪雄赳赳地在监视着犯人。舞台上的人沉浸在悲壮哀痛的气氛里，在歌声渐终时。

杨：（衰弱地在灵前烧香，跪下磕头，然后慢慢地站起来，诉说着）我没想到还能活到今天，还能和咱们队伍见面；自打咱们队伍走后，杜剥皮就又骑在咱们穷人脖子上了，逼得我没有一点活路啊！只因头年九月十八下晚黑，喜生子回屯子来办事情，我送他回去，在半道上叫于麻子把我跟喜生子抓到杜剥皮家用皮鞭子抽啊！光皮鞭子就抽断了两根啊！（哭）末了把我撵出来，叫他们把我打瘫巴了！半年多都起不来炕。他们想把你妈饿死啊！（对德成）接壁邻右给送饭他们都不让；要不着你四虎哥和永祥哥偷着在下晚给我送点吃的，你妈……（泣不成声）早就饿死了；可怜喜生子那孩子叫杜剥皮打得半死拉活的，完了拉到河套里用斧子砍死了！（群众战士均低头表示哀悼）那孩子，从小死了爹妈，我一泡屎一泡尿把他拉扯大，七八岁上给杜剥皮家放猪，在他家十来年啊，不是挨打就是挨骂，没得过一点好气受，十来年的光景，没捞着一顿饱饭吃……可怜他……（哭不成声，突然转过来对杜本厚等）你们！你们不是要我儿子吗？我儿子今天回来了！咱们的队伍回来了！（德成扶她又坐在凳子上去）

保：（扑在灵前大哭）爹呀！妈呀！你二位老人家死得冤啊！生前你老人家没过过一天好日子！死了连个埋的地场都没有，我都没送你二位老人家入土就叫他们抓走啦！（转为激愤对杜）我把你杜剥皮！我家打了六石粮，你硬逼着要十三石四斗，我爹去和你讲理，你把我爹打得浑身流血；逼着天亮叫我们家倒出房子来，（向众）这时候他们要粮要款，我爹！我妈！就让他们给活活地逼死了！（痛哭）

男五：杜剥皮他逼死的人可老了！头年腊月三十杜剥皮逼着我们家倒房子，把我们家锅碗瓢盆都砸碎啦！把我们全家撵到屯子外头，那天，刮着老北风下着大雪，我妈和小丫，都活活地冻死啦！

老：乡亲们！我老头子就孤零零的那么一个儿子也叫杜剥皮抓去当"中央军"了！

保：我爹我妈的尸首还没凉，于麻子就带着"中央军"来把我抓走啦……在"中央军"里成天吃不饱，挨打受气；他们用枪逼着我打咱们自己的队伍，叫咱们穷人打穷人哪！幸亏咱们的队伍打来啦！才把我救出来，我才算见了青天。

虎：（激愤的）我们农会的干部唐老疙瘩叫杜剥皮抓去，吊在马棚上，吊了一宿，后来驾麻袋装上，扔到河里淹死了；农会的会员马占海因为交不上钱,让他们活活打死了!农会小组长李福祥,让他们整了去,灌辣椒水,押杠子,到末后了,叫他们活埋了。

保:(极度的愤恨的)爹!妈!害死你的仇人,就跪在你老的面前,我要用他们的血,祭奠你老人家;你临死留下的话,我一辈子也不会忘记的,我在你老人家灵前起誓(直直地跪下),我要为穷人打天下,不打倒杜剥皮,不打倒地主阶级,我就对不起穷人,对不起你老人家!就不是刘门的后代。

指:(走到战士面前)同志们!看到了吧!这些冤仇,就是我们的冤仇;杜剥皮害死的人,就是我们的亲人,我们要替我们的亲人报仇!替喜生子报仇!替刘大爷刘大娘报仇!替天下所有的穷人报仇!

战士三:(呼口号)替所有的穷人报仇!替喜生子报仇!(战士随着喊口号)

高:老乡们!我们要永远记住,死的是怎么样死的,生的是怎么样生的。在旧社会里,父母有能耐生我们,没有能耐养我们!有能耐给我们命,没有能耐保住我们的命。共产党今天救了我们,就好比是我们的重生父母!

老:(紧接着)依我说生母不如养母,共产党就是我们的养母,比生母还要亲,毛主席就是我们的大救星!

众:毛主席是我们的大救星!

高:对!毛主席是我们的大救星,咱们穷哥们团结起来,武装起来。永远跟着毛主席,我们才能翻透身,穷哥们就是亲兄弟,现在在一个太阳底下,有两个天下,就在我们现在开会的时候,在蒋介石占领的地方,又不知增加了多少屈死的人们。

虎:乡亲们!我们要想翻透身,子子孙孙不受大地主的压迫,只有参

加咱们自己的队伍,(向指)指导员! 我要参加为咱们穷人打

天下!

永:指导员! 我要参加给咱们扛大活的打天下!

男二:指导员! 我要参加为咱们受苦人打天下!

男三:指导员! 我要参加给咱们没房子没地的打天下!

男四:指导员! 我要参加给咱们没吃没穿的打天下!

指:(兴奋激昂的)好! 我接受大家的要求!(走到队伍的前面)同志

们! 我们的队伍是穷人的队伍,是保护穷人利益的队伍! 为穷

人打天下的队伍! 老乡们要想翻透身,保住穷人的江山,子子孙

孙不受大肚皮的气,只有打倒杜剥皮的总坏根蒋介石。同志们!

我们今天要在我们亲人的灵前宣誓:"要打到南京去,活捉蒋介

石! 为全国的穷哥们彻底解放而奋斗到底!"

众:(激愤的)打倒地主阶级,打到南京去。活捉蒋介石!

(全体高举手宣誓唱第三十九曲)

我们是穷人的子弟,

穷人的子弟一条心;

要为穷人打天下,

要为穷人报仇恨!

(一)打倒地主阶级,

消灭封建势力;

穷人翻身做主人,

不忘阶级不忘本!

解放全国的受苦人。

(二)坚决消灭敌人,

保住穷人江山;

　　不怕流血不怕牺牲，

　　挖掉蒋介石总坏根，

　　解放全国的受苦人！

（群情异常激愤）

众：打倒杜剥皮！消灭地主阶级！

（群众按住杜剥皮等分成数堆痛打一顿）

高：老乡们！先不要打了！（群众安静下来）我代表人民法庭宣布判决！第一：拐六是个穷人，他忘了根本，给杜剥皮当狗腿子，他今天上午在法庭上坦白了，大家认为坦白得很彻底，我们交给农会去教育他。第二：杜本厚的小老婆，她是个暗娼，是杜本厚花钱买的，在杜家也是个受虐待的人，她是看杜剥皮的眼色行事的从犯；她也直接间接地帮助杜剥皮欺压过我们穷人，判处徒刑一年，取消公民权一年，在劳动中改造她。第三：薄奎是个流氓，是杜剥皮的狗腿子，仗着杜剥皮的势力，欺压咱们穷人，虽然他未亲手杀害过人命，但是他逼迫拷打过我们穷人，他是恶霸地主的帮凶，判处徒刑三年；在劳动中改造他，徒刑期满，取消公民权三年；由大家监视他。第四：于麻子是个破落地主，杜本厚是个恶霸大地主，于麻子、杜本厚二人联合一起依仗蒋匪军的势力进行武装翻把，杀害民主联军战士，杀害农会干部和逼死杀害翻身人民，共计残害人命九条。罪大恶极，杜本厚、于麻子二犯处以极刑枪毙！

众：（欢呼声）好！好！

（音乐起奏第四十曲）

（群众拥杜本厚于麻子跪至台右前角，释放拐六，薄奎，姨太太）

（刘保田和男五各拿枪一支，瞄准杜，于，枪声轰！轰响后，群众

欢呼声起。音乐奏第四十曲,全体齐唱主题歌)

仇恨的种子发了芽,

先烈鲜血开了花;

亲人灵前来宣誓,

要把封建来打垮。

咳咳武装起来!

咳咳武装起来!

打天下!

打天下!

自己武装来保家,

穷人翻身坐天下,

穷人翻身坐天下!

(全体活跃在舞台上,充溢地表现着翻身农民和人民队伍的新生力量)

(幕疾落全剧终)

东北书店 1948 年 10 月初版

◇田川　平章　丁毅

一个解放战士

地点：东北前线

时间：人民解放战争反攻声中

人物：

黄彪——新解放战士（黄）

班长——人民解放军班长张守荣（班）

老解放——年纪较大、曾数度为人民解放军解放而得名（老）

小嘎——大战士对小战士的昵称（小）

老王——人民解放军战士（王）

老杨——人民解放军战士（杨）

老宋——人民解放军战士（宋）

老太太——（太）

小茹儿——（茹）

蒋军官——（官）

蒋兵——（兵）

第一场

（在一次攻击战后，大家从营部集队欢迎新解放同志回来；五班的班长张守荣领着战士老王、老解放、小嘎等战士，神采焕发地上，服装整洁，手执欢迎新同志的红绿小三角旗——或插在枪上，嘴里哼着不同的调子，小嘎天真地学着刚才喊的口号）

小嘎：欢迎新解放同志，参加解放军！新老同志要打成一片！打到
　　　南京去！

（和小嘎喊声同时，老解放和老王随嘴编着一个欢迎歌，用"三大纪律"的调子唱着）

老解放：新解放同志真荣耀，

　　　　我们欢迎他来到，

　　　　手巴掌拍得呱叽呱叽响，

　　　　口号喊得嗷嗷叫。

老王：老解放编的这歌子还挺合辙呢！

班长：咱们二大队欢迎来头二百新解放同志，还能不分点到我们班
　　　上吗？马上新解放同志来到咱班上，一定要你再唱一遍。

众：对！到时候非要老解放再唱一遍。

老：行呵！我们还得准备准备怎么帮助人家呀！

小：那不成问题，我自己的手巾送给他。

老宋：我还有一把新牙刷，一次没刷过呢！也给他。

班：你是老解放了，你能知道新同志都还有啥困难？

老：才解放的人，一定好几天没有吃好饭了，像这次来的新同志，提
　　心吊胆地在城里挨炮弹子，谁还有心思整饭吃？再说一解放都
　　是好几千人，哪能那么热汤热水的招待得那么周到？这时候一

定下心来,准是饿得挺邪乎。

小:对了,他们一定几天没吃好饭了。

老太太:(从内出,很热情地)同志! 你们谁好几天没吃饭了? 我整

点啥给你们吃吧!

班:不是的,老大娘!

太:不麻烦,你们可别"喜外"呀!

班:不是"喜外",老大娘,我班里来了新同志啦!

太:呵! 怪不得,我听着你们在外边一路上叽叽咯咯地唱回来,原来

是有喜事了。你们队伍也跟咱们老民一样啊,添人进口,大伙都

乐呵呵的!

小:老大娘,你没看见我们刚才站队欢迎才热闹呢! 每人拿一个小

旗子,比你们家娶儿媳妇还高兴呢!

班:我们公家今天吃的粳米饭,还杀了一口大猪,指导员说欢迎二十

多个新同志,下午全连会餐,咱们要不要再整点啥?

宋:咱们买点酒吧!

太:你们迎接新同志,我去替你掏换点酒吧!

班:不! 哪能麻烦老大娘呢!

太:那有啥? 说不上麻烦!(随说随下)

班:只要是穷人,见着我们队伍,总是那么热心。(向众人)新同志马

上怕就要来了,大家快准备吧!

众:好!(唱一曲)欢迎咱们的新同志,大家齐动手,各样的事情都准

备周到。

宋:我来收拾东西,把内务整理好。

班:我老王到外屋,去把水烧。

老:我去找个洗脸盆子,好把脸洗。

班：我拿起这笤帚，忙把地扫。

小：把我的新手巾，拿将出来。

班：我拿出衬衣裤褂整一套。

宋：我拿出牙刷肥皂给他用。

老：我拿出新鞋一双好把路跑。

众：咱五班欢天喜地来准备，

　　单等那新同志，快点来到。

　　（各做各的事情。老杨领着黄彪上。黄着"中央军"服装风尘满面，棉衣上尚有泥污血迹）

杨：我领着新同志回咱班，欢迎新同志多喜欢。

黄彪：（唱二曲）我黄彪当俘虏，

　　　心中好愁惨，不知凶吉，真为难，

　　　心里害怕，肚子又饿，

　　　两三天都没吃好饭，

　　　满肚心事对谁谈？

杨：（白）同志们快来欢迎新同志呵！

众：（欢呼，拍手）呵！欢迎，欢迎。

杨：（介绍）这位是黄彪同志，大伙欢迎！

　　（众拍手，黄忸怩不安，立正向大家敬礼）

杨：（指张）这是咱班长，老张，张守荣。

黄：（向班长敬礼）望班长多照看点。

班：（热情地上前握手）太客气！咱们今后在一起互相帮助。

杨：黄彪同志在这次解放来的时候，对革命就很有印象，打仗时子弹

　　尽往高里打的，一过来就带了一挺美国机关枪。

众：（称赞）黄彪同志对革命真有印象呵！

班：快打水洗脸！

（大家忙作一团）

宋：（端脸盆上）（唱第一曲）打来了清清亮亮一盆热水。

小：我拿出白白的手巾一条。

宋：没有那香胰子如何是好？

王：我还有洗衣裳的半块肥皂。

班：我给他换上干净衬衣。

老：我把这新军装套上破棉袄。

众：洗罢脸忙把棉衣穿，

　　周周正正把军帽戴好，

　　生就了一个彪形大汉，

　　打扮起活像个革命英豪。

班：（白）这一收拾你真是个挺漂亮的小伙子。

众：那可不？多结实。

小：老黄喝点开水吧！

黄：谢谢你，小老弟。（端起就喝，烫了嘴连忙吐出）

老：（玩笑地）这小嘎，开水怎么烧得这么烫呀！

众：（笑）……

班：（忙拿两只碗把开水倒来倒去，使温度减低）折一折！折一折！

黄：渴得太邪乎，两三天都没吃好饭了。

班：老王，你快去看看伙房，饭整好了没有？啥时候会餐？

王：好！（急下）

班：喝吧，这回不烫了。（将水递给黄彪。又荡水）

黄：（不习惯地，感激）班长，我是当弟兄的，这这这……

老：（卷好了几支烟，各分一支，边分边说）别客气了老黄，咱们革命

94

部队不像"中央军",当官的吃香的喝辣的,搂着个小娘们,张口就骂举手就打,不问当兵的死活。咱这里可是官兵平等,亲哥弟兄一个样。

黄:是的!是的!(拘束地站起来,立正脱帽点头)

班:你坐下,你坐下,走得挺累,咱们是家常闲唠嗑嘛,别拘束,坐坐!

老:你心里可要放宽点,我是知道刚解放时候那个味,啥也不摸底,前怕虎,后怕狼,很怕一脚走差了像在"中央军"那边一样,要吃"头"子。你放心,老王和老宋是七十一军在昌图解放过来的,新的老的一样革命,我呢,我也是——

小:老黄老黄,他是个"老解放",八路军把他解放十来回了。

老:十来回是假的,连这回三回了,从大洼解放过来放回去了,还没跑到山海关又抓了兵,来回倒腾了三个,人是遭了点罪,枪可是经手送过来不少!

众:(拍手大笑)有功劳,有功劳。

老:有功劳?哼!这回在李家堡子解放过来又嫌我老了,又要放我回家,还回哪个家呀?解放军里头就是我的家,说啥我也不去找那个罪受了。

黄:是!

班:黄彪同志家住在哪儿?

黄:远了,在河南省。

老:黄同志家里还有些什么人呵?

黄:就剩下一个瞎眼老母亲,领着个小妹妹了。

班:有信吗?

黄:(摇摇头)……

班:你怎么舍得把她们扔下,出来当兵呢?

黄:我是被抓壮丁抓出来的!

太:(持酒瓶上,小茹随上)班长,酒来了,够喝了吧?

班:够了,多少钱呵?

太:西头老卢家娶媳妇剩的酒,不要钱。

班:哪能不要钱呢?待会给送钱去!(接过酒)

太:哦! 这就是你们接来的新同志吗?

茹:娘! 是哪一个呀?

班:对了,老大娘这就是我们接来的新同志。

茹:他怎么带个"中央"帽子?

太:(制止)小了头!

　　(吹哨子声,老王喊:"集合,集合会餐了,四个碟子八个碗,猪肉大米饭呵!")

班:黄彪同志,饿坏了吧! 快吃饭去吧!

老:老黄你可别做客,在这里吃饭跟在家一样。

杨:和在家一样,客气就吃亏了呵。

黄:哦!

　　(众人拥着黄彪下)

第二场

　　(黄彪烦恼地徘徊着上)

黄:(唱二曲)

　　又是一整天,

　　红日西山落,

　　黄彪心中好苦恼,

　　思念家乡归不得。

班里同志们，

对我真是好，

有心在此干下去，

家中亲人谁照料！

思前又想后，

心中似火烧，

坐卧不安怎是好？

可真把人难坏了！

（自语）唉！怎么好呢？当了俘虏什么要杀头，要活埋，那都是假话，班里同志们待我真是没啥说的！太好了。干吧，家又怎么办呢？抓出来二三年了，家里头撇下了瞎眼的老妈和小妹妹谁养活呢？唉！趁这个机会回家吧，和谁说呢？唉！他妈的，连一个知心的人都没有，班长为人倒很够朋友，和班长说说吧！不能，他是班长，说错了怎么办？和老杨谈谈吧！他又是穷人知道咱们的苦处，咦？那不是老解放吗？他待人挺好，和他谈吧！（上前欲喊又止）老——（老解放已上，走过来）

老：（热情地）老黄屋里去吧！外头多冷呵！

黄：哎！我请问你句话……你干啥去？

老：我换哨去，你问什么话？

黄：（犹豫）唉！没啥。（转身欲进屋）

老：（跟上去拉住黄）哎！老黄，你怎么说了半截话又走了？

黄：我这话不好说。

老：有啥说啥，怕什么？

黄：我告诉你，不对的话你可别告诉上级呀！

老：不要紧，你告诉我管保坏不了事。

黄：唉！（唱二曲）

叫声老大哥，

请你听我言，

我离家当兵快三年，

音信全无到今天。

同志们待我好，

我不是没良心，

家中老幼无人照应，

要求回家行不行？

（白）同志们待我这样好，我本是舍不得走，想起家来，我就想回去看看，你看行不行？

老：我看呵，要是能回到家里，一家团圆平平安安，不愁吃不愁穿地过好日子，那当然是好了！就怕是——（唱三曲）

提起要回家，

家乡多遥远，

千条水来万重山，

要想走到难上难。

路过蒋管区，

层层步哨线，

抓住当兵事情小，

就怕生命难保全。

黄：（愁眉苦思）唉！

老：你不要觉着来的时候挺快，那是坐的美国兵舰，坐的美国飞机呜呜叫飞来的，你回去凭着你这个十一号汽车（两条腿）哪一年能走到。就说我吧！前年四月间在大洼被解放，我也是一心想回家,提心吊胆的,冒了多少危险,两个多月还没跑到山海关,又抓住当兵了,不是白找罪受吗?

黄:嗯,(自语地)瞎眼的老妈妈在家靠啥过日子呵!

老:你就算是能跑到家,就算是不抓你的丁,你又能咋的?(唱三曲)

地主要租子,

官相要捐款,

穷人饿死千千万,

交不出军粮怎么办?

(同情地)他娘的,我们生在那个熊地方,真他妈倒了一辈子血霉了,非打根底上推翻了它,就没治;哎,这两天我听指导员说,咱们关里的队伍也快打到你家啦,要打到那儿,那不也好了吗!哎呀,我误了时间了,我得赶快换哨去,你好好寻思寻思吧,回头咱们没事再谈。

黄:好!(老解放下)

(目送老解放远去,唱二曲)

听了一番话,

黄彪为了难,

千头万绪缠心间,

回不了家乡心不安。

(白)有啥办法呢?

留下当个兵,

母子难见面,

心中好似滚油煎,

思前想后没法办。

(白)有啥办法呢?唉!(烦恼地长叹一声,猛然转身下)

第三场

茹：(欣喜地上，唱四曲)

　　解放军来到咱村庄，

　　领着穷人去分粮，

　　大麻袋抬来，小口袋装，

　　哎哎哟，穷人都往家里扛。

　　张大叔扛去两麻袋，

　　杨二哥背了一大筐，

　　小兰姐妹们也去了，

　　哎哎哟，我喊我妈去分粮。

　　(白)娘！娘呵！(老太太上)妈！你干啥去啦？

太：在里屋给同志们补袜子呢！什么事？

茹：妈！你快把它撂下吧，解放军把南霸天家的粮仓子都打开了，领

　　着穷人去分粮呢！可屯里穷人都去了，咱也去吧！

太：那能去吗？

茹：怎不能去？咱们家不是没粮吃了吗？(唱四曲)

　　南霸天家有万担粮，

　　咱家无米饿肚肠，

　　解放军给咱来撑腰，

　　哎呀！咱家不去为哪桩？

　　(白)你问问同志能不能去？

　　(向内喊)同志，同志！

太：别咋呼，同志都在睡觉呢！说是晚上要出发，睡一睡养养精神，

　　晚上好赶路！

（班长、黄彪闻声出）

班：老大娘！什么事？

太：你看把班长都吵醒了，班长，前街有个南霸天，是个大粮户，他家
　　粮食能分吗？

茹：屯里是穷人都去了。

班：老太太你怕啥？那粮食都是穷人辛辛苦苦种出来的，给地主要
　　租子要去了，解放军来了，下力人打腰，粮食咱得要回来。

茹：走吧！人家都不怕，咱怕啥？

太：咱们也扛不动呵。

班：小姑娘！你去找个麻袋来，我去帮你家扛。

茹：（边找麻袋边唱四曲）

　　　屯里穷人去分粮，

　　　哥哥被抓兵没还乡，

　　　可怜咱家无人手，

　　　班长愿帮咱家扛。

　　（白）班长！走吧！

班：走！

太：这样麻烦班长哪能行？

班：没那话。（与小茹急下）（老太太送下）

黄：（在一旁目击此情，深有感慨地唱二曲）

　　　这地方穷人笑着过，

　　　思想起我家无人照顾，

　　　老娘年老谁养活。

太：（上）同志啊，不是我胆子小啊，实在咱们都叫南霸天吓毛了，我
　　老伴在南霸天家活活给累死了，儿子还是打这么大就给他家放

101

猪、放马扛大活扛到二十五岁,终年累月也挣不上个吃穿。那天就在南霸天面前,说了一句错话,闯下祸来了,他就串通了"中央军",把我儿子抓了去,后来就听说死在他那个兵营里了,扔下我寡媳失业的领着他小妹妹,"恍"常都揭不开锅盖呀,谁还敢去分他家粮食呢。

黄:(同情地)是啊!(自语)哪地方的穷人都一样啊。

(班长扛一麻袋粮上,小茹随上)

茹:妈呀,快来看看咱们家分这么多的粮食呀。

(班长把粮袋在老太太面前放下)

太:哎呀,装这么满满的一大麻袋,可把班长累坏了。(热情地)小茹,快去拿个手巾来给班长擦擦汗。

班:不用不用。(随即用袖子擦汗)(众战士出)

老:班长!是要出发了吗?

班:不,还得一会儿,东西收拾好,听号音集合,我去帮她家扛粮去了。

太:(感激地)屯里分大地主,班长看咱们家没人手,亲自帮咱们家扛这一大麻袋呢!

小:老大娘,这回你家可不愁吃了吧?

太:(高兴地)嗯呐!

杨:老大娘,你没看到解放区后方老百姓过的那舒坦日子呢,分粮分草还不算,斗倒了封建,分地分房子分牛分马分衣裳分财宝;开了春,换工插犋都种上各个儿的地。

太:哦!

王:家家户户有衣裳,有饭吃,穷人搬到粮户的大院套里住,使着自己家的牲口,使着自己家的犁杖,去侍弄自己家的地,收上粮食自己家吃,自己家用。

太:哦!

小:大人小孩都没有像你们这样,穿得破衣烂裳的。

茹:都穿啥?

杨:小姑娘都会纺线赚钱买布,做花褂子穿。

太:哦!

班:老大娘,往后你们这疙瘩都成了咱们后方了,你们也和后方老百姓一样,要闹翻身,往后日子就好过了,像南霸天这号人,他家的房子都得分给你们去住,牲口都分给你们去养活,犁杖啦,铡刀锄头啦,都分给你们,让你们自己侍弄自己的地。

太:同志啊! 叫你们这么一说,我心里可“乐和”了,你们不知道啊,这会要不是你们过来,我们这边的穷人都要活活给饿死了,大粮户逼着要租子,官家要粮要款,抓壮丁……我儿子就是活活地给他们抓去的啊! (想起悲痛往事,惨然泪下)

小:老大娘! 你的儿给抓去了?

众:(惊异地注视老太太)老大娘,你儿子也给抓去了?

太:唉! 提起这话……长啦! 就是那个大粮户南霸天啊! 我家世世代代给他们扛大活,到头来他们一点情意都不讲,我儿子在他面前说了一句错话,他就串通了“中央军”把我儿子给抓去了,抓得我老的老,小的小没依没靠啊……(唱五曲)

提起南霸天,

苦处实难言,

茹儿爷给他把活干,

受了一辈子苦呀,

死在他地里边。

众：（过门插白）穷人都屈死了！

太：欠了他的租，

　　子孙都还不完，

　　我儿又给他去扛镰刀，

　　受的是牛马苦呀，

　　吃的是猪狗饭！

众：（过门插白）扛活的人真狗都不如。在蒋管区里穷人就没有好日
子过。

太：去年七月间，

　　我儿失了言，

　　怒恼了老狗南霸天，

　　串通了师管区呀，

　　处心坑害咱。（泣不成声）

众：（插白）地主和国民党"中央军"就是一个鼻孔出气！

茹：（接她娘唱）

　　就在那一天，

　　保长到门前，

　　吓得鸡飞狗又窜，

　　绳捆索又绑呀，

　　（哭白）俺哥哥！

　　（接唱）再也没见面。

　　（泣不成声）

　　（众人均义愤填胸，黄彪泪流满面，失声痛哭）

　　（众人上前抚慰黄彪）

班：老黄，你看老太太家让这些封建和国民党害得多苦，咱们光伤心

104

也不中用呵！咱们要——

黄：（拉住班长）班长！你不知道，我比老大娘的苦处更多，我在河南
老家的时候，也是这样叫他们抓来的，害得我现在家破人亡呵！

（唱六曲）

一个更比一个苦，

我骂了一声狗地主，

全然不想既往当初，

硬逼我，

替他家，

当牛当马，累断胫骨苦死我，

昧着天良又下毒手！

众：（插白）地主害死穷人真数不清呵！

黄：去年正月一十五，

壮丁派到他门户，

三少爷本是他掌上明珠，

他就跟，

狗保长，

递了钱洋，咬咬耳朵抓了我，

心比蛇更毒。

众：（插白）保长都是黑心肠。

黄：骂了一声狗保长，

图了银钱丧天良，

派保丁，在地里，上前就把我来绑，

硬说我是，

三少爷！

连推带打不让我把理来讲，

逼我替死当"中央"！

众：（插白）国民党那里还有穷人说的话吗？

黄：嘶哑了嗓子喊断了声，

老娘妹妹身后跟，

声声喊断苦命人的魂，

就从打

那一天，

老娘妹妹，天南地北无音信，

啊——（哭不成声）

班：老大娘和老黄跟咱们都是一条穷根啊！

众：（齐唱六曲）

天下的穷人一样般，

穷苦同是一条根，

受尽了，人间苦，

死后又做"冤魂"，

咱和那，

狗保长，

结下了那，不共戴天的仇和恨，

早晚要算清。

班：（悲愤地）同志们，黄彪同志和老大娘受的这份苦，都是那些地主恶霸蒋介石给害的，我们穷人，家住在蒋管区的，谁家能不遭害？个人守在家里能有个好吗？非要团结起来，打倒蒋介石反动派，打倒地主阶级，彻底翻了身，回家才有好日子过。我们今天当了解放军，就要坚决干个好样的，消灭反动派，打倒地主阶级，全国大反攻胜利就要快啦,赶快多打几个大胜仗,给黄彪同志和老大娘报仇呵!

众:(喊)对呀,给黄彪同志报仇! 给天下穷人报仇啊!

(唱七曲)

给天下穷人报仇,

给天下穷人雪恨,

不管你刚才解放,

不论我来自后方,

咱们都是受尽欺压的穷苦人!

要翻身就得打倒封建,

要翻身就得消灭老蒋,

今天呵!

咱们站在一起,

咱们兄弟一样,

满肚子冤气要撒在战场上,

坚决消灭老蒋,

给天下穷人报仇,

求天下穷人解放!

黄:现在我也想透了,天下乌鸦一样黑,老蒋的队伍在哪儿,哪儿遭殃;不打倒它,家也回不去,回到家也是要受苦。我也是两条腿两根胳膊,不比旁人少点啥,同志们要为我报仇,我还能落边吗? 大伙到战场上看吧!

众:对! 战场上见!

(外边吹集合号声)

班:集合了! 快走吧!

（众下收拾背包、枪等行装）

黄：（上）老大娘，我走了。

（穿场急下）

太：黄同志！

众：（上）老大娘，打完胜仗咱们再见吧！（穿场急下）

太：哦！哦！

老：（上）老大娘咱们给你报仇去！（穿场急下）

班：（上）老大娘，打完胜仗回来再见吧！

太：班长、黄同志打完胜仗一定来家串门儿啊！（送下）

第四场

（枪炮声，冲锋号声，喊杀声齐鸣）

（张班长领着战士十数名，排"三三制"队形，相继冲出，穿场而过）

（黄彪再冲上）

黄：（唱八曲）

大炮打得像机枪，

子溜子嗖嗖放红光，

同志们个个追得紧，

我黄彪后边紧跟上。

在那头打仗我老害怕，

这回上战场可不一样，

想起要报家里的仇，

拼死要消灭老蒋。

枪杆子捏得出了汗，

皮帽子推到后脊梁，

跳过了沟，爬过了岗，

翻过了敌人的铁丝网。

趴在地上看一看，

不见了同志和班长，

前面跑着两家伙，

分明是两个狗蒋军。

好！

报仇的时候来到了，

爬起来赶忙紧追上！

（追下）

（蒋军连长手拿小枪跑上，蒋兵扛一挺美式机枪在后面喊上）

兵：连长！连长！后边又有人追上来了。

官：打！打！打！你为什么光叫唤不打呢？

兵：机枪我打不叫了！

官：娘卖×真孬熊。（自夺来机枪打一阵）人在哪儿？你他妈的瞎叫唤？

兵：我听着像有个人似的。

官：你他妈的不要雀叫唤！看见就打，打了就跑，你要跑不动给解放军抓住了，不是活埋就杀头，腿放硬点，快跑！（跑下，黄追穿场过）

（蒋官、兵跑上，卧倒）

兵：追来了！追来了！

黄：（在内喊）缴枪不杀！解放军优待俘虏，我也是才解放的，快缴枪吧！

官：他就一个人，让我打死他。

（轻将机枪拿过来）

好，好！你来我们缴枪给你！

黄：（声近）你们不信看看我的帽子还是"中央军"的呢！

官：给你狗日的枪！（打了一梭子弹）快！快跑。（蒋官、兵急跑下）

黄：（黄追上，面部挂彩）操你娘。（扳枪栓）呀！子弹都打光了！

（决然地）操你妈！老子非抓你活的不行！

（猛追下）

第五场

（老太太上）

太：（唱九曲）

夜黑天大炮打得欢，

窗户纸震得直"忽闪"，

听说咱队伍又打了大胜仗！

掳的蒋军上了万。

今天队伍又转回程，

还要驻在咱村中，

老婆子心里好高兴，

回家给他们把炕腾！

急急忙忙往家走，

不管雪深路不平，

眼前来到家门口。

（白）小茹，快给娘开门。

茹：（上）娘，啥事？

老:(接唱)队伍又回到咱村中。

（白）上回在咱家住的那队伍又回来了,夜儿个黑间咕咕咚咚打炮就是人家打的,把"中央"又掳了一万多,才将在街上碰上那个事务长,说还是各住各家……

茹:娘！ 还是张班长他们来住呵？

太:嗯哪,快去……

茹:那我先给他们做饭吧！

太:用着你做了？ 我做,你去……

茹:那我把屋里地扫扫。

太:扫地着啥急？ 快——

茹:那我把他们住的那铺炕拾掇拾掇！

太:对！ 快去吧！ 我去盛米做饭。

（老太太去盛米,众战士上）

众:老大娘在家吗？

太:咳！ 说着就来到了,该都累了吧？ 快上炕倒着吧！

众:不累,不累,这回又来麻烦老大娘啦！

太:哎！ 这说哪里话？ 都是一家人啦,说什么麻烦哪！ 哟,满身都是土,小茹！ 你去找把炕笤帚来给同志们刷刷土。

众:不用不用,我们个人打扫！

太:嗨！ 谁打扫不一样啊！

小:这回我们打仗,打得可好啦,把那些狗日的官太太都给掳来了。

老:还有那师长、团长,大胖子军长也都掳来了！

王:还有那大炮,美国骡子老了鼻子啦！

杨:还有十来辆美国汽车,都是八个轱辘的。

太:老杨同志,张班长怎么没有来？

杨：他到屯那头有事去了，一会就来！

茹：那我去迎他去！（跑下）

太：小茹……这丫头，看见同志们来了，就高兴地发了疯啦！

众：（笑）……

太：你们该渴了吧？我烧水去！

（下）

小：班长怎么还不回来？

老：一定又是去找黄彪去了！

宋：真操鸡巴蛋，还找他干啥？这回我们要是不能全班记功，事情都坏在他身上了。

王：我看他革命是不大牢靠。

小：他一定是走岔了，找到别的部队去了！

宋：什么找到别的部分里去了？追击的时候，他一个人往那边撵，班长和组长都拼命地喊他，他也只当没听见，我看他还是顽固脑瓜子，跑回敌人那边去了！

老：那哪能呢？你看他在没打仗以前，说的话多硬，冲锋的时候，也一步没落下，子溜子打得刷刷的，他连腰都不弯！

王：光听他说好的那能行吗？反正这回咱们班是受了他拐带了！

老：哪能呢？两个师都叫我们打光了，他能跑哪去？我看说不定就是牺牲了。

杨：那也说不定呢！

宋：我看他也许挂了彩落在哪儿了也不一定！

小：都怪你！你是组长，你们两个在一块，你不好好儿照顾他，人家一个新来的同志……

太：（上）水开了！去喝水吧！

小：我去找班长去！（出）

太：咋的？张班长有啥事还没回来？

老：去找黄彪去了！

太：噢！对啦！我还没"理乎"呢，你们那个新来的姓黄的同志也没
　　来呀！他上哪去啦？

王：谁知道！打完仗就……

　　（小茹同张班长上）

茹：娘，娘，张班长来啦！

众：班长回来啦！快坐下歇歇！

老：找着黄彪了吗？

班：……

太：张班长，那个黄同志是——

班：打完了仗就没见着他的影，（向众）我全营都问遍了，打扫战场的
　　人也问了，就没找着他！

太：打完仗就没见？别是——

班：不是，老大娘，是怕他找不着队伍。

太：哎，不是啊！班长、同志们，自那天听他说了他家那情形，跟我家
　　一模一样，我就怪怜恤他的，见了他就跟见了我那大小子似的，
　　这会你们都回来了，就他一个……哎，怪惦记他的！

众：……

太：哎！光说话啦！该吃饭啦，小茹，快把桌子搬来。

　　（茹出，恰遇小嘎上）

小：嗳！黄彪回来了！黄彪回来了！

众：怎么？黄彪回来啦？在哪儿啦？咱去接他去！

小：你们别急，他到连部去了，一会就来。

众：小嘎！你怎么碰到他的？

小：（唱十曲）

我刚才到前街去找班长，

半路上把黄彪迎面碰上，

骑了一匹大红马，

背了一挺美国机枪，

一个通讯员随后跟，

满面笑容喜洋洋。

众合：满面笑容喜洋洋，

　　　一定是立功在战场。

小：昨晚上打仗失掉联络，

他一人独自个冲上前方，

前面追上俩蒋军，

扛了一挺机关枪，

黄彪一见眼发红，

要抓俘虏要缴枪。

众合：要抓俘虏要缴枪，

　　　黄彪在战场逞豪强。

小：蒋军没命地前边跑，

黄彪拼命地紧追上，

喊了口号他不听，

老黄急眼要放枪，

拉开枪栓看一看，

黄彪的子弹全打光。

众合：黄彪的子弹全打光，

　　　怎样捉住的狗蒋军？

小：黄彪他危险全不顾，

　几个箭步冲上前，

　一刺刀挑死了那个兵，

　顺手抱住了那个官，

　就势骑在他身上，

　打得他求饶才算完。

众合：一把刺刀缴了枪，

　　黄彪可真是好汉。

小：押上俘虏往回走，

　找不着队伍在哪方？

　黄彪正在没主意，

　碰上了咱们团首长，

　给他记了一大功，

　大马送回咱连上。

众合：好！黄彪他也立了功，

　　真给咱班添荣光。

　　（白）好！这可好了，咱全班立功不成问题了。

老：老宋！这回你可不埋怨人家黄彪了吧！

宋：（抱歉地）对对，你说得对，我看错了他啦！

杨：老太太也该放心啦！

小：哎！那不是黄彪回来了吗？

众：对！对！

　　（拥至门口迎接，黄背一机枪及冲锋式上，王、宋、小接过枪掠着看）

众：你可回来了！快回屋……

太：大冷天，脸都冻得通红，快上炕暖和暖和！

115

黄：没啥！

老：老黄！听说你立了功了？

杨：听说你捉了俘虏，缴了枪了！

黄：没啥！

小：（看着枪）老黄可真有两下子。

王：这是加拿大的玩意呢！

小：老黄！你没回来，可把咱班长急坏了，到处找你，饭都吃不下。

黄：班长……

班：黄彪，你回来就好了，我就怕你找不着队伍着急。这你回来了，还立了功，大伙都高兴。

王：哎！让老黄把他立功的事说说好不好？

众：好！对！

黄：没啥……

众：说说吧！

黄：那时候，我一看见敌人就想起我娘我妹子，和咱房东老太太小姑娘来了。我想掳住他们！消灭敌人不就是给穷人报仇吗？也不知道哪来那股子劲，上去就把两个家伙收拾了，谁知道团长碰见我，就给我立了一大功。

众：好！对！痛快！

班：老黄这话对！消灭敌人就是给穷人报仇，这回咱班上老解放、老杨、小嘎……都打得好，说不是咱要全班记功呢！

黄：团长说要给我立功的时候，我心里又高兴又那啥的，我想，我这一回才捉了两个俘虏，下回打仗我非掳他十个八个不结，好把敌人早点打完了，狠狠地给咱穷人报仇嘛。

众：黄彪这话说得对！这话说得痛快，咱要把"中央军"消灭得一干二净，给咱们穷人报仇！

116

太：黄同志啊！你这回打得可真好啊！你看你过来不这么两天，就立了这么大功，可真给你娘报仇了，也算是给我老婆子出气了！同志们啊！你们这仗打得这么好，又掳人又掳炮的，再过两天，把蒋军都给打光了，让我们这边老百姓，好好翻身，过太平日子啊！

众：对！老大娘，你这话对啊！

（齐唱七曲）

给天下穷人报仇，

给天下穷人雪恨，

不管你刚才解放，

不论我来自后方，

咱们都是受欺压的穷苦人，

要翻身就得打倒封建，

要翻身就得消灭老蒋，

今天啊！

咱们站在一起，

咱们同是一样，

满肚子冤气要撒在战场上，

坚决消灭老蒋，

给天下穷人报仇，

求天下穷人解放。

（幕落）

选自《知识》，1948 年第 7 卷第 5 期

◇白华　雪立

挖苦根

部队在土改教育中有诉苦，挖苦根，倒糊涂，查阶级等阶段，这一连串教育过程实施的目的是启发部队阶级觉悟和提高部队战争观念。

"挖苦根"是在连队干部战士诉苦以后进一步追寻造成工农大众穷苦根源的阶段。

连队在进行这一工作中，起初一般容易盲目地一下就把苦根挖到国民党反动派身上或直感地挖到地主恶霸为止，这样便不能打通战士们对今天战争和自己切身利害有密切关系的认识。这个小演唱就是根据连队挖苦根初期战士们蒙昧的思想情况下，从土地问题上来启发认识到新旧两个社会制度的不同，进而认识到蒋介石是旧社会的代表、旧社会制度的保护者，这样便解决了土改和战争的关系和我们今天战争的性质，"反动派是苦根"自然成为战士们理性的认识。

时：春天。部队整训期间。

118

人：班长。

王振乾——头年夏季攻势的解放战士。

李得标——与王同时解放。四川人。

老大爷——王振乾之父。

第一场

（班长自连部回来）

班：（数快板）冬季攻势作完了战，部队休整来训练，几个月来不停地打，打得"中央军"心胆寒，收复县城十几座，消灭敌人十来万。咱们班上也打得好，叫我班长心喜欢；这回休整刚住下，人员武器补了个全！

全连一百五六十，解放战士一大半；解放战士真不错，服从命令又能干。这回我领导着一班人，争取时间把兵练，单等夏季攻势再开始，我一定要争取做模范！

前几天全连开了诉苦会，开起头来就没个完，说起来都是穷哥们，谁的苦水都有一大摊，大家诉起来泪汪汪，真是悲来真是惨！

昨天连部开了会，说是有苦就得找根源，大家挖出苦根来，好报仇来好申冤，苦根明摆是反动派，他给地主恶霸当靠山，咱们大家也明了，一挖就准不犯难，本来这个工作算完成，偏偏就遇到个不开窍的王振乾！

王振乾，本是个解放的好战士，去年夏季攻势编咱连，战斗行军都不错，什么工作都跑在前，自从那天诉了苦，整天愁眉不展哭丧着脸，这几天大家挖苦根，他坐在一边不发言，个别谈话两三次，他说想家不能干，这一下可急坏了我班长，摸不透他的心思我犯了难，我，犯了难！

（白）嗨呀，想不到诉苦挖苦根倒挖出毛病来了，本想是挖出反动派来，大家就该好好打他们，怎么遇上个王振乾，越挖他情绪越低，还一个劲地想家，刚才我到连部去找指导员，他还说咱们班上的苦根没挖彻底。怎么没挖彻底呢?！都挖到蒋介石了，还说没彻底，那叫我再往哪儿挖呢？指导员还说要好好地启发他，我看越启发他妈越糊涂。得啦！我要找他谈还不是那么一套，倒不如找李得标跟他扯一扯，他俩是去年夏季攻势一起解放过来的，李得标对苦根的认识还不错，说不定他能说服了他，对！我先找李得标谈谈。（向内喊）李得标！

李：有！（应声就上）

班：你过来我跟你谈谈！（李趋近班长）你看咱班上苦根挖得怎么样了？

李：我看就挖得不错，一下就挖到蒋介石了！

班：你看到底是不是蒋介石？

李：我看呵，就差不多，要没有蒋介石打内战，哪会闹得到处都是苛捐杂税！我家也不会穷得那么样，我也就不会叫狗日抓壮丁的抓出来！

班：那么东北人受的苦也是蒋介石给的？

李：那怎么不是的呀?！指导员不是讲过了，东北那是蒋介石的不抵抗政策才叫日本鬼子占了的么！

班：我们挖出了苦根你说该怎么办？

李：那呀，那就得打倒蒋介石，我们穷人才能解放，不是么？

班：对，你这认识还不大离，可是咱班上王振乾咋老磨不开这个道理呢？

李：他呀？他还不是脑壳里头搞球不明白！

班：老李，咱们班上补充来的新解放战士不少，你们虽说也是解放过来的，可如今也都是老战士了。现在你看，新解放过来的都把这个问题弄通了，可王振乾还不通，会上不发言，会后情绪不高，这样影响别人情绪不好，你找他再谈谈，主要叫他认清苦根是蒋介石，不要老是糊里糊涂的，听见了吗？

李：对！（欲下）

班：还有，叫他会上一定要发言呵！

李：要得！

班：跟他谈完了，你告诉我，咱们班上再开会！（下）

（李亦分头下）

第二场

（王振乾心事重重地上）

王：（唱一曲）

　　王振乾思想起好不命苦，

　　从小里家里穷受尽折磨，

　　八岁上当猪倌光腚露肉，

　　吃不饱穿不暖无法过活！

　　十三岁给人家放牛放马，

　　十六岁给地主耪青扛活；

　　起五更摊半夜使尽力气，

　　换不上半个饱衣不遮身！

　　最可恨"中央军"抓我当壮丁，

从此我入兵营骨肉两离分；

到如今两三年毫无音信，

不知道老爹娘如何生存？

（白）离家两三年了，也不知道家里是个啥样？我个人叫"中央军"抓出来，那洋罪可是受老了；一天吃不饱睡不够挨打挨骂比蹲笆篱子还邪乎，幸好头年大黑林子一仗解放了过来，在这儿当兵可真是另个样，有不知道的事，大伙给你讲，没有用的，手巾袜子啥的大伙送给你，连长指导员也挺和善，可是好倒是好，我家也实在是没有人……

人说只要把蒋介石打倒了就啥都好了，就翻过个儿了，我看打倒了老蒋也不管用，咱家命穷，没有，哪管老蒋什么呢？他也没沾着咱们什么，你说，早头没老蒋咱家不也一样穷，那又找谁呢？没有法子，俗话说："人生下地八个字儿造就"有啥办法？

前几天我们那疙瘩跑郑家屯回去的老客打这疙瘩过，就给家捎了个信，不知道能收到收不到，听说我们那疙瘩仗火也打得不轻，我爹我妈还不知道咋的了呢？

（李得标边叫边上）

李：老王！老王！（上）老王，一个人在这儿干啥事？

王：没事！

李：嗳，老王，（亲近的）我问你，我们在这儿干怎么样？

王：很好！

李：是呀，你看，那干部不打人不骂人还不说，对我们不论是吃饭、穿衣、睡觉、走路哪一样都照看得很好，真像自己人一样，我当了那么多年的兵，可真是从来没见过那么好的干部的哩！

王：是呀，别说连长指导员，就是咱们班长虽说有点脾气，可是对咱们关心也真像亲兄弟一样!

李:对呀,那我们就好好在这儿干啰!

王:唔!

李:好,那等一下开会你得发言!

王:我发什么言?

李:挖苦根呀,你诉了那么多的苦,得把苦根找出来呀!

王:……

李:老王,你说你那苦根在哪里?

王:我也不知道!

李:你看,大家都挖到了是蒋介石,你怎么不知道呢?

王:蒋介石? 我家受穷受苦也不是他给的,跟他有什么相干?

李:你怎么那么糊涂,你说,你受了地主那么多压迫,那地主为啥敢压迫你啊?

王:人家有钱呗!

李:有钱? 钱能压迫你? 他有钱官府衙门里就替他说话不是?

王:那自然,当官的还不向着有钱人。

李:对啦,这就对啦,再挖下去就通了! 官府衙门还不就是蒋介石管!

王:又是蒋介石,又是蒋介石!

李:怎么的呀?

王:那,那早先蒋介石没有上台的时候咱穷人一样受苦受穷,那你说怪谁? 你说怪谁?

李:那……

王:你说,你说!

李:那,蒋介石没得上台的时候……那?! (唱一曲)

听老王说的话也是不差，

穷苦人世世辈辈受欺压；

如今咱挖苦根是蒋介石，

难道说祖辈上也要怪他！

（插白）是呀，蒋介石没上台那怪得哪一个呢?!（接唱）

李得标我这里左思右想，

想过来想过去是没得法；

难道说蒋介石不是苦根，

那为什么大家伙都是挖的他？

（白）哎！你这一说我也搞球不明白了……那你说我们穷人的苦

根到底是怪得哪一个呢？

王：怪地主呗，一半也怪咱命穷！

李：操，你怎么迷信呢？

（班长上）

班：李得标！谈完了没有？

李：算是谈完了！

班：好，不早了，那咱开会去。王振乾，这回你可得发言啦！

李：班长，刚才王振乾提了个问题，我也搞球不通了。

班：什么问题？

李：我说穷人的苦根是蒋介石，可是老王说蒋介石没得上台的时候

我们穷人还不是一样穷，还不是一样苦，那怪得哪一个？这我，

我也搞不明白！

班：这个……（一下给问住了）你们胡扁扯到哪儿去了，蒋介石没上

台是没上台的事，现在不是蒋介石已经上台了，苦根不是他是

谁？（向李）你说！（向王）你说！

124

王:我不知道!

班:你不知道!蒋介石叫你受穷受苦,你还不知道,你真是个糊涂脑瓜——走,走!开会去,你不明白也得发言,让大伙帮你讨论讨论,走!(同下)

第三场

(老头赶路忽忽地上场)

老:(唱二曲)

二月里来正清明,

老汉我赶路好带劲;

风和日暖草木青,

八路军一到咱穷人翻了身!

我儿捎来了平安信,

说是到了八路军;

叫我老汉好高兴,

年景大变我交好运!

(白)我王老汉活了五六十年,受苦受穷一辈子,总没这么高兴过一回——家里打小屌蛋精光,地无一垄房无一间,租了大粮户老刘家几垧地,一年到头早起晚睡,赶上个好年景,还能混上点苞米楂子,要摊上个赖年,就连缴租子都不够。人越是穷越是倒霉!前年来了"中央军",比早年小鼻子还邪乎,摊劳工修地堡还不说,把我家大小子生给拉去当了兵,一去就信也没有。常言说:"福不双至,祸不单行。"上年年成不好,欠了点租粮,可恨老刘家也太狠了,硬逼着头皮来要,家里连吃的都没有,叫我穷汉到哪

125

里去借，我躲了两天，想不到把我屋里的老娘们毒打一顿，可怜不几天就死了。唉，死了就死了呗！还能上哪喊冤去？！撇下我孤老头子带着个老疙瘩苦苦熬了一年，想不到穷人也还有翻身的一天。去年冬底八路军打来了，说是要替穷人做主斗争大粮户，老刘家狗操的鼻子尖，一听到风声就跑到沈阳去了；可跑了和尚跑不了寺，工作队领着咱又分房子又分地，咱家分了三间正房两垧好地，这一下我这小日子才算过起来了。可巧那天老客又捎来大小子的信，说是叫八路掳去了，如今在八路里干上了，这八路军是咱自己的队伍，那不是干得正好，接到信我老汉就乘着没种地的空前去探望探望，父子见见面把眼下家里翻身情景给他诉说诉说，也好叫大小子在咱队伍上好好干！天色不早我得麻利地赶路！（唱一曲）

王老汉急忙往前行，

走过平川又翻过岭；

一路上全是咱八路军，

老汉我见了心里真高兴！

八路军兵强马又壮，

兵强马壮打胜仗；

"中央"的天下不久长，

天下的穷人要掌大权！

（白）哈哈，前面不远就该到了！（急下）

（班长领着王振乾气吁吁地上）

班：你倒是怎么的了，你？……现在又不是诉苦，诉苦早诉完了，现在是挖苦根，你还是会上不发言，会后一个劲儿地情绪不高……

我说你黏拉嘎叽的倒是怎么的了？

王：我……我要求回家……

班：哼，整了半天你还是要回家？……好，你回，你回！

王：(真就解起纽扣来了)……

班：怎么！谁叫你真走了？(阻止他解纽扣)扒什么衣裳，回去你再叫地主压迫去？你那苦还没有受够是怎么的？……同志，你这思想不对，太落后了，你一个劲情绪不高，整得大伙情绪也不好，现在马上要打仗，你怎么办？同志，你要负责任！

王：我，我……(说不出来)

班：你，你怎么的？你好好想一想！咱们当兵是为了谁？咱们打仗又是为了谁？咱们的苦根到底是谁？(王不作声)……你为啥不吱声呢？这种人，黏拉嘎叽的就知道想家。同志，你这不对，知道不知道？……好了，你自己好好想一想，想通了咱再谈！(倔头倔脑下)

王：这可咋整？班长和我谈了好几回，这回他可真生气了！

(唱二曲)

思想起来到了八路军，

从没人轻看我是俘虏兵；

同志们讲团结亲如兄弟，

连首长又和气又是关心！

虽然说咱班长脾气暴躁，

他也是处处把我关照，

真叫我王振乾左右为难，

不回家实在是想我二老！

（白）班长叫我想一想，他批评我不对，实在我也是有差次的地方，一个劲儿地情绪不高影响别人。再说我自打解放过来，这半年多里，连上上自连长指导员，下至伙房，没有对我不好的……可是我也实在不是故意给上级找麻烦，我叫"中央"抓出来当兵那是硬抓的，家里实在困难，唉……

（李得标引王老汉上）

李：在这儿呐，嗳，在这儿呐，老王，你老人来看你来了！

王：我爹？！

李：老人家，在这儿呐！

（老上）

老：大小子！

王：爹，你老人家怎么来啦？

老：郑家屯老客捎到了信我赶着就来了！

王：家里怎么样了，爹？

老：哎呀，看你这样儿倒是壮实了！

王：爹，我问你家里怎么样了？

老：呵，你问咱家里吗？好了，这如今日子过好了！

王：过好了？

老：嗳，过好了！（唱三曲）

上年年底来了八路军，

工作队领导咱闹斗争，

开大会斗地主穷人说话，

天下大变咱翻了身！

分土地分房产又分粮，

地主的财宝挖个光；

咱家分了三间房四斗高粱，

还有那好地整两垧！

（白）如今咱家有房子又有地，这日子还不过好了吗？

王：咱们家真分了地啦？

老：那还假得了吗？我来的头几天，地牌子都插上了，说过不几天还
　　要领新地照呢！

李：老王，这一下你家过好了，你可以放心了！

王：爹，娘在家里怎么样？

老：你娘吗？唉，她算是享不到这个福啦！

王：怎么啦？

老：大小子，听我慢慢给你说！（唱三曲）

大小子问起他娘亲，

不由我老汉痛在心，

叫一声大小子你听爹言，

你走后的事儿说分明！

自从"中央"到咱乡，

穷人的日子苦难当；

出劳工挖城壕捐税重重，

逼得咱粮食衣裳卖个光！

地主恶霸没天良，

靠着"中央"逞凶强，

那一天到咱家来催租粮，

可怜咱家里哪有一粒粮！

爹爹我出门去借粮，

你老娘在家中哭心伤；

地主家催租人气势汹汹，

打得你老娘一命丧！

（白）就为了欠老刘家那么点租粮就把你娘活活给打死了！

王：我操他奶奶！（唱三曲）

一听老娘丧了命，

王振乾一阵阵泪淋淋；

骂一声狗地主你好狠心，

报仇雪恨我找他拼！

（白）老李，告诉班长，我给连部请假回家找大地主老刘家报仇去！

李：（拦住王）老王，你这是干什么？

老：（拉住王）大小子！（唱二曲）

一把拉住我儿的手，

听你爹爹说从头，

自从来了八路军，

地主都跑进了沈阳城

去找那"中央军"！

（白）大小子，你真糊涂，要拿早先年来说，你不用说报仇，那地主的一根汗毛你还敢动吗？这如今赶走了国民党"中央军"，咱穷人作了主，要是老刘家没跑，不用你回去，这仇也就报了。如今他跑到沈阳去了，你不在这好好干，跑回去找谁报仇？

李:对了,老王,好好干,打到沈阳报仇去,不要再想回家不干了!

老:怎么,大小子,你还想回家不干了?唉!(唱二曲)

　　我儿心里好糊涂,

　　不该想着回家去;

　　老汉活了几十年,

　　如今看到穷人的队伍,

　　给咱做主!

　　我儿你再想一想,

　　地主恶霸靠老蒋;

　　要不消灭狗"中央",

　　翻身的日子不久长,

　　咱还要遭祸殃!

(白)大小子,你心里要放明白点,这是什么年头了,光是想家还行?我也知道,俗话说得好"穷家难舍",人总是想着守着本乡本土的骨肉团圆;可是你没想想打祖辈有皇上起到老蒋坐位,小鼻子进中国,还不都是有钱人的天下,那时候咱穷人就是老老实实守着家也还不知道哪一天有钱人出个点子,叫你家破人亡妻离子散。人家是有钱有势,咱们是叫天天不应,叫地地不灵,如今共产党从根上给咱穷人想办法来了个分地的新章程,兴穷人说话,兴穷人做主,这是自古以来没有的事,八路军给咱穷人打天下,这个队伍咱穷人不干谁干!工作队同志说得好,老蒋给旧社会办事,替地主说话,毛主席给新社会办事,替穷人说话,我也看透了,大小子,不打垮老蒋穷人翻身就翻不彻底!

李:哎呀,老人家这一说,那苦根不是蒋介石还是哪一个?早先没老蒋,有皇帝当权,而今眼目下这个老蒋还不是跟皇帝一样,皇帝替地主有钱人办事,眼目下老蒋他还是这套老办法!若不其然共产党帮穷人分地打倒地主,那地主为啥往沈阳国民党那儿跑呢?老王,我明白了,穷人要翻身就要打倒地主,要打倒地主为先就得打倒老蒋,若不其然,老蒋占哪里,哪里穷人就分不了地,我们关里头还不就是那样!

老:不光是关里,若不打完蒋介石,咱关外分的那点地怕也保不住哪!

王:爹,你这一说我明白了!(唱二曲)

听罢了爹爹说根由,

糊涂的思想找到了头,

好像大梦醒过来,

不打垮蒋介石誓不罢休,

誓不罢休!

(白)你老人家放心,我决心干八路干到底!

老:好,你明白了就好!

李:老人家,这一下你倒给我们解决问题了!

(班长上)

班:老大爷,指导员请你吃饭去,一会还请你给大伙讲讲话!

老:唉呀,我这么个死庄户老头哪会讲话!

李:怎么不会,刚才你老人家说的那些话比哪一个都讲得好!班长,苦根这一下子可是挖准了!

王:班长,我也明白了,苦根我也找着了!

班:是谁呀?

李、王:还是蒋介石呗!

班：不错呀！

李：不错是不错，这一回可是真挖到了，早先那还不是马马虎虎的！

王：班长，早先我总想着蒋介石再不好吧，可咱受穷受苦又关他什么事呢？刚才我爹来告诉我家里解放了，也分了地了，要是早先我就是回家去也还是受苦受穷，蒋介石管的地方就没有听说给穷人分地的，这回我看透了，蒋介石就向着地主，地主就靠着蒋介石，咱的穷根苦根是蒋介石一点也不假！

李：要不把蒋介石打倒我们四川的穷人就分不了地翻不了身！

老：班长，要不是八路军打遍天下给咱们穷人来了个分地的新章程，穷人翻身还不是说着玩儿的！李同志说得不错，大清国有皇上给地主办事，如今晚老蒋还是跟皇上一样，那时候不用说分地，咱种地户给地主少缴一粒粮还行吗？那就犯法，打死活该！唉，振乾他娘不就是那么死的，死了就死了呗，哑巴吃黄连，谁还敢吭一声。如今是变了，兴报仇了，兴说话了，要没共产党八路军还行吗？因其这个我才叫咱家大小子在这好好干，多咱打垮老蒋多咱算完！

班：哎呀！老大爷，你老人家说得真彻底，这一下我也通了，怪不得指导员也说我没有全弄通呢，穷人穷的是没地，老蒋跟皇帝一样，都是旧社会的头子，就不让穷人有地，就光叫地主剥削穷人，穷人要不苦不穷就得推翻旧社会，就得打倒旧社会的头子蒋介石，对，苦根是蒋介石一点不假！

李、王：对，打老蒋、分土地就是挖苦根！

班：老王，刚才都是我主观，一个劲地看你不对，没想到真是苦根没挖彻底！

王:班长,我也不对,打解放过来,虽说在工作上积极地干,心里还老糊涂,总想开小差不在这儿干!

班:你想开小差?!

老:唉,班长,咱这个大小子打小就憨头憨脑的啥事不懂,班长还得多管教着点!

李:班长,这一下我也开脑筋了,早先我在这里也还是二心不定的哩!

班:你也想开小差?

李:是呀,现在明白了,坚决革命到底!

班:(真认识到了过去工作的不彻底)对,现在咱们都明白了,自打诉了苦,咱们都是受苦的弟兄,这回挖苦根又明白了谁给咱的苦,如今咱干八路军是为咱穷人自己翻身,早先脑子里糊里糊涂什么事都看不清,走了多少弯路吃了多少亏,这些糊涂思想咱都倒出来,从今往后按老大爷给咱说的道理好好干!

李:一定好好干!

班:老大爷,一会把这些道理给大伙好好讲讲!

老:唉,我这也是庄户人的见识。

李:好得很!

班:走吧吃饭去!

老:(领唱)天下穷人一样穷,(众和)

天下地主一样狠,(众和)

(合)不把地主全打倒,

穷人的穷根拔不尽!

老:(领唱)老蒋给地主保江山,(众和)

134

共产党领导咱把身翻,(众和)

(合)只有打倒蒋介石,

挖尽了苦根翻身万万年。

(众舞下)

东北书店 1948 年 8 月初版

戏剧卷⑧

挖苦根

◇白鸢　孙芋

劳军鞋①

地：哈尔滨市。

时：夏。

人：王组长——三十多岁，精明强干，很能办事，有为人民服务精神。

李评议员——四十多岁，是一个做小买卖的，为人忠厚老实。

何老头——五十多岁，是在街上摆菜摊子的，性耿直豪爽，对民
　　主政府认识很深。

孙经理——孙殿元，是五金行的经理兼股东，性狡猾，阴险，并且
　　还是个大地主（绥化县有三百多垧地）。

刘老疙瘩——工人。

周某——小商人。

郑大妹子——（少妇）二十八岁。

铃子——（十四五岁少女）姓齐。

---

①　本剧由褚嘉执笔。

店员

自卫队员——店员联合会的工人自卫队。

王:(上唱第一曲)

(一)才在那间上会议开完,

　　　讨论那劳军鞋送往前方;

　　　这一次最好是超过计划,

　　　当组长起骨干回去动员。

(二)东一趟西一趟甘心情愿,

　　　为人民多办事不怕麻烦;

　　　在后方出全力支援前线,

　　　打垮那反动派保卫家园。

(三)先找那评议员商量商量,

　　　咱组上最好是做个榜样;

　　　多出钱多出力支援前线,

　　　那才是真正的巩固后方。

(白)我刚才在间上开完会,这次开的是讨论怎样动员军鞋,支援前线,我回去找李评议员李老头先合计合计,怎样动员,早些完成这光荣的任务,为人民办事情,忙点又算个什么!

(唱)

先和那李老头说个清楚,

好到那每一家前去说服,

为百姓办事情不怕辛苦,

早一点完成这光荣任务。(下场)

李:(上唱第一曲)

(一)大家伙选举咱当评议员,

　　　都因为咱做事公平不偏；

　　　听说是出军鞋支援前线，

　　　我去找王组长谈上一谈。

（二）出军鞋贫和富不能一般，

　　　有钱的就应该多出点钱，

　　　咱军队在前方流血流汗，

　　　后方的老百姓努力支援。

王：（上）老李我正想找你去哪。

李：我也正想找你去哪。

王：咱们先谈一谈关于这次出军鞋的事情，这次动员军鞋，最好是咱
　　这个组里做个模范，早期完成这个任务。

李：对，好好动员动员，顶好是超过预计数目才好。

王：这次劳军鞋，咱们可要做个模范，不过咱组上只有孙经理有钱，
　　可是上次劳军鞋他就没拿，这次他再不拿，我们可得好好问
　　问他。

李：咱这个组上谁还不知道他这个家伙。

王：好，咱们分头去找大家伙来开会。

李：好！（合唱第一曲）

　　　找大家开会商量商量，

　　　多出力多出钱支援前方，

　　　这一次咱组上做个榜样，

　　　打败那蒋介石保卫家乡。（下）

何：（上唱第二曲）

　　　我刚才从街上卖菜回家，

　　　碰见了对门的刘老疙瘩，

138

他是到组上去开会议，

我听说急忙忙前去参加。

（白）我刚才卖完菜想回家去，正好在半道上碰上了对门的刘老疙瘩，他说组上开会，他去开会去，我听说我连家也不回去啦。

王：（上）老何来啦。

何：来啦，我在道上听刘老疙瘩说组上开会，我听说连家都没回，我就来啦。

王：啊，这回开会是为了讨论劳军鞋的事。

李：喂！ 老何头你来得真快哪。

王：老李回来啦，你通知得怎样啦？

李：我全通知啦，他们一会就来。

王：那咱先谈一谈吧。

李：好，关于这次劳军鞋的事，大家都应该积极一点。

何：对呀，现在都是给咱自己办的事情，咱们要不积极干那就不像话了。

王：（很赞佩的）对啦，老何这话说得很对，咱们自己不干，还等谁来替咱干呢！ 现在咱们解放啦，不像从前伪满时候，什么事情咱们连说一句话都不行。

何：（回忆的）可不是?! 不挨打，不挨骂，那就是咱们的福分啦。现在买卖也好做了，一点也不受限制，就拿我来说吧，挑一筐菜到市上就卖个千八百的，买点什么也方便哪！ 不像从前又是捐又是税，稍微有点不是，就把菜给没收了，可虎人啦。

李：是嘛，就拿我那个小买卖来说，一天也进个万八的，现在真是民主啦，穷人也得过啦。

何：咳！ 真是老百姓天下了。

王：他们怎么还没来呢？咱们到后面等一等吧。（同下）

郑、铃：（同上唱第三曲）

　　　　夏天里天这长呀又是长，

　　　　妇女们做军鞋忙呀又是忙，

　　　　大家到组上前去开会，

　　　　讨论那出军鞋支援前方，

　　　　民主联军穿上打呀打胜仗。

　　　　（白）快点走吧，赶快到组上开会去。（下）

刘、周：（齐上唱）

　　　　哈尔滨的马路亮呀又是亮，

　　　　满街上车马闹呀闹嚷嚷，

　　　　五光十色好景象，

　　　　解放区的城市是天堂，

　　　　解放区的城市好风光。

刘、周：组长，组长！（王、李、何、郑、铃同上）

王：啊！ 你们也来啦，这一回看看，都来齐了吧？

众：差不多啦，都来啦。

李：唉?! 孙经理怎么没来啊？

何：咳！ 像他们这些有钱的人，就是这样不热心。

李：那么得去找他去。

刘：好，那么就让我去吧。

李：好，那就你去吧！

王：快点回来呀！（刘下）

李：孙经理这个人啊，又奸又滑，可能要嘴片子啦，上一回劳军的钱
　　他就没有出。这回拿军鞋，他再不拿，咱们可得好好问问他。

王:对啦,那么趁他没来这个机会,咱们先到后面合计合计。

众:好吧。(同下)

孙:(上唱第四曲)

(一)我家开五金行头等大商号,

穿西服吃大菜快乐逍遥,

大便桶小尿盆学徒去倒,

不舒服店员们给我捶腰。

(二)在柜上心不快脸子一落,

管叫他就好像耗子见猫,

"满洲国"十四年我倒很好,

溜洋须拍马屁不用现学。

(三)日本鬼特务头和我交好,

宪兵队警察官给我撑腰,

勒脖子造假账投机取巧,

说句话我也能把油水来捞。

(白)我孙殿元家中开一座五金行大商号,吃不了穿不尽,"满洲国"十四年我没有受着委屈,光复的时候,趁着市里乱七八糟的时候,我把日本仓库打开偷偷拉回七八大车值钱的东西,不费力就到手一笔洋财。就是这二年从八路来到哈尔滨这个地方。穷棒子们简直就是反了天,他们说话也算了。我有心支毛吧,又怕他们知道我的底细,给我拥出来,再要斗争我不是坏了醋了么,有心不说吧,心里又憋气,就凭我老孙哪里受过这个,光复后我的朋友都跑到长春去了,有很多在"中央军"里做大官。没有走的都被斗争的被斗争,被清算的被清算,所以我真算有点不敢支毛,不用着急,等到"中央军"来的时候,咱再算账,那时候叫你们知道知道我老孙的厉害。听说组上又开会了,什么发动军鞋支援前线,这样的钱我真花不惯,如果来找我,我就去听他一下,不来找我,我就不去,反正无论什么事,不花一个铜板就行,心眼活一点,见什么人说什么话,看风使船,见机行事,好,玩一玩去。

(唱)

(四)我刚才睡一觉时间太大,

最好是打八圈解一解乏,

腰儿的零钱好几大把,

输个那七八万那不算个啥。

(五)夏天的太阳又毒又辣,

如果要没帽子就晒脑袋瓜,

掏出来白手巾擦上一擦汗,

找上个好地方喝碗龙井茶。

刘:(见孙急忙地)喂,孙经理,组上等你开会呢,快去吧,大伙等你都火上房啦。

孙:啊?(沉着地)好,我以为还早呢,忙啥呀!

刘:忙啥? 你孙经理每天竟是待着,当然是不忙啰,可是我们开完会还得干活去呢。

孙:好,那咱去吧!(同下)

(众上)

王:刘老疙瘩去找孙经理去,怎么这半天还没回来呢?

众:可不是吗。(刘上)

王:呵! 刘老疙瘩你回来啦,孙经理呢?

刘:也来啦,在后边迈四方步呢,有钱人走道得慢一点,怕石头子绊倒了碰着鼻子呢。

（孙上，众见孙）吓，孙经理来啦！

孙：来啦，来啦，诸位受等受等。

郑：要不等你，俺们早就开会啦。

孙：（不耐烦地）咳咳！有什么大不了的事情，非等我来不可？

郑：（讽刺地）孙经理不到场俺们能开会吗？

周：对哪！若不等，以后有什么事你又该不认账了，不但不认账，还
　　得挑毛病。

孙：这是哪的话呢，多咱开会我不先到场，我从来也没挑过谁的毛
　　病，我孙经理哪样事情不认账了，真是……

李：你还说你认账呢，上次的劳军鞋你就没拿钱，你还认啥账。

王：好啦，好啦，咱们开会讲吧。

众：对！现在开会吧。

王：今天找大家来开个会，商量商量咱这个组上出多少劳军鞋。咱
　　们民主联军不怕辛苦，不怕挨饿受冻，不怕流血流汗，为了保护
　　咱们解放区的老百姓过太平日子，咱们老百姓应该多拿出几双
　　军鞋，给咱自己军队拿去穿，表示表示咱们老百姓的小意思。

李：对啦，诸位好好想想，咱们民主联军每天在前方，不怕吃苦受累，
　　这不全是为了保护咱们老百姓的生命财产吗。咱们多出几双军
　　鞋这又算个什么？看看咱这间上别的小组都出了三十多双，咱
　　虽然不能比他们多出，也不能落他们后面啊！这次我拿出五双，
　　因为我出的那个小床子，买卖还不错，所以我要尽量多拿，至于
　　你们大家，没有的也不必太勉强，有的也不要藏奸。

王：老李啊，我也出五双，要是拿我过去说，我连一双也拿不起，自从
　　咱军队来到以后，得到政府的帮助，我的生活渐渐就好起来啦，
　　按我现在的情况拿五双也不算多。

143

刘：我拿三双。

王：你拿三双能行吗？

刘：自从共产党来了后，工人也翻了身，也组织起来了，不像从前受
　　人压迫过着鬼生活，并且现在实行了分红制，所以我的日子也渐
　　渐好起来啦，所以我自愿出三双鞋，给咱军队拿去穿。

郑：我也出三双。

李：你出三双不行吧？因为你家中还过得不充足。

郑：我早就学会了纺线，我每天也能挣不少钱，并且我给人家做活剩
　　下很多的布头布脑，不能买我可能自己给民主联军做三双鞋。

周：我拿出两双，我……

李：老周啊，你出一双吧！因为你在街上每天卖点冰棍，也没有赚多
　　少钱，你出一双就行，老何头和老齐家因为家中实在不充裕就不
　　用拿了，政府还想补助你们两家呢。

何：不，自从民主联军来到后，买卖也好做了，也不像从前那样了，提
　　起了"满洲国"的时候，穷人卖点菜，捐多税多，一点也不赚钱，稍
　　微不对警察的心思，还得给没收，憋气透了，现在我一天赚不少
　　钱，我该怎样感谢民主联军啊！我没有多还没有少吗，我自愿出
　　三千元钱，表达表达我的心思，好！我回家拿去。（说罢急下，众
　　赞叹）

齐：我自愿拿两千元，（众亦示赞叹）老何头都能拿三千元，我虽然不
　　如他，但是我也不落后啊！

刘：喂！孙经理，你怎么不出声呢？（众目转向孙）

孙：（装懵懂）啊……我……可是干啥哪？

刘：嘿！闹了半天你还没听见？军鞋呗！

孙：啊！那你们出几双，我也不能例外啊。

郑:俺们能和你比吗？你家开一个很大的五金行!

齐:就凭你们孙经理开那么大的买卖和俺比?

孙:(大言不惭的)好,我出三双!

刘:咳! 可惜你孙经理,开很大一座买卖,就拿三双?

孙:咳! 现在我买卖也不赚钱,只那一趟楼房,不过是个样子,也收
　　不了多少租子,我实在不能多拿了,若不然你们把那座楼给卖了
　　我给军鞋。

周:孙经理这是开会呢,不是和你抬杠,再说劳军鞋都是自愿拿,谁
　　强迫你,也不是清算你的房子。

刘:(赌气的)好! 给你卖就卖呗,反正拿军鞋,(向大众)给他卖呗!

孙:嘿嘿,这我不过和你们说笑话,哪能那样办呢,可是老李,你出
　　几双?

李:我自愿出五双啊。

孙:好! 我也出五双吧。

王:咳! 孙经理你也太干啥啦,你家里开那大一座商号,动不动和俺
　　比,你一天赚的钱,比俺这一帮人一月赚的都多十倍八倍的,你
　　怎么还这样小气呢?

孙:咳! 柜上一天卖个万头八百的,伙计、劳金、老婆、孩子还不得吃
　　穿吗?我再不能多出了,若不然我还有几件衣服你们拿去卖了
　　吧。(何老头取回钱上)

何:我三千元拿来了。(递给组长)

王:(说不出的赞叹)真是……

李:咱们大家都得向何老头看齐,老何头就卖点青菜,还拿出这些
　　钱,咱都得向老何头看齐哪!

刘:(指孙)你看人老何头,一天卖点菜还能这样热心,你还动不动让

俺们卖你衣服,(回头向大家)好,咱们就给他卖了拿军鞋。

众:好,卖就卖!

孙:(急忙拦住)得啦,得啦,我这人就是好开玩笑,真的! 我再要多可真办不到了。

李:孙经理你也太叫我为难了,你当这些人还苦啥穷呢? 谁还不知道你,你柜上现在存十来箱子滚珠,一箱子就四五百个,一个卖七八千块,这些东西还不是前年"八一五"日本鬼子走的时候,你从仓库里不费力得的吗? 一个本钱也没花着啊,现在让你拿几双军鞋,你还这样费劲,你真是咳……

齐:他家还存二十多桶糖精呢,谁还不知道啊,竟装穷!

孙:那是给旁人存的,得啦,得啦,我再多出一双吧,六双! 怎样! 不少吧?

郑:孙经理你这人也真是太不像话了,这劳军鞋是自愿的,不是强迫的。"满洲国"的时候警察一立睖眼珠子让你拿多少,你都不敢哼一声,还得笑嘻嘻地拿出来,现在民主啦,凡事都是自愿,你还这样……

孙:咳! 提起"满洲国"话可就长了,在"满洲国"的时候,我孙经理孙殿元也没少受欺侮,也没少受委屈啊,你说吧,(用手指数着)"思想犯""政治犯""国事犯"又是什么……我也没少犯啊,你也不是不知道,拘留所、留置场、笆篱子,我也没少蹲过啊,我老孙也爱过国啊! 再说……

刘:得啦! 得啦! 孙经理你左一次右一次"捣动"大米、酒精、牛皮那叫经济犯,你别他妈虎人啦,谁还不知道呢。

众:(众哄然)嘿嘿! 那叫经济犯,谁还不知道。

孙:可是……那……咳! 好汉不提当年勇,我孙经理孙殿元现在当同业公会主任委员,每天辛辛苦苦,这也是替大家办事,这不就是毛主席说的"为人民服务"吗?好汉不提当年勇,(语气重些)民主联军入哈尔滨是我孙经理孙殿元扛大旗迎接进来的呀,我……

周:得啦,得啦,孙经理,你打大旗接谁,你那叫扛大旗接国民党大员。

众:对,你那叫扛大旗接国民党大员!

孙:(被揭穿后,想狡辩)那……那是哪一回啊,我是说去年五月间,可……

刘:孙经理,你到底是拿多少双啊?

众:对! 孙经理柜上存那些东西,可是到底出多少鞋啊!

孙:(思索片刻,发狠地)好,别说啦,我再拿出九双,一共十五双,诸位看看怎样?我孙殿元不是不向出拿,只要你们大家拥护我,我什么事都……(店员和工卫队上)

店:喂! 孙经理在这呢,找你半天,(向孙)走啊! 店员联合会请你去呢,走! 快!

孙:什么事? 大惊小怪的,有话慢慢讲,现在俺开会呢,出劳军鞋也叫公事,有事以后再谈。

店:(拖孙)走吧,店员联合会等着和你算账呢。

工:(持枪近)快走吧!

孙:(畏惧)我……

王:(向店、工)什么事?

店:这小子在伪满的时候,他在协和会当分会长,仗着日本势力,勾结警察特务,欺侮店员虐待柜伙,勒脖子,造假账,我说他几句,他生气了,就勾结特务警察,把我押起来,好一顿打,打得我的胳膊到现在骨头还没好。他在绥化还有三百垧地。

工:这小子,他不但不改,倒更坏了,抢仓库里的东西,贩卖大烟,现在他还造假账,偷税偷了好几百万块钱。他更欺侮店员,并且威胁店员说他的朋友在长春"中央军"里做大官,谁要惹着他等"中央军"来砍脖子,现在店员们都要和他算账呢,一定把他带走。

孙:诸位,我有话说,现在这事反正没闹出去,你们也不用吵吵,这个组上的鞋,完全我自己拿,再有诸位家中没有吃烧,都和我孙经理说,管保能办到,(转向店、工)你二位衣服很破,我给换一换季,再有……

众:(哗然地)这小子顶坏啦,不行,把他带走,好好斗斗他!

王:别吵啦!(向店)你们把他带走,我们军鞋怎么办呢?

店:那好说,把他处理完了后,他应出的数目,完全送来。

王、李:好,那就把他带走吧!

（店员和工人自卫队拖孙下,孙回头向众喊:"我愿出一百双、二百双!"）

刘:他妈的,我看他早就不是个东西,这一回我看他说啥。

众:我们也是早就看他不是个东西,这回让他知道知道咱们群众的厉害!

王:好啦,咱们回去吧,准备拿军鞋,早一点完成这个任务才好。

众:好!（同唱第五曲）

（一)解放区的人民有力量,

　　　牺牲一切支援前方,

　　　军民团结似钢铁,

　　　打垮敌人保卫我家乡,

　　　粉碎敌人保卫我家乡。

（二）解放区的人民有力量，

生产节约支援前方，

军民团结似钢铁，

打垮敌人保卫我家乡，

粉碎敌人保卫我家乡。

（幕徐落）

选自《东北秧歌剧选集》，辽东书店

◇ 冯金方　鲁汶

透亮了

时间：一九四七年五月

地点：公主岭

人物：胡老头——四十余岁

　　　胡老婆——四十岁

　　　胡家驹——二十岁（老头之子）

　　　秀英——十九岁（家驹妻）

　　　"中央军"排长——二十余岁

　　　民主联军班长

　　　民主联军战士甲、乙

布景：一家小市民住宅，中间靠左（正面）有窗一个，窗右桌子一个，
　　　桌旁两个椅子，在内室门旁有锅台及水桶一副。

幕启：黎明的早晨，远处有隐约的炮声，忽断忽续，胡老头异常不安
　　　地站在窗前出神，片刻炮声渐远，老头坐到椅上打盹，忽然一
　　　阵炮声被惊醒。

150

老头:(走至窗前自语地)哎！都是中国人打个什么劲呢？要是和平了够多么好啊！老百姓都少受些灾害！

老婆:(在内)哎呀！秀英啊！你还不赶快起来,收拾收拾东西,炮打得这样紧,你总是像一个没事人似的！

秀英:(在内)谁又睡着了呢！

婆:(在内)别说了,快把那个箱子打开,把你娘家陪送的那些首饰拿出来,快,和这个包包在一起,唉呀！你怎么还不动呀！

英:(在内)是啦。(开箱子声)

头:哎！闹一夜了,都不能安宁！(炮声紧)炮又打起来了！(张望)

婆:(拿着一个小包上)哎呀！你呀！炮打得这么紧,你还站在那儿像一个木头人一样呢！也不说动动手想个办法,哎！你说呀,藏在什么地方呀？

头:怕啥,藏它干什么！——现在人还保不住呢！那点东西比命还值钱吗？

婆:你说得好,这都是我到你们胡家做媳妇时的陪嫁首饰,还有我媳妇的,我说什么也不能把它丢了。

头:你瞧你,怎么能会丢了？你真是胸脯上挂笊篱多劳心！

婆:多劳心！炮打得这么紧,你能保准八路军不到这街上来呀？

头:来又怕什么？

婆:怕什么？你没听说八路军是穷八路呀！他们都爱财不爱命！

头:谁说的！人家八路虽穷,可不爱财！去年人家八路军在咱公主岭住的时候,可好啦,又放粮,又放米。

婆:唉！八路军过去是好,可是"中央"说,八路军是"先甜后苦",一过江北就变了！见东西就拿,见钱就抢啊！

头:得了,你也相信这些话。

151

婆：哎！你怎么糊涂了，俗语说得好："凡事虽不能全信，也不能不
　　信哪！"

头：得了，得了，又是那一套！

婆：反正呀！你是不碰南墙不回头！（炮声）现在炮打得这么凶，八
　　路军一来，我看你怎么办?！

头：怎么办？我才不怕呢！

婆：不怕？天还没有亮呢！（指窗）你就站在这儿干什么呀？

头：干什么？我是担心万一打到了家门口，要是一个炮弹落在咱们
　　房顶上，可就糟了！你倒老是担心你那点东西！

婆：哼！照你这样说你就等着进棺材好了，人活着还吃饭干什么！

头：好好好，那你就找个地方藏起来吧！

婆：你不管？藏在哪儿呀！

　　（此时秀英拿一张相片急上）

英：妈！妈！把它也藏起来！

婆：（不高兴地）谁?！

英：他的相片！

婆：（望了一下）相片又是什么好东西！藏它干什么！

英：妈！你看，这是他当兵以后寄回来的相片，要是八路军一来，知
　　道你儿子当"中央军"，那咱们全家还能活呀！

头：那就烧了它！

英：人又不在，就这一张相片还不留着它啊！

头：唉！

婆：（有点感伤地）唉真是的，家驹这孩子自从去年被国民党征兵征
　　了去，到八八师以后，就往家捎过一封信，到现在半年了，又听
　　说，今年三月里，在郭家屯，靠山屯那里，全给八路军拿住了，也

不知道他现在死活啊!

老:算了,提他干什么,人常说:"是儿不死,是财不散。"死不了总有

　一天会回来的。

婆:哼,敢情不是你身上掉下的一块肉,你倒说的个不心疼。

头:我不心疼,那不是我的儿子?

婆:你心疼你还——

英:(打断老婆的话)妈,别说了,我们还是——

　(炮声更近,场上惊乱)

头:八路军打上来啦!

婆:呀! 怎么办哪? 东西还没藏起来哪!

英:快快妈! 现在藏也赶趟。

婆:老头子,藏在哪儿呀!

头:我,我知道藏在哪儿呀!

　(此时外面叩门声)

英:妈,你听外面有人叫门哪!

婆:唉呀! 八路来了,八路来了,(向秀)快把门插上。

英:(插门)

婆:(回头向老头)唉! 你倒是动一动啊。藏在哪儿呀?

头:藏在外面的草堆里。

　(老婆无目的抱着小包刚要往外走,秀英已把门插好,外面叫门

声更急)

婆:唉呀! 出不去啦!

英:藏在桌子底下吧。

婆:(揭桌围)那哪行,一揭开就看见啦!

头:那就藏在灶火坑里好了。

婆：(将包放进又取出)不行,一会做饭怎么办哪?

头：(麻烦地)不吃啦!

外声：(叩门)老乡老乡,快开门快开门。

英：快吧快吧。

    (老婆秀英把包藏在灶火坑去,老头看他们已藏好,便去开门,老婆推秀英入内室)

头：(外声)老总累了,快请屋里坐。

    (一个被我军击溃后的"中央军"赤着一只脚,满身污泥,狼狈不堪地一头闯入。老婆吃惊地向后退了几步,胡随上)

中：(无目的地)哎哎哎弄点水喝。

婆：老总! 没有开水。

中：凉的也行,凉的也行。

头：快,快。

    (老婆走至水桶前舀了一瓢给"中央军")

中：(像饮驴似的一口气喝了下去)哎哎哎再来一瓢!

    (老婆又去拿瓢舀了一下给"中央军")

中：(又一口气地喝完将瓢送给老婆)再来一点,(向老头)老头! 有
  什么好吃的拿点来呀!

头：老总,这年头还有什么好吃的呢,如果你老不嫌还有两个苞米面
  大饼子。

中：行行行。

婆：(向屋里)快拿两个饼子来。

    (秀英很快从屋里取出两个苞米面大饼子递与"中央军",此时
老婆已将水瓢递与"中央军"的手中,边吃边喝)

中：(向秀英)哎! 你怎么还不赶快跑啊! (又啃了一口饼子)八路军

已经上来啦！（又喝了一口水）你们还不知道呀,八路军一来了就抓呀！

婆:抓什么呀？

头:抓什么呀？

中:男的抓去当兵,女的抓去送到老毛子国换炮弹。（指秀英）哎,像你这样的有五个呀,送到老毛子国就可以换一门大炮呀！

婆:这是真的？

中:当然是真的啦,这都是我们长官说的,还会有假话,这次八路军进怀德就是这样啊！

头:你是——

中:我就是从怀德下来的,我是八八师的。

婆:你是八八师的？那你认识我的儿子不？

中:你儿子叫什么名字呀？

婆:叫胡家驹。

中:唉！不认识。我们八八师被打垮两次了。这回八路军打怀德呀,那个兵可老了鼻子啦,我们八八师和九一师全部被打垮了,打死的打死,活捉的活捉,投降的投降,哎,就连我们师长也给抓了活的啦,我要不是腿长也危险啊！妈啦个巴子真邪乎,三天三夜我没吃饭啦。（说完猛吃猛喝）

婆:八路军会不会到这儿来呀？

中:怎么不会,已经上来啦嘛！

婆:（害怕地）唉呀！这怎么办哪？怎么办哪？

中:怎么办？赶快跑呀！

婆:到哪儿去呀？

中:到长春。

众：到长春去？

中：对啦，到长春去最保险啦。

（远处机枪声起）

中：（一惊将水瓢饼子扔在地下）唉呀！不好，机枪响啦，八路上来啦，你们快跑，快跑！（中慌张跑下，众呆立片刻——）

婆：（突然地）怎么你们吓傻啦？还不赶快收拾收拾走哇！待在这儿干什么？（说完走至灶前将首饰取出后发现老头秀英站在那儿未动，她着急地）怎么你们还不动啊！快呀！（急转身入内室取出两个未包好的包袱，刚一出门正和秀英碰了个满怀，将包丢在地下）看你慌的这个样子，你没长眼，还不赶快给我收拾起来，（秀英收拾地下的包袱，老婆又突然地）唉呀！（又入内室）

头：（半自语地）哎！天地都叫你们闹翻啦。

婆：（抱一床较好的被子上，看见老头仍站在那儿，她非常生气地）怎么你还不着急呀，还不赶快带着你儿媳走哇。

头：（生气地）我不走！

婆：你不走待在这儿等死啊?！

头：不用你管，要走你们走。（说完倒往回走了几步）

婆：（拉住老头）要走大家都走，死也死在一起。

英：（着急）哎呀！快罢，要走就走。

头：走？我问你们走到哪儿去呀？

（秀英老婆一愣）

英：是啊，妈，到哪儿去呀？

婆：（突然想起拉秀英）走，到你娘家去。

头：（紧接）我看你真是慌糊涂了，她娘家就在北边，那儿就没有八路军啦？

婆:(急)那你说怎么办哪? 豁出去啦,往长春那边走。(拉老头刚走
　　到门口,"中央军"慌张地一头闯入,正和老头碰了对头,众一惊)

头:哎呀! 怎么啦?

中:(小声地)哎呀! 不好啦,八路军进街啦!

婆、英:(同时大声地)什么?

中:别嚷,小点声,(即转身关门)告诉你,八路军进街啦,我先在你家
　　躲一躲,停一会就走。

头:不行啊。

婆、英:(同时)哎呀,这怎么办哪?

　　(此时街上传来人声,马声,大车声夹杂歌声由远而近,由近
而远)

众:(惊)

婆:(大惊小怪地)哎哟,真的来啦!

中:(小声地)别叫别叫,你听,就在门口。(众静听,片刻)

外声:老乡开门哪!

头:谁呀?

中:糟糕糟糕,真的来啦,我跟你们说,要是把我搜出来,咱们四个人
　　可谁也别想活!

　　(说着一头撞入桌下,秀英呆立)

婆:哎呀! 还不快藏起来呀?!

　　(老婆急忙将首饰又放入原处,秀英将两包袱拿起,老婆又将被
抱上推秀英随下)

外声:老乡开门哪!

头:谁呀?

外声:老乡开门,我们是民主联军。

157

头：噢噢噢，（开门）辛苦啦。

乙：（上）没什么，老先生麻烦你给我们带带路吧。

头：哎呀！我不认识路啊！

乙：不远，到前边就换，麻烦你老人家一趟。

头：（支支吾吾）唔唔唔……

乙：老先生辛苦一趟吧，因为出街的岔路很多，我们不好找，请你带一二里地就回来。

头：唔——我家离不开，你另找个人吧。

乙：（拉老头）不远，马上就回来。

婆：（跑上拉老头）哎呀！老总，他年纪大啦不能当兵啊！

乙：老大娘，不要害怕，你放心好啦，咱们民主联军是老百姓的队伍，都是自愿的，从来就没抓过兵，那都是国民党造谣言，才说我们抓兵，老大娘你放心，一二里地就回来。

婆：不行不行，他腿有毛病，原谅原谅吧。

乙：不要紧，只一二里地。（拉老头下）

婆：不行！不行！

头：不要紧，我去一下，你回去罢！（下）

婆：（追下）不行不行！（见已去远又返回）哎呀！这怎办哪？

英：（从内室跑出）妈！怎么回事？

中：（从桌下爬出）八路走了？

婆：（向中）走了，（向秀）你爸爸被八路抓去啦，这可怎么办哪？

中：怎么？真的抓去啦！

婆：他们说拉道去了！

英：那什么时候回来呀？

中：回来，哼，别做梦啦，这就是八路军抓兵的办法！

婆:抓去当兵?!

英:不会吧?!

中:不会! 好好,信不信在你,我可是一片好心为了你们,现在我可
　要走啦。(往外走)

婆:(一把拉住)哎呀! 那你说怎么办哪?

中:怎么办? 我早就说过了,跑啊跑啊,(甩开手又向外跑,此时街上
　的人声和车马声闹成一团,中返回,向窗外一看)哎呀! 糟啦,满
　街都是八路军啦! 都怨你,都怨你。

　　(中刚跑到门口,外面传来叩门声,中愣住,众静听)

外声:老乡开门哪!

女声:老总! 我们家男人不在家呀!

外声:老乡! 不要害怕,我们是民主联军,麻烦你把你家的房子腾一
　　间我们住一住。

女声:八路同志来了,小喜他爸爸快去开门。

英:妈! 他们到张大婶家号房子去啦!

中:(急忙返回)哎呀! (一把抓住老婆)现在你可得给我想个办法。

婆:(大声地)哎呀! 我可有什么办法呀!

中:小声点,告诉你八路军要是来了,咱们全活不了!

婆:(小声)那怎么办哪?

中:(很急地)我认你做干妈,(跪下)干妈! 你赶快给我找套便衣换
　一换,把我藏起来!

婆:(拉起中)不行! 来不及了!

中:行,行,来得及来得及!

婆:不行,来不及啦! 　.

中:(转硬)怎么不行?! 我告诉你,行也得行,不行也得行,要不的

话，八路军来了我就报告你家儿子当"中央军"，要是搜出我来，我就说你家窝藏"中央"，那咱们谁也别想活。

婆：（犹疑）那——那——

中：那你看想死呢？还是想活？

婆：好，（向英）那你赶快把你男人的衣服拿出来一套！

英：嗯。（入内室将衣取出）

中：（边穿边说）等会八路军来了，你就说我就是你的儿子，记住！可不要说实话，告诉你八路军在这路过住不长。如果是说了实话，以后"中央军"来了就够你呛。（外屋叩门声，中急下）

外声：老乡，老乡，老乡。

　　（老婆即又将秀英推入室内）

婆：（装没事人）谁呀？

甲：我们是民主联军！

外声：老大娘开开吧。

婆：唔——（回头向内室望了一望，然后把门开开）

　　（班长和甲上，老婆害怕地退了两步）

班：（和气）老大娘，不要害怕，我们是民主联军！

婆：（非常殷勤的样子）哦，八爷，请坐，请坐。（一边说一边搬凳子）

甲：老大娘，不要这样，咱们都是一家人。

婆：（不自然地笑着）哦——

班：老大娘，你家几口人？

婆：三口，三口。

班：都是什么人哪？

婆：老——哦哦（忽然想起即改口）不，不，小两口，小两口，一个儿子，一个媳妇，再加上我一个老婆，三口，三口。

（班长互相一望，有所怀疑）

中：（出，虚伪地笑着）哦，弟兄们辛苦了，辛苦了。

班：（指中问老）她是你什么人呀？

中：（抢说）她是我妈！

班：（望了中一眼，徐徐地点了一下头）哦——哎！老乡，你家有几间
　　房子呀？

中：两间，两间，就是这两间。

婆：不，不，对过还有一间，是个闲房子。

班：老大娘，请你给我们腾出一间，我们这个班就住在你家。

婆、中：唔——

班：老大娘，那我们就住在对面那间闲屋子吧！

　　（甲出去看屋）

婆、中：唔——

甲：（返回门口）老大娘，请你把门给我们开开。

婆：唔。

班：（对甲）你去带咱们班到房子里休息，烧水洗脚。

甲：是，（回头向老婆）老大娘，把你那水桶借我们挑两担水好吧？

婆：行，行。（去开门）

中：弟兄，你辛苦了，我来吧！

甲：不累，不累，我们自己担。

班：老乡，让他担去罢，咱们来唠唠。

中：好，好。

班：请坐老乡。

中：（不自然）坐坐坐。（二人坐下）

班：老乡，你做什么买卖的呀？

中:不,不,我是庄稼人。

班:不是吧？你这个打扮不像是庄稼人哪。

中:是的,是的。

班:不要紧,是干什么的,就说干什么的,怕什么？

中:真的,真的,我真是庄稼人。

班:(故意转题)哎!那你贵姓啊?

中:(站起)免贵姓胡。

班:叫什么名字?

中:叫……

婆:(上紧接)叫胡家驹。

中:对啦,叫胡家"居"。

班:(自语地)胡家驹(向中)是哪两个字呀?

婆:(抢说)家,就是家家户户的那个家;驹,就是骡驹子马驹子的那
　　个驹。

中:对啦,对啦,一点也不错。

班:这真巧……

甲:(上)班长,那房子好久不住人了,灶坑不好烧,冒烟冒得很厉害,
　　怎么办哪?

班:那就在老大娘锅里烧一锅。

婆:(着急)那锅好烧好烧。

甲:那锅实在不好烧,冒烟冒得厉害。

中:妈呀,那就叫他们在咱锅里烧一点吧!

婆:瞧你这孩子,你知道个啥,那锅小你不知道?

中:(莫明其妙地)可不,我倒忘了。

班:不要紧,锅小多烧两回。

婆：这锅也不好烧，更麻烦！

班：那就算啦，（对甲）你去到别家找个锅烧吧。

甲：好。（下）

婆：不是我不愿意，这锅实在不好烧，唉！自从一打仗就没动烟火，我们娘儿俩净买着吃。

班：那你儿媳妇呢？

婆：噢……前几天住娘家去了。

中：对啦，对啦，就在大前天。

（外面胡老头的声音）

头：（外声）哎呀！同志，看你们走了一夜了，怪累的，还扫院子，快撂下歇歇，别扫啦！

外声：不累，不累！

头：（外声）哎呀！这同志怎么自己挑水呀！快放下，我来担。

甲：（边说边上）不用啦，不用啦，我担我担。（老头随上，老婆，中，大吃一惊，老头突然愣住）

中、婆：（同时）啊！（注视老头）

头：（望着中）啊！你！

班：（也愣住了）嗯？

甲：（也莫明其妙地担着水桶站在一旁）哎——

班：（向老头）老先生你是哪儿的？

头：（奇怪）这就是我的家呀！

班：（向老婆）他是你家什么人？

婆：（犹豫地）他……

头：（怀疑地）怎么？（感叹地）你糊涂啦！

（中畏缩地后退，战士慢慢地将水桶放下，突然胡家驹高兴地叫

163

喊着跑上,大家又一惊)

家:爸爸! 妈妈!

　　(老头老婆被梦想不到的事情愣住,秀英闻声跑上,站立门口,中惧退至一角)

婆:家驹?!

英:(想不到地)你——

头:(目盯家驹)你回来啦?!

家:嗯!

班、甲:(惊奇地)胡家驹,这就是你的家?!

家:对了,这就是我的家,五班长你们住在这儿,这是我爸爸,这是我妈,这是我屋里的。

班:(指中问家)他是谁?

家:(望中)我不认识呀!

班:(问婆)老大娘! 他是谁呀?

婆:(无语)……

家:妈! 他是谁呀?

婆:(望中一眼)他他……

头:他是八八师的败兵。

　　("中央军"将头低下不语,害怕,身上有些发抖)

班、甲、家:(同时)噢!

家:(向老头)爸爸! 到底是怎么回事啦?

头:他是从怀德败下来的,天刚亮,他就跑咱家来,要吃要喝,讲了好多不三不四的话。

家:他一来就穿着便衣吗?

头:不! 以后你们队伍找我拉道去啦,我刚回来,到底怎么回事,我

164

也不知道。

家:（转身向婆）妈！到底是怎么回事？

婆:咳！孩子。（哭）

家:妈！你说怎么事？

婆:他跑到咱家以后,他说八路军见了男人就抓去当兵,见了女人就拉去换炮弹,我也不知道是真是假,后来你爸爸让你们队伍上找去拉道,他就说这就是八路军抓兵的办法,我就信以为真啦。

头:（指中）他放屁,这小子简直是胡说八道。

英:他还认咱妈做干妈,硬逼着给换衣服;不答应,他就说八路军来了就报告你在"中央军"当兵,还说咱家窝藏"中央军",你们来了谁也别想活;还造谣言,说你们只是路过住不长,还吓唬咱妈,不叫说实话,说了实话就要我们的命。

班:（向家驹）刚才老大娘还说大嫂住娘家去了呢。

婆:（指中）这都是信了他的话,（发恨地）你这个坏东西。（打中）

家:妈！你不要打他,（上前抓住中）你说,你好好说。

中:（害怕地）我,我!

家:你说,你在什么地方、什么时候看见我们民主联军抓过兵？又在什么时候什么地方,看见我们民主联军拿女人换炮弹？你说!

中:（害怕地）我我……

班:（向甲）把他送到连部去!

中:（吓得跪倒在地）哎呀饶了我吧,这都是我们长官说的,我也没见过,饶命吧！我再也不造谣啦。

班:哎！你起来,不要怕,我们也知道,这都是国民党蒋介石为了欺骗人民破坏共产党民主联军,所以才这样故意造谣言,你不要怕,现在你还是跟他到我们连部去。

中：到你们连部不会杀我吧？

班：放心好了，不会杀你。

中：噢噢噢！

婆：（正当班长说话的时候，早已入内室，此时拿中的衣服上）这是他
的衣服。

家：（接过衣服，发现上面的阶级，向中）咦！你在那边干什么？

中：（不自然地）我——我是当兵的。

家：你当兵的怎么穿这样的衣服呢？

中：我我。

家：你不要害怕，就是当官的也不会杀你的，我过去就是八八师的，
是在郭家屯被民主联军解放过来的，这边有很多"中央军"弟兄，
不管是当兵的也不管是当官的，只要放下武器，民主联军一律宽
大待遇。哎！你是不是当排长？

中：是，是！

甲：走吧。（同中下）

英：差点受了他的骗！

班：我一进来就看着这家伙不对劲。

婆：（悲喜地）孩子！想不到咱们今天又团圆了，你是怎么到的八路
军哪？

家：我是今年三月时，随着八八师增援到郭家屯，被民主联军解放过
来的。同志们首长们待我可好了，不打不骂像亲兄弟一样。我
以前在"中央军"里也常听长官说：要叫八路抓住，不是抽筋就是
扒皮，不是活埋就是杀头，我当时可真害怕了，谁知道过后，连我
的一根汗毛也没动，相反地倒受了优待，还开欢迎大会，那些被
解放的弟兄可高兴啦，哎！妈呀！你以后可别信那些家伙的话

了,国民党"中央军"哪!专会造谣言,说什么"先甜后苦"一过江北就变了,翻箱子倒柜的,见男人就抓去当兵,见女的就拉去换炮弹,这都是放他妈的屁,八路在的地方可好了,分了房子分了地,老百姓都有吃有穿的,光景过得可好啦!

婆:孩子,你以后就好好在八路队伍上干吧!我再不信他们的话啦!

头:对!孩子,不打走国民党,你就别回家。

班:(笑向秀英)大嫂你说好不?

英:(不好意思地)好!

家:对!

婆:好!我给你们做点饭烧点水喝,(向英)去把那只老母鸡拿来杀给同志吃。

英:放在哪儿啦?

婆:就放在屋里闲柜子里。(英下)

班:别麻烦啦!那锅不好烧嘛!

婆:好烧,好烧!(说着去到外边抱柴,老头向锅里倒水,班长拿出草烟卷好烟吸,家驹从灶旁拿起一把引火柴,点着刚要往灶坑里放,老婆抱柴上,见家驹点着火将柴放下,连忙拉住家驹)

婆:哎呀!不敢放,不敢放,慢点,慢点!

(说着从灶里取出一小包)

班:(注视,惊奇地)老大娘,那包里是什么东西呀?!

家:(莫明其妙)什么东西呀?怎么放在灶坑里了?!

婆:(笑着)哎!同志!你可别笑话我呀!因为听了国民党的谣言,说你们穷八路到处翻箱子倒柜子,哎!这是一点首饰,我听说你们八路来了,就急忙把它藏在灶坑里啦!这回呀我的眼睛可透亮了,哈哈哈哈……

头：这才是不碰南墙不回头呢！

众：（大笑）哈哈哈哈……

班：好！你们在罢！我到连部去！

众：那不行，吃了饭再去！（老头将班长拦住，老婆将班长拉住）

英：（拿一只鸡上）吃了饭再走！吃了饭再走！

班：不！不用啦！

众：不行，一定要吃了饭再去！

家：王班长，到了自己家啦，又不是外人，吃点饭怕什么，没人批评
　　你呀！

班：那我把刚才那件事到连部讲清楚了再回来吃饭吧！

众：不行！不行！

家：妈！那就让他把公事办完再回来也赶趟！

婆：好！可不敢误了，快点！

班：误不了，马上就回来！（下）

　　（众送班长，后台歌声起）

家：你们听！我们队伍唱歌哪。（家驹也随唱起来）

（幕徐徐落）

选自《东北文艺》，1947 年第 2 卷第 5 期

◇宁玉珍　鲁琪　叶秉群

模范旗

时间：准备秋收的时候

地点：解放区某农村地头上

人物：袁福臣——三十岁，劳模

　　　佟子发——二十五岁，劳模

　　　袁妻——二十八岁

　　　佟妻——二十二岁

开幕：开场锣响后，袁妻和佟妻穿着比较整洁的衣服，各人手里提着

　　　一个拎筐，准备到园子去摘豆角，（花筐上结红绿绸带）俩人从

　　　舞台的两边愉快地走着秧歌步：

　　　（二人合唱）走哇！

　　　（一曲）八月里来好风光

　　　秋高气爽风又凉，人人都呀嘛，都欢畅

　　　天上白云飘呀飘

　　　地下庄稼闪金光

镰刀一动就开割

男女老少一齐忙

(二曲)一年的辛苦拉到了家

金黄黄的谷粒儿

鼓嘣嘣的珍珠样

拿在手里沉甸甸

搁在嘴里一咬咯崩咯崩响

苞米、谷子、糜子、高粱、大豆、小豆、黄豆、绿豆、黑豆、豌豆。

打它十石、十五石、二十多石,

大囤流来,小囤往外淌

大菠萝、小菠萝、大筐、小筐、箩筐、背筐、挎筐、提搂筐装呀装

也装不下,嗯嗳唉咳哟。

袁妻:大兄弟上城开劳模会去啦,今个该回来了!

佟妻:(对佟)大哥今个也回来,怪不得大嫂这么早就出来了!

袁妻:别说笑话啦,快摘豆角吧!

　　(俩人开始摘豆角,要把摘豆角的姿势改为秧歌舞的动作,愉快
地,活泼地扭起来)

　　(二人合唱三曲)鲜鱼好吃网难张

小米好吃地难蹚

一粒米珠一滴汗

滴滴血汗换来吃和穿

要想吃得饱来穿得暖

发家全凭两手做得欢

今年生产不比往年

换工插棋真相当

人可心来马合套

又评工来又记账

多打粮食有呀有吃穿

家家发财喜呀喜洋洋

绿色红道滴溜溜鼓

一根豆角半尺长

滴喽嘟噜像挂□

一会儿就摘他一大筐

滴喽嘟噜像呀像挂□

一会儿就摘他一大筐

（袁妻停下动作向远方瞭望,佟妻见了悄悄走到袁妻背后用手比着然后撒脚跑）

佟妻:嗳呀妈呀! 这个大花狼呀!

（袁妻惊慌不知往哪跑,佟妻看样忍不住笑了,袁妻明白,要去打）

佟妻:（故意打趣）想啥? 大哥走这么两天,大嫂就想了?

袁妻:去你的吧!

（唱四曲）秋天到来西风凉

五谷庄稼先后黄

眼看来了八月节

庄稼人就属秋天忙

高粱伤镰一把米

谷子伤镰一把糠

家家都张罗把地割

拉的拉来扛的扛

他做模范带头干

怕是开会开会就没个完

天天工作不能下地

扔了我一人可怎办?

佟妻:傻子!当劳模就当上了生产的官啦,那可就土地老放屁神气

大啦!

(唱四曲)他当劳模戴红花

就是状元也不如他

沙里淘金挑好汉

人上拔人属着他

他的名字传天下

哪个不把他来夸

出人头地站人前

生产的事儿他当了家

袁妻:什么光荣不光荣的,当上劳模把地扔了咋办?

佟妻:什么地扔不扔的,反正当劳模是美事。

袁妻:耽误工,耽误工。

佟妻:是美事,是美事。

(俩人争吵)

佟妻:(唱四曲)你的思想太落后。

袁妻:你的脑筋也太差。

合:俩人意见不相同

说起话来也别扭

(俩人生气一扭,各人摘各人豆角,俩人下场)

(袁与佟参加劳模会回来,愉快地上,手里拿着劳动模范的

奖旗)

袁与佟:(合唱五曲)

  大红花呀大红花

  人人喜来人人夸

  大朵的红花胸前挂

  咱们心里笑开了花

  笑开了花,笑开了花

  欢欢喜喜转回家

袁:这回你明白啦吧,不怕当劳模脱离生产啦吧?

佟:别提那丢人事啦!

 (唱六曲)我从前思想不大开

 怕当劳模耽误工

 这回我算明白了

 劳动生产要带头

佟:你家大嫂还怕你当劳模耽误工呢!

袁:她呀!这回也能明白啦!

佟:快走吧!

 (合唱五曲)天气晴朗日光暖

 一路走来四下观

 谷穗肥呀高粱红

 不由咱俩心喜欢

 心喜欢,心喜欢

 不觉来到咱们家园

 (袁妻与佟妻一边摘豆角一边唱着上)

 (三曲)咱的豆角真稀罕人

一嘟噜一嘟噜摘不完

心里高兴手上快

地头东摘到地头西

把它晒成干菜穿成串

冬天呀吃菜不犯难

（俩人看见袁和佟回来，忙迎上去）

袁妻：呀！

（唱四曲）一朵红花（二人合）胸前戴

佟妻：一面旗帜（合）手里拿

袁：一个挎筐（合）胳膊上挎

佟：满满登登（合）豆角里边装

袁妻与佟妻：（合唱四曲）劳动状元真英雄

祖祖辈辈都光荣

袁与佟：（合唱）多亏来了共产党

咱们才算露了名

袁妻与佟妻：（齐白）嗳呀！你们回来啦，快把劳模会的热闹事儿，对

咱们讲一下吧！

佟：可上讲究啦！咱们都登报了，天下都知道咱们是劳动模范，（更

得意的）还有哪！还和县长一块吃饭啦！

袁：我活这么大，头一回见着大世面，我也上台讲话啦！

佟与袁：（合唱五曲）大会开得真热闹

会上代表尽模范

足足有那五六百

都是能干庄稼汉

功比功来换经验

个个比赛要争先

（袁把劳动模范旗展开）

（二人合唱）

（五曲）模范旗帜红又红

红光万丈万丈红光

咱们当了那模范

咱们脸上真光荣

咱们永久当模范

咱们要保住光荣

佟妻：（唱四曲）红地白字

合：模范旗

佟妻：劳动模范

合：写在当中

佟妻：把它挂在屋里边

　　　全家欢乐多么光荣

袁妻：红光闪闪

合：模范旗

袁妻：拿在手中

合：多么欢喜

袁妻：我怕烧香引来鬼

　　　开会开会就没个完

　　（佟妻上前抢旗，袁把旗向旁一躲，佟妻□着，佟上前□，袁妻把身子一扭显出不希得抢的样子）

佟妻：我看这旗应该挂在咱家中。

袁妻：咱可受不起这皇封，你挂吧！

佟对佟妻:（旁白）看你这好胜劲,当劳模要在生产中起模范作用,不
　　　是为了得奖,也不是为了当官。

袁对袁妻:（旁白）看你这落后劲,当劳模不是脱离生产呀!

袁与佟:（唱七曲）

　　　　当劳模不是为了得奖

　　　　选上劳模也不脱离生产

　　　　要在劳动中做模范

　　　　帮助落后说服懒汉,说服懒汉

妻:（同问）那尽干些啥事呀?

袁:（唱八曲）劳动模范真荣耀

佟:（唱）一个个红花佩胸前

二人:（合唱）秧歌锣鼓响连天

　　　热闹的景象赛过年。

四人:（合）热闹的景象赛过年

袁:（唱）会场的摆设更新鲜

佟:（唱）红红绿绿晃眼睛

二人:（合）红绿旗上都有字

　　　笔下生花写得精

四人:（合）笔下生花写得精

袁、佟:（合）（七曲）都是能干的庄稼汉

　　　　唠起庄稼事来本领大

　　　　八仙过海各显能

　　　　互相学习显英雄显英雄

袁:县长说啦!（唱七曲）

　　发下地照确定了地权

发家致富有保障

毛主席给咱作证

谁劳动来的归谁家,归谁家

佟:(唱七曲)咱政委的学问大

他把天下大事讲一下

蒋介石的野心辣又毒

要想当皇上把咱们杀,把咱们杀

四人:(合)(八曲)

咱们民主力量大

妖魔鬼怪都不怕

前方军队打胜仗

后方生产支援它,生产支援它

佟:(白)开这一回劳模会比啥都高兴,心里有底啦,来年一定把地侍

弄得更好。

袁:(白)开这一回劳模会学会选种,治虫,堆粪,一大些方□比念十

年庄稼书都有用。

二人合:咱们心里有了底

要把富根扎在地垄里

多上粪来多铲蹚

明年劳模会上比一比

四人合:明年劳模会上比一比

袁妻:劳模会可是不离,不是叫脱离生产呵!

袁:哪有的事。

袁妻:这回我也明白了。

袁:这旗挂在谁家呢?

佟：挂在大哥家吧，大哥啊！

　（唱四曲）领导小组有办法

　人工马工没有差

　大家编席又熬垆

　换下粮食渡灾荒

袁：（白）还是挂在大兄弟家吧！大兄弟啊！

　（唱四曲）扶犁点种比人强

　阴天下雨一样忙

　三铲三蹚侍弄得好

　以外还开了两垧荒

　（四人互相推让）

佟：这旗是奖励咱们模范组的，大哥是组长，应该挂在大哥家。

众：对，就挂在组长家吧，咱们全组都光荣。

佟：（唱八曲）加油生产加劲干

袁：看谁英雄谁模范

佟妻：家家挂着模范旗

袁妻：咱们人人是模范

合：咱们人人是模范

佟妻：看！大伙扭秧歌来接你们了，快走吧！

　（后台吹起秧歌调，四人一边扭着一边唱）

四人：（合）走吧！

　（唱八曲）丰衣足食靠劳动

　生产劳动最光荣

　劳动发呀发了家

　毛主席喜呀喜欢咱哪

178

劳动发呀发了家

毛主席喜呀喜欢咱哪

（全剧终）

辽北书店 1948 年

◇辽宁白山文艺工作委员会

大苞米①

时间：秋收后。

地点：东北某农村。

人物：李德山——五十余岁。

于福财——四十余岁。

李妻——李德山之妻。

淑英——李德山之女，十八岁。

刘同志——工作队。

开幕：李德山愉快地扭上。

李：（唱第一曲）

太阳一出乌云散，共产党来了见晴天，

咱们穷人把身翻，从此不再受苦难。

---

① 本剧由曹会萍、张鸿英执笔。

分得土地一天半，还有房屋整三间，

有了吃来有了穿，不忘共产党救了咱。

今年丰收仓仓满，五谷杂粮样样全，

苞米长得粗又长，挖出地瓜大又甜。

今年丰收有根源，刘同志领导俺生产，

深耕细种多打粮，不愁吃来不愁穿。

吃过早饭有人言，刘同志来到咱村间，

两月不见心里惦念，急忙前去看一看。

（于福才扭上）

于：（唱第一曲）

出了家门直奔南，去看刘同志走一番。

眼看有人走在前，好像东院李德山。

（碰见李德山）（白）嗳！大哥，我打老远看就像你嘛！你上哪

去呀？

李：（停扭走上前）噢！我到南屯去看看刘同志。

于：你也去看刘同志？那咱一道走。可真！刘同志走了有几个

月啦？

李：几个月？有两个来月啦。刘同志走了这两个来月，可把我想坏

了——我多会看见我那大苞米，我多会就想起刘同志来啦！就连

淑英和她妈也是这样，多咱看见带枪的就念嘟起刘同志啦。

于：那她娘俩怎么没来呢？

李：说把锅收拾完就来。我看咱快走吧！

于：对，走吧。

李、于:(扭唱第一曲)

　　　　秋风吹来庄稼熟,割倒庄稼粮有余,

　　　　收成要好多勤劳,发家致富靠出力。

　　　　饮水不忘打井人,俺念刘同志恩情深,

　　　　但愿他能住俺村,领导生产把地种。

李:(白)到啦,到啦。

于:能在这吗?

李:都说是在这嘛!

于:喊两声看看……(喊)刘同志在吗?

李:刘同志,刘同志!(内应声:"啊——")(刘唱上)

刘:(唱第二曲)

　　　　昨天从县里到这村,见着老乡乐纷纷,

　　　　忽听人喊刘同志,放下钢笔忙出门。

　　　　(刚欲出门,发现李于,又急进)

李、于:(各拉刘同志一手,热情地)嗳呀刘同志!你来啦,你可好哇?

刘:好,好,李大叔于大叔你们都好哇?

李、于:好,都好!

于:刘同志,你怎么走了就不来了呢?

刘:最近工作忙些,没倒出时间来看你们。

李:刘同志从到县,就没往旁的地方去吗?

刘:对啦,从到县就没离地方。

于:工作挺累吧?

刘:不累,青年人累点怕啥。

李:刘同志这次来能多住些日子吧?

刘:住不几天,这次是特地为搜集展览品来的。

李:噢! 怎么县里要开展览会?

刘:对啦。(唱第二曲)

县里要开展览会,展览物品急准备,

苞米三穗打半升,要比普通大几倍。

李、于:(接唱第一曲)

听说要开展览会,我俩喜得合不上嘴,

高粱穗子大又肥,苞米长得赛棒槌。

刘:怎样? 打的粮食都不错吧?

李:不错,今年收成挺好,种啥长啥,我"约莫"着连杂粮一共打有十二石还多。

于:今年打的粮可真没比呀,就连我西甸子那半天薄拉地,都打好粮食呢!

李:刘同志! 你给我估的增加产量百分之百,可一点没差呀。

于:李大哥真行啊,是咱村第一个超过产量数百分之百的呀。

刘:好,你们的力气没白费呀。等会捡几样拿县里展览展览,要选上特等还有奖呢。

李:有奖? 那咱可得去比量比量!

于:那非叫它选上不可。

刘:选上了不单自己得奖,而且还得要介绍你庄稼长得好的方法——就是说你怎么侍弄的庄稼,用些什么好办法?介绍给全县,让全县的庄稼都能长得好。

李:提别的,咱庄稼人不行,要说庄稼地这一套,我满肚子都是。那行,到时候我说说。

刘:那你就说说,我听听怎样?

李:好！那刘同志你听着：

（唱第一曲）

李德山说话不是吹,一天地底粪一百堆,

外加豆饼十片整,三包硫安一块喂。

（白）反正不管地板好坏,非得多下粪不可,没粪你别指望长好

庄稼。

于:（唱第一曲）

提喂硫安有有有,我把方法说一遍。

刘:（白）对！于大叔你也讲讲你的好方法。

于:（接唱）

硫安劲大日子短,力量不过四十天。

喂它最好别喂早,搂三遍喂硫安不算晚;

喂早秸子长得高,喂晚穗子长得大。

晴天最好不去喂,赶阴天喂来强几倍;

离根太近烧小苗,不远不近可正好。

（白）硫安要赶阴凉天喂最好,等下一场雨,硫安正好滋润进去

啦！这我可真有经验,今年我喂硫安就是顶着小雨喂的,他妈衣

裳都湿透了,赶过了几天我一看——怎么样啊,苞米黑"腾腾"的

眼见长起来了。

李:老于提起喂粪,我还有点啦:（唱第一曲）

挖坑下粪要用粪叉,千万别使锄头角刨;

粪叉落地不伤根,锄头挖坑伤小苗。

于:这个我可没研究,粪叉挖坑怎就不伤根呢?

李：这点道道你还捉摸不出？用粪叉挖坑它碰不着根，有根就打粪
　　叉子缝流过去啦。

刘：呵！对对对！这是个好法。

李：顶好还是圈粪哪，劲又大，又养地板。嗳！刘同志啊！住几天我
　　还想抓个小猪崽养活着，叫它多踩点粪，抓工夫再拣点也就不大
　　"离儿"了。

于：庄稼光靠粪多，不经心侍弄也是不行啊，反正是得三下归一，还
　　得应时才行。

李：对啦，赶不上土头苗就出不齐。（唱第一曲）

　　种地土头要相应，节气早晚要看清，

　　土头节气都找准，小苗整齐又茂盛。

于：李大哥你说今年有不老少地，一棵苞米也没出，是怎码事？你知
　　道呀？（故意问）

李：那一定是土头不好，种地时地太干的毛病。

于：不能，不能。地怎干它也不能一棵不出呀！我研究是该种子的
　　病。（唱第一曲）

　　种子就怕受了病，又怕捂来又怕冻；

　　要把坏种种地里，白瞎种子耽误工。

刘：（白）那你说怎样能看出种子的好坏呢？

于：（唱第一曲）

　　这个我有好办法，种啥以前先生芽，

　　试验种子好是坏，然后再往地里下。

　　（白）庄稼地这手活看起来像没有什么，要细研究起可不简单啦。

刘：把深耕细种的办法，你们也说一说。

李：好，我有的是：（唱一曲）

小苗出齐要加紧,紧捞紧蹚紧修理,

捞三蹚四要做到,庄稼保管长得好。

于:(接唱)

人若勤来地不懒,种地就得多流汗;

少出力就少打粮,多流汗就吃饱饭。

李:(接唱)

捞地锄板往下然,小草连根都捞下,

捞得越深土越暄,小苗长得粗又大。

于:(接唱)

蹚地得要往深蹚,深蹚庄稼长得强,

咱们有个老经验,浅种深蹚不受伤。

李:对啦!铲和蹚是非深不可,头一遍要蹚不上去,就算完了;垄台蹚不上土去,庄稼就长不好。你说的三下归一,是不假呀。(向于)种子、下粪、喂粪、捞、蹚、修理,哪一样欠工夫也不行啊!拿我西坝边子那地来说,要不是那么下苦功侍弄,要命苞米也长不那么大呀。

于:我东甸子那苞米长得也不小,我看赶上你西坝边子那苞米啦。刘同志你没见过呀,我那大苞米秸子像小树似的!

李:你别看你那苞米秸子粗,穗可不见得有我的大呀!刘同志我不是吹呀,我的苞米可没教你白费心哪。管保在这村你就找不出第二份;他们就是把囤子底翻过来,也找不出那一穗。

于:李大哥你的话,可有点说大了点呀。

李:(急接)说大了点!一点也不大,今年我打的那苞米,我长这么大就没看见过。

于:俺打的那苞米也是头一回见哪!

刘：我知道你们今年的苞米都不能小啦。

于：刘同志我不是向你吹，咱那苞米在这村也数得着，只在李大哥上，不在他下呀。

李：只在我上？ 老于！ 你可别说笑话呀，你知道俺苞米怎么长那么大？

于：怎么长那么大！ 反正不是拿嘴吹大的，还用说啦，谁还不是多下粪多下力！ 就是说你下的粪多一点吧，可是俺也不少其你呀。

（唱第三曲）

李德山你别吹，听我把粪报一回：

四个人分了两天地，下粪一百九十堆。

李：（白）两天地一共下了一百九十堆粪好干什么！

于：（接唱）

你别急，少说话，豆饼硫安全不拉，

豆饼喂了十二片，碾子抹碎地里下。

刘：下的是不少。

李：不管怎么样，俺的庄稼要赶不上你，全村也不会选俺模范。

于：这次俺没当上模范，所差的也就是没推动别人，没帮助别人；再就是没超过百分之百的产量数，除了这两样俺什么都敢跟你比一气。

李：好，那咱就比比苞米！

于：好，咱就比苞米！

刘：比苞米？ 对，看看到底谁的大！

于：（唱第三曲）

要比苞米我不愁，五穗一升不是吹，

别的不表也不提，苞米大的赛棒槌。

李:(玩笑的)赛棒槌,还赛铁锤呢! 哈哈……(唱一曲)

　　要比苞米我占优,不信拿来瞅一瞅,

　　看见苞米你准熊,教你吹牛把脸丢。

于:吹牛? 我老于要没有个"八达"也不敢说,若不咱就赌上一赌。

李:好。(唱第三曲)

　　赌就赌来赌就赌,赌上苞米整一斗,

　　你要赢了你拿去,你要输了归我有。

于:好。咱就赌一斗苞米,你要赢了我出一斗。

李:你要赢了我出一斗。

于:那说了可不能不算哪。

刘:那么你们就回去把苞米拿来比比,我给你们当评判员。

李、于:(兴奋的)好好好,那敢情好啦。

　　(李妻与淑英扭上)(英在内喊:"妈妈快走啊!")

英:(唱第四曲)

　　割倒庄稼人欢笑。

妻:(接唱)去看刘同志走一遭。

英、妻:(接唱)共产党是俺救命人,刘同志待俺恩情高。

英:(白)妈,到了。

于:(白)老李大哥,那咱就回去拿,走!

英:(进门发现李及刘等)哎,俺爹还没走,刘同志你回来啦?

刘:啊,回来啦。(见李妻)噢! 大婶也来啦。

妻:噢! 刘同志你好啊?

刘:好,大婶你也好啊?

李:走,老于咱回去拿去!

英:爹,回去拿什么呀?

于：淑英我告诉你，你爹输给我一斗苞米，回去拿苞米去。

英：怎么输的呀？

于：你问你爹吧！

英：爹，到底是怎"码"事呀？

李：你问刘同志吧，（向于）走，咱先走。

李、于：（唱第三曲）

英雄山前去比武，俺们家中比苞米，

看谁大来看谁小，你准第二我第一。（分头下）

妻：刘同志，他们到底耍的什么把戏呀？

英：怎么还比苞米？

刘：对啦，是比大苞米。我告诉你们怎"码"事：县里要开展览会，我到这村来搜集展览品，你爹说你们的苞米在这村数得着，于大叔不佩服，说他的苞米也不小，争来争去就打起赌来啦，看谁的苞米大谁就赢一斗苞米。

妻：噢！是这"码"事啊！那俺的苞米管保输不了；别的咱不敢比呀，要比地里出的，咱敢比。

英：妈，咱一定能赢啊！

妻：嗯！刘同志啊，俺那苞米呀，真是拿俺眼珠子瞅那么大的。

刘：李大婶你们那块地板比起来可算不坏呀！

妻：嗯！不坏，比好地比不上，要比坏地那可强得多啦，反正人不尽心，多好的地也长不出好庄稼呀。（唱第四曲）

鸡不喂粮不下蛋，猪不喂食膘不长；

地板不论好和坏，侍弄不到不打粮。

（白）淑英他爹拿庄稼可上心啦，庄稼若长不好啊，他连饭都吃不下去；若看小苗叫蛭虫咬死一棵，他可心痛死了。去年地里蛭虫也多,我和淑英整个"量"就长在地里了。

英:去年不教俺娘俩在地里黑天白日地抓蛭虫,庄稼要命也长不那么好呀!

刘:今年大婶和淑英可真没少干地里活呀。

妻:庄稼就得靠啊,三天打鱼两天晒网地再好也打不出粮食。有些人说么:"庄稼长不长在地。"我就不信,长不长在地! 去年地里蛭虫多,人若不抓它,能长吗? 还是得靠侍弄劲。(唱四曲)

从河开起到冬天,全家三人都不闲,

一心把庄稼侍弄好,多打粮食心喜欢。

英:(唱四曲)

爹爹扶犁走在前,铧子尖尖把土翻,

淑英跟着滤下粪,妈妈撒种在后边。

刘:对啦。大婶你说今年你都怎么干的活?

妻:(唱四曲)

上山见石头往外捡,捡出石头土更暄,

种的不深又不浅,小苗三天就出全。

英:(唱四曲)

地头休息也不闲,道上有粪顺便捡,

孩子大人见粪亲,遇粪不捡心不甘。

刘:今年那个牲口可得点力吧?

妻:得力是得力呀,今年那个牲口可没少遭罪呀! 我想着正赶春天种地时牲口没有草吃啦,没法俺娘俩上山,弄些杨树梢子回来给牲口吃。

刘:那牲口怎么能干活呢?

妻:谁不说的呢? 蹚地时牲口拉不动没办法,她爹扶犁我就帮牲口拉,好容易才囵囹下来啦。

英:刘同志,俺爹拿牲口可娇贵啦,喂牲口都是分四季喂,他说:"牛
早晨不用喂料,喂夜草牲口上膘。"

刘:淑英你今年都干些什么啦?

英:好,我说给你听听:(唱四曲)

　　拔苗滤粪先不提,先讲学会能扶犁。

刘:(白)除了扶犁还能干什么?

英:(接唱)除了扶犁还能搂,铲蹚□种样样行。

妻:刘同志,俺淑英可能干活啦! 去年菜园子都是她一个人浇的。

英:(唱四曲)

　　一气能挑十担水,搂草捡粪喂牲口。

妻:(白)可真,还能领导什么啦?

英:(接唱)提起领导想起了,领导妇女包工组。(此时于福财由左
上,手拿一红包)

于:(唱三曲)

　　从前才子夺状元,现在我夺大苞米。

　　(李德山从右上,拿一绿包,略比于福财小些)

李:(唱三曲)

　　英雄阵前去比武,我到村上比苞米。

李:(接唱)老李不是说大话,我的苞米比他大,赶快到那比一比,看
他今天垮不垮。

于:(接唱)老于不是说大话,我的苞米比他大,赶快到那比一比,看
他今天垮不垮。

李、于:(进屋内)(白)嗳! 正好,比量比量谁大!

刘:(高兴注视包)拿得真快呀,快打开看看!

李：我先打，（打开绿包袱，露出一穗大苞米）看看怎么样？（举起苞米向于）看你的啦！

于：好，看我的！（打开红包袱，露出两穗大苞米）你们看看怎么样？（举起）

刘：拿过来比比吧！（刘立中间，接过李于二苞米细看）大的可比量出来啦。（英、妻、李都露出笑容）

英：刘同志俺的大，俺的大呀！

刘：于大叔认不认输啊？

于：（点点头）嗯嗯！

刘：这也没啥，跟他比不上，跟别人比可能比一气呀！

李：（逗他）跟别人比，这斗苞米也是得输呀。

于：李大哥明天背给你一斗！

李：老于你怎么还当真啦，咱弟兄多咱还不是这样闹笑话？你认输就行了。

于：不不，这斗苞米怎么也得给，咱说了就算！

妻：她大叔，你怎么说俺也不能要，真个俺，就缺那斗苞米吃啦？

刘：对，于大叔也别认真了，苞米大小都差不哪去。

英：刘同志，可别忘了叫俺看展览会呀！

刘：不能忘，一定来告诉你们，叫你们看看庄稼人那些好东西，学习学习别人的生产方法，多打些粮食，过好日子，你说好不好？

李、于、妻、英：那敢情好了。（齐唱第五曲）

　　　万物全靠太阳光，没有太阳难生长，（嘿）

　　　庄稼全靠人侍弄，侍弄不到不打粮，嗨，嗨，

　　　一个呀呼嗨，嗨，嗨，侍弄不到不打粮。

人不吃饭头发昏,地不下粪没有劲,(嘿)

种地早晚要相应,远近深浅要找准,嗨,嗨,

一个呀呼嗨,嗨,嗨,远近深浅要相应。

响应政府的号召,捞三蹚四要做到,(嘿)

长出小草快铲掉,别让野草欺坏苗,嗨,嗨,

一个呀呼嗨,嗨,嗨,别让野草欺坏苗。

刘:(独唱)

大家齐心来生产,苞米赶上李德山。(嘿)

(齐唱)

秋天有吃又有穿,劳动发家万万年,嗨,嗨,

一个呀呼嗨,嗨,嗨,劳动发家万万年。

(完)

东北书店辽宁分店 1949 年 5 月

193

儿女英雄①

时：一九四八年

地：辽宁某农村

人：李大嫂——妇女小组长，二十多岁

　李老头——李大嫂公公，五十多岁

　周大嫂——二十多岁

　周大哥——周大嫂丈夫

　周老太太——周大嫂婆母

　王桂兰——十七八岁

　小王——王桂兰哥哥，农民，二十来岁

　吴二嫂——三十来岁

第一场

（李大嫂扭上）

_____

① 本剧由刚鉴、卞和之执笔。

李：（唱第一曲）

四月天气暖融融，翻身的人儿喜盈盈，

自己土地自己种，小苗露头一呀一山青。

丈夫参军打老蒋，公公和我勤生产，

咱们妇女要劳动，参加互助又呀又支前。

前街我动员吴二嫂，后院说服王桂兰，

参加互助把活干，发家致富不呀不费难。

（白）这两天区上同志来开会，动员大伙插犋互助，组织起来干活。俺公公是个互助组组长，今儿一清早吃完饭，就到后院老王家去掰对互助组去了。俺寻思着，妇女也不能落后呀，我就到吴二嫂家去商量。她因为去年没有下地，自己拿出不少代耕粮，今年一定要下地干活；再就是后院的王桂兰，她也决心要参加生产。一头晌，我就把她们组织好了，这么一来，俺这个互助组里人手就多了，干起活来可也就更热闹了。

（唱一曲）

组织起妇女真高兴，劳动生产争英雄，

抬头看看天天不早，急急忙忙回呀回家中。

（白）早就该回家做晌饭啦，说不定俺公公已经回家等着吃饭咧！

（向侧幕望）咦，那边谁来啦？

（周大嫂上）

嫂：（唱二曲）

眼看太阳晌午歪嗳哟，丈夫出去没回来，嗳哟，

婆婆教我把他找，我到老李家问明白。嗳哟！

李：那不是老周家大嫂吗，你上哪儿去？

嫂：就上你家去呀，俺唤小他爹一清早晨出来，说来找李大叔商量一下这回这个互助组的事儿，他这阵儿还在你家吧？晌饭都做好了，还不回去吃。

李：俺公公一早晨吃完饭也出去了，八成他们都在后院老王家呢！（玩笑地）都走到门口啦，别一听周大哥不在这就不进来了，来吧，到家坐坐。

嫂：看你这张嘴！（二人进李家）

嫂：好几天也没看着你了，你们当妇女小组长的，整天都忙活些什么？

李：还不是动员咱妇女参加劳动，这两天开会你没去听？

嫂：嗳，我啊，孩子小，乱事也多，破裤子缠腿，不听会就像聋了耳朵，啥事也不知道。

李：你听我告诉你，大嫂！

（唱一曲）

今年本是生产年，妇女生产理当然，

参加互助加劲干，劳动妇女人呀人称赞。

嫂：噢，就像去年你参加的互助组那样啊，干活的时候也有记工挣粮那些事吧？若是秋天还能选模范，戴上大红花，那该多好呀！

李：这回你也参加吧，老吴家二嫂跟王桂兰都参加啦！

嫂：他大婶呀，我倒有心上山干活，可是你不知道呀！

（唱二曲）

有心参加大生产，孩子太小把我缠，

丈夫思想打不通，俺婆婆更是不喜欢。

李：这事还做不了主？咱们老娘们若不能干活呀，他们多咱也不会看起咱们,你就算参加了吧!

（李老头、周大哥、小王边说边上）

老：咱今年有粮了,省俭点,多换点硫安!

王：对,今年咱互助种的地,硫安、大粪水,都教它足足的,割秋的时候,你瞧着吧,那苞米准能给你长个像样的。

老：若能多打些粮食,咱的富根可就算按上了。

（三人进屋）

周：（见妻惊异）咦,你怎么也在这儿？

嫂：俺妈叫我找你吃晌饭,我当你在这呢!

王：周大哥跟李大叔都在俺家商量互助组的事儿呢,一会儿不回家,大嫂就出来找,真是一刻也离不了!

李：（玩笑的）离不了就离不了,你眼气呀,赶明儿,她参加了咱这个互助组,白天下地还跟周大哥在一块儿呢!

王：对呀,现在妇女解放啦,周大嫂下地帮帮周大哥,还不正应该!

李：我看也是的! 可是,你们坐吧,天到这"前"啦,我得去做饭啦!（下）

周：她上山干什么,老爷们起个早,也顶老娘们干一天。再说俺家那个老太太也不能让……

王：你也不好太看不起妇女了,依我看哪,就是你家那个老太太爱管闲事。

周：我可又说了,谁家也不能竟指着老娘们干干,老娘们要能行,还要老爷们干什么!

嫂：你不能这么说,李大嫂也是老娘们,去年参加互助组干地里活,不是一年钉到头？! 秋天人家还当了模范呢!

周：像她那样的,这屯里有几个？

嫂：有几个？看今年吧，妇女都参加了，选模范的时候多选上几个，那时候你就信服了。

老：互助组里有妇女干活，总比没有强，捻个种啦，按个豆子啦，不能做多，还不能做少？

（周老太太上）

太：（唱第三曲）

媳妇出去老半天，怎还不见她回还，

撩下孩子乱叫唤，让我老婆子心发烦。

（白）他李大叔，唤小他妈在你这儿没有？

老：在这儿呢，来坐吧！（太进屋）

太：（见嫂）你们两口子都在这儿，撩下家就不管啦，晌饭也不吃啦？

嫂：俺这正要回去呢！（下）

（周欲下，又停住）

太：大媳妇呢？

老：抱柴火做饭去了。

王：周大哥，说了半天，俺大嫂到底能不能跟你一块下地呀？

太：叫你大嫂下地？一个老娘们下什么地，一个一个都跑得野野的，回家连绣花针都拿不动啊，我可看不惯！再说俺家那两天多地，唤小他爹一个人也能侍弄过来，她下地，孩子撩给谁？

周：我也这么说。光家里活还不够她张罗的？（向王用嘴巴指母）你看这不是……

（李大嫂上）

李：周大娘什么时候来的？（周下）

太：我刚才来。（亦欲下）

李：坐一会儿吧！

太：不啦,我也要回去了,好一块儿吃饭。(旁白)如今晚儿这个八路
　　国样样都好,就是老让老娘们下地干活,这是干什么? 我可看不
　　惯! (下)

王：(指着太的背影)这老太太真"个色"!

第二场

(李大嫂,李老头,周大哥,吴二嫂,小王,王桂兰都在地里干
活——男锄草,女拔苗)

(齐唱第四曲)

青天高又高,小苗绿姣姣,

共产党像太阳,来把穷人照。

唉唉哟咳哟,共产党像太阳,

咱们有依靠,嗳哟嗳哟。

兰：(白)李大嫂,今个这活,我做着也不高兴,从一清早晨我心里就
　　窝囊。(故意地说给周听)

李：你咋的啦? 大家伙都欢天喜地地干活,你又窝囊啥?

兰：窝囊啥? 还不怨你,今个铲老周家地,又不是铲你家地,大伙挣
　　来多少工,人家有粮还呀! 你操的什么心? 非得叫我找周大嫂
　　下地,倒惹得周大婶子说些闲话给我听! 什么(学太腔调)一个
　　个年轻轻的小男妇女到地里"风扯"什么,你们那些没收没管的
　　愿意下地"风"去,你们去吧,唤小他妈可不能去!

众：这个老太太,脑筋真难打通。

兰：我这是图什么呢? 一清早碰她这个钉子。

李：得了,好大妹子,这都怨我的不好,别生气啦。我只当那天周大
　　嫂答应我了就行了呢! 谁知道人家家规那么严! (俏皮地望周)

周:（故意的）那才该呢！一个老娘们不在家里干屋里活，硬要到地里摆样子，给她个钉子碰也不屈。

兰:你们这一家人，有了个封建老太太，这又出来个顽固老爷们啦！周大嫂就是年轻长得俊吧，下地来谁也不能给抢去呀！咱们今个干这活真冤枉，大伙就应该不给他互助！

李:你别理他，看咱今个干完活，谁往外拿粮！别当老娘们参加互助组是白干的，叫他们把周大嫂当"媳妇人儿"搁家里摆着吧！

老:快干吧……我看净说话啦，咱们干活要紧！

王:对！快干吧！

（众干活，齐唱第四曲）

拔苗又锄草，互助多热闹；

大家齐动手，不分老和少。

唉唉哟咳哟，不分老和少！

人多干活好，嗳哟嗳哟。

王:到地头啦，歇会再干吧！

老:对！歇会再干吧。

兰:我们还没觉着累呢！你们就要歇着啦！（拉周看地）周大哥！你看看！我们干这活怎么样？这个苗若是不拔，它能不能自己分开？

周:你们也就能拔个苗吧！还能干啥？

李:还能干啥？一点点学，天下的事没有一百天的"离巴"！真是的，我还得看看你们的草都铲净了没有？（下）

老:干这庄稼活可得细心：拔苗的不能惜苗，也不能马马虎虎地伤苗，留密啦庄稼长不强，伤一棵小苗再补苗，一时半刻也赶上不趄！（向周、王）你们铲草的也不能留下一棵须草，留下一棵下过雨就是一片,欺着庄稼哪能长。

王:俺铲的那个地,可是"溜干二净"连个草刺也没有,还是看看她们拔得什么样吧!

周:还用看？还不给人家拔得稀的稀密的密,老娘们干活,就是那么回事呗!

老:也不能这么说,今年咱们互助组有她们几个干活,拔个苗,按个豆子什么的,也顶不少事呢!

兰:我看也是这么回事,不能凭空就说我们活干得不好。咱让李大叔说句公道话,李大叔,你说说,这拔苗还要拔个什么样？

老:(从中调和的)对! 这苗拔得可不错,草铲得也干净,大们干得都挺好。

兰:李大爷竟说"光堂话",这不行,今儿个咱们得好好评评工(向周、王),我看你们老爷们干的活,还没有我们"刷溜"呢!

老:好,我不这么说,互助组要民主嘛! 趁这歇着时候,大伙开个地头会,大伙都发言,谁也别吃亏。

兰、吴:好啊,好! 大伙发言,谁也别吃亏。

王:对! 咱们今天好好评评工,(喊李)喂! 李大嫂! 过来吧! 大伙要评工啦!

李:嗳,来啦!

(唱一曲)

苗儿青青一抹儿齐,留的空儿有规矩,

左看右看都很好,也不稀来也不密。

今天铲地也不离,棵棵小草都砍死,

忽听那边要评分,急忙回到地头去。

(白)说实在的,我溜了一圈,看了一下,今儿这活干得都挺好,今儿的分,咱也得好好评评。

老:来! 大伙都聚拢到一块,都坐好!(吸烟)

王:好,我先说!(想了一会)李大爷,周大哥头晌都是满分,李大嫂
　　也够上了,你们看怎么样?

众:同意,同意,这都同意!

兰:我有点意见,周大哥态度太那个,人家干活他老看不上,让人家
　　干着也不高兴!(半玩笑的)给他去一分!

老:不能那样,人家活干到那了,得照着活算。若讲态度,那今个先
　　讲下,往后他再不好再罚他!

李:周大哥! 你听着没有? 往后你再要"打击"我们妇女那可不行!

王:好啦! 俺这三个人呢? 你们评评吧!

李:我看哪,吴二嫂跟玉兰都该给满分,老王家大兄弟……今个来得
　　又晚,干活时候又教人拉那么远,可不能给满分!

周:啊——还有这样事? 是个老爷们就比老娘们强,我就没看见过有
　　这么些老娘们能跟老爷们一样得分! 她们俩呀,我看顶多给八
　　分,王桂兰七分就不少!

吴:你多咱都是这样!

周:事本来就这样嘛!(唱五曲)

　　男有千斤力,干活用大劲,

　　女是屋里人,干活瞎胡混,

　　男女不一样,不能乱划分,不能乱划分。

王:(白)对呀! 你们女人净是向着女人!

李:(唱五曲)

　　这话我不同意,听我说几句,

　　评分按活计,分什么男和女,

干活本不少,满分才公道,满分才公道。

兰:(唱五曲)

二嫂子身体壮,像个男子汉,

哥哥铲着地,落在她后边,

一落好几丈,跟也跟不上,跟也跟不上。

(白)吴二嫂这么卖力气,为什么不给人家满分? 你们也不能看
人家老实不爱说话就欺侮人!

王:你们拔苗也不能光图快呀! 还得看留得对不对呢!

兰:你们竟说气人的话,"活"在地里摆着哪! 你们倒去看看呀!

周:(没理找理的)反正你们老娘们干的那活,再好也赶不上一个好
老爷们。

吴:周大哥也不用说这话,桂兰更不用争,这不是还剩三亩多地的高
粱苗嘛,人手就是我们姐三个,这一后半晌,我们就拔出来,留的
苗还要正道匀净,若是把这些活做出来,今个一天给我们满分,
那时候周大哥可该没啥说啦吧?

周:(看看地不信的)说死我也不信,今个后晌你们若是全拔出来,我
一天工钱不要,算我今个没干活!

王:你们要能拔完,我们就把它铲完,地里不留一棵草!

周:对! 你们三个,我们三个,你们拔完,我们就铲完,你看怎么样?

兰:好! 周大哥,你们说话可要算话!

周:我男子汉大丈夫,自己个说出口的话,不能再咽回去,你们三个
要拔不完呢?

李:俺们拔不完,俺三个今个一天的工都不要。(递眼色给她们)

吴、兰:我们三个分都不要! 朱大叔是保人。

老:好,咱们说干就干! 拔的拔,铲的铲,大家伙都加点劲干哪!(众

干活齐唱六曲）

从南刮来一阵风，小苗摆头满山青，

拔的拔来铲的铲，嗳哟，互助小组动了工，

你一垄来我一垄，嗳哟，个个都要显英雄。

女：（合唱七曲）

谁说妇女不能行，干起活来可"沙棱"，

看不起妇女旧观点，新旧社会大不同。

周：（唱七曲）

我说妇女不能行，细手细脚硬装雄，

要跟男子争平分，干不出活来偏逞能。

女：（唱七曲）

吃人饭来受人管，旧社会妇女没有权，

共产党来了天变样，劳动妇女要争先。

李：（白）周大哥，老王大兄弟，快攮呀！可要拉下啦。

周：（唱八曲）

我把大话讲出口，紧拉锄板不抬头，

少得分数不要紧，输给她们可丢丑。

女：（接唱）快快地拔呀，仔细拔！粗壮的苗儿全留下。

男：（接唱）快快地铲呀，加油铲！铲净了野草心喜欢。

合：（唱）不怕汗珠脸上滚，不怕腰酸膀子疼，

　　　　浑身上下都是劲，越干越快越高兴。

老：（白）你们这群青年人真劲上了，把我老头子都拉下啦，今个我也

　　要卖卖力气，我还不服老哪！

男：（唱）一铲一堆草，铲草不伤苗。

女：（唱）小苗拔得准，棵棵留正道。

合：（唱）

拔呀铲呀不稍停，到底看看谁能行，

谁要不给话做主，今天可就白搭工。

兰：（白）李大嫂，吴二嫂，咱们加劲哪，今个看看到是谁白搭工！（唱七曲）

叫声二嫂加劲干，咱们苗儿快拔完，

谁对妇女抱成见，今天要打自己脸。

周：（唱七曲）

听说苗儿要拔完，急得老周头出汗，

如今妇女不简单，要逼我脸上不好看。

李：（唱七曲）

拔着苗儿抬头看，火红太阳靠近山，

回身看看三亩苗，不多不少全拔完。

兰：（愉快地白）俺拔完喽，拔完喽！

周：（唱七曲）

猛听她们苗拔完，抓紧锄头铲得欢，

三把两把撺上去，赶到地头把气喘。

王：（到地头白）哼！咱们也完了。

兰：怎么办吧？周大哥！

周：（心服口不服地白）就是你们老娘们能干这点活，还不是跟老爷们领教的？

兰：不管你怎么说，你们今个可输了。

周：怎么说吧，在互助组里头，我一个大老爷们也顶住你们的工了。

老：这回你们俩都满分，你们没什么说的了吧！活也干完了，天也不早啦，擦擦锄板子，穿上衣服，往回走吧！

李:想不到周大哥也服输啦!(取笑的)老娘们干活怎么样?我看趁
　　早回去动员周大嫂子,也下地吧,一样地赚分顶工,别再顽固啦!

　　(众笑下)

第三场

　　(周大哥闷闷不乐由地里回家,扛锄上)

周:(唱第三曲)

　　火红太阳快落啦,生产一天回到家,

　　满屯子的男和女,全都笑呀笑嘻嘻。

　　老周我往日回到家,心里好像开朵花,

　　今天地里干完活,心里结个大疙瘩。

　　(白)嗳! 今个在地里,我"含不见"的挂什么"东"! 偏偏的也就

　　输了,还是输给老娘们,真他妈窝囊!

　　(唱第三曲后两句)

　　越思越想我不高兴,扛着锄头进家门。

　　(周大嫂上,她才做完晚饭,用围裙擦着手)

嫂:(向周)回来啦?

周:(没好气的)不回来还死在外头!

　　(周老太太抱着孙女边喊边上)

太:你这小死丫头,老号丧什么! 我带你找你妈抱去。(嫂不愉快地
　　来接孩子)给你,小丫头子这么沉,我算没劲抱她。(向周)你回
　　来啦,饭好了,还不上后屋吃饭去?

周:妈先去吃罢! 等一会我就去,我得歇一会儿。

太:(边下边牢骚)奶奶要是抱孙子,越抱也越高兴,丫头啊,可都是

外姓人,累赘货。(下)

嫂:(向周)咱家那"田"半地高粱铲完啦? 明个该铲谁家地啦?

周:(仍没好气的)铲完了! 明儿给谁家铲该你什么事! 也不用你去拿锄头!

嫂:(忍了半天,这时发作起来)哟! 这是哪来的一股子邪火,一进门就这么气不顺,你别觉得你在地里干活啦! 我在家侍候老的,带小的,哪一时也没闲着。

周:看看! 是我火大是你火大? 我说了一句话,就招出你这么一大套。

嫂:一大套? 这才是个开头呢! 反正今个也说了,我就说个痛快:妈在家,一天价丫头长、丫头短的,小话给我听着;你回家也没个好像,动不动就大话压人。如今穷人都翻身了,男女也讲平等啦,我问问你,共产党兴不兴这个理?

周:(旁白)如今这妇女真跟早先不一样啦! 她还讲开道理了。(稍停)我老婆,从小在她娘家,地里活可没少干,这阵子要是下地,更不会孬啊! 明个叫她也下地,也给她们看看。(欲向嫂又止)就是我平日把话说得太过了,总说用不着老娘们下地,这回……再说俺那妈……

(唱第七曲)

我有心劝她去生产,封建的妈妈不能让;

老周我过去也顽固,如今劝她怎开言!

嫂:(满肚委屈仍是牢骚着)你动不动嫌我不中用,这家里的、园子里的活可轻?

(李大嫂舞上)

李:(唱第一曲)

在家急忙吃了饭，到老周家去看看，

周大哥地里输了工，这回他思想该打通。

来劝周大嫂也上山，凭工挣分把活干，

男女老少组织起，参加今年大生产。

（白）到了，周大嫂在家吗？

嫂：他大婶来啦！（李入内）

周：（借故的）对，他大婶劝劝你大嫂，我到后屋吃饭去。（下）

李：（误会的）大嫂子，你是个"勤快麻利"人，地里啥活又都拿得起来，头几天你不是还跟我说愿意下地，怎么这阵子周大哥上赶着来劝你，你倒拿服起来了？

嫂：大妹子，你闹错了，不是为下地的事呀！

李：那为啥呀？你看我一进门，也没问清拿起嘴就说。

嫂：你听我告诉你罢：（唱第七曲）

叫声他大婶听我言，我娶到周家六七年，

缺柴少米受熬煎，日子虽苦我没心酸。

李：（白）那对么！早先受那罪，都是大肚子剥削的，又不是周大哥不学好，这如今日子可好啦！

嫂：（唱第七曲）

自从来了共产党，穷人个个见晴天，

斗倒地主算血账，生产发家有吃穿。

李：（白）就是呀！日子好过了，你还有啥不如心的事呢？

嫂：（唱七曲）

婆婆嫌我养丫头，你大哥回家没好脸，

吃穿不愁心里苦，这种日子真是难。

李:(唱第七曲)

听罢大嫂讲一遍,我有道理说一番,

老年人她思想旧,何必计较她落后。

(白)周大娘岁数大了,脑筋就不能像咱青年人开得这么快,她人老嘴碎好磨叨,大嫂你是个明白人,还能计较过么?

嫂:我也是这么寻思。她一个老人啦!受了一辈子苦,打共产党来家,才不跟着愁吃愁穿了。可是你大哥一天老听会,也不能越听越糊涂呀!今个打地里回来,一进门就像丧门神似的,一句好话也没有。

李:你说今个周大哥回来生气呀!这里头有事,你不知道,听我告诉你:(唱第七曲)

大哥劳动是好汉,干起活来抢在先,

对咱们妇女抱成见,咱们生产看不上眼。

嫂:嗳!他那脾气我是知道的。

李:今个在地里他又那么说,玉兰不服气,俺三个就跟他挂了个"东"。

嫂:挂了个什么"东"?

李:半后晌,三亩地的高粱苗,俺要拔完,他们也要铲完。俺拔完,他输一天工;俺三个要拔不完,俺输一天工。

嫂:那到底谁输了?

李:你想想,俺们几个谁能服输?俺们就挽上袖子"哈"下腰,头也不抬,汗也不擦地拔起来。虽说累个够呛,到太阳靠山时候,三亩苗可就都拔出来了。

嫂:那你大哥就输了呗,他服呀?

李:咋不服,干的活在那摆着呢!输一天工是小事,脸上总觉着不好看,你寻思,他回到家能有好气!

嫂:噢! 是这么回事呀! 我说的呢,他那样人就得这么制他,省得老觉着老娘们就会刷锅做饭带孩子,别的啥用也不中。

李:如今这男的女的,可都一样啦! 妇女不受压迫啥不能干! 县农会林大姐来咱屯开会,讲话比男工作讲得还透彻呢! 咱在家劳动生产,多打粮食支援前线,干得比老爷们也不孬啊,一样地挣工、挣粮、争模范! 谁也别想再小看啦!

嫂:像你们下地干活多高兴,我当姑娘时候,可也跟俺爹下地干过活,那时候可是租人家地,心里总是不起劲,这回自己的地自己种,心里多敞亮啊!

李:可真是的,大嫂! 你早又干过地里活,这阵你要去互助组,管保谁也得教你拉下。

(周大哥吃完饭上,偷听)

嫂:明个我就偷偷下地干活去,省得在家里,左右也闹不出个好,让他们看看,我也不是不能干的。地里活虽说撂下了几年,这阵子再拿起来,还不是生手!

周:(入屋内)对,明个下地时候,让他大婶来招呼你一块下地。

嫂:你不是说用不着老娘们下地干活吗? 我下地干啥?

周:你看你,你要不愿劳动,就说自己懒,愿意在家坐着,别老拿那话俏皮我呀!

嫂:我不愿下地? 明天倒要做个样给你看看。

李:一个愿意叫下地,一个也愿意去,那你们两口子还有什么可争的。事也说好了,话也讲通了,大哥没气啦! 大嫂也高兴了,我呢,也得回去了。(起身向嫂)明个是给老王家铲苞米,我来找你一块下地……我走啦!

210

嫂、周：不坐会了？

李：不啦！（下）

周：这孩子呢？妈在家也不能给带呀！

嫂：我不会把她带地里去！

周：我看你是决心下地了。

嫂：谁还跟你说着玩？！

周：（沉思一会）妈那脑筋没开，我看哪，明个你下地，还是先背着妈，
　　不用告诉她。

嫂：对，给你孩子，我把地下收拾收拾，明个好早点起。（周接孩子，
　　嫂下）

第四场

（周老太太上）

太：（唱三曲）

　　清早起来吃过饭，找俺媳妇又不见，
　　不知死到哪里去，撂下家来教我看。

　　越想心中越有气，教我老婆子不耐烦，
　　东家找来西家喊，天快晌午还不还。

　　如今媳妇太撒野，不把婆婆放在眼，
　　天天要想去生产，莫非今个上了山？

（白）今儿个一清早晨，吃过了饭，就不知道俺唤小她妈上哪儿去
啦，把个孩子也抱走啦，我东邻西舍都找遍了，也没见到她的影
儿，她算放心啦，这不是把这个家撂给我啦吗？一个年轻媳妇若

是这么到外边去风野,这还像个话吗?哎呀,我冷不丁想起来了,昨天晚上老李家媳妇不是又到咱家来了吗?她们在一块儿也不知道咕念些什么,八成又是讲究些什么参加互助组啦,劳动生产啦那些事儿。说不定今儿个心眼一活动,自己就上山啦。俺家这点活,唤小她爹还能干不过来?还用你这"老娘们家家的"操的什么心?若是这样啊!我可不能给她张罗这一天三顿饭。听说俺这个互助组,今儿个是给老王家铲地,我可得到山上去看看……走着走着可就到了,你看,我一点也靡猜错,那不就是他们吗?(内,兰、吴、李等唱第四曲)

妇女能生产,也顶男子汉,咱们周大嫂,

抢在最前面,哎……哟,咱们周大嫂,抢在最前面!

太:(自白)这些老娘们,做得可倒泼实,老远看着,跟老爷们一样,简直就分不出男女啦,嗳呀!你看俺家这个野老婆,她倒抢到紧前头去啦!

(内唱第四曲)

眼看二亩地,快要铲完结,铲到这疙瘩,

咱们歇一歇,嗳……哟,铲到这疙瘩,咱们歇一歇。

(李声)行啦,行啦,咱们这二亩地眼看要铲完啦,咱们到地头歇一歇吧!

(兰声)好啦,周大嫂,咱们到这边地头上歇一歇吧,我到那头把孩子给你抱过来。

太:嗳呀,这个野老婆,把孩子都抱上山来啦,他们要过来歇着啦,我……嗳,我到这大树背后躲一躲吧,(到树后躲起)我听听他们讲些什么。

(吴、王、李走过来,坐在地头上休息)

王：吴二嫂,怎么样？拔苗拔得可挺欢,今儿铲地可没想到,教人家
　　周大嫂硬生给拉下啦！

吴：把我拉下倒不要紧,人家干多少得给人家多少分,我看今儿这
　　工,到底谁家出粮？

王：我出不出粮倒靡啥,倒是周大哥太"嘎咕"了,这回他也知道妇女
　　干活也顶事儿啦,他这是拉来人给他往回挣分呀,这回可得照他
　　的话办,妇女就不能多顶分！

吴：不管人家多少分,我看呀,照他们两口子这样干法,不几天人家
　　就要把头几天你们挣人家的分给挣回去啦。若是就这么做到
　　秋,人家不但代耕粮不用往外拿,我看还要往家里挣粮哪！

太：(旁白)怪不得的,两口子都同心啦,还是要往家里挣分呀,这不
　　是让人家给迷糊住了吗？我就不信互助组还能往家挣粮这回事
　　儿,心眼里可到实惠,这回连商量都不跟我商量一下啊！

　　(嫂、兰同上,嫂抱小孩)

李：谁还不为了挣分挣粮,可是他家那个老太太,还把这事当成是害
　　他的啦！

太：(旁白)把我说成什么样子啦,这不是把我说成个好劣都不分的
　　老婆子了吗？

王：(喊)周大哥,李大叔,都过来歇一歇吧,等一会儿再干吧！

吴：老周他大婶,你家老太太怎就不让你上山呢？她连这点事都看
　　不开。

嫂：俺婆婆怕家里没有人看家,又怕大伙在山上跑野啦！

兰：头几天我去找你,她不就可力量地碰了我一下?! 说老娘们上山
　　又疯啦,又野啦什么的,嗳呀,太封建啦！咱就没看见过,谁家要
　　有个俊媳妇还得把她放在屋子里锁起来？再说她就不会看看,

咱们不是在这规规矩矩地干活吗？

太：(旁白)这死丫头，竟糟蹋我，我"风贱"什么啦！教你们风野去吧，反正我当婆婆的可不能不像个婆婆样。

（周大哥，李老头上）

王：(见周上故意地)你们猜周大嫂今儿个因为什么也下地啦？周大哥回去拜娘娘庙啦！(做鬼脸)前个周大哥输了分，回去就发了狠，人家说："妇女谁家还靡有？"前天回家当晚上就给周大嫂这么地啦。(作跪下状)

周：这个家伙！(扔下锄头过去撵他，王往嫂身后跑，嫂往树后躲，看见婆婆)

嫂：妈！你怎么在这站着呢？（婆由树后走出）

（周、王，都愣住了，众愣然）

兰：周大妈怎么也来啦！

王：(领悟的，又开着玩笑)周大哥你真的打算抢大伙的分，把粮都挣家去呀！你把全家都搬出来啦！

吴：可真是，周大妈，你这大岁数了，就在家歇歇吧，周大嫂来啦还不行？

太：我，我是来……

李：(故意误会地)周大娘，大伙都寻思你在家看家啦，你怎么也来啦？

太：我，我是来看看，若是唤小她爹一个人能忙完就不用唤小她妈再来了，把孩子也给抱来了。光是上山，家里那三顿饭教谁做，一家老小还能把脖颈扎起来吗？

王：啊！这老太太闹来闹去，不但不是来干活，还是来扯后腿呀！

李：周大娘，谁说周大哥自己个儿能侍弄过来？算算你自家的地，再加上给旁人家代耕的地,加一块儿也不少啊,现在大伙互助,你家若是下地的人手少,到时候说不定还要往外拿粮呢!

吴:对啦,周大娘,你不明白这些事儿呀,若不你问问唤小他爹。

太:我不管旁的,我就问问你吧!(向周)你可是我养的,你是听我的还是听旁人的? 你到底教不教你媳妇上山吧。

兰:不行,不能问他,现在不问男女老少谁都得干活啦,妇女不干活人家也是看不起呀,说不定还得受批评哪,那时候旁人能代替吗? 这件事可得让周大嫂自己说,问她到底愿不愿意下地干活。

嫂:妈,这阵子干活不能像在早给人家种地时候那样马二骗三的啦!自己种自己的地,那就得多费事啦,要说起深蹚细作,咱这些地也不是一个人容易"忙活"的呀! 我能干一点是一点。再说在互助组里也不能光等着人家互助咱们,咱们也得互助人家呀!

兰:这不就得了,周大婶这话不是说得明明白白的! 周大娘,这回你再若不让俺大嫂上山可是你封建啦,若是封建哪,那咱可顾不得什么面子啦,可小心大家斗争你。

吴:这个丫头,别跟老大娘说这样没深没浅的话,(向婆)周大嫂不会把家里活都扔了的,你放心吧,回去吧,周大娘。

(兰到嫂跟前把孩子接过来,交给周,向婆瞪了瞪眼,对周咕念几句)

太:我放心? 我可不放心嘛! 什么事都他们自己当家啦!

周:(把孩子递给周老太太)妈! 你还是回去吧,把孩子给捎回去吧。

太:(愤怒地,接过孩子)回去,我还不知道回去,你也来撵我!

嫂:妈! 你回去吧,一会儿我就回去做饭。

太:(绝望的)回去我就回去,你们爱怎的就怎的吧,饭哪,做不做的,我若不管就什么都不管……不做就不吃,省点才好呢(一边走一

边自语），你等着吧，等着你挣粮吧，到秋后还不是白给人家干，你等教人家糊弄"得"啦，那时候才没人可怜呢！（下）

李：这老太太真怪。

兰：今儿个可教我好好给气了一顿。（众笑）

王：周大嫂今个真行，比周大哥还稳当，明个使点劲，到秋后人挣回粮再说，那时候好好教周大娘看看。

李、吴：对！周大嫂用点劲，到那时候看老太太还有啥说！

老：来吧，歇了不少时候了，大家伙加点油，赶晌大家伙把这一块给它铲完。

众：（开始铲地，唱四曲）

> 庄稼要想好，深耕勤锄草，互助要想好，
>
> 男女都勤劳，嗳——哟，互助要想好，男女都勤劳。
>
>
> 大家快快干，锄草别怠慢，谁能挣去粮，
>
> 秋后时候看，嗳——哟，谁能挣去粮，秋后时候看。

第五场

（开场周、太带孙上）

周、太：（合唱第四曲）

> 秋收喜洋洋，秋收人人忙，起早又贪黑，
>
> 不嫌累得荒，嗳哟嗳哟，起早哪又贪黑，
>
> 大家忙打场。
>
>
> 高粱穗儿红，谷子穗儿黄，全都打到家，
>
> 粮食装满仓，嗳哟嗳哟，全都打到家，

心里亮堂堂。

太：(白)你快点把这豆子铺好,等你媳妇跟互助组的人开完了什么算账会,大家伙来了,好打的打,翻的翻,趁天头好,收拾到家,心就净了。

周：妈! 你就是干自个活时候性急,多少地互助组都侍弄了,这点豆子还愁打不出来!

太：你也是庄稼人,连这点儿也不懂得,这一个粮食粒呀,就是一个汗珠呀! 搁在这场园上,鸡刨狗蹬的,我就能放心啦! 今年这个年头真好,老天爷也睁开眼睛啦,盼晴天就晴天,盼下雨就下雨,咱那高粱打了六七石;半天地的谷子,也打了三石多,这些豆子我看还能打个石儿八斗的。咱要省吃俭用一年半也吃不了,这真是老天爷睁开眼睛了。

周：妈! 可不能那么说,咱今年的年成好,可不能光说是天给的,你忘啦! 在往年咱租地种,也是风调雨顺的十成年景,打的粮食堆成山,可是有一样,刚一打下来,粮食在场院上,人家大肚子家就给"挖"走了。今年咱们能得这么些粮,还不是共产党来了家,咱们才如数地得到手吗?

太：不管怎么说,反正如今咱这庄户人家,可有好日子过了(看孙子)。这小丫头片子,衣裳穿得真费,她妈总长在地里头,也不知道给孩子补补连连,我一说你们就说:"等秋天挣粮给孩子换新的。"若是等着老娘们挣粮啊! 还能跟赶啊! 这开会算账的,也这么一大会儿啦! 咋还不回来?

周：可真是的,互助组的账一清二白,咋还没有算完?

太：骡马上不得阵,老娘们还能办事? 真是的,我若是不着急这点豆子,就叫你去算账啦! 从秋到夏,天天吵吵挣粮,闹到归底可别叫人家给糊弄了。

（兰上）

兰：（唱第三曲）

互助组里账算罢，玉兰心里乱如麻，

我家地多人手少，亏工出粮给人家。

我从春天忙到夏，地里啥活也没拉下，

本想凭工挣着粮，如今力气白出啦。

周、太：（同时问）你们账算完啦？（兰生气不语）

周：桂兰！你大嫂子呢？（兰不语）

太：你挣多少粮啊？

兰：挣粮？挣啥粮？活没少做，我哥哥可给人家李大嫂子"挖"粮去了。

太：（诧异地）哟！咋还得给老李家挖粮呀！像你在互助组里干得那么欢实，咋还得给人挖粮，你那活不就是白干了？！（向周）我一打起根就说，不叫唤小她妈下地，你看这回该明白了吧！你们那活还不是个白干！

（李扛粮上，太见李上扭头躲开，拿起木叉，假作铺场，李见兰，走向兰）

李：哟！大妹子，嘴噘得要挂住油瓶啦，先别生气，你那事等会儿我跟你哥哥说说，管保不能教你吃亏（看太），大娘怎么也到场院上来了？

太：自个的活我咋不干，给自己干活，不能挣粮，可也不能挣出"不是"来，倒给人家"挖粮"。

李：（不理太向周、兰）周大哥，桂兰，你们先略等我会儿，我把这粮送

家去就来。（背粮下）

太：什么算账挣粮，还不是逼着老娘们干活，到秋天算账，他们干部可不能吃亏！

（李又转回身太忙住嘴，又装干活）

李：周大哥！大嫂在老吴家呢，你不去看看？（下）

周：对！我去看看，（向太）妈！你不要再说这些糟蹋人的话，都叫人听见了。

太：她听见就听见，我还巴不得她听见呢！人家公公是组长，媳妇也是组长，你们就能算计过人家啦！还不是个白出力，你还不去看看你媳妇去，到底怎么回事！（周不悦下，太向兰）你大哥他们两口子呀，就是个不听我的话，俗语说："不信老人言，吃亏在眼前！"你大嫂这个老婆在地里风野一阵子，还不是个白干，老娘们中什么用！挣什么粮，我但求不往外"挖"粮就知足了。伏天，我说你们都"斥打"我，这回可明白了吧！过年春天呀，说什么我也不能叫你大嫂子下地了。

（李王同上，太见李来，将兰拉到一旁）

王：（向李）她也真是小孩子脾气，她干的活，家里还能让她白干啦！（向兰）吓！跑这生气来了，别那么小心眼！咱今年粮食打得这么多，还能亏啦你啦，你爱买个啥就买个啥吧，反正家里的粮也是吃不了，穿不了。

李：就是呀！这才公平，（向兰）你们家十几口人，五六天地！再加上你哥哥是个二八月庄稼人，地里活要不叫你干，那不知要给人家"挖"多少粮呢！再说（向王）人家桂兰也一天比一天大了，还不该攒点小份子钱，留着出门子时候好买赔送呀！

王：我不是已经说过了么，俺妹妹要啥给啥，要猪给猪，要羊给羊，要衣服我就买布。

兰:(不好意思地笑了)你们竟爱耍笑人,我干那点活也不值个啥!

李:值啥不值啥,反正干活就不能白出力。

太:(旁白)不白出力粮可都背你家去了。

　　(李老头,周大哥,吴二嫂上)

老:(唱第七曲)互助小组账儿清。

周:(接唱)一笔一笔算得明。

吴:(接唱)周大嫂挣工十个整。

　　(周大嫂背二斗粮上)

老、周、吴:(齐唱)换来粮食喜盈盈。

周:(白)妈!这回你放心了罢!我说互助组账错不了嘛,老娘们这
　　不也能办事了。

兰:(向周)你才知道老娘们也中用啦!你忘了你早说的"老娘们若
　　是什么都能干,要老爷们干啥"的话啦!

王:这丫头还翻起老底了。

　　(唤小喊妈,太高兴抱起)

太:别闹,看你妈真的挣粮回来了,真不少呀,八成二斗多罢(乐得合
　　不上嘴),嗳呀!可是好,到底挣回粮啦!(问周)你不说你背回
　　来,还叫她背着。

(唱第七曲)

　　一见媳妇挣来粮,我不由得笑满面,

　　庄户人家啥指望,样样出在粮食上。

　　媳妇挣回二斗粮,能换油盐换衣裳,

　　男女真是一个样,多流汗呀有福享。

（白）这如今真是养儿也得计，养女也能干，不怪人家说我老糊涂啊！唤小她妈啊！这回可该给孩子换件新袄啦！

嫂：她一个小孩子家拿旧的改改就行了，我早算计好了，还是给妈换个新袄面子罢！

太：（乐得不知怎么是的）嗳！我这个老糊涂有啥好歹，还是你们年轻人换换新罢！

周：不能光孩子，也不能光大人。等这个秋忙过去，我进趟城，卖他二斗粮，大人孩子都换换。

太：在早先，这村子里数咱们这几家穷，如今呀！可就数咱们这几家有吃有穿日子好啦！

老：你们看，今个倒把两个老太太乐得合不上嘴了，我才到老吴家，二媳妇她婆婆一听说才亏十个工，出二斗粮，高兴地直向我说："去年别人给捎种地，粮叫人挖去一半子，今年她儿子又不在家，还不全亏她这个媳妇，若不，地还不得撂荒呀！"

兰：老吴大娘那也是个"辣查"婆婆，这回吴二嫂能下地干活了，她也不敢小看啦！

吴：咱懂个啥，要不叫老李家他大婶给我出主意劝我上互助组，我还在家发愁呢！光愁能顶什么事。

太：嗳！人家老李家媳妇，可真是个好媳妇，今年要再选模范，我还得选你当个大模范呀！

李：我在早也是个啥不懂，要不教工作同志开会告诉我，我也不知道动员你们干活，你们大伙若是不干，我一个人也侍弄不了那么些地。

嫂：要我说，这都是共产党领导得好，在早先，我在娘家跟我爹下地，那可是租人家地种，出的力比现在还大呢！还不是一样吃不上，穿不上,有钱人家还笑话咱们呢!

众:这话不差。

太:这都是共产党来家,成立了八路国,领导着咱们走的好道呀! 等过年你们能下地的都下地,我老太太在家带孩子,做饭,喂鸡鸭,喂猪。

王:周大娘! 这阵子你乐了,你还记得不,春天你说:"这八路国呀! 样样都好,就是总逼老娘们下地干活不好!"(学太的声音举动)

(众笑,周老太太磨不开地站在一旁)

兰:她才还骂李大嫂呢! 说什么:大伙干活都给干部搭上了!

太:嗳……你看我,你看我……人老啦! 嘴不好,心里有啥也存不住。(向李)他大婶你是个明白人,该不会恼我罢! 再说,我总比你大几岁,多吃几年咸盐,你见面还得管我叫声大娘呢! 我就是说错了话,你也不能怪我呀! 其实你们干部一天到晚为大伙的事跑,这份心事我也知道啊!

众:周大娘这回脑筋也开啦!

太:我就不兴进进步啦! 我这老脑筋就不兴也解解放啦!(众笑)

吴:不要再吵这个啦! 咱们大伙快把这点豆子打出来罢!(众打场,周老太太将孙哄在一旁也跟着忙活)

齐唱:(第九曲)

谁养母鸡谁收蛋,谁种麦子谁吃面;

谁要想发家又致富,谁就得劳动勤生产,

谁要想发家又致富,谁就得劳动勤生产。

女人参加互助组,大家分工把活干,

挣分一样能顶工,挣粮一样往家搬。

从前妇女受压迫，吃人饭来受人管，

如今自己也劳动，看他哪个敢小看。

今年本是丰收年，不愁吃来不愁穿，

别忘感谢共产党，领导咱们把身翻。

别忘感谢共产党，领导咱们把身翻！

（完）

东北书店辽宁分店 1949 年 5 月

赶上他①

地点：东北某村。

时间：春耕前后。

人物：李振刚——老实庄稼人，六十三岁。

       李妻——六十岁。

       儿媳——丈夫参军，进步妇女，二十三岁。

       凤兰——李之女，十五六岁。

       村干部——三十多岁。

       村民甲——农民。

       村民乙——农民，三十四五岁。

第一场

（幕开后，媳坐在台上做针线）

---

① 本剧由赵世绅、孙杰执笔。

224

媳：（唱一曲）

丈夫自从去参军，算来也有二年整，

爹妈二人常叨念，前天有信捎家中。

信中话儿说得好，时时刻刻忘不了，

教我在家多生产，帮助爹妈去勤劳。

他在前方要立功，让我生产当英雄，

夫妻二人来比赛，看看谁行谁不行。

（白）头些日子他捎回一封信来，告诉我在家多生产，还要和我比赛比赛呢！还有……（由怀中掏出信来）可别忘了，我再看它几遍。

（这时凤兰悄悄走上，偷看）

媳：（唱一曲）

打开信儿仔细看，上边的话儿真周全，

丈夫在家不认字，如今会写又会算。

字儿整齐真好看，是他亲手写给咱，

别看自己认字少，见信好像见他面。

（白）他从前在家的时候，一个大字都不认得，如今连信都会写啦。你看写得多干净啊！人家可真算进步了。

凤兰：（以下简称兰）（悄手蹑脚地走上前夺信）

（白）好呀！你又想我哥哥啦，是不是？

媳：你这死丫头，吓我一跳。（夺信）拿来！

兰：（躲过）你说是不是想了吧？！

媳：你别瞎扯，想他干什么！

兰：你不想，干什么老偷之看信？

媳：那不是你哥哥来的信么！

兰：(俏皮的)谁说不是唻，要不就一门偷之看啦。

媳：你忘啦吗，你哥哥不是要和咱俩比赛吗？我怕把它忘了，就拿出来看看呗！

兰：得啦！你也不认得几个字，一边看着还一边直叨念，不是想我哥哥是怎的？

媳：我光记住不两句，又怕忘了，念念不是记得结实吗！

兰：看你那样倒像有心比比呢，你敢比呀？

媳：比就比呗！比不好还比不坏他？

兰：你先不用吹！(唱二曲)

　　嫂子你别说大话，哥哥能干谁不夸！

　　膀大腰粗有力气，干起活来能顶俩。

媳：(唱二曲)

　　妹妹你先慢慢夸，说他能干也不假，

　　别看妇女力量小，加紧生产赶上他。

兰：那还不算哪！我哥哥在前方能打老蒋立大功，你能行呀？

媳：(唱二曲)

　　他能杀敌立大功！我要生产当英雄，

　　加把力气和他比，到底看看谁能行。

兰：哟！嫂子那么说你算下决心啦！好，我看看你们小两口子到底谁有能耐。

媳：妹妹你可把咱们妇女瞧扁啦！县里的林大姐来开会的时候不是常对咱们讲吗？说："如今妇女可不比从前啦！男人能做什么，

咱们也能做什么,这才叫真正妇女解放呢!"咱们若是下点力做

活,备不住还许争上个劳动模范呢!

兰:若那么说,你就和他比比吧!小心落了后可丢人。

媳:我丢人倒没有什么,就是你呀!还念了二三年书,现在连封信都

写不上来,等你哥哥回来那天,可有什么脸见他?

兰:你就不用小看人,从今个起我也争口气,也和他比赛比赛,非撵

上他不可。

媳:嗳!妹妹我这是和你逗着玩的,你可别当真呀!

兰:不!嫂子,我早就有这个心思,上回哥哥来信我就觉之有点落后

了,这回非争争气不可。

媳:那可赶之好啦,那咱们就合计合计订个计划吧。

兰:好,那么我先订,有忘的地方,你再给添上点。(唱二曲)

别看我的年纪小,样样都要做得到,

天天还要多认字,庄稼活儿也不撂。

(白)嫂子你看行不行?

媳:正好,一点也没漏。

兰:该你的啦!

媳:好!(唱二曲)

爹和妈妈年纪老,重的活儿干不了,

什么活儿我都做,还要样样做得好。

兰:嫂子咱们的计划也订了,可不兴说了不算呀。

媳:说好听的谁都会,就怕到时候"耍熊"不爱干啦。

兰:你看着吧,到时候谁不爱干就是懒老婆。

媳:这可是你说的话,我给你记住了。

兰:记着就记着,管保不能让你拉下就是啦!

227

媳：(忽然想起)嗳！妹妹，我昨个听说：咱们地头那点荒还打算刨呢，不如咱俩先给刨出来，还省着爹去刨。

兰：说去咱们就去，今晚上一定要刨完。

媳：看你那样，倒像挺能行似的，可就不知道做起来怎样了？

兰：反正做起来看，走！咱们快走！(二人下)

(李振刚，手提粪筐上)

李：(唱三曲)今天村上开大会，要给我家来代耕，军属想要更光荣，自己的土地自己种。(见鸡吃园子)(白)喔嘶！喔嘶！看鸡进园子把菜都吃啦，凤兰她们哪去啦？也不看着点。

(李妻正在屋内做饭，听了他的话一面擦手，一面走出答应)

母：刚才她两个还在屋里叽叽咕咕的，谁知道"这前"又跑哪去啦？

李：那你就不能赶赶鸡啦！(稍停)牲口都喂上了吗？可别"喀唠着"，眼看可就要动犁杖了。

母：那还用你操心，都喂饱啦。你今个又去开什么会？

李：村上打算给缺劳动力的军属家代耕，想给咱们捎一半，我寻思回来合计合计。

母：人家要给代耕，就叫他们给代呗，还用商量什么！

李：我打算都自个种，使点劲也能种过来。

母：咱家缺人手谁不知道，人家村上，上赶之要给代，就让他们给代呗，也不是咱们去找他们给种的，再说咱儿子参军也是为大家伙呀！

李：他妈的！老娘们就是见便宜就找，"一什么"就提你儿子参军，参军还不是自己愿意去的，也不是人家逼去的呀！再说参军也是保护咱的土地，你不想想，政府处处都照顾咱们，要是老用人家，能对起自个的良心？

228

母：怎算找便宜？你才算个半拉劳动力，只有一条老黄牛，顶多能种天半地，若全种还不得撂荒啦？

李：我自个种不过来，媳妇和凤兰不也能帮着点吗，怎能撂荒呢？

母：她们俩怎能行，一个小男妇女的怎能下地做活？反正你看她俩闲着就总想给找点活做。

李：年轻的人做点活也不能累坏了呵！她们没说不愿意，来不来你就替她们挡驾啦。

母：她们在家里也没闲着，零零碎碎的，哪不是活，硬教她们下地，家里的活你做呀！

李：反正和你也讲不出个理来，等她们回来再合计，你去把镐给我拿来！

母：要镐干什么？你不还没吃晌饭吗！

李：光吃饭，地头的荒就不开了吗！

母：什么事都是你有理，谁说话也不好使！（嘟嘟囔囔下）

李：他妈的，老娘们玩意儿见便宜就想捡。

母：（在幕内声）镐头教谁拿去啦？怎没有了呢？（上）

李：看你那样，倒好好找找，急什么！

母：还怪人家着急，明明放在这儿就不见了。

李：你可真无用，看家还能把东西看丢了，真是可以了，你好好想想不是教别人借去啦？

母：来不来我都不知道啦！再说我也没有离屋呵。

李：这可真怪啦，你又没离屋，还能教鬼拿去？

母：还不教你给拉拉哪去了呢！回家来发疯来了。

李：你瞧你这人！属猪八戒的，倒打一耙子；不说自个不对，反来怨着我啦。

母：我又没离屋，旁人又没有来，不怨你怨谁！

李：你可真气死我啦，我也不和你吵吵了。（提筐欲下）

（村干部上）

村：（村干部简称）大叔和大婶又吵吵什么？不怕教媳妇听见笑话。

李：啊！大侄来了，我光顾和她吵吵去啦，也忘了去告诉你一声。

母：到屋里坐吧！大侄。

村：不啦！不啦！我还想到老陈家去呢。你们合计得怎样了？

李：我打算自个都种，不用村上的代耕啦。

母：你别听他的，大侄！我告诉你，反正他自己种不过来。

村：大叔！你老可别太刚强啦，小心种不上撂荒了呢；再说你那么大的岁数了，用代耕谁也不能说你二五眼哪！

李：不对！你说得不对，大侄！我能种过来，何必还用人家给代耕呢？叫你费心啦，等我种不过来的时候再去找你。

母：你就不用硬气，等撂荒了可就不用吹啦！

村：对！大叔你们老两口子还是合计合计。

李：大侄！你就不用听她那一套，能不能种过来，我心里还没有个数？（对母）还用你操心！

村：大叔，你老可说准哪！别等到后首什么都一定了的时候，再要想用，可就不赶趟了。

（姑嫂二人扛镐上）

媳、兰：大哥是什么时候来的！怎么不进屋里坐？

村：你们俩扛个镐做什么去啦？又去刨草根子，想留之做香荷包是不是？

兰：（立瞪眼）谁告诉你来的？你别瞧不起人！

媳：（对兰）你看你吧，人家大哥跟咱开玩笑，你就当真了。

230

母:是你们俩把镐扛去啦?! 怎也不告诉我一声,还惹我和你爹俩吵了一架。

兰:真的吗? 妈! (掩口笑)

媳:俺们寻思告诉你,又好不让俺们去了。

李:你们俩到底上哪去啦?

媳:我和妹妹俩,去把咱们地头上那点荒给开了!

母:刨的哪条荒! 家里的活计都做不过来! 就是"能胜"(逞强的意思)。

媳:妈! 反正家里外头的都不能撂了,哪样还不得做。

李:(向母)你看看怎样? 你不是说她们不能行吗,这回可没说的啦吧?

村:她们哪能行,还不是干几天新新的,常了就好屁啦。

兰:你怎见得? (瞪眼)

村:你看这个小丫头,这才几年,就这样厉害,明个非给你找个厉害婆家管管你不可!

媳:怎回事呀,爹!

母:人家村上要给咱们代耕,你爹就不用,硬说能种过来,你们俩说能行吗?

李:怎么种不过来,就那么点地。

媳:对! 爹,咱们自个种,爹不行还有我和妹妹呢。哪能用人家给代耕呢,(向母)妈! 你放心吧,准能行。

兰:爹! 咱们自个种,管保能行。

村:这可不是玩的,再说你们俩也没做过庄稼活呀。

兰:你怎么知道不行,才刚俺俩刨了那么大一片荒,一点也不累。

媳:大哥! 还是先给那些没劳动力的军属家代吧,俺们自个种过

来啦。

李：大侄你放心吧，决不能撂荒。

村：好！那么你们再好好合计合计，我走啦。（下）

李、母：大侄闲着来呀！

媳、兰：大哥不送啦！

村：不用啦！（回头答应，下）

母：你们俩这不是瞎扯吗！三天多地呢，怎能种过来？再说你们俩，哪能扛住那个累！

媳：妈！你不知道，妹妹可能做啦！家里的活计一定撂不了。

兰：妈！我嫂子可真有两下子，才刚刨那块荒，她一气也没有歇着，就刨完啦。

李：人家俩都说能做，你跟着吵吵什么，真没有味！

母：你们都愿意动弹，我还有什么说的，把地都种上了不更好吗！

兰：爹！你不知道，妈是"相着"俺们，怕上累着呢。

媳：什么事妈都不放心，老是怕累着这个，又怕累着那个的。你可不知道现在妇女都解放了，什么活都要赶上男人，一点也不落后呢。

母：我是怕你们不行呀，寻思你爹又那么大的岁数了。你们要都爱自个种，倒也不错，省着别人给侍弄的庄稼我还不大放心呢。

媳：爹！我今个看别人家的地，都动犁杖了，咱们是不是也得动手啦？若是种晚了别教别人家给拉下。

李：我们打算明个就种。你们俩可能行呀？到时候若是"屁"啦，那可抓瞎了。

媳：你放心吧，爹！不能教旁人给拉下就是啦。

兰：明个爹扶犁杖，我捻种，教嫂子撒粪。

232

李：反正你净挑轻快的做。

兰：我小嘛！嫂子撒粪准能行，我不大会，她若做不动我替换她。

母：好啦，明个你们都下地去，家里的活都交给我，不用你们操心。

媳：妈！不用你做呀，就那点活，等我晚上回来就做了，还用你动弹？

母：哪能呢，你们一天累到晚的，我在家闲着连顿饭都不能煮啦！

兰：不用你做呀妈！你光在家看门就行，家里的活我和嫂子就做啦！

李：她还能看家呀！明个还不得把锅看丢了它！

母：你就不用气人，谁说东西丢了，那镐不是教媳妇她们扛去了！

兰：得啦！得啦！你们老两口子别吵吵了，才刚是我告诉嫂子不教
　　妈知道，就偷偷地扛出来啦。

媳：就怨妹妹惹的事，还把妈吓一跳，寻思镐真丢了呢！

李：解放区怎会丢东西！那还不是你妈大惊小怪的。

兰：光顾着吵吵了，连饭都忘了。

　　（三人下）

第二场

　　（媳兰上，兰捻种，媳用手撒粪）

媳、兰：（合唱四曲）

　　　　三月天气暖洋洋，山上地里人人忙，

　　　　不分老幼齐动手，深耕细种多打粮。

　　（这时幕后效果，种地人笑声）

兰：（唱四曲）你听那到处有人笑。

媳、兰：（接唱）庄稼人儿喜洋洋。

媳：（接唱）你看那牛马遍山岗。

媳、兰：（接唱）从没见过这样好时光。

媳:妹妹! 咱俩光顾着乐去啦,你看爹都蹬到地头了;咱俩快点种吧,可别教爹给拉下。

兰:嗯哪!(唱四曲)

我在前面捻把种。

媳:(接唱)我在后边把粪撒。(用手抓粪一窝撒一把)

媳、兰:(二人合唱)种子埋在地底下,一场春雨就发芽。(二人舞下)

(李作赶牲口扶犁状上)

李:驾驾!(吆喝牲口)(唱三曲)

摇鞭扶犁心喜欢,不用代耕自己干,

媳妇做活真正好,一切活儿他当先。

(白)哒哒……(举鞭)凤兰哪! 你们俩若是累乏了就歇歇吧!

(下)

(幕后答应,"嗳——"姑嫂二人上)

兰:(唱二曲)

晌午太阳当头照,汗珠滚滚往下掉,

累得腰疼腿又酸,这些活儿怎么干。

媳:哟! 腰又疼啦,七十岁才长腰芽呢,若是累乏了就歇歇吧。你看你把种子都扔外边去啦,八成是不爱做了。

兰:谁说不愿意做来的? 人家就叽咕叽咕,你就"俏皮人"。你能干你干,我歇之去!(说着,扔下种子就坐到地下去)

媳:嗳! 看你吧! 还动真格的啦,快回来做吧,我说错了还不行吗?

(唱二曲)

妹妹你可别生气,嫂子明明是逗你。

我刚才说的笑话,千万别往心里去。

兰:(唱二曲)

你就不用说笑话,句句都是俏皮人,

人家这里说腰疼,你在那里不愿意。

媳:妹妹你别生气啦,若是真累乏了就歇歇,千万可别当真的呀!

(兰扭过身去仍不语)

媳:妹妹你怎么不吱声呢?(旁唱二曲)

妹妹她不愿意干,眼看今天种不完,

这里劝她她不听。这可教我怎么办?

(白)这死丫头,看那样子用软的算不行,非得刚刚她不可!(顺手又将信掏出来)

(兰偷看暗笑)

媳:妹妹!你看这是什么。你忘了你还要和你哥哥比赛啦,当时说得可好听了!(学她当时的声音和动作)谁若是耍滑呀,就是懒老婆。(对妹)你忘了么?我可给你记的哪。再说咱们年青青的累点也不要紧哪,连爹那么大的岁数都不说累,你不害臊呀?!

兰:(站起来将信夺过)得啦吧!你就是忘不了我哥哥,在家想,在地里也想,真不知害臊。谁说我不爱干来的?你净撩骚人!

媳:好妹妹,都是我的错行不行?你怎么罚我怎么领就是啦!

兰:那当然要罚你啦!你说文罚还是武罚吧?

媳:什么叫文罚武罚?

兰:武罚呀!就是你爬在地下我打你一顿,教训教训你,问你还敢不敢撩骚人啦!

媳:文罚呢?

兰:要是文罚吗,你叫我一声小姑奶奶,我答应一声就得啦。

媳:那怎么成呀?!(为难的)

兰:不行就拉倒。(又坐下)

媳：（慌忙的）我叫！我叫！（拖长声）小姑奶奶……

兰：（答应）嗳——（急忙跑，媳跑去追打，兰躲开，跑到原处将筐拿起）

媳：那"埋汰"呀，还是我撒吧。

兰：你撒就不"埋汰"啦！咱们也该换换了。

媳：那么咱们就快点种吧，你看又耽误半天。

媳、兰：（二人合唱四曲）

  种完这垄种那垄，心里高兴手儿轻，

  爹爹年老不怕累，咱们年轻更能行。

  （二人舞下）

李：（扶犁上，唱三曲）

  眼看太阳要下山，剩下几垄就种完，

  老牛越拉越没劲，急得老头直冒汗。

  （白）他妈的！这牛可太熊啦，天还没等黑呢，就没劲啦，这可怎么办？（打牛）咧咧！（唱三曲）

  老牛老牛你快干，再有几垄就蹚完，

  你要拉来我不打，省着两头讨麻烦。

  （白）哒哒！你倒拉呀！他妈的一动也不动。

  （幕后媳声）"怎的啦？老牛拉不动了？"

  （姑嫂二人急上）

媳：怎的啦？爹！拉不了怎的？

李：谁说不是呢，他妈的！它可太熊啦，眼看天就快黑了，真急死人啦！（擦头上汗）

兰：你不好打它嘛！

李：它没劲了，怎打也是白扯。

236

媳：不用打它啦！我帮着拉吧。（上前拉套）

李：那哪能行？等明个再种吧。

媳：不要紧哪，爹！剩不多啦，帮之拉拉今晚就能蹚下来，一顿儿种上，省之还得明个种。

兰：来！我也帮之拉，更快之点。

李：不用啦！今个大伙都累了，还是回去歇歇等明个再种也不晚。

媳、兰：不累呀！爹。

媳：今个要能一溜气蹚完种完，明个还能把高粱种上。

李：行哪！早种一天晚种一天不是一样么！

媳：别人家都种上了，就剩下咱们，那不落后了吗？

李：他妈！总是怕落后，那么咱们就试验试验。

兰：我招呼"一、二"咱俩就拉。

媳：来吧！

兰：爹你可得扶住犁把呀！"一、二！"

媳、兰：（二人合唱三曲）

　　　　姑嫂二人前面拉。

李：（接唱）老头后边扶犁把。

媳、兰、李：（三人合唱）大家同心齐努力，才能长起好庄稼。

　　（幕后人声："大哥！快收拾，日头快落了！"村民甲乙走上）

甲：（对乙）老王大哥你看！老李大叔的地种得也不慢哪，可真有点。

乙：别看人家缺人手，这活做得可不错。

甲：（猛抬头）喂！你看他们爷几个在那帮着老牛拉套呢。

　　走！咱俩去帮着蹚蹚去，八成又是那条老牛拉不动了。

　　（二人走近李等身旁）

甲、乙：大叔！你还没种完哪?!怎么！凤兰你们姐两个也帮之拉上了。

媳：牛拉不动了，帮之拉拉不还"快趟"点吗！

李：我说等明个再种，她们非要今个种完不可，我也拗不过她们。

甲、乙：等明个种不是一样么！着什么急呢！

媳：庄稼这玩意儿，早种上一天早出一天，若是赶上雨水相应出的它不齐全嘛！明个还想种高粱呢。

甲：那么来把我的牛套上拉拉吧。

李：不用呵，大侄！

媳：谢谢大哥吧，眼看就剩这几垄了，就快完啦！

李：你们哥俩的地都种上了吗？

乙：苞米地今个算种完了，明个那块高粱地也差不大离。

媳：妹妹你倒使劲呀！

兰：谁教你光顾唠嗑不动弹来的？

甲：还是我们帮之蹚上吧。

媳、李：等以后有活再麻烦你们吧。

媳：妹妹！来一齐用力拉！拉！

李：（打牛）哒哒！

乙：（向甲）你看人家的媳妇，是真有能耐呀！老李大叔儿子在家的时候就不熊，咱们般顶般的就不是"个儿"！谁知道娶了个媳妇更不孬，真都赶上个好小伙子了。

甲：你别净看见别人的好，你们家大嫂子那两下也不熊呀！（俏皮的）

乙：得啦吧兄弟！你可别逗了，那才是马尾（读乙）子穿豆腐，提不起来啦。要是能赶上人家（指媳）一半我就知足了。别说你大嫂赶不上人家，就是咱全村子里的妇女，有一个算一个，哪一个也不行呀！

甲：备不住这回春耕完了选模范，人家就许有个"对敷"。

乙：那还有个溜？（跑不了是她的意思）旁人我可说不上，我非给她提上几个条件不可。

甲：看起来女人还是得要强哪！像人家那样才真叫妇女解放呢。

乙：可不是怎的？若像你老嫂那货色，我若是不在家的话，那还不得饿死呀！

甲：人家可真打破封建了，跟男人一样干，一点也不在乎。

乙：咳！看起来人一辈子非得摊上个好媳妇不可！

甲：行啦，你又该瞎叫咕啦，还不快之点回家，不然我大嫂子又好到处去找你啦，你看天都快黑了。

（乙低头不语，若有所思，二人同下）

第三场

（拿笤帚上）

母：（唱一曲）

今天村上开大会，媳妇前去争模范，

我在家里没有事，要把屋子收拾完。

（白）老头子他们爷三个，吃完早饭就到村上开会去啦，说是争劳动模范去，剩我一个人在家，闲着也是闲着，不如把屋子收拾收拾。（各处打扫，然后摘下墙上的功臣奖状，慢慢地擦着）（唱一曲）

俺儿前方立大功，功臣奖状送家中，

全村老少来道喜，思想起来真光荣。

（白）俺儿自从去年参军，眼看快到二年啦，头两天村上送来一张

奖状,说俺儿在前方立个大功,堡子里的人一见我就说"光荣""光荣"的,教的我心里怪高兴的。(唱一曲)

儿子立功还不算,媳妇生产更能干,

村上代耕她不用,立下志愿当模范。

(白)别看俺儿立了大功,俺媳妇更不孬,从打"春经"天她男人来了封信,要和她比赛比赛,可倒好,从那以后做起活来就更没个黑天白日的了。教她歇一会儿她都不听。今个又去争模范去啦,也不知道怎么还不回来,教我看八成是争上了,若不哪能还不回来呢!(望望天)(唱一曲)

眼看日头晌午歪,怎么这时不回来,

莫非模范争上了,让我老婆挂在怀。

(出门探望,凤兰手拿奖状跑上)

兰:(边跑边唱一曲)

嫂子生产真不差,全村妇女属着她,

人人都把她来选,当上模范戴红花。(见母)

(白)妈!你看这是什么?

母:哟!这又是张什么?"花虎绿少"的,也像你哥哥那张功臣奖状似的,怎么又一张?

兰:妈!这张不是你儿子的啦,这是你儿子媳妇的啦(指奖状),这叫劳动模范奖状。

母:(急问)她在哪呢?真当了模范啦!快领我去看看。

兰:就来啦,还有不少东西呢!

(李怀抱着奖品,媳胸前戴着大红花上)

母:(急上前欣喜的)你们都回来啦;真得上模范啦!(上前摸媳妇的花,忽然又看见老头抱些东西,急问)老爷子!你抱些什么?

李:这是给模范们的奖品,这都是咱媳妇得的哪!

母:哟!可真难为你啦。(又去摸花)还戴朵大红花呢!(对兰)你哥哥若是知道,还不知怎么高兴呢!

媳:(羞赧的)妈!妹妹也差点就选上呢!

李:可不是怎的,若没有她嫂子比她强呀,全村妇女就属着她了。大家伙都说姐两个谁也不孬。

兰:妈!嫂子可真行,咱村的妇女没有一个敢跟她比的。(唱一曲)

你看嫂子多光荣,妇女也能当英雄,

推动生产起带头,人人都说属她行。

母:(唱一曲)

听说媳妇人人夸,我心乐得开朵花,

别看她年纪不太大,做起活来可顶俩。

(白)凤兰哪!你看这张奖状和你哥哥那张一样一样的……

兰:妈!你说若是和我哥哥那张比比,你看谁的好?

母:谁知道哩!我也分不出来哪个好!

媳:还是她哥哥那张好呗!

兰:(跑去摘下墙上那张)妈!你好好看看到底哪张好?

母:(看了又看)我看这张好!(指媳的)上边还有花呢!

兰:你不会看,妈,这张好!(指哥哥的)你不看上边还有毛主席像呢,毛主席的像多值钱哪!

李:净瞎扯!比什么比,不都是一样的吗!(唱三曲)

你哥哥在前方,杀敌人保家乡,

他立下了大功劳,这才能够得奖状。

你嫂子她能生产,做起活来她在前,

又能吃苦又耐劳,这才够上当模范。

(白)反正两个人都不孬,一个赛其一个。

兰:爹呀!那么说嫂子和哥哥一样光荣吗?

李:可不是怎么的,就是一个是前方的,一个是后方的这点不一样,以外还不都一样?

兰:嫂子!你这回可赶上我哥哥了,也不用成天愁,怕落在我哥哥的后边了。

媳:你不也差不点就争上模范吗,这回没争上,也不能算落在你哥哥的后边。

兰:争不上就争不上,等下回我非争上不可,好教你们两口子看看,我也不是落后的呵!

母:这回争不上不要紧,等下回教你嫂子帮着你争,一准能行。

媳:对啦妹妹!你忘啦吗?这回你不是第二吗,咱们村里的妇女,没一个能比上你的呀!下回再加点劲,不也能当上模范吗!

兰:下回还不得选你呀!

母:不要紧,等下回教你嫂子让给你,那你不就也能当上模范吗!(将两张奖状拿过)来!给我把它挂上。

兰:妈!你把它们挂近之点,也教它们亲近亲近。

媳:小死鬼,你再说,下回选模范时候,我对旁人说,不教他们选你。

李:把它们挂高之点,咱们也好瞅之它高兴。

兰:拿来我挂吧,妈!(抢过来挂)

李:对啦凤兰!等明个你也得一张,和他们俩的挂在一块,多好看哪!

母:俺凤兰要能得着呀!更能新鲜,好看。

兰:(挂完了下来)嫂子,你看挂得近边不近边?你们小两口子就老

242

在一块吧！

母：挂得可挺正当！怪好看的。

兰：妈！明个我给我哥哥去封信，也告诉他知道知道，教他也喜欢
喜欢。

母：对啦！也教他欢喜欢喜。（唱五曲）

儿子前方立大功，媳妇在家当英雄。

兰：（接唱）哥哥能杀敌，嫂子能劳动。

众：（合唱）前方后方多光荣，前方后方多光荣。

媳：（唱五曲）

赶上他来赶上他，当上模范戴红花。

李、母：（接唱）后方多生产，前方把敌杀。

众：（合唱）媳妇模范儿英雄，功臣模范出一家。

（完）

东北书店辽宁分店 1949 年 5 月

焕然一新①

地点：辽宁某农村。

时间：春三月。

人物：方新生——青年农民，三十岁。

　　　方妻——二十五岁。

　　　金立志——方之好友，二十四岁。

　　　村主席——三十多岁。

　　　小兰——十二三岁。

　　　群众——四五名。

第一场

开场：半夜四五点钟，方新生扎着腰带望着天空走上。

方新生：（简称方）（唱第一曲）

———————

① 本剧由徐少伯、战青执笔。

244

星星眨巴眼,月亮挂西天,

穿好了衣裳,去把粪来捡。

庄户人要勤劳,粪是地中宝,

多上粪多打粮,日子才能过得好。

政府爱人民,号召大生产,

穷根挖干净,都把富根安。

(发现前边有粪,忙去捡起,一看原是土块)

方:(把土块扔掉)妈的! 闹归其是"土拉块",我说怎么这么沉

呢!(下)

(金立志手拿粪筐扭上)

金:(唱第一曲)

星月天上照,鸡叫狗又咬,

街坊邻居都没起,数我起来得早。

可恨我从前,不愿意把活干,

大人和小孩,都说我是懒汉。

方大哥常劝我,劝我要勤劳,

从今以后立下志,一定跟他学。(下)

方:(唱第一曲)

出来不一会,捡了一筐粪,

眼看着筐里的粪,心里真高兴。

(方见前边有粪弯腰去捡。这时金上,见对面有人,仔细一端详

看出是方,用手捏住鼻子做鼻音)

金:(恐吓地)你是谁? 半夜三更的在这做什么?

方:(觉得突然)我! 我是捡粪的。

金:谁叫你半夜三更的起来捡粪?

方:(疑惑的)你是谁?

金:(止不住笑)我就是我呗!

方:他妈的! 是你呀! 你怎么整这手呢!"冷丁"一喊叫,真叫人摸
   不着底儿。

金:我这是试试你胆子大小,你还不善,靡吓得叫妈!

方:这点小举动就吓得叫妈不得啦! 从前我不学好的时候,哪天不
   是半夜才要完钱回家,这胆子都练出来啦!

金:吓! 你真是三句话不离本行,又提起要钱来啦! 哎! 我说大哥
   你这"前"还想不想摸摸牌啦?

方:他妈的! 下半辈子不玩那个也不想它啦,怕是你没有这点血
   性吧!

金:这也不见得,反正跟什么人学什么人;现在人家别人都"忌赌"不
   干啦,我就是想玩也凑不上手啦,这股瘾头也就自消自灭啦。

方:我就不同意这么说,要是共产党不来家,谁能"咔嚓"一下子就把
   赌忌啦? 谁能自消自灭? 就拿我说吧! 以前要钱都出名啦。一
   天游手好闲,油瓶倒啦,都懒得扶起来。你大嫂三天两头哭着喊
   着的和我打,也没挡住我呀! 从打共产党来家,才把我感化
   过来。

金:哎你说也怪,人家共产党也不打人也不骂人,就把这群要钱鬼二
   流子给教育好啦。看你以前那种"吊儿郎当"的样子,真没承想
   你现在能改得这么干净利索,又会过日子,又能起早贪黑!

方：房子地都分到家啦，再不好好干，那不白披一张人皮啦？早先咱们没地种，自个又不学好，黑夜白日竟往牌堆里钻。妈的，和那群损人在一块，学不出好人来。这"前"有房子住，有地种啦，若不往正道上走，还不教人笑话死啊?!

金：大哥我算"折服"你到家啦！就拿这捡粪来说，这屯子你报头等；我就觉得我起来得就够早啦，你比我起来得更早，这个地方的狗粪都叫你捡干净啦。

方：你这"前"不也学好啦吗？早知道这么干，去年哪能让庄稼长那个熊样！打一"担头子"粮食。

金：别提了大哥，再往后我听你的话得啦，咱们今年庄稼上见！非叫它长个像样不可！（鸡叫声，天将放明）

方：对！咱们比比赛！天快闪亮啦，还得凑一筐去。

金：（看看筐）我这还早呢！

（二人分开将走几步，金忽然转身把方唤住）

金：哎大哥你站一会儿，告诉你一句话。

方：什么事？

金：昨天你没在家，咱们这间开了个选模范会，大家伙把你选上啦。说是再待几天还得叫你到村上去争呢！

方：选什么模范？怎么偏叫我去呢？

金：（寻思）什么模范来的？你等我想一想啊！嗳，脑袋真坏啦，嘴边上的话就说不上来啦。反正那个意思是说，从前不学好不愿意劳动的人现在学好啦就够格！大家伙说你行。

方：这不是扯，我哪行？靡听说村上多咱开会？

金：就是这几天吧，到时候你得去争啊！

方：到时候再说吧！（二人分下）

（鸡叫声中方妻上）

妻:（唱第二曲）

耳听金鸡叫三遍,抬头一看要亮天,

洗完脸来梳完头,烧火淘米做早饭。

丈夫出去把粪捡,去了半天没回还,

怕是他又不学好,偷偷摸摸去耍钱。

（白）哼! 才过完年,必是又有"耍钱窝"啦。他恒是趁着捡粪的工夫耍钱去啦! 他不是早就学好了吗? 再说他腰里也没有钱哪! 噢!（忽然到粮食口袋前看看粮少了没有）这粮食也没见少啊!（又从衣袋里拿出纸币一张张数着）这钱也一个不短哪!（又重复地数一遍,这时方忙由外入,妻见之忙把钱藏起,若无其事）

妻:你怎么回来这么晚?

方:在道上碰见金立志啦! 和他扯了一会儿。

妻:他起来那么早做什么,是不是耍钱去啦?

方:"耍钱"? 这"前"哪有耍钱的地方?! 人家金立志也下决心学好啦! 天天半夜起来捡粪。

妻:真的怎的? 真是说学好就学好啊! 他去年夏天好险靡挂上懒汉牌子,这回也知道劳动啦! 你真没白劝他一回呀!

方:懒汉子耍钱鬼再不回头的话,那就算白翻一回身啦。早先没有房子地想好也不行,这前什么都有啦,再不好好干,不叫人家大肚子说:"哼! 天生的穷骨头,翻身啦还不是一样受穷,就知道耍钱,不知道过日子。"妈的,怎么的也不能教他们小看哪! 穷人是有志气的呀!

妻:得了吧！你这"前"说话明明白白的,早先你怎么死盯盯地迷着一窍?

方:这前我不是学好啦吗? 提早先得啦,早先我还没有房子地呢! 想好也靡法好啊。

妻:你老有说的,你有出息还不行啊!

方:你才看那么远一点,男子汉大丈夫这点恒心都靡有,那不白活啦?

妻:呸！呸！别越说越不知道怎么美好啦！忘了我恨不得扯掉你的耳朵劝你呀? 和你打多少回架? 这"前"说话小嘴巴巴的!

方:不管怎么和我打架,可靡把我劝好呢！共产党一来,也没和我打架,我就好啦！你那架不是白和我打啦?

妻:呸！不害臊还有脸说说!

方:别扯啦,吃饭吧。

妻:和你"争竞"的把饭都忘啦！(边说边走,二人同下)

(村主席上)

村主席:(以下简称村)(唱第三曲)

　　　三月春风暖洋洋,天上的太阳放金光,

　　　民主政府爱人民,共产党的恩情像太阳。

　　　翻身人民幸福长,共产党是咱的亲爹娘,

　　　家家户户有地种,五谷丰收有余粮。

　　　今天村上开大会,选举英雄和模范,

　　　我去动员方新生,叫他前去报条件。

村:哎,到啦,(叩门)方新生在家吗?

（妻上开门）

妻：谁呀？哟！主席来啦,快到屋坐吧！（喊方）哎！你出来吧,主席来啦！

（方上）

方：啊！主席来啦,快来坐下吧！

村：我不坐啦,还有事想和你商量呢！

方、妻：有什么事？主席！

村：昨天你们这个闾上开选模会,你靡参加是不是？

方：可不是靡参加怎么的！

妻：昨天我们都没在家,开会也没去！

村：我就是为这个事来的呀！昨天这闾把你选上模范啦,今天村上开模范大会,你争去吧！

方：我也摸不着底儿呀！到那争什么哪？

村：争转变模范呗！大家伙选你争转变模范嘛！

妻：（不懂的）什么？攒粪模范？攒粪也能争模范吗？可真是新鲜的……

方：庄稼人谁不知道攒点粪,争什么模范？

村：不对,不对,这你们扯哪去啦。什么攒粪不攒粪的,我说的是转变模范！

妻：你看！我真能打岔,那么转变模范是怎么回事呀？

方：主席,你给讲一讲吧！

村：好,给你们讲一讲：（唱第三曲）

　　各样模范都光荣,转变模范更不简单,

　　不管二流和懒汉,只要学好就能当选。

　　（白）不是有这么一句话吗？"懒汉回头金不换"哪！（向方）你

从前不是挺不好吗,从打共产党来家你也能劳动啦。去年的庄稼也"侍弄"得挺像样,粮食也没少打,大伙都说你比早先强得多啦! 这回才选你当转变模范。

方:这不是胡说吗! 我哪能够上模范?

妻:看他这"前"的样子啊,可差不多;要是把早先的事都算上,可不行。

村:我靡说这是转变模范吗! 从前不学好不愿意劳动,现在已经转变好啦,就够模范的资格呗!

方:共产党来家啦,谁还能不学好啊!

村:可倒是都能学好啊! 那也有转变得快,转变得慢哪! 这就差个成色呗! 也就显出谁进步谁落后了。

妻:(向方)你个人觉着转变得怎么样? 敢不敢到大会上争争去?

村:怎么不敢去呢? 这也是一件光荣事呀! 再说大家伙也赞成你去争啊!

方:我真不愿意去,争不上白搭工。

妻:看你! 大家赞成你去,你就去比量比量呗!

村:谁好谁劣大家伙都看得清楚啊! 你就去吧。

方:去倒行! 到那得怎么说呀?

妻:对呀! 主席你告诉告诉他吧! 他长这么大岁数还是头一遭争模范哪!

村:这不是什么难事,到会上对大家伙报告一下条件就行。

方:怎么报啊? 竟报什么哪?

妻:主席你就费点事吧! 让他先在家从头到尾把条件虑一遍,到会上若再弄得"蒙头转向"的争不上模范,那就丢人啦!

村:好! 咱们就试验一下子。比方这个屋子就是会场,(指妻)你比方是听会的人,(拉方)你比方是争模范的,在这坐着,我现在就掌握开会。"现在就开始选转变模范,转变模范就是从前二流子花拉子懒汉什么的。他们不劳动,不生产,一天到黑游手好闲。可是从打共产党来家以后,他们转变啦! 知道劳动,知道好好过日子啦! 这样人就有当转变模范的资格。大家伙别因为他们早先不好,现在还是看不起他们,这是不对的。现在大家伙就开选吧!"

村:(向妻)该你的啦!

妻:我怎么整啊?

村:你看谁够头等就提谁呗!

妻:(指方一笑)他够头等。

村:你倒提名啊!

妻:(又一笑)我看方新生能行。

村:方新生人家提你啦,你来报告条件吧!

方:怎么说呀?

村:先说你自个怎么转变好的,教大家伙知道知道。

方:好! 我说:我早先哪! 就是一个好吃懒做的二流子,(妻一笑)反正缺德事做得就多着啦,不用我说大家伙也早都知道。从打共产党来家,我分了房子、地,再不过早先那样没有吃,没有穿,成年在四下打溜溜的悠荡日子了。再加上工作队同志和屯里老少都好心好意地劝我学好。我年青青的也不缺胳膊也不缺腿的,再不好好过日子,好好劳动,能对住谁呀? 我就把心一横,立下志气学好。先从生产上下手干,谁也不是天生什么样就算什么样啦! 人是有良心的,要是良心没黑,谁都能学好。

妻:我不也劝过你吗? 你怎么一点也靡提?

方：不用提，人家知道！（转对主席）主席就这样说行不？

村：行行！满妥，再往下说条件吧！（唱第三曲）

　　再对大家说条件，生产的事儿说一番，

　　秋天粮食打了几石，上多少底粪和硫安。

方：你们听我说吧！（快板）

　　大家别着急听我言，我来把生产的事情说一番。

　　我家里就有两口人，种了土地整一天，四亩苞米一亩黄豆，苞米地里把小豆按。四分高粱三分小麦，剩下三分作菜园。

　　上了土粪八十堆，还喂硫安四十五斤半；棉花籽，豆饼，大粪水，一样一样都喂全。铲三遍来蹚三遍，一棵草刺都不见。

　　到了秋天一计算，打了粮食六七石。这些都是实情话，没有半句是谎言，大家若是不相信，粮食在那做证见。

方：生产的事说完啦！

妻：不行！你还忘一样，你开的荒怎么不说说？

方：嗳！对对！我去年还开一亩多地荒呢！起了一千来斤地瓜。

村：对啦！好好想想，有提不到的再补充补充。

方：这样就行了吧？

村：不行，还有呢！（唱第三曲）

　　你个人劳动怎么样，再对大家讲一讲，

　　侍弄庄稼出不出力，军属代耕强不强？

方：（唱第三曲）

　　天不亮我就把粪捡。

妻：（唱）一夜出去两三遍。

方：（唱）顶着大雨去开荒。

妻、方：（合唱）柴草打了好几千。

方、妻：（合唱）推动二流子去生产。

村：（接唱）常帮助军属把活干。

方、妻：（合唱）公草公粮咱不落后。

村、方、妻：（合唱）互助组里起模范。

村：好啦！好啦！这就挺好啦！咱们就上会吧。

妻：（关心地）到会上可别忘了啊！

方：教你说的吧，怎么的也不能忘啊！主席咱们走吧！（准备要走妻忽然想起一件事）

妻：看你身上这件衣裳多"埋汰"，换一件干净的吧！

方：算了吧！算了吧！都是一个屯子的人，还怕谁笑话呀！

妻：换一件吧！（拉方下二人在幕后说话）

方：你给我穿上得啦！

妻：你自个连衣裳都不能穿哪？

方：面子事，给我穿上得啦！（二人笑）

　　（主席到侧面去喊开会）

村：喂！开会啦！大家伙都去呀！

群众：（在幕内答）是啦！我们都不能"误卯"啊！

　　（锣鼓响起，方与妻上）

妻：仔细点穿哪！别满哪都靠！

村：好！真是干净利索，像个转变模范，咱们走吧！

妻：（送出门外）把条件记住啊！到时候可别忘了！

方：忘不了，忘不了！（主席与方同下）

妻：（唱第二曲）

　　锣鼓喧天闹得欢，他上大会争模范。

争上模范真光荣,大红花儿挂胸前!

(妻扭下)

第二场

时间:当天下午。

地点:方新生家。

开场:妻端面盆上。

妻:天都到这时候啦! 他怎么还不回来呢? 也不是争没争上模范?

(到门外去探望)

(唱第二曲)

眼看日头往西偏,家家烟筒都冒烟。

他到村上去开会,怎么这时还不回还?

妻:(略思一会儿)有啦! 我求求东院老李家小兰,到村上看看吧!

(向幕后喊)小兰,小兰在家靡呀?

(兰在幕后应声:"谁呀? 我在家哪!")

妻:我呀! 你过来一趟好不?

(内兰声:"有事怎么的?")

妻:有事,有事,你过来告诉你。

(兰在内说:"好,我这就来!")

妻:快来呀!

(兰上)

兰:有事说吧!

妻:我求你一件事,能行不?

兰:你说吧! 能办到的就行。

妻:你大哥今个争模范去啦,到这"前"还没回来,我想求你看看去,看他到底争上没有？你赶快跑回来告诉我一声，好不好？

兰：（看看她的手，又看看面盆，然后嚷起来）

　　啊！还是这么回事呀！我大哥争模范去啦！你就在家给他包饺
　　子吃。好！我告诉大哥一声去，教他先喜欢喜欢，好使劲争。

妻：死丫头，小点声，吵吵什么？

兰：（往外跑大声嚷）我偏吵吵！嗳！方大哥争模范去了，方大嫂在
　　家给方大哥做白面饺……咧！

妻：这死丫头！告诉你可得一准去呀！

兰：这不去还对啦？你放心吧！（下）

妻：（弄面自言自语）他若是争不上模范，不能给他饺子吃！

　　（金立志满面春光，怀戴大红花扭上，故意在门外咳嗽一声，妻
以为方回来了，忙停止工作）

金：（进门来）大哥回来靡有？

妻：哎呀！你也争上模范啦！大喜呀！你没看你大哥吗？他争得怎
　　么样？

金：别提他啦！白搭一天工，怎么去怎么回来的。

妻：他没争上？你俩差不多少啊！他怎么没争上呢？

金：还不是怨他自个呀！到会上就熊啦！一句话也不说。

妻：这个人哪！真窝囊死啦！去啦怎么不说话呢？你没叫他说吗？

金：怎么靡叫他说呀！我拉他好几回，叫他到前面去说条件，他就是
　　坐在那里不动地方！

妻：没有！要真饿的话，就将就点吃吧！

方：求你给我热热行不行？

金：对啦！大嫂你给大哥把饼子热一热吧！凉吃不行啊！

妻：给你热！还没柴火呢！你抱柴火去吧。别把衣裳弄埋汰了啊！

方:妈的！你算把我盯上啦！（偷向金做鬼脸,下）

金:大嫂你怎么得理不让人呢？他认错就行啦呗！

妻:这不是他找的呀！

（远处有锣鼓喇叭声,小兰忙上）

兰:大嫂,大嫂你快出来看吧！东街来一大群人哪！连吹带打的可热闹啦。（拉妻）快看看去吧！（兰向金使眼色）

金:啊！他们来啦！（忙用手摸怀上花,边跑边喊）大哥,大哥！（小兰笑）

妻:(怀疑的)小兰,这是怎么回事？他怎么"毛拉怔光"地跑啦！到底谁来啦？

（锣鼓大作,村主席、群众捧光荣旗等物,方戴大红花,金跟在后面同上）

金:嗳！大嫂大嫂出来接接吧！

（妻与兰出门见方戴花,一怔）

村:大家伙先把东西送屋去吧！

（大家往屋里拿东西互相夸耀光荣旗、奖品等物）（妻偷拉金立志到一旁）

妻:这是怎么回事？

金:(低声)那是我大哥的花呀！我不是模范。

兰:他俩早就把扣做好啦！诚心调理你哪,大哥才是真模范呢！

（金笑而不语,群众张罗挂光荣旗和奖状）

妻:(对金)你这死东西,真能装扮。今个打起来你看着才乐呢！等一会儿非得和你算账不可。

金:和我算账？哼！我大哥还得和你算账哪！

妻:他和我算什么账？

金：什么账？你为什么有饺子让他吃凉饼子？对不对小兰！

兰：对呀！对呀！

妻：当不上模范就不配吃！（方在屋里喊）

方：喂！你来呀！（妻与金、兰同进）

方：你去烧点水去，让大家伙坐一会儿，喝点水。

妻：是啦。

金：我去抱柴火！

村：不用烧水啦！我们坐一会就走，现在正是忙的时候。

方、妻：喝点水再走呗！忙什么？

众：不用麻烦啦！不喝呀。

村：你这回当上转变模范啦！以后可更应该加劲干啦；好好生产好
好帮助推动旁人进步，叫那还没转变好的懒汉子什么的，都跟你
学。将来你再到区上去争，到那时候可光荣啦！

众：对啦！在区里争上模范，那可更不简单啦！

方：大家伙放心好啦！我一定听大家的话，好好生产，好好推动旁
人，我坚决要当上全区的模范。

村：金立志，你看见没有？跟人家学吧！

金：好！我一定跟方大哥学，将来也要当上模范。

妻：共产党真能把懒汉变成模范哪！

全体：（唱第五曲）

　　　　懒汉！懒汉你来看，

　　　　这朵花儿多美观。

　　　　叶儿红，

　　　　味儿鲜；

　　　　像芍药，

像牡丹，

哎嗨哎嗨哟！

劳动英雄新状元咿呀嘿！

懒汉！懒汉你来看，

这朵花儿多美观。

多劳动，

别偷懒；

多捡粪，

别耍钱，

哎嗨哎嗨哟，

二流子变成英雄汉！

懒汉！懒汉你来看，

这朵花儿多美观。

快来争，

快来干；

别落后，

快争先，

哎嗨哎嗨哟！

当上个英雄全家喜欢！

（完）

东北书店辽宁分店 1949 年 5 月

姐妹比赛①

人物：刘桂英——二十岁，泼辣能干。

　　　刘桂兰——桂英妹，十七八岁，活泼爱打扮。

　　　刘老太——其母，五十余岁。

　　　赵生产委员——桂英未婚夫。

　　　于货郎——桂兰未婚夫。

时间：阴历五月初，播种后，至六月末，挂锄时。

地点：辽宁某村。

第一场

（五月初在某村街上——过场）

（幕启：于货郎挑着担子，手拿摇鼓上）

于：（喊）卖花祺布，黑斜纹，花布头子，还有香草油生发油，雪花膏！

---

　　① 本剧由赵玉秀执笔。

260

（快板）货郎担，担在肩，走一步，颠一颠，担子里的东西样样全，花布头、花花线、洋袜子、小手绢，一样就能卖几千。

（喊）卖布啦！

（快板）喊得响，走得欢；拨弄鼓，响连天，东街走西街串，喊出个人来把东西换。换苞米，换鸡蛋，现钱交易更好办，我的货色样样好，我的东西样样贱。

（白）我头好几年就倒动这个买卖，卖个布啦，手巾胰子啦，针头线脑的。反正人口也不多，就养活一个老妈，一天挣的够一天用。俺家就在前面那个村，离城也近，才三四里地，上城办个货也挺方便。在城里办完货就到眼目前这几个村子卖卖。我出来半天啦，再到前面去看看。（走了两步忽然停下）嗳！前头是俺老丈人家，到他家门口我得快点走，免得见了面怪不好意思的呢！（快走下）

（赵生产委员舞上）

赵：（唱一曲）

晴天高高刮南风，河开冰化阳气升，

清明一过忙种地，翻过了暄土播上种。

春雨下过出太阳，照耀遍地亮堂堂，

苗见阳光长得旺，芒种过去把地蹚。

今天耕种自己田，深深耕来细细铲，

精耕细作收成好，多打粮食吃饱饭。

我是咱村生产委员，更得起来带头干，

只要大家生产好，丰衣足食我心喜欢。

（白）今年老百姓的生产情绪可真高，鸡叫二遍这互助组就一块下地去啦。这地里活要轻，就搞副业生产，有的纺线，有的跑海，干什么的都有。我是咱村的生产委员,更得积极带头,大伙要有个生产好经验啦或是困难、顾虑什么的,我就得赶快给办办。这现在地里的苗都长那么高,快要喂头遍粪啦,合作社又来了一批硫安,预备喂粪时好用,我去问问大伙买不买,多买点硫安秋天好多打粮。(往前走)哎!前头是俺老丈人家,我先到他家动员动员。

(唱一曲)

人无粮吃没力量,马无外料不肥胖,

苗儿没粪长不强,地里没粪不打粮。(下)

第二场

(在刘家)

(刘桂英手拿一筐线穗舞上)

英:(唱二曲)

五月里来暖洋洋,解放区的生活过得强,

燕子在树上喳喳叫,庄稼人在山上把地蹚。

火红的太阳上了山,俺家分了好地一天半,

早起贪黑细侍弄,闲时还搞副业生产。

妈妈养鸡多下蛋,我和妹妹多纺线,

五月端午快来到,拿到集上去把钱换。

(白)俺家就三个人,干活可一个强起一个;地里活干完啦,咱就搞副业生产。一冬天俺三个人纺线织了两个布,还剩了这二十来个线穗。快过五月节啦,想把这些线穗,再加些个鸡蛋,到城去卖卖。(向内)桂兰!你快点把鸡蛋拿来呀,看天都快晌啦。

兰:你着什么急。(一边摆弄着衣服边上)

英:你看天都快晌啦,还不快点,你拿那筐鸡蛋查没查?有多少?

兰:查啦,一共是二十个鸡蛋,十五个鸭蛋,还有六个鹅蛋呢!

英:一共就这些?

兰:我留了十来个,留过节时好吃。我还挑了三个大鹅蛋,等五月节早晨咱三个一家一个大鹅蛋。

英:嗳!快走吧。

兰:(唱二曲)雪白的鸡蛋滴溜圆,我家小鸡养满院。

英:(接唱)满筐鸡蛋心高兴,拿到集上把钱换。

(合唱)雪白的鸡蛋滴溜圆,生产办法千千万,

只要咱们肯下力,生产发家真不难。

兰:(忽然想起)嗳!姐你说咱一个鸡蛋卖多少钱?

英:和上回一样吧,一个鸡蛋一千五。

兰:现在又涨啦,一个鸡蛋都得卖两千啦。咱这回也多卖俩钱,回来好多买点东西捎回来。

英:买什么?

兰:我想买块花布,再买盒粉。

英:买那些玩意干什么?脸擦不擦粉怎么的,省子那个钱吧!

兰:好过节啦,还不让人家买朵花,买盒粉呀?

英:你知道咱纺那么点线,赚那么几个鸡蛋不容易呀,有啦钱可不能乱花。

(外面传来摇鼓声)

兰:(听)嗳!来货郎啦,我这就买,没有钱我拿鸡蛋换。

(边喊边跑出门,下)

英:你别去啦你别去啦。(追下)

(兰上,于亦上)(货郎与兰相遇,二人都难为情,这时英上)

英:(见货郎是妹夫)妹夫,你来啦,快到屋坐。

于:(见桂兰自己也难为情地无话可说)你们忙什么?

英:没忙什么,她想买点东西。

兰:(难为情的)俺不买啦,俺不买啦!

英:(对兰)你看看人家都来啦,买就买点吧。

兰:俺不买。

于:你们要用什么就来挑吧,这也不是外人,(拿箱子)喜欢什么来拿吧。

英:我倒不用什么呀(对兰),你想买就挑点去,还封什么建,这从五岁就"葛"的(订的意思)娃娃亲,从小还住在一块捡粪拾草的,到现在大啦还会害臊啦,你看大妹夫多好,人家一点不封建。

于:(难为情)嗳!俺大娘上哪去啦?

英:在后屋,我去召唤去,(对兰)你快买吧(跑下喊妈)。

于:(含羞)你想着用什么?

兰:(吞吞吐吐)你!你都有什么?

于:你来看看,什么都有。

(兰刚想去看,英在后偷上笑,吓住兰)

兰:(害臊)你看大姐你吓死人家啦!

妈:(上,亲切的)你来啦,什么时候来的?

于:我刚来,你老忙什么啦?

妈:没忙什么,你进来坐坐(拉于),买卖还不离?

于:凑付事,你们要用什么就拿去使唤吧。

英:桂兰,你不要买粉吗?

兰:俺不买。

妈:要想买就买点,你看那个样,快过来,买什么我给你钱。买谁的不一样,买他的省子钱叫别人挣去。

于:还要什么钱,我的东西也不是外人的。

妈:那,那好,管谁的东西也是本钱来的。

英:桂兰,你跑那寻思什么,快点呀。

兰:去你的! 去。

　　(赵上)

兰:姐夫你来了。

赵:(对于)嗳! 你什么时候来的? 老于!

于:刚来不一会。

兰:姐夫来啦,大姐你这会不用说人家啦,你也(将姐拉到一边)别封
　　建哪! 你还是姑舅"葛"亲,从小就在一起拾草捡粪的,还有什么
　　磨不开的? 大姐,你快说话呀,说人家的时候小嘴巴巴的,这回
　　叫你说,你说呀,你说呀,你说呀!

英:说就说。

妈:你们俩到一块就闹,(对赵)你今天怎么有空来啦?

赵:我是来问问你们换硫安不? 合作社这回又来了一批硫安,你们
　　多换点吧,喂头遍粪时把它喂上,地要喂上硫安劲气可大呢。

妈:怎么个换法?

赵:和上一回一样,一斤换一斤。

英:(对妈)咱拿鸡蛋和线换行不?

妈:(对赵)那行不行?

赵:行啊,你们把鸡蛋和线合上价钱。

英:桂兰,咱那些鸡蛋和线,就不用上城卖啦,咱换硫安得了。

兰:那不行,咱就剩这么十啦斤线穗,若都换了,咱就不换点别的啦。

英:还有什么可换的?

兰：你忘了，我头先对你说的，花布、花线、粉，乱七八糟的有的是。

英：那些东西也不是正用的，有没有都可，咱还是换硫安种地要紧。

兰：也不能光顾地就不顾人啦。

英：也不是没有衣裳穿，过节还非做件新衣裳干什么？

兰：要不怎么叫过节？

于：你们过节要想用什么，我这有你拿去。使唤吧。

英：过节穿穿戴戴不算要紧，还是换硫安种地要紧哪。

　　（唱三曲）做买卖要有本，种地要下粪，

　　本钱多了利息大，种地不上粪是瞎胡混。

兰：过去咱穷日子难又难，穿的带的竟破乱，

　　如今穷人翻了身，穿穿戴戴理当然。

英：（接唱）咱们有吃又有穿，不白浪费一文钱，

　　庄稼人种地要合算，省吃俭用换硫安。

赵：（接唱）一斤硫安一斤粮，硫安下地有力量，

　　硫安好比一股气，吹得庄稼壮又壮。

兰：这些道理我了然，买粉不能误生产，

　　早起我纺了一会线，就挣下了买粉的钱。

英：（白）你说的净是……

妈：别争讲了，你们俩都有理，地不下粪不行，这买个粉买个花也不
　　算大花销。

于：自古就有这个规矩，到年到节都穿上件新衣裳，擦个粉带个花，
　　你们过节要想用什么你们就来拿吧。（边说边打箱子拿出布来）
　　这八尺"花胡绉"怎么样？这是双妹牌香粉。（把布粉都递到桂
　　英手里）现在咱也翻身啦，也有钱啦，咱不穿新的谁穿新的。

英：你说这话不对呀，咱翻身不是讲穿得新不新鲜，是看你有没有能

266

耐,生产好不好。

兰:我这也不能耽误干活呀。

英:你不买硫安喂地,庄稼长得就不好,这不就顶干活不好?

妈:别吵啦,要买点粉就买点,一个姑娘家打扮打扮不算什么!

英:穿得饱饱暖暖就行啦,要打扮那么好干什么? 有那个钱是不是
能买好几斤硫安,这些硫安下地是不是又多打不少粮!

兰:我比你会计划,我上鸡粪,猪粪也不比你少打粮。

英:我也一样上鸡粪猪粪,打粮更多了,你花那个钱打扮那么漂亮,
那不成大肚子鬼的姑娘啦?

于:这怎么说的,你们买,我不要钱哪!

兰:好,你骂我! 你说我是大肚子鬼,你骂我呀,(大喊)好,你骂我,
我非买不可! (从桂英手把布夺去,二人夺布,粉掉地上,妈来阻
止,不让吵)

英:我偏不让你买!

兰:偏买!

英:偏不让!

于:这不是把东西"踢蹬"啦吗? (对赵)你快去给拉一拉,别让吵了,
这怎么说的。

妈:(大声)别吵啦,别吵啦! 这真是"针尖对麦芒"尖一块去了! 谁
也不让服谁,这么大的姑娘还打仗。

英:这也不是打仗,咱这是讲道理嘛!

于:讲道理可别拿东西撒气!

妈:我看这么办,你们俩谁都纺线,自己都有钱,谁乐意买什么谁就
买什么。

赵:对! 你们俩把自己纺的线自己留着,乐意换什么就换什么,反正

咱一个人半天地，你们俩生产就比比赛，看看到底谁做得好，谁会计划。

于：这个办法我也同意，你们俩谁有能耐谁就使唤，到秋天看庄稼，谁庄稼好谁就有理。

妈：这可有一样，谁也不能把地撩荒啦，只比以前种得好，可不能比以前坏呀。

赵：对啦，生产比赛可不能存私心眼，比赛是让你们俩一个比一个干得好，她们要干好了还能推动别的妇女。

于：那就把东西分开吧，谁爱买什么谁买什么。

英：咱就把线分开，你六穗我六穗，（给兰）我换硫安，再加上粪庄稼保证能好。（对赵）我换三十斤硫安，等我把线秤好再拿去。

兰：（把布拿去）我换布。

英：咱说话可得算哪，谁可不许打赖。

兰：你不信咱找个保人来。

妈：我给当保人。

于、赵：我们俩也是。

妈：对，等到秋天的时候找一天好日子你们俩都来，看看到底谁好。（对兰、英）你们俩好好干着，谁要干好了，我把我箱子底那四块大洋定给谁，那还是我年轻时攒的小份子钱呢！我活了一辈子啦都没"割舍"花一块，这回谁得第一就给谁。

赵：看看谁第一！（唱一曲）

你们两个争第一，我送一只大公鸡，

公鸡一叫天放亮，庄户人家早下地。

于：我也送东西。（唱一曲）

我送这块大花布，花布能够做新衣，

你们两个好好干,谁要赢了谁拿去。

众:(合唱一曲)姐妹二人来比赛,比个谁高和谁低,

生产好比上战场,到秋看看谁胜利。

第三场

(六月末,在大道旁刘家地头)

(刘桂兰手拿喂硫安用的小铁桶上)

兰:(唱)三伏的热天变了凉,秋风吹来谷穗香,

铲蹚完毕快要挂锄,今年的庄稼真正强。

春天姐姐和我挑了战,看看谁的本领占在先,

她的庄稼比我好,我到现在要丢脸。

自己心里暗盘算,只怨地里少硫安,

现在急忙想办法,再把硫安喂上一遍。

(白)在铲地时候,我和俺姐姐挑了战,看谁的生产好,从比赛的那天起,到今儿,都有两个来月啦,人家苞米长得"一赤赤"的。我的庄稼比往前倒还能强点,可是比俺姐姐的可就差老啦,眼瞅就挂锄,挂完锄就好割山啦,我赶不上她多难看哪。今天俺妈和姐姐都去"起地豆"去啦,我抽这功夫把这亩苞米地再上点硫安,好让它快点长(埋怨自己),早知道我能落后,那时候怎么的我也得上点硫安哪!(作喂硫安动作)

(后台有吆吼牲口声及人声,生产委员上)

赵:你怎么现在才喂硫安哪!

兰:你上哪来姐夫?

赵:我开完会回家吃晌,你这是喂几遍地?

兰:两三遍呗!

赵：人家都挂锄啦，你才想喂粪，真是瞎子点灯，白费一支蜡。我看你趁早留着那硫安过年再使唤吧。真是，什么节气喂硫安都不懂。

兰：我懂啊，现在喂硫安还好使唤哪，管怎么喂也能比不喂强。

赵：强是强点，你早干什么来？早喂是不是比现在喂更强。

兰：早也喂啦！

赵：那怎么还喂？

兰：早我也不知道能赶不上她，现在这不看出来啦，我再喂点让它快点长。

赵：（忽然想起）噢！是这么回事，你赶不上人家啦，我说你怎么这么积极。

兰：不积极怎么办？管什么时候上，不落后就得。

赵：落后就落后呗，现在喂也不顶事啦，你忘啦，你那时说的，（学桂兰）我会计划，地里喂鸡粪、猪粪，保证秋天多打粮，现在怎么熊啦？那股劲哪去啦！

兰：去你的！

赵：你还不虚心。

兰：你怎么知我不虚心，你净胡说，你说吧，你说吧我不上啦！（把桶放下）人家干点活你来打搅，我去告诉俺姐姐去。

赵：你快回来上你的粪吧。

兰：不吗，我偏去，我偏去！（跑下）

赵：去你就去（随下又遇见货郎，忽然想起了一个办法），嗳！他又来啦，好！我熊熊他！（拿起桶子去喂硫安）

（于挑担子上）

于：老赵，你怎么现在还喂硫安？可太积极啦。你早干什么来，这都快好立秋你才想上粪。

赵：我早也没闲空，我们的地早侍弄好啦，这不是我的地呀。

于：谁的？

赵：老刘家的。

于：我看着也像老刘家的嘛！他们家地是在官道边上嘛！

赵：你净随之我溜，你也不是这村的人，怎么会知道啦。

于：他们家的地怎么这么"前"叫你给喂硫安，他们的人呢？

赵：你忘啦吗？春天"前"她们俩不是订计划比赛吗，你不也在那，这时候刘桂英的地赶不上她妹妹啦。

于：（抢说）哪块是刘桂兰的地？

赵：哪块你还不知道？你不是认识老刘家的地吗？

于：你想想我也不是庄稼人，又不是这个村子住，我怎么会知道啦。

赵：你看（向一边一指），这就是她的地，那面那块就是桂兰的，那长得多好哇，眼瞅子这她就输啦！

于：啊……输啦就叫你来给上硫安哪。

赵：那怎么办，她怕落后多丢脸。

于：我说老赵，这人家俩比赛你跟之使什么劲，难看就难看呗。（转快板）叫老赵，你太胡闹，不当模范就拉倒，何必现上轿来现包脚！

赵：（快板）叫老于，你不知底，你来看看这两块地，一块好来一块坏，谁要落后谁不急？

于：（快板）赵大哥，你别急，现上粪来不得利，你趁早松了这口气！（白）你别急（瞧不起的），我早算计刘桂英不能赢嘛！在春天她说那些话我看之就不太对，好坏不在买布那么几个钱上。

赵：谁让她那时硬"犟"，连你的话都不信。

于：硬"犟"还不怨你呀，你去叫人家买硫安，要不叫你去，她俩也不能想比赛。

赵：我去不买硫安，她们也不能买你的粉和布哇！落后该比赛什么事？越比赛干活越能好，要不庄稼长得这么好？比赛好，就是落后啦可就难看。

于：有比赛就有落后的，看这地多上了硫安也没强多少，你别看我不会种庄稼，我可懂点，你上多少硫安，活干不好白搭！

赵：白搭？硫安是庄稼的"救命丹"，没有硫安庄稼就长不好！

于："救命丹"怎么庄稼还长不好？这不怨你怨谁！桂英落后就怨你给"防"的！

赵：你净胡扯，她落后该我什么事（走到一角蹲下抽烟），我买硫安可不能说不对。

于：那你说怎么回事？

赵：你问我，我也不知道。

于：（见赵不高兴，自己心内很高兴）还能没有点道理啦（赵不语），你别窝火呀！

（唱一曲）

老于我心里好欢喜，喜的是桂兰有出息，

这庄稼长得一般齐，桂兰一定能得第一。

我得让她们早点比，比完了我要送点礼，

找出这块大花布，给她拿去做新衣。

左思右想暗合计，桂兰一定能得去，

不如我换块新绸布，让她喜上再加喜。

（白）对！反正模范是她的啦，我就换块大的给她，再不用等秋天比啦，早比完桂兰早得着东西。（把布放在箱子里，去找赵）

272

于:赵大哥,我看咱现在也没有什么事,让她俩现在就来比得啦,比
　　完啦就"利索"啦,反正现在庄稼也长起来啦,谁好谁坏都能看
　　清楚!

赵:行啦,什么时候比都行。

于:那就现在比得啦,我应许要送的那块布都带来啦,比完啦就给她
　　们(把布拿给赵看),你看这块布多好,谁要当模范谁就"斗"
　　(美)起来啦。

赵:(见布是换了块好的)你应许那块是这块吗?

于:怎么不是?

赵:我看怎么不像? 这块比你春天应许那块怎么好像大些,也比那
　　块新鲜。

于:你记错啦吧。

赵:我一点也没记错,它就不是这块布嘛!

于:(见赵问得很紧,即变了口气)不是这块吗?

赵:不是!

于:(想了一下)噢! 我想起来啦,你说那块是叫我卖啦。

赵:(疑问的)卖啦?

于:嗯,对啦,叫我卖啦(缓和的),拿这块不一样吗。咱赶快去找她
　　们来比吧! (把布放箱子里)

赵:真卖啦? 你一定拿这块啊!

于:嗯!

　　(妈刨地豆回来上)

妈:你两什么时候来的? 怎不到家站。

赵:你上哪来,姑姑!

妈:上菜地起"地豆"去啦,你两在这干什么?

于：俺俩来办春天那块事。

妈：春天什么事？

于：你忘啦，她俩不是生产比赛吗？现在这庄稼也长起来啦，让她俩现在就比得啦，省子秋天比还"挺"忙的，现在也没有大活，早比完啦，等秋天割山时，活干得更能好。

妈：行啊，怎么的都行，现在比也好，等一会她俩就能过来呀，她俩在后面捡一捡"拉"（剩下）下的地豆，一会就能过来，我看要比咱到家比得啦。

赵：就在这就行啊，姑姑！

于：就在这里"挺"好，比完啦我还有事。

　　（兰拉英上）

兰：快走，快走，俺姐夫在这呢！（见于缩回）

英：俺妹夫也在这（见于在，又拉兰），你倒快走哇！

于：你们俩来得正合适，就等你们俩来。

英：等俺俩干什么？

赵、于：有点事。

英：什么事？

妈：春天你们俩不是比赛生产吗？这回他们来让你们比一下。

英：还比什么，谁好谁坏还看不见！

兰：别比啦，比什么！

于：咱讲下啦就得做呀，人家开评模会讲条件，咱也得讲讲条件呀，快比吧，我把布都带来啦！

兰：咱不说！怪"寒碜"（害羞之意）的。

妈：要比就快点，比完啦今晌我杀个公鸡，你们都上俺家吃晌，谁说快点说吧！

274

赵：要说就快点吧！

兰：大姐说吧。（拉姐姐）

于：对，大姐先说！

英：（扭捏的）俺不会说！（唱二曲）

细细计算能当家，种地就得会计划，

计划周全不浪费，多换硫安利息大。

硫安下地地里肥，地肥就长好庄稼，

长出的苞米像棒槌，长出的谷穗像狗尾巴。

你们大家都看仔细，这块就是我的地，

我蹚三趟四不怕累，一滴汗换来一粒米。

于：（惊奇）这块怎么是你种的？不是那块吗？

妈：（指地）是这块呀，这地就在大道边上，谁走这谁都夸这块地。

于：（对赵）头先你不说是那块吗？

赵：先头我和你闹着玩，先头我说的是假的呀！

于：怎么是假的？你怎么熊我！（埋怨的）

赵：我先头说，你还当真的啦，我看把你乐得"够呛"！

于：（用话借口）谁当上模范我就替谁乐嘛！我现在也替大姐乐呀。

妈：对！当上模范就应该乐乐，兰子没当也别愁，下回再当。

兰：（羞滴滴）我不愁，谁怨咱那时不好好跟俺姐姐学。

（唱二曲）加紧生产加紧干，姐姐的话我记心间，

多耕多织换来钱，换粪换种换硫安。

加紧生产加紧干，勤俭节省计划周全，

生产互助来比赛，下回比赛我定当模范。

（白）下回咱俩还比赛，我定准赶上你。

英：桂兰说得对，生产不是这一回，咱这回落后下回再来，下回咱再

比赛一下。

兰：越比赛越爱干活,庄稼长得越好。

妈：下回我也跟你们比比赛。

赵：(笑)都比比。

妈：咱也比完啦,有嗑回家唠吧。

赵：还没给赏呢！ 老于你不是带来啦吗？ 快拿出来给吧。

于：我去拿去(找箱子里的那块小布,故意装找不着的),怎么没
有啦？

赵：(把那块大布给拿出)这不是嘛！

于：(抢说)不是,这不是。

赵：你头先不说就是这块吗？

于：(又找着那块小的)不是。(指小布)是这块,这不找着啦,春天我
应许给的就这块红布,带白花,(对赵)你不信问问她们！

妈：对,是这块呀。

赵：(对于)你这小子,你心眼太多啦！ (转快板)

大掌柜,你太滑稽,你就为了占便宜。

大掌柜,你太奇怪,你竟存些私心眼。

(白)我说你里外净找便宜！

于：怎么找便宜？

赵：你那点事,我早知道啦,你听我说桂兰能当模范,你就把那块小
布换啦,我问你你说卖啦,到这一看不是桂兰第一,你又想换过
来,你说是不是？

于：哪来哪来,刚才我拿"马虎"啦。

兰：(不耐烦)什么大小给谁不一样。

英：哪块不一样,我不用要布。

276

于：哪能哪能，我不在乎这一星半点的，给谁都一样，这块大的给俺大姐（给英），这块小的我也不能拿回去，就给你吧！（给兰）下回你们可得好好干，就"从"之我这布也得争上个生产模范哪。（对赵）你那个大公鸡呢？

赵：回去就给。

兰：姐夫可乐啦，你可别乐坏啦，你也得好好干争个模范，你看俺姐生产这么好，你赶不上人家可多难看，还是个生产委员呢。

赵：管保不叫他落后，在这次咱村评模范时，我就去争争。

妈：行啊，能争上个模范，那才算工作积极！

兰：我也同意你当模范。

妈：对！咱大伙都要当劳动模范，我也不落后，也叫他戴上模范花光荣光荣。

英：现在咱谁劳动谁就吃香，等冬天劳动模范还上县里开会呢！

于：你一定能上县里，大姐！

众：（笑）对！大伙都当模范，都戴光荣花。（唱五曲）

　　世上一百零八行，行行都能出状元。

　　庄稼人种地是大事，也要争上劳动模范。

　　自己耕种自己田，勤劳生动人称赞，

　　深耕细作收成好，只要人勤地不懒。

　　古树枝上开红花，妇女劳动把家发，

　　又能耕来又能织，模范大花胸前挂。

（完）

东北书店辽东总分店 1949 年 5 月

开　　荒

时间:一九四八年春耕时

地点:辽宁某村

人物:张树茂——三十岁(老实农民,较保守)

　　张妻——保守,贪便宜(张树茂之妻)

　　李老头——七十整(军属,身体健壮,对事明理)

　　孙德盛——四十余(狡猾阴险的地主)

　　生产委员——三十左右(积极能干的农民)

　　农民——甲、乙,二人

第一场

张树茂:(左手提粪筐右手拿粪叉,从右幕扭上)

　　　　(唱第一曲)

　　　　(一)雄鸡一叫东方红,红光照耀俺穷人,

　　　　　　　急忙爬起上街去,街上的人儿忙捡粪,

我也去把粪来捡,捡了两筐把家还。

(二)太阳一出东方亮,天下穷人笑盈盈,

家家户户忙又忙,整理农具把田种,

政府号召多开荒,我的心里想不通。

(粪筐放下立在台中央)

(白)屯里的生产委员这几天不闲之到我家来,叫我好好捡粪种地,还叫我开荒说谁开的就归谁有,三年不拿一粒公粮(停下走几步)。我不信能有这样事。可是,你说不信吧!他可开啦,信吧!又怕没有这样便宜事。(想一下)还是开对,开完了给咱那更好,不给也不能吃亏,反正共产党在这儿只要干活就不能吃亏,(肯定)对!开!要是开晚了都叫别人开啦那后悔也来不及了。走!拿镢头去(回转身拿镢头)。(内声:你拿镢头上哪去?)

张:开荒呗!

妻:(边出边说)你看你这个糊涂虫,你听着。

(唱第二曲)

深根细底你不知详,稀里糊涂你去开荒,

荒地开好归谁有?打出粮食归谁藏?

张:你知道什么?生产委员这样说的:

(唱第三曲)

生产委员告诉咱,生产开荒多打粮,

谁开荒来归谁有,三年不拿一粒粮。

妻:(白)你别上他的当呀!(接唱第三曲)

你别听他胡乱讲,要是这样谁不抢,

叫声傻瓜听我讲,还有些大事更不详。

张：有什么大事情我不知道？

妻：（接唱第三曲）

　　说是土地年年分，又说三年一小分，

　　到了五年一大分，这就是一件大事情。

张：你别听人家瞎说呀！

　　（接唱第二曲）

　　你别听它瞎议论，多开荒地没有差，

　　政府说的每句话，说到哪就做到哪。

　　（白）生产委员说，地就分这一次。

妻：你别听他瞎扯，他知道什么？

张：人家是生产委员，什么事人家还能不知道，还不如你？

妻：你看你那个傻样，你好好用你那个脑袋想想，能是这样吗？再说
　　来年分地，荒地打在好地一块分给咱那不是更吃亏啦！

张：要是这样，生产委员为什么开荒呢？

妻：他开啦！开了多少？

张：快到二亩啦。

妻：再还有谁开荒啦？

张：再没有了，听说前街老李头也想开，可是还没开。

妻：（松了一口气）哼！生产委员还不跟你一样，都是傻乎乎的，精细
　　的哪有开的，连生产计划都没定。

张：怎么？你又听见定生产计划还有什么说头？

妻：你过来，说按生产计划要粮，说多打多少就要多少。

张：（大意的）他妈的，我当是什么事情，我早就听说过啦！哎，谁知
　　道准不准？

妻：还说准不准，大伙都这样说那就准了呗！

张：不管准是不准的，老在家爬子不行，当真要像生产委员那样办，咱还不知道，荒地就没有了，那可真的吃了大亏啦！

妻：谁说叫你老在家爬猫啦！可不得时常上外边打听打听，现在的事，耳朵就得长点。

张：我到前街老李头家问问。

妻：忙什么，等会再去，把驴给我套上推点苞米。

张：自己连驴都套不上，真是好杀吃啦！（下）

妻：你能杀，就杀吧！（下）

（地主上，"快板"）

地：说"中央"，道"中央"，骂声"中央"你真不强，八路来了你就跑，丢下俺们没主张，这伙穷党反了天，又开斗争又算账，还要逼俺来种地，一天到晚受凄凉，眼看"中央"快完蛋，我的心里没指望，想不干活也不行，只好给他装个样，只好给他装个样。

（白）哎，也不敢在家坐子，小穷鬼叫什么儿童团，硬去查我说把地撂了就斗，唉！我到老张家借把镐头使使，（走几步）到了。老张家大兄弟在家吗？

张：（出）谁呀？

地：我呀！

张：（把门拉开严肃的）干什么？

地：你把镐头借给我使使。

张：你借镐头干什么？

地：想把我那块地刨刨。

张：镐头我也想使不行啊！你到别家去借吧！对啦！好好把地种上，把地好好侍弄侍弄。

地：就那么一回事吧！好坏种上去，反正是年年分。

张：谁说的是年年分？

地：可不是吗！还有说三年小分，五年大分，把地侍弄好了不知道下次分地（这时张妻上）叫谁得去啦！费那么大劲有什么用。

妻：什么事费劲没有用？

张：讲分地的事。

地：怎么还能不分呢！你想想今年有些荒地开出来，这些地不要打在好地一块分吗？

妻：（明白似的）对呀！要是谁开归谁有，那不是又成一个有地人家了么？当不了还得重分。

地：他嫂子，还有说谁开荒，头一年我可不知道拿多少粮，第二年可得拿三分之一，到三年就得拿三分之二，官粮一年就比一年多啦！到时拿不出粮大概是不行吧。

妻：（指张）你看看你还不信，大伙都这样说的，那就不能错了。

地：现在的事不能稀里糊涂地去做呀，不知道什么时候就吃亏了，他大嫂你说是不是？谁要有了就得往下平，这就是共产的目标。

张：（气伙）没有事你给我滚蛋，他妈越扯越远了。

地：（害怕似的）我……我这就走（将下）。

妻：说会再走吧！

地：有空再说吧！我去借镐头去（下）。

张：他妈你愿听就跟他去听吧！

妻：我跟他去干什么，你看你那个傻样，人家告诉你，你还不听。

张：我他妈的不听他那套瞎"白话"。

妻：不信你就去开吧！吃了亏累死也不多，我可不干。

张：去打听打听开荒到底是怎么一回事，像生产委员说的那样，就是累死我，多开些荒，我也愿干。

妻:（轻视的）你去打听吧！还能有那样好事,要是有我和你一样去干。

张:好！我到前街老李头那儿去问问！

妻:你不信就去问问,早点回来啊！（妻关门）

张:我不能死在外面就是啦。

（扭唱第一曲）

迈起步儿往前行,到了李家问分明,

李家老头年七十,事情根由看得清,

看清事情告诉大家,咱也跟着借个光。（下）

第二场

（李老头上）

李:（快板）我,李老头,今年活了七十整,从来没见过这事情,没有托地媒,好地到了家,没有花钱买,浮产也来啦！丝线袜子花花布,绸子大衫带马褂,穿在身上心里乐,乐得老头笑哈哈。

（白）自从共产党来了以后,想不到的新鲜事都做出来啦！今年又出一件新事,说谁开荒归谁有,给我闹得分不出东南西北,真是猜不透怎么回事,八路军来了以后,我的身体也觉得轻快多啦！也愿意干活,干得格外有劲就愿意开荒,可是不知道细底。唉呀！真急坏人啦！哎！我到大门口溜达看一看。（农民甲乙上）

（第一曲）

甲唱:春风一刮满天晴。

乙唱:遍地草木青又青。

甲唱:庄户人家忙种田。

乙唱：个个忙得不得闲。

甲唱：急急忙忙往前行。

乙唱：要对李老头说分明。

合唱：开荒是否归自己，到底几年不拿粮，深根细底问一番，知道详
　　　情加油干。

甲：（白）唉！伙家你看那不是老李头吗？

乙：（白）呵！是他呀！老李大爷你看什么？

李：（忙回头）呵！是你们俩。上哪去呀？

甲：就到你这来找你呀！

李：（惊）嗳！找我干什么？

甲：哈哈！没有什么事，闲子"唠扯""唠扯"。

乙：老大爷，来看看你老人家这几天又忙什么？

李：没干什么，走到屋里去坐会，你看你们真费心，快点，到屋去吧！

甲：不用呵！在外边一样，大爷你们的粪都拉出去了吗？

李：前天才拉完哪！活干得还是差呀！

乙：这些日子德福没来信吗？

李：这几天倒没来，在上年来信说前方想打仗啦！信上写的叫什么
　　冬……冬季反攻，是冬天反攻啦！我也记不清楚啦！反正是想
　　打仗啦！

乙：在前方都挺好的吧？

李：好呵！在信上写的，饿不着冻不着的还说比在家胖了。哈哈！
　　还告诉我不用挂心，哎，比在家好我就放心啦！

甲：俺大叔上哪去了？

李：到农会去了，说不上找他干什么。

甲：老李大爷你们没开荒吗？

李：哎，你提起开荒，心可想开可是还没开呢！

乙：怎么没开呢？

李：生产委员说谁开归谁有，这样便宜的事，我活了七十啦也没碰见
过呀。

甲：你说没有这样事吧？生产委员他可开啦！

乙：一天到晚为大伙累得不像个样子，抽空还去开荒真怪！

李：你说真怪吗？共产党做这些事情别说我活了七十，就是活了七
百七也没听过这些新鲜的事情。

甲：要是像大伙那样说，生产委员为什么开呢？他开得还不少啦！

李：（惊）他开了多少？

乙：好到二亩啦！

李：真急坏人啦，再不开还没有个屁的啦！

甲：所以俺着急才来找你问问到底是怎么一回事。寻思你能知道，
再说你什么事情也能知道个头尾的。

李：（忙说）啊！原来你们来打听我，哎呀！我要是真知道就告诉你
们啦！我不能护肚子就是了。

甲：对呀！老李大爷不是那种人哪！知道就是知道，管保能告诉咱
就是啦。

李：不知道，不能像他们胡乱讲呵！

甲：对啦！有些人不知道底，就瞎猜乱告诉别人。

李：胡说八道还能行啦，告诉错了我这不有过了么。我活了七十岁
也没骗过谁熊过谁，尤其现在穷人都翻身了，有一就说一，有二
就说二啊！不能乱七八糟胡说一顿呀！

甲、乙：对呀！

　　（生产委员，李大上）

生：你看（指李大）他们都在这儿，你们来了什么时候啦？

甲：刚来一会儿，生产委员你们上哪去？

生：没到哪去，噢！大叔你也在这儿！

李：（亲热的）你快过来坐坐，你看你累得真够呛啊！又到哪块地去啦？你一点也不闲着。

生：到后山坡那块地来，在道上遇着大兄弟啦！就便来看你老人家。

李大：生产委员真能干啊！开出二亩多荒啦。

李：哎呀！你怎么开出那么多的荒啦？

生：大叔这还算多么？别的村有开好几天了。

李：真的么？

生：这样好事谁还不多开呀。

（唱第一曲）

（一）叫声大叔听我说，政府号召多开荒，

　　　谁开荒来归谁有，三年不拿一粒粮，

　　　我听了心中真高兴，决心多开几亩田。

（二）回到家中把话言，全家听了好喜欢，

　　　起早贪黑不得闲，抽空我也加油干，

　　　要把荒山变成地，永远归咱自己管。

（白）大叔你说对不对，反正不用花钱买，多开一亩就多得一亩地，大叔你想想你活了七十岁还听过有这样事情么？

乙：大伙说，不一定怎么回事，说谁也摸不着底。

生：谁也摸不着底？上次到县里开会就告诉啦！可是我告诉大伙，大伙都不信，就愿意听他们瞎说。

甲：要是真这样我就开它半天。

乙：我也开它几亩。

生:我活了三十多没撒过一句谎,现在共产党说了就算,还说将来发地照呢,地呀!永久归自己有。

众:发地照啦!（甲乙跳起来）真的吗?

李:（乐的）快发吧!这回可放心啦!

生:可不是真的吗!你们又不信啦!

甲、乙:信哪!

李大:今天会上找我去,给我一封信是德福来的。

李:（惊喜）怎么!德福来信了?快告诉我信上说些什么?

李大:说他现在当上排长啦!

李:当上了部长啦?

众:哈哈哈!

生:是叫排长,不叫部长。

李:啊!是排长。这个耳朵一上了岁数就没有用了。

生:德福这个孩子真有出息,不到十几个月就当上排长啦!

乙:老李家茔地有了劲啊!

李:对啊!自从共产党来家了,咱们穷人的茔地也跟着翻身了,全都有劲啦!

众:哈哈!茔地也会翻身喽!哈哈!

李大:爹,还说叫家里好好种地多打粮食。说全家老少多开荒呀!

李:（惊喜）怎么叫咱们多开荒?信上怎么写的?

李大:说的跟生产委员都一样。说咱能开多少就开多少,开成了是永远归咱们所有啦!还说千万别忘了叫爷爷好好计划一下。

李:这不是真的么!（指儿）走!家去拿镐头给我开荒去。

（唱第三曲）

叫声老大快回家,快把镐头擦一擦,

擦好镐头忙上山,(李大,李合唱)决心多开几亩荒。

（李大入室）

李：你们说德福这孩子他还能熊我吗？

（李大持一把镐头出）

李：你糊涂死了,怎么就拿一把镐头怎不给我的拿来？快去拿去！

（李大不动）

生：大叔你那么大的岁数,还能开得动啊！还是歇歇吧！

李：怎么开不动,别看我老了可有劲,有道"人老骨头硬,干起活来真有劲"。你看看（伸出胳膊）。快回去拿一把来！（李大没法入室）连这样也撵不上你开得多啦！（李大出）快走。（二人跑下）

生：你们俩还上哪去？还想开荒吗？

甲、乙：怎么不开。

甲：还能都留给你呀！家去拿镐头去,哈哈。（跑下）

生：快走吧！咱俩省劲啦！不用家去了。

（将下,地主上）

地：生产委员你们都忙什么？上哪去呀？

生：开荒去,你上哪去？

地：我想借一把镐头,你们不管谁借一把给我使使。

乙：（哼）不借,自己还不够用啦！谁借给你,走,（向生）别耽误了开荒。（跑下）

生：你到别家先去借借,等晚上回来再说吧！（下）

地：他妈的,这些穷种,都动抢啦！一块荒地都红眼了争起来啦！等"中央军"来了看看你们给谁干的,他妈的。

张：（慌忙跑上把地主碰倒）你呀！你看老李头他们都上哪去啦？

地：谁知道他们往北跑去干什么？

张:往北跑了？不是去开荒啦？

地:不知道,哎,谁还能开荒!还有那个傻瓜开出来也不归自个的,
  费那个大劲干什么,再说好地不是都分够了吗?

  (后台声:我开这半天,好,我开这一块!

  李声:生产委员,我老头找这块怎么样?

  生:哈哈! 随便开,愿意开哪块就开哪块,快开吧!)

张:呵呀,都开完了,他们在那干什么,不是开荒吗? 鳖羔子你熊我。

  (举镐头打地主,地主躲开)

地:哎呀,我的爹,我真不知道。(急跑下)

张:他妈×的完了,没有了,这怎么办?(急走几步)这怎么办? 回
  家去。

  (唱第四曲)

  急忙转身往家跑,快把牌子预备好,

  牌子插在荒地上,占上荒地跑不了,

  这些事情怨自己,早不听说真糟糕,真糟糕。

  (白)到了,开门,开门。

妻:(跑上)谁呀那么急?

张:快开门! 都没有啦。

妻:什么东西没有啦?(开门)(不耐烦)

张:荒地呗,人家都去开啦,这一下子可完了。

妻:那你怎么才知道,真是黑傻子叫门,熊到家啦。

张:还说熊到家啦,就怨你,不信生产委员的话。

妻:你信你怎么不去开,老在家"摸成""摸成"的,家里有什么离不开
  的事。

张:我他妈离不开你,想去打听打听就不让出去,熊样,什么活都不

能干,连驴都套不上。

妻:那是套驴耽误的吗?

张:别说啦,赶快刻牌子去占吧。

妻:刻牌子还能来得及啊! 等你刻完了荒也没有啦。

张:那怎么办呢?(急想一下)就用劈柴也行,先钉上,完了再说,快
　　点去抱他一抱,我去拿镐头。(二人都下)

张:(拿两把镐头上)快点,那么慢,拉屎吃也赶不上趟。

妻:(抱劈柴上)还不得挑一挑,像这样粗的怎么能行啊。

张:快点走!(跑在前)

妻:(将出门)不行呀! 不行呀!

张:怎么不行,钉上就妥了吗。

妻:这上面没写名怎么办?

张:这可怎么办! 就这样先钉上再说,要等写完什么都没有了。快
　　走。(二人下)

第三场

(李、李大、生、甲、乙携镐头舞上)

(唱第五曲)

(一)刨一镐头翻一翻,深刨细翻土又暄,

　　　见着石头往外捡,捡净石头土美满。

　　　想要秋天多打粮,再用犁杖蹚几遍。

(二)绿绿黄黄大地上,开荒要比熟地强,

　　　种上杂粮长得好,种上大田长得壮,

　　　满仓粮食不愁吃,有吃有穿真喜欢。

生:哎呀! 咱们开啦不少啦,大大歇歇再干吧。

（众歇歇，李老头继续刨）

甲：老李大爷歇歇再干吧，别累坏啦。

李：累不坏呵。我的骨头干出来啦，有的是劲，干吧，刨一下是一下。

生：还是抽袋烟再干吧。

李大：歇会就歇会吧，忙什么。

生：你看你儿子都怕你累坏了，快过来坐坐吧。

李：好呵，抽袋烟再干，（看看地）这个地板真不错呀。

生：种上大豆那才愿意长啦。

甲：种什么都行，你说种地瓜不长？是种谷子不长？苞米高粱什么
　　都行。

李：下上粪好好侍弄侍弄什么都长，比好地还强啦。

生：大伙加油干多开一亩是一亩，不叫它剩下。

众：一点也不能叫它剩下就是啦。

（张声：快走，你听见没有）

张：（跑上满头是汗）大伙少开点吧，多下点粪不就有了吗！

李：多下粪就有啦，下粪是下粪，当然一点也不能叫它剩下。

妻：老李大爷你别那么不留情，大伙少开一点不就有了俺们的份
　　了吗。

生：哈哈，还有的是荒呵，就怕你没有那么大的能力，你能开多少就
　　开多少吧。

妻：（惊喜）呵！赶快，你看你那个傻气，站在那儿干什么？把镐头放
　　下钉橛子。

（张忙放下镐头四面看看，二人钉上）

李：你们两口子钉橛子干什么？

妻：占荒呗！你们都开啦还不让俺占。

甲：你看哪个占上了,谁不是开多少就是多少么!

生：不用占,能开多少就开多少。

甲：那不行呵,好占的话还有你们的份呵。

生：不用占,能开多少就有多少,再说你先占上不开,那别人想开也
　　开不成了,那不耽误开荒种地了吗?

众：那可不行。

李：哈哈,你们两口子真是蹲着茅房不拉屎,占着鸡窝不下蛋。

　　（张妻二人面赤红）

甲：真是属烧火棍子一头热,净想好事。

生：(对众)行啦,(对张妻)只要你们两口子下决心干活,日子管保能
　　过好起来。

张：(找话说)老李大爷你能干动吗? 又有儿子又有孙子也应该享享
　　福啦。

李：享福! 共产党来家不讲闲吃懒坐,再说我也能干动,你们大伙
　　看。(举镐头刨地)

　　(唱第五曲)

　　别看我老可能干,干得我老头心喜欢,

　　喜的是荒地开成了,咳! 我家又多几亩田,

　　地多全靠来劳动,劳动致富真光彩。

众：有劲,有劲。

生：我还忘告诉你们两口子,政府快要发地照啦。

妻：怎么! 地照?

张：地照! 哎,有了地照可就好了,(思索一回)这个鳖羔子差点叫他
　　骗着了。

众：叫谁骗着?

292

张:孙德盛这个狗养的,我想到老李大爷打听打听,开荒到底是怎么回事,可是他……

众:他怎么的啦?

张:他说开荒当不了年年分,还说按生产计划要粮。

妻:他还说谁有就得往下平,这就叫作共产目标。

李:这个驴肏的,还不老老实实地给我干活,真他妈找事。

张:生产委员你看这怎么办?

李:我看把他找来问问。

生:对,(指甲)他刚才借我镐头在东面刨地,你去把他找来。(甲即下)

众:来了,来了。(地主与甲同上)

张:你造谣,不叫大伙好好生产,你知道不?

地:我!我!没有,没说。

妻:你还说没说,今天早晨你到俺家说些什么?你还装不知道,幸亏这两个人还在,要不你更不承认了。

张:你说,你说没说?(举镐头要打)

地:(畏缩)我,我说了。

乙:我他妈也听说过,这些谣言大概都是你说的。

地:没有……没有,我没对你说过,我就对他俩说过。

乙:没有,那说怎么都一样,那都是你说的,(对生产委员)搁一块罚他。

生:我看这么的,现在咱们大家伙都没有工夫开他的会,我看罚他开六亩荒,给军人家属四亩给他二亩,大伙说怎么样?

张:我看这样便宜他啦,再罚他五个工给军属干活,大伙说怎样?

众:好,赞成,赞成。

甲：（对地主）这还是宽大呵，你知道不？

地：我知道，我知道。

李：你过来！（教训式的）以后你得好好种地，若是把地荒了大伙开你的会，斗你的争！听见没有？

地：是！是！

李：还有，以后你若再造谣言，放谣风，俺们就把你送到政府处罚你。

地：是是！（跑下）

（众一阵笑声）

李：我看咱们大伙歇歇不大累了，好干了。

众：对，好干了，去干哪。

生：咱们各人开各人的，谁能开多少就开多少。

众：（各人找地方）（"我开这块"，"我开那块"等等杂语声）

生：（对张妻）你们两口子这回加油干吧，这回荒地要是开成了，别人不会抢去就是了。

众：对，开！（乐起）

众：（唱第五曲）

　　大家开荒加油干哪，克服困难来生产哪，

　　决心完成生产计划，咳！保证秋收有余粮。

生：（接唱）我自己干好还不算，帮助别人在头前。

张：（接唱）（二）我帮助军属把活干哪，要比自己更耐烦。

李：（接唱）我家活来自己干，咳！不用代耕帮助咱。

甲：我下决心来刻苦，当上模范，全家都喜欢。

众：（合唱）大家千万别忘记，管理地主把活干。

众：（合唱）（三）男女老少一齐干哪，人人都要争模范，

　　你干我干大家干，咳！多流汗来吃饱饭，

穷人今后不受苦，快乐日子万万年，万万年。

（全剧终）

东北书店辽宁分店 1949 年 2 月

铺家底①

时间：一九四九年发地照后春耕前。

地点：辽宁省某农村。

人物：高勤发——三十四岁。（简称高）

高妻——三十岁。（简称妻）

老高头——六十岁。（简称老）

小生子——勤发子，十岁。（简称小）

生产委员——四十岁。（简称生）

第一场

（幕开，高愉快地舞上）

高：（唱第一曲）

太阳照样从东出，月亮还是十五圆，

————————

① 本剧由李敬信、杨允谦执笔。

草黄草绿都照旧,穷人日子大改变。

我家分了两天地,去年打粮九石七,

靠土生来靠土长,今年更得卖力气。

(白)咱在早是烂泥洼子里的人,如今翻了身,再在自己的地里干活,那股劲儿,简直就不用说啦。打心眼往外高兴!真是起五更爬半夜地干,也觉不出有一点儿乏来。这眼看就要种地啦,俗话说得好:"春天坐一阵,秋天饿一顿。"这句话真也不掺假啊!这两天我就忙叨往外送粪,往家拉泥,一天屁股老也不着家,就是牲口不给我叫劲儿,太软战啦。头些日子,我就托生产委员给我搭咕着买条牛,不知道怎么样啦。今天得去看看去,再跟爹合计一下。(向幕后喊)爹! 爹!

(老上场)

老:招呼你爹做什么?

高:(唱第二曲)

叫声爹爹听我言,互助组牲口力量软,

去年抢秋不赶趟,不如咱家把牛拴。

嗯嗳嗳嘿哟,不如咱家把牛拴。

老:噢! 你是想买条牛啊! 咱有个驴还不行吗?

高:(唱第二曲)

一根筷子难夹菜,一个巴掌拍不响,

咱们驴小力又薄,买条牛来帮帮忙。

嗯嗳嗳嘿哟,买条牛来帮帮忙。

老:那我倒明白啊! 可是你也不是个彪子,咱买牛上算吗?

高:怎不上算?

老：恁个小账你都算不开？咱自己拿粮，不得大伙使唤吗？

高：人家也不白使唤啊！

老：不白使唤？去年谁的牛，挣来家粮啦？

高：那不是拿人工顶了吗！若不还不得给人家粮啊！我看还是买一
　　条吧！管保吃不了亏，再说咱们有了地，也得往长远打算啊！

老：等日后，遇见相应的再说吧。

高：我头些日子，托生产委员给搭咕啦，大概不大离啦。

老：那你就去看看！有楂口时候，再来找我合计。

高：那也好，爹！你今个有空不好把驴牵着到炉上挂挂掌吗？那还
　　有咱们口铡刀呢！

老：铡刀！多咱买的？

高：正月间不是要买猪崽吗？也没有卖的，回来我就把那粮，定规一
　　口铡刀。

老：多少粮？

高：三斗！

老：买口也好，省着东借西借的麻烦，倒不如自己有一口，使唤方便
　　啊！那我就去啦！

高：好！（老下）

高：（看看天）天不早啦，我得到生产委员家看看去。（将欲下，妻手
　　拷小筐——内装鸡蛋数十枚，上）你上哪去？

妻：（唱第三曲）

　　芦花母鸡要抱窝，咱家蛋小又不多，

　　没有公鸡不好使，去到东屯换几个呀啊，

　　嗯嗳嗳嘿哟啊，去到东屯换几个呀啊。

　　（白）去年养活不几个鸡，今年老母鸡又爬窝啦，我想到东屯去换

几个新鲜的,好多抱几个鸡。遇事啊! 换个针头线脑的,也省着跟你(向高)张嘴。

高:你们老娘们就可以做那个营生!

妻:那可不! 我走啦。

高:不行! 我也要走呢。

妻:你上哪?

高:到西街去一趟。

妻:到西街? 到西街干吗?

高:横是有事儿。

妻:你到西街别人有耍钱的,可不许你"卖呆儿"!

高:还老有耍钱的吗! 那不是在正月间吗?

妻:正月间我若不去找你,你还许学会了呢!

高:(腻烦地)你趁早走吧! 到东屯看看谁卖猪崽,咱想抓一个养活着。

妻:买猪崽? 你正月间扛那三斗粮,不是说定购猪崽吗?

高:靡定购!

妻:靡定购,你把粮送哪去啦? (质问地)

高:左右是不能白送给人!

妻:不白给人哪去啦?

高:(生气)这么大个人,还能扔了吗?

妻:那可说不上!

高:(旁白)老娘们真粘牙,对! 我虎虎她!

妻:(见高不语)你到说哪去啦?

高:对你实说了吧。(唱第二曲)

那天想去买猪崽,赶上大伙正耍钱,

两手刺挠也去干,三斗苞米全输完。

嗯哎嗳嘿哟,三斗苞米全输完。

妻:(吃惊地)输啦?(又一想)你别虎我啦,你还不知道怎要的呢。

高:那还不好学。

妻:(疑惑地)你还能输那个怨钱?

高:说不上,有粮啦谁还不兴乐一下!

妻:(认真地)你说到是真的怎的?

高:(装正经地)那还是假的?

妻:(猛地一转身)好!你等我打听打听去!(急下)

高:她到真信啦。(瞅瞅天)又耽误这半天,得走啦。(向幕后喊)生
子啊!生子啊!(幕后应声)来家好好看门儿啊!(下)

第二场

时间:当日午后

地点:半路上

　(生产委员愉快地舞上)

生:(唱一曲)

春天太阳暖洋洋,眼看冰雪全化光,

杨柳发芽小草绿,庄稼人就要开头忙。

(白)年过啦,节也过啦,日子可又放长线喽!各家都忙着往地里
送粪,往家拉泥,我得挨家去看看春耕都准备怎么样啦。当稍带
到趟高勤发家,他头些日子托我给买条牛,正好今天遇见个楂
口,我得告诉告诉他去。(唱第三曲)

组织生产忙又忙,跑完东方跑西方,

高家托我买条牛,我到他家去一趟呀啊,

嗯嗳嗳嗨哟,我到他家去一趟呀啊。(舞下)

(高勤发手持粪筐舞上)

高:(唱第一曲)

春天到来阳气升,太阳照哪哪光明,

自从来了共产党,劳苦人家不受穷。

出门办事带粪筐,遇见宝贝往里装,

春天多捡一筐粪,秋天多打一升粮。(往侧幕瞅)

(白)啊!那边来那个人好像是生产委员似的。

(生产委员上场)

高:(抢上前)生产委员哪去啊?

生:我正想上你们那去呢!

高:这几天我怎么老也没看见你呢?

生:可不是怎的,一天竟瞎忙乎,东家看看西家瞅瞅的。

高:生产委员为大伙办事就是热心哪。

生:别说笑啦,说真格的,你不是要买牛吗?

高:是啊!我正想去问你呢!搭咕得怎样了?

生:有个八成,正好今天遇上个楂口。

高:那好!在哪呢?

生:在老张家院子里,咱去看看吧。

高:好!

(合唱第一曲)

急急忙忙往前行,老张家院子走一程,

要能买好那个牛,牲口结实车也硬。(二人舞下)

(老高头肩扛铡刀,牵驴,上)

老:(唱第四曲)

驴脖上铃儿响叮当，欢蹦乱跳跑得快呀，

挂好新掌不伤蹄，一共花了三升粮啊嗯嗳哟！

一口铡刀三斗粮，扛在肩上亮又亮，

刀快铡草细又细，牲口吃了肥又壮啊嗯嗳哟。

（高勤发上）

高：爹！爹！我想回家去找你呢！

老：（发现子）你哪去啦？

高：爹！咱不要买牛吗？正好今天生产委员给搭咕一个。

老：你看来靡？

高：看啦！四个牙，三尺七八的"个儿"，真是又滑堂又漂亮。

老：才三岁半啊！可正是有出息的时候呢。

高：谁说不是？那个小牛咱家养活着，可正相应呢！

老：要多少粮？

高：就是有点贵，要四石二斗粮。

老：真不贱啊！

高：前屯疙瘩王买那个牛花五石来粮呢，这个牛谁都说值。

老：行倒行，就恐怕粮不够吃啊！

高：（用手算）我算算。

老：算什么？去年打了九石七，公粮一石三，头年买盘磨七斗，从下
　　来吃到现在能有两石，这就四石了，你再买个牛，能够吃吗？

高：那个牛遇事三石九能买下来。

老：就算三石九，看看还剩多少？

高：（用手算）九石七去七石九，还剩一石八斗粮。

老：嗳呀！还缺那些粮呢！

高：咱家还有三千来斤地瓜呢,顶少能换三石粮。

老：不还得买粪精和猪崽吗?

高：买啊! 两包粪精得六斗粮,再抓一个三十来斤小猪得……

老：一斤是三升粮,得一石来粮,统共得一石六斗粮。

高：四石八去一石六还剩三石二斗粮。

老：(点头)嗯! 还能缺一个月的吃粮啊!

高：咱节省点不什么钱都出来啦。俗语说得好,"一年稀饭买条牛,
　　一年干饭卖条牛"啊。

老：那倒是真话啊! 你回去跟你媳妇合计合计,你们两口子要是愿
　　意,我是"不横河,也不挡道"。

高：(低头沉思不语)

老：我先回去。(下)

高：(自语地)好! 我再回去看看,能不能少点。(唱第一曲)

　　买条牛来有根底,拉车送粪有力气,

　　人和牲口两就劲,秋天才能多打粮食。(舞下)

第三场

(妻手捧小筐内盛鸡蛋数十枚,愉快地舞上)

妻：(唱第三曲)

　　东屯各家全走过,换来鸡蛋三十个,

　　欢欢喜喜回家去,收拾收拾好装窝。

　　嗯嗳哎嘿哟,收拾收拾好装窝呀啊。

　　(白)人家这个鸡蛋啊! 真是又新鲜又好,这要抱上窝,管保能出
　　窝好鸡崽子呢。(推门入)怎么谁都靡回来?(幕后鸡叫)鸡饿了
　　得喂喂去。(上囤前见苞米少了)哎呀! 粮怎么少这么些?(大

声地)生子啊！生子啊！这死崽子跑哪去了呢？（出门外望）生子啊！生子啊！（见没人回屋自语地）哪去了？

小：（欢蹦乱跳上）妈！妈！招呼我干吗？

妻：你上哪去啦？死崽子！

小：我在后山坡玩呢！

妻：（质问地）谁来咱家啦？粮都没有啦。

小：谁也没来呀！粮叫爹扛走啦。

妻：叫你爹扛走啦！他干么扛走啦？

小：不知道。

妻：什么时候扛走的？

小：我爷爷回来以后，爹回来就扛走啦。

妻：你爷爷上哪去啦？

小：说上张大叔家换豆种去啦。那不还扛一口铡刀回来！（手指幕旁铡刀）

妻：（沉思自语地）他扛粮干什么呢？（猛想起）噢！他不是耍钱去啦！（继想）我今天打听都说他没耍过钱啊！再说他从前也不会啊！对！我得找找他去。生子啊！好好看门，这把你再玩去，回来要你命！

小：妈！你上哪？

妻：找你爹去！你在家把门插上！

小：嗯！（插门，二人分头下）

（高勤发兴奋地上场）

高：（唱一曲）

买条牛来三石九，它是我的好帮手，

长得滑堂力气大，干起活来一定刷溜。

（白）这把牛也有了，今年可更该加把劲儿啦。去年村上给我评的那块地，说能打六石粮，地板可不怎样强，可是咱打了九石七，超过百分之六十，今年非叫它超过百分之百不可。（唱第二曲）

一天地底粪一百堆，再喂硫安大粪水，

铲三遍来蹚四遍，管保庄稼长得美。

嗯嗳哎嘿哟，管保庄稼长得美。

（白）这回庄稼院用的东西可差不离啦。喂！到家啦。怎么还关着门呢？（作拍门状）开门！开门！

（小生子上）

小：（开门）谁啊？

高：我啊！（进屋）

小：爹回来啦。

高：嗯，你大白天插门干什么？

小：妈叫插的，妈找你去啦。

高：她找我干什么？

小：妈看粮少啦，寻思丢了呢！

高：你没告诉她，教我扛走啦吗？

小：告诉啦。妈怕你要钱去。

高：你爷爷没回来吗？

小：回来啦。又换豆种去啦！

高：你玩去吧！（小下，高自语地）早晨和她开个玩笑，她到信实啦。

等她回来再逗逗她。（唱第二曲）

生子他妈真是傻，说句笑话当真啦。

从前我就不会耍钱，现在哪能把钱要。

嗯哎嗳嘿哟，现在哪能把钱要。

（妻生气地急上）

妻：哪都找到啦，也没见他影儿。（推门而入）

高：回来啦。

妻：（大声地）你把粮都捣登哪去啦？

高：往后老爷们的事儿少搭茬！

妻：有我一份我就搭茬！搭茬！

高：早晨不是对你说了嘛！正月耍钱输啦，现在寻思去捞一把，谁知道……

妻：谁知道怎啦？

高：谁知道又输了呗！

妻：（手一指）（唱第五曲）

骂一声，高勤发，你要下道，

你忘了，往常年，挨饿受穷，

到如今，翻了身，不想致富，

你你你，对起谁，摸摸良心。

（白）好！有了地你不想发家致富，还不学好，我到村上告你去！

（将欲下被高拦住）

高：哎！有什么了不起的事儿，还值得到村上去，告诉你吧！我和你开玩笑呢！（唱第二曲）

生子他妈听我言，方才那是瞎扯淡，

你不仔细想一想，咱村谁能还耍钱。

嗯哎嗳嘿哟，咱村谁能还耍钱。

妻：那么那三斗粮，和这些粮（指囤子）都哪去啦？

高：正月间本想去买猪崽，可是谁的也不卖，我回就在炉上，定下口铡刀，那不是（用手指幕侧）爹扛回来啦！这些粮今天买条牛。

妻:(惊愕地)买条牛？

　　(外边牛吼,老高头手牵牛,肩背口袋上)

高:(大声地)哎呀! 牛开啦。(说完随出门妻亦随出)(见老头牵牛)

高、媳:爹回来啦。

老:嗯! 这谁的牛跑咱这来啦。

高:这就是今天买的,回来叫我拴在驴圈里,谁知道绳子又开啦?

老:就这个牛啊! (用手抚牛背,牛吼)

高:啊! 就是它,爹! 你看怎样?

老:挺好! (自语地)牛是庄稼人种地的哑巴儿子,有了它,地可更该多打粮喽。

妻:(对高)你买牛,我问你,你为什么虎我? (责备地)

高:谁教你们老娘们一天磨磨叨叨的,本来爹叫我问问你,可是我回来你没来家,人家卖牛的,等着用粮,所以我就给量走啦,这是我的错还不行吗?

妻:(被高逗笑)

老:你们两口子都愿意吗?

高:(瞅瞅妻)(二人同时笑说)愿意!

妻:(瞅瞅高)(二人同时笑说)愿意!

老:(感叹地)真是古语说得好,"穷不扎根,富不结子"啊! 自从共产党来了以后,穷人的日子可就好起来了。现在大照也放下来啦。真是……地也有了根儿,心也有了底儿。

高:这回咱家底全有啦。小日子可就该像发面馒头似的起来啦。

妻:咱可不能忘了这些好处是谁给的啊!

高、老:(二人同时)对! 这全是共产党给咱们的!

老、高、妻:(一同舞唱主题歌,愉快、兴奋、有力地)

　　　　根深枝叶能茂盛,铺下家底望久长,

　　　　买了牲口置农具,生产发家步步强,

　　　　勤劳动,多打粮,辛苦是为自己忙,

　　　　咳号,咳号,咳号,咳号,咳号,

　　　　男女老少齐动手,家家饱暖喜洋洋,喜洋洋。(舞下)

　　　　　　　　　　　　　　　　　　　　　　　(全剧终)

　　　　　东北书店辽宁分店 1949 年 5 月

◇朱漪　沈贤

送公粮

人物：老刘——翻身的农民，三十多岁。

　　老赵——周家油坊农工联合会武装委员，翻身的农民，二十八

　　　　　岁，送粮大队长。

其他：灰马——老刘的马，较弱。

　　红马——老赵清算王屯长时得来的，好马，性烈。

（锣鼓开场）

（老刘赶着马，马驮两麻袋，袋上用红纸写"建国公粮"四个

大字）

刘：（愉快地唱）（绣纱灯调）

　　天气那晴和日光明，

　　这样的天实难寻，得！

　　翻身的人儿一身轻，

　　走在道上多精神，

　　走毛道那个一顺风，

走电道那个一展平，

一道走着送粮的人，

说说笑笑多消停。

得得依得一四呼嗨，

我送这公粮更是高兴。

（白）早先走道怕狼怕虎，怕胡子又怕警察，如今走道观山望景，

逍遥自在心里有多畅快，不由叫我想起早先：

（唱）我搬进屯来就把劳工当，

人人说我穷赶上，哈！

这回来了共产党，

我的喜事也成双，

添个儿子喜满堂，

多分好地整一垧，

众人给起名叫赶趟，

我说咱人旺财也旺，

代代依代依四呼嗨，

该叫那双喜不该叫赶趟。

（白）分地的头一天，我添了一个儿子，农会给这小疙也分了一垧

好地，众人给起名叫赶趟，唉！这名多不受听，我给起个名叫双

喜儿，意思就是"双喜临门"，这名多好！这回送公粮，我心里一

乐，我说我去送，表表咱对军队拥护的一片心。

（唱）早先出荷泪汪汪，

如今咱情愿送公粮，得！

为了赶早送公粮，

全屯男女都着忙，

天还没亮就上场，

月亮地里把场扬，

扬了一场又一场，

麦粒鼓溜做饭香，

代代依代依四呼嗨，

军队他吃了打胜仗。

（白）咱屯跟周家油坊比赛，看谁公粮送得好，送得早，我紧忙往快里赶一阵，早送到咱就当英雄。得儿，吆呀！（赶赶快走）

（老赵赶一匹好马，驮着公粮，得意地上）

赵：（唱绣灯笼调）

（一）赶上好马儿送呀送公粮，

　　腊梅呀依呀呀，

　　咱送麦子当公粮，

　　麦子粒粒肥又壮，

　　得儿腊梅呀依呀，

　　公粮送到西呀西街上。

（二）我的马儿走呀走得欢，

　　腊梅呀呀依呀，

　　道上行人定眼看，

　　叫我心里好自在，

　　得儿腊梅呀依呀，

　　吆上那几鞭咱当先。

（白）头前那匹马敢情也是送公粮的，待我抽上几鞭赶到他头里去。得！吆吆！

（赶马，马走很快）

刘：呀！这是谁家的马，这么威威烈烈的。

（赶马，愈急愈走不快，最后马卧下了。以鞭抽马，马仍不起）

赵：（赶上老刘）干啥去？

刘：噢！老赵，我送建国公粮，你也送公粮去？（边说边整马）

赵：嗯呐！

（赵帮刘把马背公粮取下，抽马起）

（见马背）吁！送这么多公粮，把马脊梁骨都压坏了！

刘：（骂马）真是天生的熊货！（回头见赵马）哎！你啥时候买了这么一匹好马？我咋没听说呢。

赵：（高兴地）不是买的，是清算我们屯王屯长算回来的。

刘：那个！哩！这匹马可真不大离儿！（打量牲口）

（唱）（绣纱灯调）

　　我把那个马儿来端详，

　　枣骝的马儿好长相，

　　白顶星儿白嘴盏，

　　白肚皮儿白蹄腕儿，

　　浑身皮毛像枣皮儿，

　　真明晶亮红悠悠儿，

　　五花笼头带响铃儿，

　　短短的尾巴宽胸脯儿，

　　代代依代依四呼嗨，

　　黄黄的眼珠多么有神儿。

（白）有了这么一匹好马，吃穿都靠上了，唉！我这匹马，原先比你的马还要硬棒，硬叫胡子给抢去了，后来民主联军把胡子打跑了，我就到民主联军那里认马。结果真的把马认回来了，这队伍

312

太好了……（回头不见，说话时马已跑开了）

赵：你看，那不是你的灰马？（赵把马用石头压住缰绳帮刘追马）

刘：可不就是它。

　　（两人追马，灰马见红马相亲，互相踢起来，两人追到，马跑，各追各的马，红马使性差点踢着赵，赵翻一筋斗，起来又追，马跳过沟，被赵拉住缰绳，而刘已将灰马抓住）

刘：嘿！你这小灰儿！叫你跑，你不跑，不叫你跑，你跑得呼呼的。

　　（打马，拴马，回头帮赵将马赶过沟来）

赵：（打马）它妈拉个巴子，这败家的玩意儿！

刘：（拦赵）好马性子就是烈。

　　（两人将公粮抬上马背，牵着走）

赵：咱一道儿走，唠唠嗑儿。

刘：对！老赵，这回送公粮，你们屯里怎么样？

赵：说是送给咱们自己军队吃的，没个不乐意的。

刘：那你呢？

赵：我是送公粮大队长，怎么样？（骄傲地）

刘：那我要考考你，试巴试巴你对送公粮的道，明白得彻底不彻底。

赵：不怕，没个问倒的。（唱绣灯笼调）

　　　贺司令下命令要把胡子都肃清，

　　　腊梅呀呀依呀呀，

　　　咱们战士同志们，

　　　爬冰卧雪不怕冷，

　　　活捉匪首谢文东，

　　　大小胡子都肃清，

　　　如今咱们多呀多消停。

（白）要没民主联军把胡子往死里打，我这身棉大氅早不姓赵了，

对不对？

刘：说对了一半儿，你听我说：（唱）

反动派蒋介石，

腊梅呀呀依呀呀嗬，

勾引美国他洋爸爸，

一心要来打内战，

不让咱们把身翻，

不让咱们把身翻，

民主联军为咱们：

打那个老蒋，

咱们日子才算平安。

（白）没有民主联军在头里打反动派，打蒋介石，咱们早当上二茬

亡国奴了。

赵：那可不！咱是"灶王爷上天，有一句说一句"，我说呀，共产党民

主联军把老阳儿带到咱穷人们头上来了。

刘：对嘛！你看共产党一出一桩的，正经给咱穷人出力！

赵：可不是嘛。（唱）

民主联军为的是老百姓，

腊梅呀呀依呀嗬，

他在战场把命拼；

咱在家里把地耕，

送上一点建国粮，

实实在在理应当，

没有军队不能把福享。

（白）咱们是新立灶火门，将就着点，有点吃穿就行了。第一要叫军队吃饱穿暖，为后打败了反动派，好日子还在后头呢！

刘：这话中听！（唱）

　　民主联军为的是老百姓，

　　腊梅呀呀依呀呀嗬，

　　他是咱穷人的救命星。

　　打仗粮草最要紧，

　　没有粮草打不赢。

　　咱们少吃不要紧，

　　先送公粮是大事情，

　　打走那反动派才能保太平。

　　（白）咱们是新立灶火门，发财的日子在后头呢。现在就是少吃点，咱也得先把公粮送上。

赵：说得倒对，谁知你这回送的公粮合格不合格呢？

刘：那没说的。（唱绣灯笼调）

　　麦子它是粮食的王，

　　咱把那麦子当公粮，听着，

　　红黄红黄的麦粒粒儿，

　　粒粒都是鼓溜溜儿，

　　像那蟑螂的蛋蛋儿，

　　拉下面像白雪花儿，

　　吃到嘴里滑溜溜儿，

　　得得依得依四呼嗨，

　　咱送的公粮比你强。

赵：咳。（唱同调）

咱送的公粮真可夸，

粒粒麦子肥又大，嗳！

麦秸齐来麦穗长，

不掺油麦不发芽，

拿在手里沉甸甸，

没有漂子和土拉卡，

拉下面粉像杠粉糖，

吃到嘴里甜又香，

得得依得依四呼嗨，

军队他吃了有力量。

刘：（唱）擀成那面条又细又长。

赵：（唱）削成那面片又薄又光，嘿！

刘：（唱）蒸上馒头白里透亮。

赵：（唱）煮饺子不成片儿汤。

刘：（唱）烙油饼来两面光。

赵：（唱）炸麻花来酥又香。

刘：（唱）你的没有我的好。

赵：（唱）我的要比你的强。

刘、赵：（合唱）得得依依四呼嗨，

　　　　反正我的比你强。

刘：反正我的比你强！

赵：反正我的比你强！

刘：我的比你强！

赵：我的比你强！

刘、赵：比你强，比你强……

刘:好了好了,我看这么着,咱自个儿说的不算好,送到西街叫人家
　　工作员评论评论,看到底谁的好!

赵:对! 叫工作员评论评论,看谁的好! 那咱快走!

　　(两人合唱)(绣灯笼调)

　　咱们二人送呀送公粮,

　　腊梅呀呀依呀啼,

　　送给军队吃得香,

　　吃饱了肚子打老蒋,

　　得儿腊梅呀依呀,

　　打倒那老蒋才能享安康。

　　(在锣鼓声中急下)

　　(注:牲口做戏,要做得"活",但不要喧宾夺主,使观众都去看牲
口,那会损害剧的内容。)

选自《翻身秧歌集》,东北书店 1948 年 6 月

◇合江鲁艺文工团创作小组

定大法

时间:平分土地期间。

地点:北满某屯。

人物:杨凤山——化形地主,四十五岁。

　　　杨韩氏——其妻,三十五岁。

　　　杨锁柱子——其子,十四岁。

　　　韩德银——富农,农会文书(先生),三十二岁。

　　　韩大宝——其子,十三岁(不上场)。

　　　王忠信——农会主任,破落地主,三十岁。

　　　李刘氏——贫农,五十岁。

　　　李玉——其子,二十一岁。

　　　李桂兰——其女,十八岁。

　　　吴臣忠——中农,四十八岁。

　　　吴小福——其子,十二岁。

　　　何区委——区干部,二十二岁。

318

张小成——雇农，二十二岁。

陈奎——雇农，二十五岁。

吴海峰——贫农，二十七岁

刘德鸿——贫农，三十一岁。

陈桂珍——贫农，二十四岁。

吴玉娥——贫农，十九岁。

其他——男女贫雇农群众数人。

其他——被斗地主数人。

第一场

（化形地主杨凤山上）

杨凤山：（以下简称杨）（惊慌失措地，唱）

共产党发下了土地法大纲，

要把有钱的一扫光，

愁得我头发昏脸发黄，

好比那催命鬼把我跟上。

头一茬斗争我使道眼，

土地瞒下了整整一方，

这一回要不拿出高招，

全家大小一定要遭殃。（进门）

（白）锁柱子他娘，快出来！

（杨韩氏上）

杨韩氏：（以下简称韩氏）你吵呼啥？有啥天塌的大事儿啊！

杨：唉！可糟心啦！穷棒子又闹腾着攻击粮户哪！

韩氏：咋的？早先那工作员不是讲说过吗：不动咱们这"小地主"，这不是国策吗?

杨:唉,共产党如今发下个啥"土地法大纲",这国策又改换啦! 这就叫"均产",这咱儿穷棒子见咱们"换常"吃香的喝辣的,又红了眼啦!

韩氏:(焦急地)天哪! 这是整的啥名堂呀!

杨:(唱)

这一回起的是大风大浪,

穷棒子闹翻身不比往常,

上有那共产党给他撑腰,

咱们要赶快地拿定主张。

(白)出了这么大的事儿,你兄弟怎么还不来呢? 你赶紧去招呼他来一趟吧。

韩氏:我这就去。

(刚出门,富农韩德银匆匆上)

韩德银:(以下简称韩)大姐呀!

韩氏:哎! 你可来啦,你姐夫正盼着叫我去找你哪! (进门)

韩:(自口袋里取出一张报纸)哎呀! 大事不好啦!

杨:(关门)你拿的是啥?

韩:这就是那"土地法大纲"的报呵! (递给杨)

杨:呵? 你快说说这上头写的啥?

韩:你们听着:(唱)

头一桩地主土地要均分,

穷棒子个个人都有一份。

杨、韩氏:咳! 咱们的土地也要完蛋啦!

韩:(唱)

往日里欠的债一笔勾销，

穷棒子一身轻自在逍遥。

杨、韩氏：呵？欠的债也不还？还讲啥理呀！

韩：（唱）

分土地全归那农民大会，

穷棒子掌大权耀武扬威。

杨、韩氏：天哪！共产党也共到咱们头上来啦！

韩：咳！这一回可要整个利索。共产党早就捏下这个点儿了，就像推磨似的，推个七八十来遭，还不是归那个磨眼。

韩氏：哎呀！锁柱子他爹呀，这可咋办哪！

韩：这没风的信儿可传得快啦！我听说前街老柳家，正颠兑着往外卖牲口卖粮食哪；后街金大元宝家也正在杀猪宰羊。这咱有点浮码的人家，不是吃就是藏，都毛啦，都怕穷棒子来给揭了锅呀！

韩氏：大兄弟呀，你在农民会办事，帮咱们藏放点浮码物件吧！

韩：唉！我是泥菩萨过江，自己都难保得住哪，还能帮助你们藏东西！

杨、韩氏：咋的？

韩：我虽然是种着二十来垧地，雇两个大劳金，个人也下地干活，这回也要跟你们一个样受难哪！（唱）

虽然我往日里没有共产，

如今晚是富农也要遭难。

杨、韩氏：（唱）

这才是树儿倒鸟儿全飞，

翻个的家雀窝啥都完蛋。

韩：我来这儿，一是送信，二是求姐夫你给我出个主谋呵！

杨:这事得跟王忠信一道合计,他是主任,在农民会里打腰,上回他

　　帮助我瞒哄过工作员,这回还得靠着他解救呀!

韩氏:咳! 他咋还不来呵!

　　(王忠信上)

王忠信:(以下简称王)(唱)

　　　　坐在那主任的牌位上边,

　　　　农民会大小事我说了算,

　　　　屯集里个个人都得听我喝,

　　　　拍拍屁股抖威风好不安然。

　　　　(推门进)

韩:哎! 王主任,正在唠扯你,你就来啦!

杨:你坐,你坐!

韩氏:王主任,你三趟五趟地帮咱的忙,如今晚咱们又遭了困难啦,

　　　还得你伸伸胳膊腕儿呀!

王:这是新下来的王法国策,这回可真邪乎呀!

韩氏:咳! 王主任哪! 我们咋就碰上这倒血霉的时节呀。

王:哎,你们有难处,我还能袖手旁观吗? (唱)

　　你们要提防着火烧眉毛。

众人:(唱)怎么整怎么干你出个道道。

王:(唱)

　　能埋的能藏的赶紧下手,

　　能宰的能杀的统统吃掉。

杨:(唱)粮食窖打开来喂猪喂牛。

韩:(唱)大匹布衣和被一把火烧。

王:(唱)金镏子装在那马肚子里。

322

杨:(旁唱)我还要暗地里设下毒招。

王:你们合计着赶紧办,到节骨眼上,我给你们使劲,别看那帮穷棒子这咱臭美,我要给县上去一封公事,他们都得直眼。

韩:我那匹马可咋倒腾啊?

杨:咳!那个活物件,顶好摆弄不过啦。你牵上一匹马找那穷家小户的人家,给你儿子说个媳妇,谁还有个不乐意的?

众人:好!好!这一招可绝啦,媳妇总不能给分去呀!

杨:为后世道变了,你还可以把她卖掉呀!

韩氏:我看就找南头老李家那姑娘吧,家里穷得溜光二净的,一说准妥。

韩:行!行!王主任这事得你去保媒呀!

王:这事包在我的身上。又没斗你,又没分你,本来你是富农成分嘛!

众人:对!对!

杨:这一回是在刀口上翻跟头,死活就看咱们使不使出劲来干?

众人:到这份儿上,还不使劲往前干?

杨:说干就干!你们赶紧回去整治吧。

韩、王:这就动手!(二人下)

杨:你把柜子里那包白粉面拿给锁柱子。

韩氏:干啥?

杨:叫他背着人,悄悄地把它撒到当街的井里,再到那穷棒子开会的地场,往水缸里、水瓢里撒上几把,毒死那一堆王八犊子!

韩氏:这叫旁人瞅着,不是送了孩子的命么?

杨:你明了啥?这种事,孩子们去干不碍眼,保险成功。

韩氏:天哪!咱杨家就这一棵苗,你还想拔掉他,怕你杨家不断子绝孙哪！

杨:(生气地)妈的×! 这还没有到上法场的时候呢,你就嚷、叫唤,
　　出丧啦? 死人啦! 你不要人家的命,人家可要你的命,快去!
　　快去!

韩氏:去! 去! 往鬼门关上去吧! 对,咱们死了也要那帮穷棒子给
　　　咱们垫背。

杨:哼! 我姓杨的干瞪着眼珠子,让他们来抢我的、夺我的,我不呲
　　呲牙?(扯碎手中的土地法大纲,丢在地下用脚踩,仇恨地)哼!
　　穷小子,你来吧!(唱)
　　杨凤山我心里恨骂连声,
　　穷棒子就是我眼中钉。
　　今天我低头随你摆弄,
　　到明天再看我要你命。

　　(匆匆奔下)

第二场

（李刘氏,李桂兰推磨回来）

李刘氏:(以下简称刘氏)(唱)
　　　　几圈磨,转得我,头迷眼黑,
　　　　腿发酸,腰又疼,强打精神把家回。

李桂兰:(以下简称兰)(唱)
　　　　年纪老,力气弱,头发斑白,
　　　　当牲口,去推磨,多么遭罪。
　　　　(白)妈呀! 到家啦。(兰扶母进)你歇着吧妈,我做饭去。

刘氏:你淘两碗苞米楂子,熬点粥喝啊。

（兰下,拿米袋又复回来）

兰:多下两碗米,连哥哥的份也做上吧?

刘氏:他开会还怕他捞不着饭吃?

兰:嗯哪。（下）

刘氏:老半天没捞着烟抽啦! 丫头啊! 你给我装袋烟。

兰:嗳!（内应拿烟袋上）

刘氏:饭做好啦,喊我啊!

兰:嗯哪!（下）

（王忠信上,背大枪）

王:（唱）

　　李家的大闺女,十七大八,

　　牛粪堆,冒出来,一朵鲜花。

　　韩德银,有的是,钱粮牛马,

　　怕斗争,他叫我,想个办法。

　　拿牲口,小户家,换个媳妇,

　　大主任,去保媒,手到稳拿。

　　（白）到了,老嫂子在家呀? 来串个门。

刘氏:哎哟,农会主任,咋有空到俺家来串门哩? 快坐吧,我儿不在
　　　家,去开会去啦。

王:你儿子不在家好,我是来找老嫂子你的呀!

刘氏:找我干啥呀? 俺家啥事我也不摸底呀!

王:前年你老头子死那会,你不是抬韩德银那儿十块大脑袋银子吗?
　　抬钱时候是我经手,自打解放这二三年韩家本利没提,眼下人家
　　要来啦! 你得给人家预备呀!

刘氏:我们娘们也常念叨这事,就是眼下还没有个指项。

王：你还在我农会主任面前哭穷，你们都翻啦身发啦财啦！谁不知道是咋的。

刘氏：翻身可比不翻身强点，不像从前那样揭不开锅盖啦！

王：怕明年短不了要添补两个月的野菜吧？

刘氏：可不，人家粮户家，胳膊肘比咱腰杆都粗！

王：家底子浅，靠斗争一星半点的不顶事，光有地没牲口还不是白搭。

刘氏：大粮户家地比咱们地多，人家种不完也不出租，就算没治。

王：没个可靠的人，谁家地还敢出租，这法子倒也好想，你家姑娘大啦，找个有钱的人家，日后也有个照应。

刘氏：世道变了，有钱的人家……

王：那怕啥，这斗争眼下就要停啦，穷人有地种啦，还斗什么？

刘氏：咱这要饭吃的人家，吃不上、穿不上的，谁和咱们结亲哪？

王：嘿！我眼下当着主任，在这一块也算个主，你说，我就对你家总算开过恩，满照应吧！

刘氏：那还用说！

王：你总信得过我吧？

刘氏：你就是咱这一屯的父母官，哪有信不着的呢！

王：信得着，我给你丫头保个媒好不好？

刘氏：不知道是谁家？

王：韩德银家的大宝。

刘氏：他呀……

王：你俩结成亲家，你欠他家的老账不用还，另外还给你一匹马，大礼、小礼，管保老啦！

刘氏：就是年纪不大相当……

326

王：（唱）

　　你俩结成儿女亲家，

　　彩礼送给一匹马，

　　老账勾销不用还，

　　闺女过门你发了家。

刘氏：（唱）小子太小闺女大。

王：（唱）女大过门就当家。

刘氏：（唱）

　　　穷家闺女富家嫌，过门吃他下眼饭！

王：（唱）

　　大主任给你保的媒，

　　小看你家他也不敢，

　　闺女过门享清福，

　　冬穿棉来夏穿单。

　　（白）说了半天，你倒乐意不乐意？

刘氏：叫你说的我也没有个主意，等我儿子回来，商量一下的吧。

王：聘姑娘的事，你当妈的还做不了主？

刘氏：那也得和闺女说一说呀。

王：我农会主任保媒，还有差错，你就别瞎寻思啦，差不离的我都不
　　张嘴，你赔得起姑娘，我还赔不起这张脸哩！

刘氏：眼下闺女都参加妇女会，还是说一声靠实啊。

王：我农会主任还管不了妇女会？你就别三心二意的啦，过这个村
　　就没这个店啦！

刘氏：劳主任再跑一趟，明个我回你个信。

王：我农会事情忙哩，我看你诚心给主任丢脸，好吧，你准备钱还账

327

吧,我不管啦。

刘氏:主任,你别急呀,就打算我李家答应啦,也得和姑娘说一声。

王:说一声,好,你快去吧!

刘氏:(转身下)唉!

　　(韩德银拿一匣上)

韩:(唱)

　　马匹、干货,捣腾不出去,

　　拿出来,换媳妇,找门亲戚。

　　穷小子,收彩礼,媳妇到手,

　　过两年,卖媳妇,再买牲口。

　　(白)王忠信! 王主任!

王:嗳! 你咋来啦?

韩:他们开会的都回来啦! 我得把东西捣腾出去呀,答应啦没有?

王:老太太答应啦,要不是我唬得老,没个成,你那小子真好运气!

韩:答应啦,就可以过礼,(送一匣)这里是一丈二尺压匣布,手镯、钳子都齐全,我回头就把猪赶来,你跟他说明白,世道不对,东西放家里耽险,小礼、大礼今天一齐过,回头就牵马来。

王:这不太急啦吗?

韩:没法子,人家开会的就回来啦,谁知道又要出啥章程?

王:好吧,你先回去,我一会就回去。(把匣子拿过来)老嫂子,快来吧!

刘氏:咋的,主任,俺家姑娘还没商量好呢!(看见东西)主任! 这是做啥呀?

王:韩德银说啦,世道不对,大小礼一齐过,麻溜过,麻溜娶。

刘氏:那可不能……

王：你放心,眼下共产党来啦,谁也不敢动压力派,有天大的事我主
　　任一手担待,农会我还忙着呢,老嫂子你快把东西收起来,回头
　　再唠吧。

刘氏：主任等一会儿,咱再商量商量吧,主任哪! 主任!

王：不啦! 不啦! 忙着呢! （下）

刘氏：这叫啥事,没保妥就过礼……东西可送不老少,收下礼啦,还
　　不知丫头乐意不? （拉兰出）丫头,刚才妈跟你说啦半天,你也
　　不吱个声,有话你倒说呀?

兰：（不理）

刘氏：不吱声,那你乐意啦?

兰：谁乐意你找谁去! （没好气的）

刘氏：我知道,你嫌他小,过几年不大啦!

兰：妈,你听你说的啥话呀? （唱）

　　　女儿实在不值钱,

　　　一块布买动你的心,

　　　一匹马你就将我卖,

　　　你叫女儿咋做人。

刘氏：（插白）你妈糊涂,收下礼送不回去啦! 孩子,认命吧! 我也是
　　为咱家日子过得兴旺!

兰：（唱）

　　　剜到筐里就当菜,

　　　你把女儿推下火坑,

　　　说死说活不答应,

　　　跟你老糊涂缠不清。

　　（白）妈,你该干啥干啥去吧,不用管我!

刘氏:看把孩子逼的,快别哭啦!怨妈糊涂!唉!当老人的看这样

也难过!

(李玉上)

李玉:(以下简称李)(唱)

区上要贫雇农前去开会,

分土地靠咱们讲得明白,

不管谁他想要在前挡路,

咱就要打断他的狗腿。

(白)妈,我回……妹妹,这是咋的啦?

兰:哥哥……(大哭下去)

李:(唱)这些东西是哪来的?

刘氏:(唱)韩家给咱结亲戚。

李:(唱)这件事情答应没?

刘氏:(唱)

麻溜过礼就要娶,彩礼送来马一匹!

李:妈的,他走到鬼门关,还要拉咱穷人做伴,你这老太太,老糊涂

啦?(唱)

他怕斗争挖浮产,

来换咱家穷闺女,

明装定亲暗遮盖,

临到斗争来溜须!

(白)我把东西送贫雇农会去!

刘氏:你干啥,疯啦?

李:去找穷哥们评评理。

刘氏:这是农会主任保的媒,你上哪说理去呀?

李:现下贫雇当家,他那个狗毛会长给大肚皮溜须,该他下台啦!

刘氏:看你混得像个人似的啦!啥事你都要管!

李:你给大肚皮结亲,把自己闺女给一个小崽,你叫大伙说,是你对?
　　是我对?

刘氏:这是咱们家的事,外人管不了,定规啦!

李:管不了穷哥们也要管管,定规,也得打把刀!

刘氏:你这臭小子放什么臭屁!

李:我叫我妹妹参加贫雇农团去,抓那个王八犊子去!(下)

刘氏:丫头啊!别信你哥哥的话!(追下)

　　(韩德银上)

　　(在幕内喊:"大宝,你在这儿看着猪,我不叫你回去,你不要动!"大宝内应:"嗯呐!")

韩:(偷偷看着)主任不在,我可不敢冒失进去啊!

　　(李玉和李桂兰拿扎枪上)

李:逮住小崽,你戳他一扎枪,给你出出气!

韩:不好,变卦了!(跑下)

李:你去问他!当的谁家主任,凭什么强娶人家的姑娘?

刘氏:一个闺女家家的怎么能说出口……

李:怕什么?谁都是他妈妈养的,闺女要害臊一辈子别想翻身!

　　(王忠信上)

王:老嫂子快来牵马,这匹大红马才好呢!

李:走!(抓住)

王:你疯啦?你活够啦?你想干什么?

李:我和你说理去!

王:你不配,快撒手,我送区上押起你来!

东北解放区文学大系

1945—1949年 DONGBEI JIEFANGQU WENXUE DAXI

李：你干啥！你凭什么强娶人家闺女？

王：你妈愿意，拿姑娘换人家牲口，管我什么事？

李：别动！动一动，给你一扎枪！

王：好！好！好说！好说！（同下）

第三场

（中农吴臣忠心绪不安地上）

吴臣忠：（以下简称吴）（唱）

墙上面贴了一张土地法，

满屯里好比滚水开了花。

东邻的老王悄悄卖了马，

西邻的老秦半夜把猪杀。

常言说中农贫农是一家，

为啥这次开会不叫我参加。

（白）上面传下来啥土地法大纲，屯子里就嚷嚷开啦，说是要均产，像我这样有点地，有两匹马的中农，不知劈不劈？我又不识字，谁知道那大纲上写些啥？依我看，八成是不大离，要不，早先农会开会趟趟拉不下我，为啥这次到区上去开会，像我这样户的一个也没叫参加呢？听说主任也没去，我找他访听访听，好托个底。（看见韩德银）那边那不是农会的文书吗？我就问问他吧。（韩德银匆匆跑上）

吴：韩先生，我有件事讨论讨论！

韩：啥事？你快说吧！我这还忙着呢！（吴拉韩迟疑）

吴：像我们这样的户分不分？

韩：分呐！这就叫作分了一茬又一茬，这回就要轮到你头上啦！

吴:早先不是说,像我这样不雇劳金,自食其力的中农不分吗?

韩:早先是早先,这一茬啊,你听我告诉你……(唱)

　　八路军,共产党,

　　发下来一张土地法大纲。

　　从东头到西头溜溜光,

　　两床被子分一床,

　　小鸡四个分一双。

　　家家户户难逃这一场,

　　劝你赶快打定好主张。

吴:唉呀! 那我可咋整呢?

韩:该吃的吃! 该喝的喝! 留着还不知是谁家的呢!

吴:我还有两口肥猪,一个老母猪,可咋整呵!

韩:把它杀了!

吴:把它杀了,为后如不分我,不是白瞎了吗?

韩:哎! 武大郎服毒,吃也是死,不吃也是死! 别三心二意的心思
　　啦! 如今的穷棒子就像没柴烧一样,先砍大树,再砍小树,砍完
　　小树就砍树丫枝,砍完树丫枝,就烧你这树叶啦!

　　(吴小福跑上)

吴小福:(以下简称福)爹爹,妈叫你:咱猪杀不杀?

吴:(沉思)先别杀,等我回去再说! (小福下)韩先生,你忙着吧! 我
　　回去啦。(吴下)

韩:我用马换媳妇的事,看起来是不行啦,我得另想个办法。对,有
　　了! 我回去跟我老婆商量商量,别等整到我头上来就晚啦! 先
　　下手为强,找点破乱献出来吧! (唱)

　　一条妙计安排好,

就说我脑筋开开了。

全部家底献出去，

暗地里留好献坏的。（下）

（全屯贫雇农兴奋舞上，一人领唱，众人合）（唱）

贫雇农大会开得好哇，

开呀么开得好，

土地法大纲订得妙哇，

订呀么订得妙，

地主阶级一扫光，

共产党给咱们来撑腰，

共产党给咱们来撑腰。

贫雇农当家掌大权呀！

掌呀么掌大权，

坏干部都要洗刷掉呀！

洗呀么洗刷掉。

挖尽浮产平分土地，

封建势力要彻底打倒，

封建势力要彻底打倒。

（李玉拉着王忠信上）

李：大伙快来呀！这条坏根叫我抓住啦！

众人：好哇！把"屯盖子"抓着啦，先把他枪卸下来……

王：（死命护住枪）我这枪是工作团发的，你们有啥权力卸我的枪！

你们有公事吗？

众人：卸下来！卸下来……（众抢夺下枪）

陈奎：（以下简称陈）天王老子发的也要卸下来！现在是贫雇农当

334

权,你那个"虎牌"吃不开啦!

张小成:(以下简称张)还有子弹!再搜搜他身上还有啥?

　　(众人七手八脚,把他枪和子弹卸下来)

王:(唱)这屯里农民会我是主任,

　　　你大伙为啥"砸"我的"孤丁"。

众人:(唱)挖掉你这一条大坏根,

　　　免得你再欺压咱们穷人!

王:(唱)翻身功臣我是头一名,

　　　我坏了你们的哪条章程?

陈桂珍:(以下简称珍)(唱)

　　　　你自封状元不嫌"可蠢"。

众人:(唱)贪污使坏数你最能!

吴玉娥:(以下简称娥)(唱)

　　　　为什么狐皮袄你一人分?

众人:(唱)斗争的好东西你一人独吞!

张:(唱)为什么你帮地主瞒成分?

众人:(唱)挡着穷人不让斗争!

陈:(唱)为什么地主地又近又好?

众人:(唱)咱们分地尽是黄土坑!

刘德鸿:(以下简称刘)(唱)

　　　　只害得咱们诉苦没有门!

众人:(唱)害得咱们只翻半拉身!

　　(白)扒下他的皮袄来,(众人齐下手)贪污的东西叫他吐出来。

刘:我问他,他那政策在哪疙瘩掌握着哪? 是不是在大肚皮手里,

　　说! 叫他说……

王：你们说那没根没影的话能吓住谁呀？就说我当这个主任吧！还
　　不是替民主国家吃劳金。说是这皮袄，那还不是你们大伙当初
　　拥护我的呀？告诉你们大伙！我到何区委那去一份公事，就能
　　把你们大伙都押起来！拿棒子打出你们青粪来！快把大枪、皮
　　袄还给我！咱们算罢了，要不……

众人：你跟谁虎洋气?!你还想要压力派?!这不是早先啦！咱们不
　　　是独头蒜啦！你想随便拔就拔！拿绳子来，先绑起来再说！

　　　（众人绑王忠信）

李：（上去打了他两嘴巴）王八犊子！

众人：打！打得好！打掉他的威风！

李：这家伙，刚才还到我家去保媒，想串弄着把我妹妹嫁给他妈的地
　　主富农呢！

　　　（吴玉娥、陈桂珍、群众同打，场上活动起来）

　　　（何区委上）

吴：何区委来啦！老何来啦！

众人：欢迎何区委，这坏根叫咱们绑起来啦！

王：哎呀！何区委，你来得正好……（唱）

　　　何区委你来的正相当，

　　　再不来我这主任就要"够呛"，

　　　他们没有上面的命令，

　　　随随便便就下我的枪！

何区委：（以下简称何）你有话向大家说，大家的意见就是公事！

众人：对呀！何区委讲得对呀！

何：现在的干部不论是新的、老的、关里的、屯里的、区里的、县里的，
　　谁不真心替咱们办事，帮咱们翻身，咱们贫雇农大会，就有权罢

免他，大伙说了算！

众人：对呀！这才对呢！罢免王忠信大坏蛋！

珍：他贪污果实、衣服、粮食不老少呢！

娥：上次分果实，他叫农会的文书拿这件皮袄说："咱们主任辛苦啦！欢迎他这件皮袄吧！合理不合理？"那时候谁敢说不合理呀？

珍：（插话）要说不合理，他下来就"制"你。

娥：叫这坏种直穿到而今！

张：文书还不是他派的，明明家里养活三匹马，雇两个劳金，还叫工夫，是个富农，他偏说是个中农，还说啥"团结中农，叫他当个文书吧"！

陈：杨凤山在四合顶子，有一方插花黑地，伪满那咱养活八匹马，两个花轱辘车，县里还开着个靰鞡铺，是个正庄大地主，大伙要斗，他硬说他是小地主，国家政策不让斗！

何：你们大家说，他为啥要帮着大肚皮、地主、富农瞒成分？对他个人有啥好处？

众人：他一定叫大肚皮收买啦！他跟大肚皮勾打连环，他不乐意咱们翻身。

何：他是不是个穷人呢？他为啥不乐意穷人翻身呢？咱们来查一查阶级，翻翻历史，好不好？

（群众鼓掌叫好）

王：哎呀！何区委，我哪能不乐意穷人翻身呢?！我也是个正庄雇农，扛大活扛了十几年哪……

吴海峰：（以下简称海）（挺身而出）你给谁家扛了十几年大活？

王：（恐慌）我……我……我不是给老柳家……

海："康德"九年以前你是个干啥的？

王：（更慌）我……

海：你还有啥说的？告诉你，这咱我不怕你啦！

何：怕啥！现在是咱们贫雇农掌大权！啥也不用怕！

众人：对！"㧑一㧑"他的老根，看看他是个啥成分，老吴你托底，就
　　　往外说……

海："康德"九年以前，他家在双城，他是个四十来垧地的地主，我还
　　在他家吃过劳金呢！后来他哥儿几个，抽大烟、打官司，把家底
　　糟蹋完了，才分家，搬到这屯来落的户！

众人："归齐"是个大肚皮的根！吴海峰，你咋不早说呢？

海：早先他对我说："不许你㧑我的底，你要露一字，我就打出你青
　　粪来。"

众人：这下子把根子刨出来了！查阶级查历史，就好像是照妖镜！
　　　啥坏蛋都能照出来……

众人：（唱）

　　　查历史，查阶级，

　　　查出一个大肚皮。

　　　破落地主要清洗！

　　　清洗这个坏东西。

王：（唱）

　　　各位叔叔大爷好兄弟，

　　　起枪抓人我也立过功。

　　　要不是我领头干起来，

　　　你们大伙还得受穷。

众人：要不是你挡着道，咱们这个身早翻过来啦！叫他坦白！彻底
　　　坦白！不坦白就揍他！

338

王：我坦白！我坦白！我早先也是个地主不假，因为我们哥几个抽
　　大烟、打官司把家底都糟完了。上次开会要斗争杨凤山，我跟韩
　　德银合计，把牲口东西都藏起来。拿马换老李家姑娘的事，也是
　　我干的。我坦白了，叔叔大爷，你们饶了我吧！

李：大伙说，他是个狗腿子，咋办他？

众人：先押起来，回头跟地主一块处理！

李：对！先把他押下去！咱们还要合计"麻溜"抓地主呢！

众人：对呵！先押下去！

　　（押王忠信下，韩德银手持账单上，场上人活动合计抓地主
的事）

海：哎！那不是韩德银来啦！

　　（韩刚要走被叫住）

韩：各位叔叔大爷大婶子都在啊！哟！何区委也来啦！

张：你来干啥？

李：来了正好，咱们正要找你去呢！

韩：哪能劳驾大家找我呢！我在农会里当文书，这脑瓜筋早就开了，
　　我家的"铺垫"比各位少许强点，我个人自愿往出献！

少数群众：欢迎！（鼓掌）

李：先别欢迎，先看他献些个啥？

韩：我这有个清单各位请看……（李玉等查看清单）（唱）

　　我早就认准了这革命战线，

　　我也是真心拥护解放宣言，

　　天天盼共产社会快快实现，

　　到今天我哪能不进步向前。

张：你献几垧地？

韩：八垧。

陈：你十九垧地，咋只献八垧？

李：献哪块地？

韩：东岗上……

刘：就东岗上那块尿炕地？你咋不献好地呢？

李：你献几匹马？

韩：一……一匹……两匹也中，给你清单上再添上一匹吧！

李：哪一匹？

韩：那匹黄马……

刘：那匹黄马不是早就"爬窝子"要死咧么？

珍：你屋里带的金锁子呢？那单上写上没有？

韩：那……那没写……早就没啦……

李：没写，都是破乱东西！我问问他！

众人：整哪儿去啦？

李：（唱）为什么你留多献得少？

众人：（唱）你跟咱们耍啥花招？

珍：（唱）为什么你留好献得坏？

众人：（唱）金子为啥不献出来？

娥：（唱）你嘴上挂梨又挂枣？

众人：（唱）糊弄咱穷人你办不到！

陈：（唱）牲口土地打烂平分！

众人：（唱）血汗金银还给咱们！（白）都让他拿出来！先把他绑
　　起来！

　　　（吴小福手抚肚子跑上，吴臣忠恐慌万状地踱上）

福：（满地乱滚）哎哟！哟！疼死我了……快救命呀……

340

众人：咋的啦？咋的啦？老吴头你小子怎么的啦？

吴：（唱）

　　我跟我小子井边打水，

　　他喝了井水就说嘴发苦，

　　一阵阵肚子疼好像中毒，

　　求大伙想法子帮助"扎古"。

众人：妈的×！这准是大肚皮、汉奸、特务整的，你看见谁去井沿上
　　　来着？

吴：我看见老杨家的锁柱子在井边站了一阵子。

众人：老杨家，那是咱屯的正庄地主，老杨头那个犊子最刁、最尖、最
　　　阴毒啦！他家那个小崽子，也不是个好玩意儿，一定是他使
　　　坏，放的毒，想毒死咱们穷人……

珍：快起来！我给你想法子"扎古"去！

　　（扶小福下）

吴：我……我……我有件事讨论讨论，像我这中农分不分？

李：谁说中农要分呀？你是不是听到了谣言？

海：中农和贫雇农是一家人，哪能分你呢！

众人：中农是不剥削人，是咱们的好朋友嘛！谁说要分你呀？

吴：（唱）

　　韩文书告诉我要共产，

　　从东头到西头溜溜光！

　　多一只小鸡也要斗争！

　　家家户户都得遭殃。

众人：（唱）

　　为什么你造谣胡乱讲？

为什么破坏土地法大纲？

如今咱们的眼睛都擦亮，

看穿你……你，你，你，呸呸呸，

你这个，你这个坏心肠，你这个坏心肠！

李：地主富农造谣，想叫贫雇农和中农一家人不和气。不行哪！咱

们得找一帮人先去抓地主，一帮人召集中农开会，联合中农参加

斗争。

众人：对呀！绑起他来！

韩：哎呀！叔叔大爷，我再也不敢造谣啦。

众人：先绑起来，韩德银这小子不是个好玩意儿，咱们快把全屯的地

主富农都押起来！

何：对呀！这屯以后就是咱们贫雇农说了算，咱们贫雇农当家，谁剥

削过咱们，咱们就可以斗争谁，地主的土地财产，都是咱们穷人

的！咱们要拿回来！大胆干，共产党，毛主席给咱们撑腰！

众人：好哇！拥护，欢迎！这下可对劲啦，这回可真翻了身啦！

李：吴海峰，你去召集中农开会，欢迎他们也参加斗争。走！咱们去

抓地主去！

众人：（唱）

贫雇农起来掌大权，

穷人头上露青天，

地主坏蛋一扫光，

穷哥们今天坐大堂。

众人：走哇！抓地主去！

（众人舞下）

第四场

（化形地主杨凤山的家）

（韩氏穿了很多的衣服，旁边放着一堆衣服和布块，拿这件比那件，想放下，又想穿上，有时想绑一块在腰上，有时又想撕掉，慌乱的）

韩氏：（唱）

听说要均产叫人心慌，

要分得我杨家溜溜光，

我杨家好东西吃穿不尽，

到如今叫我哪里藏。

气得我杨家杀猪宰羊，

气得我杨家乱剪衣裳，

好东西新衣裳件件难舍，

拿这件摸那件没有主张。

（白）穷棒子造反了，气得咱们把自己的马毒死、牛胀死，还要个人剪坏个人的衣裳。哎！穷棒子，你这辈子穷，下辈还穷，你永世千年不得好死。这件该穿上，是我花三块银圆买的，我不能叫他们拿走，（穿又穿不上）我把它剪碎。这块布要裁成衣裳才行，做不赶趟，裁总赶趟，裁成衣料，把它缝在身上，看他们咋整。（比大小铺好想裁）咦！剪子呢？（东翻西翻）剪子呢？唉！剪子又找不着了！唉！

（杨凤山匆匆上）

杨：（唱）

不好了，不好了，大事不好了，

王主任被人把枪卸掉；

锁柱子放毒未回转，

急得我心中油煎火烧！

（叫：开门！）

（韩氏在内应，忙拿衣物，作慌慌状）

韩氏：谁呀？

杨：唔……（韩氏开门，杨上）

韩氏：你可回来了！看见我的剪子没有？

杨：哎呀，我的祖奶奶，你咋瞎整这个臭玩意呢？没看看到啥时候？

还慢腾斯稳的。（命令的）烧去！烧去！抱到后院马棚里烧去！

烧他个干干净净，叫你们这帮穷王八犊子给我穿。

韩氏：好！我就去烧，烧好叫你们给我拿。

（吃力地抱着一大堆衣服等蹒跚地下去）

杨：哎！你先看看仓房里的牛吃得怎样？

韩氏：嗯哪！

杨：再看看马棚的马倒下没有？

韩氏：嗯哪！

杨：嗯哪！嗯哪！你倒是快点麻溜整完就利索啦。哎！还是我看马

去，你快烧去吧，磨磨蹭蹭的就不赶趟了！（韩氏下）

真他妈的糟心，（看外边）咋还不回来呢！（下）

（地主，杨凤山子，杨锁柱子，慌忙跑上）

杨锁柱子：（以下简称柱）（唱）

杨锁柱我心里跳，

急急忙忙往家跑，

听见背后有人叫，

要是叫人逮住，

可不好，可不好！

（敲门白）爹，妈！

（杨和韩氏先后上场）

杨：（开门）咋的啦？出了事啦？

韩氏：柱儿啦！咋才回来呀？

柱：爹，妈！（唱）

我怀揣着毒药出院套，

想到那会上下毒着，

破口大骂不让我进，

我拔腿转身往回蹽！

杨：咋的？你没放毒就蹽回来啦？

柱：（唱）

找到西头那口井，

我把毒药往里扔，

小户家家去打水，

这回定把他们坑！

杨：扔得好，扔得好，叫人看见没有？

柱：（唱）

我扔完毒药往回蹽，

听见背后有人叫，

叫我站住不要跑，

大约是叫人看见了。

杨：这话当真？没听错？

韩氏：（同时）咋的？叫人看见啦？哎呀！天哪！

柱：可不！我吓得也没敢回头看看是谁，就一气跑回来了，到这阵子，心还跳呢！

韩氏：那可咋整？我的天哪！这回可坑了我的柱儿啦！

杨：紧要关头，你吵啥呀！（向柱）过来，你赶快到你二婶子家逃命去吧，备不住等会他们来抓人哪。（唱）

快快出门快出村，

躲过灾难保命根。

家恨父仇要牢记，

报仇雪恨在儿身！

韩氏：来，柱儿，快给你爹磕头！

（柱跪下）

杨：来给过往神灵磕头，要他老人家保佑你逃出去，跑到"中央"那边去更好，跑不到那边，就想法子先眯起来，不管咋的，总是要活下去，为后得势回来杀他几个，有儿有孙杨家种，千年万年也要报这个仇！

韩氏：柱儿！记着没有？

柱：记住了！

杨：快起来，麻溜地从后门蹽吧！

（韩氏，抱柱儿哭）

杨：（催促）快走……

（韩氏抱柱忙跑下，一阵锣声）

（杨凤山在屋内急蹽来蹽去）

（韩氏上）

杨：东西烧完没有？牲口都倒下了没有呢？

韩氏：东西烧完了！牲口也都倒下了！真造孽，整得家败人散。（忽

346

想起）消消气吃点饭吧？饺子我都腾热了！

杨：命都豁出啦！还说吃饭呢！

韩氏：不吃，还不是给人家受用！

杨：受用？去把饺子倒在泔水桶里，把剩下的馅子掺牛粪！

韩氏：对！

　　（下，被杨唤回）

杨：我看现在我也待不了啦，我一个人走太孤单，我得和王小辫子、
　　刘大胡子一起走！去，把我那两棵枪和子弹拿来。

韩氏：嗯哪！（下）

　　（杨凤山气愤地，从衣袋里掏出手枪顶上子弹）

杨：穷小子啊！有你们就没有我，有我就没有你们。

　　（韩氏慌张抱两支枪和子弹，递给杨凤山，杨顶上子弹，韩氏忙
开门外看，从远处传来人声）

韩氏：不好了！快把枪藏起来吧！走不了啦！他们都来了！

　　（杨、韩氏慌忙把枪藏在炕洞里）（李玉、陈奎、吴海峰、男群甲
乙、女群甲乙持枪从后台喊上）

李：杨凤山！杨凤山！（李踢门入）哎！叫你，你咋不吱声呢？走，该
　　你的啦！（上前要绑）

杨：你们来啦！有啥事呵？

　　（一边说着，猛转身掏出枪就打，打伤陈奎右臂，李、吴按倒，下了
枪，绑起来，陈奎赶紧把棉衣解开脱下，从杨凤山身上拿下围巾
绑上胳膊）

陈：妈拉巴子！你好狠招啦！老封建，死顽固，暗藏枪，你敢开枪打
　　人。李玉，把枪给我毙了他！

群众：（拦住）让大伙整他去！

（吴海峰拉杨，边打边问，群甲乙翻东西）

群甲：李玉，去看他家人都藏哪去了？

（李玉、女群甲乙同下）

（群众甲乙各处搜枪，忽从炕洞发现枪，卸开看都顶上了子弹）

群乙：好哇！他把枪都藏在炕洞里了，到这时还想整治咱们哪！ 连
　　　子弹都顶了！

（陈奎、吴海峰边打边说）

陈、吴：我让你藏枪，我让你藏枪。（打）

李：（喊着走上）快来呀！把这个臭娘们抓着啦！

女群甲：你们看这娘们躺在猪圈里去啦！穿得像个老母猪似的！

海：小王八犊子哪去啦？

陈：你把他整到哪儿去啦？说！

（妇群甲乙问杨韩氏）

海：×你妈的，你整哪里去了？（打）

李：别打了，把他整着，叫大伙收拾他去。

（众推杨、韩氏走）

陈：走！叫大伙跟他算账去。

李：（唱）地主你手黑，心好毒，临死你还拉咱垫路。

群甲：是地主一个也不能留哇！地主放毒啦！

李：（唱）

　　快枪上上顶门子，

　　不要你命来你不服。

海：穷哥们加紧干哪！地主都开枪动打了！

群众：（齐唱）

　　祖祖辈辈成年忙，

养活了你们这群狼，

老狼你吃得红了眼，

母狼喂成个大肚囊。

今天咱要敲敲你牙，

胆大你包天把人伤，

揭你盖子掏你窝，

看你张牙舞爪再猖狂。

李：今天非整个干净利索不可，不是鱼死就是网破，贫雇农老乡们！

不管他是大地主、中地主、小地主，男的、女的、老的、少的，化了形的、分了家的、富农坏蛋，都给"划拉"出来，拉出来。

（群乙抓一个地主上）

群乙：（唱）

王小辫子你好"辣查"，

你待劳金不如牛马，

豆包生蛆你说长肉芽，

吃点酥油你说哼"算白瞎"。

（群众丙一老头牵着一地主从一边颤颤歪歪地上）

群丙：（唱）

耳聋眼花背又驼，

你享福来我受折磨，

该我扛活的老来红，

来！来！来！土地法面前说一说。

（李桂兰扭着韩德银上，李刘氏跟在一旁）

兰：走！你给我走！（拖韩上）

（唱）

知道了废债你不要钱，

差一点我妈妈受了骗！

你下水来还想把人攀，

心揣刀子你嘴上甜！

（群众齐打，场上活动）

张：（指着杨韩氏）大伙看看，这臭娘们还像个人样子不？

群众：扒下来！死不要脸的烂脏货！

　　　（群众一一牵地主上时，其他群众演员可退到观众身前，与观众融合起来，场中的演员应该把观众作为剧里的群众）

李、王：来，咱们把土地法大纲摆上！地主富农，都过来跪下！你们

　　　　睁眼瞧瞧土地法大纲。

　　　（一雇农手拿土地法大纲，站在高椅上，喇叭吹起来，地主发蒙了，耷拉着脑袋）

李：第一条，地主富农的土地全部拿出来，交给农民平分。

群众：（欢声雷动地唱）

　　　大树落叶总归根，总归根，

　　　土地还家归咱们。

李：第二条，地主富农的牲口、犁杖、粮食、浮产都交出来还给农民。

群众：好。（唱）

　　　穷人的血汗结的果，结的果！

　　　再不叫吸血鬼来抢夺！

李：第三条，农民欠地主富农的债，统统作废！

群众：（鼓掌欢呼）好！（唱）

　　　千年的阎王债一扫尽，一扫尽。

　　　穷人的日月万年春，穷人的日月万年春。

李:(高呼)地主富农的土地、牲口、浮产都交出来！大伙平分,交彻
　　底了,也分给他们一份,交不彻底一定要彻他的底!

群众:对呀! 对呀! 一定要彻他的底!

陈:杨凤山的威风还没倒哇! 他就没把穷人放在眼里! 他敢开枪打
　　人,他还把他小嘎放跑!

群众:叫他找回来,跟他要人!

　　(听见吴臣忠的声音在外面嚷嚷:"你跑,你跑,小王八犊子,你
往哪跑!")

　　(有的群众叫:"抓回来了,抓回来了!")

　　(吴臣忠、吴小福和一帮中农抓着杨锁柱子上)

吴:你这小王八犊子,你心是怎么长的? 西边井里的毒,就是他放
　　的! 我揍死你……

韩氏:可了不得!

杨:你们说话可得讲良心哪! 你们看见他为什么当时不把他抓
　　住呢?

群众:你还有良心?

　　(吴臣忠打杨两个耳光)

吴:你还他妈的有良心?

群众:谁看见来着?

福:叔叔大爷我看着了! (唱)

　　　叔叔大爷听我说,

　　　差点我的命难活!

　　　我和爹爹去打水,

　　　他在井边偷偷摸摸。

　　　谁知他在井里放了毒,

想害咱全屯太可恶。

吴：方才我们开完了中农会，出来看见这小坏种出围子往西走，叫咱们抓回来了！

张：（指着杨锁柱子）你真他妈的马粪堆上长的狗尿苔，不是好蘑菇！

吴：这一下可托底了！

其他中农：我早就说中农和贫雇农是亲哥儿们嘛！地主是咱们的死对头！

杨：得了，咱们通明了说，毒药是我放的，没他的事。

群丁：（威吓地）你想给他脱清净？他们这爷俩不用着急，叫你们一路去！

韩氏：哎呀，我的天，可坑了咱的锁柱子了！

（在地上打滚）

群众：你放刁，臭娘们，烂脏货，放老实点！（激怒的）叫杨凤山坦白，不坦白就揍你。

杨：我坦白，那个毒是我放的，牛马是我整治死的，枪是我顶的子弹，好衣裳是我让烧的，这些事都是我干的，你们大伙看着办吧！

群甲：我看地主太坏，一不加小心，不定会出什么事，这小犊子放毒药，还不是大地主的支使，想害咱们穷哥们！我看得"滤捏""滤捏"几个条件，好好管住他！把这小犊子弄在一边教育教育。

张：给地主订上大法……

群丁：叫他戴上个"袖标"，做上"地主"两个字，大老远谁都能看见，都加他的小心！

李：对不对呀？

群众：再妙也没有了，就戴上，现做也赶趟！

352

娥等:来了,来了!(拿袖标上)

　　(一些农民纷纷给地主戴上,场面上可活动起来)

李:(唱)

　　地主这名字臭难当,

　　穷人见了你恨断肠,

　　这仇恨永世不能忘,

　　豺狼们袖标快戴上。

福:(拿着一块写"被斗地主"的牌子上,对一个地主)来,戴上这个
　　好,一走一悠荡!

群戊:第一不许地主、富农、坏蛋有自由!

群丙:不准他串门溜达!

海:不准他们会客,会客要报告贫雇农大会!

张:不准写信,写信要交贫雇农大会检查!

李:赞成不赞成?

大伙:赞成!

群众:(乱吵吵的)这回可把王八犊子的嘴也封上了,手也绑上了,腿
　　也捆上了,就给他留着个鼻子眼,好喘喘气。

群甲:这几条真好,咱们把它记下来。

海:我去写去。(下)

陈:不准地主有权利!

张:权利,他想得倒好!

刘:叫他们给咱们干活,给军属打柴! 担水、修桥、补路。

群众:对,过去咱们修,这回轮到他们了!

兰:(和吴玉娥)不让他们挑水,挑水怕下毒药,什么都得加二,叫他
　　加两份还给咱们!

群众：对呀！要不然他不知道苦哇！

李：还有啥？大伙再"滤捏""滤捏"！

群甲：杨凤山怎么处理？

吴：他那小嘎怎么办？

群众：枪毙！小嘎判徒刑！

李：明天咱组织个人民法庭，咱贫雇农坐大堂，公审了再枪毙！

群众：对！赞成！

李：现在咱贫雇农当家，咱们说了算，大伙说，早先旧农会主任不好，咱撤他的职！（好！）农会不好，咱把它解散！（好！）以后咱们贫雇农、中农紧紧抱起团来！（好！）

群众：这一下才真翻身了！穷人坐天下了！先把他们押起来明天处理。

（群众齐唱）

咱们要挖断封建的根，

挖掉封建的根，

咱们要打掉地主的牙，

打掉地主的牙，

穷哥们心里开了一朵大红花，

穷哥们心里开了一朵大红花。

树上结了胜利的果呀！

胜呀么胜利果！

蔓上结了翻身的瓜呀！

翻呀么翻身的瓜！

受苦人骨肉团圆土地回了家，

受苦人骨肉团圆土地回了家，

贫雇当家当呀么当了家,

贫雇当家当呀么当了家,

永世千年来把富根扎,

万里的江山咱们坐天下,

万里的江山咱们坐天下!

（全剧终）

一九四七年三月二日于佳木斯

选自《王家大院》，东北书店 1948 年 4 月初版

◇牟平　周旋

一笔血债

人物：田纸人——六十余岁。老实怕事的老佃户。

田妈妈——其妻，五十余岁。有病。

来子——其子，二三十岁。力大粗壮，勇敢。

凤孩——其女，十八岁。

刘二麻子——三十余岁。粗壮，佃户。

王五——同。

高七——同。急性，直爽。

黄维年——佃户。

其他佃户群众。

三爷——封建地主，"活阎王"。

七姨太太。

何掌柜的。

大天——三十余岁。狗腿子，色鬼。

老吴——四十多岁。地主佣人，被压迫者。

其他地主家丁五六名。

第一幕

布景：看林的佃户；在树林边上，孤孤的一个小草屋；舞台的后中央，
　　　屋的左侧一条长而远的小路，两边长着树丛，右侧有石碑一
　　　座。靠着小屋，还有一个草棚，喂驴的。

幕启：田来子坐在草棚边搓绳子，凤孩拿草在草棚里喂驴。

凤：（转脸向来子）哥哥，妈妈叫你到三爷家去借点粮食，好办下
　　午饭。

来：我不去借，上回我去，叫他的二太太活活地骂了一顿。一点粮食
　　也没借着，我不去挨骂了。

凤：你不去算啦。（一下子把头扭过去喂驴）下午饭，就没有吃的。

来：没有吃的就不吃。

凤：（突转向他有点气）不吃，你不吃行，我不吃（要哭）也不要紧。
　　（难过地说）咱妈妈病在床上，也不吃（哭起来）……

来：（站起来）哎！你哭什么？又哭起来了。

　　（后台妈妈的呼声：咳……来子呀，你又和你妹妹吵什么啦？
咳喽……）

来：（突转头又转回来）妈妈，没有什么。

　　（后台又有呻吟声）

来：你去看看妈妈，就把那管子给我拿来。

　　（妹妹走下，来子拾起绳子）

来：咳，穷人家怎么活下去啊，天天挨饿受冻的，唉！

　　（大天带着老吴大摇大摆地上来）

来:（站起来恭敬而小心）噢,大叔来啦?

天:嗯,来了,（慢）俺大嫂的病怎么啦?

来:好些了。比前天能吃饭啦。

天:能吃饭啦。她都是吃什么饭啦?

来:大叔,（诉苦地说）你想想俺还能吃什么饭,还不是树皮地瓜秧。前两天还有点粗粮,今天粗粮也没有啦,下午就没有得吃。

天:我说,来子,你怎么不早告诉我呢? 你是知道我的,你大叔我向来都是好帮助咱穷苦兄弟爷儿们的。

来:是的,大叔帮助俺是很好。

天:我来就是看看大嫂的病的。

来:谢谢大叔。

天:没有什么……（从腰里拿出十块钱）给你拿去,这十块钱买点好吃的东西,给你妈妈吃。

来:大叔,怎么能要你的钱?

天:这怕什么? 你拿去吧。粮食的事情,你可以到三爷家里去借,你先拿着这钱,（来不收）拿去。

来:（看看他）大叔,怎能要你的钱?（接钱）

天:这算什么? 可是,老吴,你把这驴拉去好磨面,（吴拉驴）哎,这驴喂得可不好呀,瘦成这个样子,我说来子,叫三爷知道了可不成呀。

来:大叔,实不瞒你,咱人都没得吃,可是牲口一点也不敢亏它的,方才妹妹还喂了它的。

天:噢,你不提起你妹妹我倒忘了,哎,凤孩这孩子太可怜了。（拿出红花裤褂一身）到现在还没有个棉裤穿,你把这两件衣裳拿去改改给凤孩穿。

358

来:大叔,俺穷人怎么能敢穿这衣裳?

天:我说来子你怎么不明白? 咱穷人没穿的,咱不是不想穿,这有了,咱们为什么不穿呢? 快拿回去罢。(给他)

来:(拒绝)大叔,钱我收下,可是这衣服,我不能要。

天:来子,我为了弄这件衣裳,可费了很大的事。这衣裳……哎……别管它是怎么啦,你拿到屋里去吧。

　　[后台:哎,(大声)驴跑了……逮住,逮住!]

天:快快! 来人啦。

来:大叔。

天:(把衣服送到来子怀里)快拿回去吧!(回头要走)我走啦。

来:(赶上一步)咱一块吧,我去借粮食。

天:我先去和三爷说一声,你来就是啦。(下)

来:(大声)你可和三爷多说好话呀。

天:是呀。

来:(拿起衣服看看,说着进屋)大天小流氓可不知在哪里弄的衣服?

　　(后台大天声:“怎么能叫驴子跑了呢? 他妈的真不能办事!”吴声:“缰绳断啦!”刘二麻子上)

刘:来子! 来子在家吗?

来:(出)噢,二麻子。

刘:大娘的病怎样,好了吗?

来:好些了。

刘:怎么四大爷没在家吗?

来:他去三爷家做活去了。

刘:在三爷家里? 方才我在街上听见三姨太太和三爷也不知吵什么,吵得很厉害。还听见小香哭了哩。

来：小香挨打了吗？

刘：听说三爷正罚小香的跪呢。

来：我正想去借粮食。

刘：借粮食，我也想借粮食去呢，我听了就不敢去啦。

来：去怕什么？借粮食经过何掌柜的手，又不见三爷，怕什么？

刘：就是何掌柜的，也得和三爷说声。

来：唉，说实在的，我也怕走大门楼子，上次我碰了个钉子啦，可是不
　　去借，今天下午就没得吃。

刘：（决心）好，碰碰钉子借着就是，借不着也没有办法。

来：好，拿个管子，妹妹（向里）把管子给我拿来。（拾起绳子）

刘：我先上东等你。我的口袋还在老陈那里。

来：好吧。

　　（凤左手拿管子，右手拿花衣上）

凤：（笑嘻嘻地）哥哥，这衣服是给咱的？是给谁的？

来：是大天小流氓偷出来送给你穿的。

凤：（吃惊）啊！是大天送的，（突然把衣裳向地上一丢）我不穿这
　　衣裳。

来：唉，你先拿着吧！

凤：他就是天仙衣服，我也不要！（要哭）

　　（后台刘声："来子快走呀，我等你半天啦！"）

来：好，你先拿回去吧。

凤：（跳起来）我就不穿这衣服！你拿去！

来：（生气地自己把衣服送往屋里去又出来）好，我去借粮，回来再
　　说！（急下）

凤：（大骂）大天你……你这该死的王八蛋，你送我衣服穿。你……

你没好心,该死的大天你这王八蛋,你骗了俺不懂事的哥哥。

（天突然顺她背后伸上两手把她眼蒙住）

凤：谁呀,谁呀,我骂啦。

天：（放手,凤转头一看,惊奇地退到一边）凤孩,你骂我哪,哈哈哈,你骂得好。你越骂我越痛快哪！哈哈哈（向凤扑去）……

凤：（打他一下）你干什么……

天：（抚脸）啊,你打我？哈哈哈,你打我,我也觉得痛快哪,哈哈哈哈……

凤：（指着）你这地主的狗腿子,不要脸！

天：对,我不要脸。我实话对你说吧,我就是看你长得很漂亮,想给我当个太太。虽然我在三爷手下干个小差事,可是外面谁不知大天我是三爷的一只小老虎。你嫁给我,你不就成了老虎的太太啦！咱还怕谁呀,你说是不是？哈哈！哈哈！（又扑过去）

凤：你干什么？我喊啦！

天：（指着她）你喊我打死你！（拿出手枪）

（妈声："唉,来子！你不去借粮食。你光和你妹妹吵什么?!"）

天：好,我治不了你。还有三爷哪！（下）

刘：（上）大妹妹,可了不得啦！你哥哥和我去借粮食,叫三爷家的狗把腿咬破啦。

凤：（惊）啊,咬破哥哥的腿啦?!

刘：光咬破还不要紧。叫三爷家里出来很多人说你哥哥把狗腿打断啦,那些人不管三七二十一,像群疯狗一样,把你哥哥围起打倒在地上打了个半死,浑身都打破了皮,啊,这可怎么办?!你……你快快找点布。我把他抬来。

凤：这可麻烦你了,刘二哥。

刘：没有什么。（下）

凤：（突跑到屋里）妈妈！哥哥叫三爷打啦！

妈：（从屋内哭出来，凤扶着她）啊呀，我的来子呀。（病得饥黄面瘦。
　　蓬着头发。东别西摆的）来子，我的来子！我去看看他！

凤：妈，你不去吧。

妈：来子呀！

　　（远处人声杂乱："你好好架着他呀！"刘与王五架来子上，田纸
人上）

田：就饿死咱，也不去借这粮食！

妈：凤孩，快拿布给你哥哥包一包。（凤下）

来：妈！你病了还出来干什么？爸爸，我是不能再在家了，这已经给
　　你老人家闯下祸了。王五弟、刘二弟，如果有了什么事我不能在
　　家，请你们帮助俺家的老小，咱都是穷弟兄爷们呀！（凤上替他
　　包腿）

王：那是。咱穷帮穷，亲帮亲，放心。

刘：可是这年头要上哪儿去？

妈：来子走了，我就一头碰死，也不活啦！

田：咱这命穷。就是天给咱的吗。（哭）

来：什么天？反正这个年头是没有咱穷人过的。哎！（哭）我非走
　　不行。

妈：来子，你不要我了吗？咱就是死也死在一块儿。

凤：哥哥，你不想要咱爸爸妈妈了？（哭）

刘：大娘、大爷都不要难过。来子哥哥是不能走的。

　　（王五也哭。高七匆匆跑上）

高：田大哥，别哭了，三爷硬说他那狗的腿断了。他家里的人被三爷

命令正拿着棒棍要打断来子的腿哪。

妈：这怎么办呢？

来：（坚决地）叫他来吧。

王：我看叫大爷去给三爷赔礼，我们三人（指高、刘）光说好话，你们
　　说怎么样？

众：好，好，好办法。

高：越快越好，别叫他们来了。哎，叫来子躲躲好。

刘：先上东边河沟躲躲吧。

来：不要紧，来了就拼了。

刘：不行，快快快！（拉他下右边去）

高：快吧。

田、妈：我也去。

高：你不去吧！

田：我去。

妈：去就去吧。

刘：（上）去吧！

众：走、走。（均下）

凤：哎！这怎能活下去？不如死了好。

来：（上）妹妹，你好养活咱的爸爸妈妈。哥哥我可不能够了……我
　　这实在也是没办法。我要走啦，妹妹。

凤：（急去抓住）哥哥你不想叫咱父母活了么？哥哥。（哭）

来：妹妹，我知道。可是我不走，真叫活阎王把腿打断了。父母也一
　　样跟着受罪的。好吧，妹妹，死不了再见吧！（把妹妹放开突跑
　　下向东）

凤：（急退几步）哥哥，哥哥！（退向西下）

天:（带着五六个狗腿上）来子呢？怎么一个人没有？（命令）见面就打！

众:是。（进屋乱找）

天:妈的，犯到老子手下了。

众:（从屋内出）没有，都没有。

天:没有，这才怪啦，我去看看。（进屋）

凤:（上哭着）……

天:噢，这不是凤孩吗？哎,告诉我，你哥哥上哪里去了？

凤:他……他……

天:快说。

凤:跑啦。

天:啊,跑啦？上哪里跑的？

凤:（指对面）上西的。

天:他跑了多久啦？

凤:有一顿饭时间。

天:哎。他妈的！不会远吧！

凤:他跑得很快。我抓都抓不住他。这回下去七八里路。

天:你上那边去干什么？

凤:俺爸和妈去上三爷家赔礼去啦，我看看回来了吗。俺哥哥跑了。我给俺爸爸说呀。

天:他是上西跑的吗？

凤:是。

天:好。咱三爷给的命令。咱大家要快跑些去追吧。

众:走！（向西跑）

凤:（看看西面又看东面,手指哥哥）快跑呀！

（幕急闭）

第二幕

时间:来子走了半月之后,大雪纷飞。西北风吹得呼呼地响。

地点:同第一幕。

幕启:妈妈在一场上扫雪。

妈:(抬头看看天)哎!来子你走了半个月啦。孩子,你走的时候,叫活阎王打成个血人。你穿得那么单零。孩子,天天下这么大雪,你是冻死啦?是饿死啦?孩子,我还能看见你的面么?

凤:(从屋里走出)妈,天这么冷,你在这里哭什么?(带哭着)

妈:(转头摸着凤的头)孩子,你哥哥也许死在外面啦!(哭)

凤:(抬头看妈的脸)妈妈,别想这些吧?

田:(带着一身雪上,咳嗽)

凤:爸爸回来了还没吃饭吗?

田:还吃饭哪,昨天吃了两个凉饼子。他家太太骂我是个吃食种,说这里没有管贼食的。今天早晨我一气给他挑了七八担水。雪下这么大,他家二太太连句话都没有说。我还吃他的饭吗?咳,你妈妈又怎么啦?

凤:想起俺哥哥来伤心了。我去给爸爸温饭去。(下)

田:哎!寻思些那个做什么。穷人的苦处多着哩!要是一条一条的都去寻思,那就不用活啦!

妈:谁像你这个铁心似的,把孩子逼走了,连想都不想!

田:他是我逼走的?我的孩子我不想?想,又能想得来吗?

妈:你还是不想!我说咱离开这个穷家去找来子,你怎么不去?这穷家有什么恋头?!

365

田：走，那么容易，少行李无盘川的，这年头哪里有穷人赚的便宜，再说，也不一定能找着。

妈：找不着也尽咱们为老的那份心。找着来子见一面，死了也甘心，活阎王整天狠心这样待咱们，不走也难活下去啦！

田：咱们这大年纪土埋上半截了，活天算天吧，几年还死不了！

妈：死不了也活够啦！凤孩可交给谁呀？这个心事叫我死了也放不下。

凤：（上）大大来吃饭吧！（下）

田：啊。（想下，何掌柜的上）

何：田纸人！

田：啊，何掌柜的，坐坐。

何：（向妈）对不起，三爷要麻烦麻烦你啦。

妈：怎么说麻烦，三爷要希用就算赏脸啦！

田：三爷用俺是应当的，这几天我就在三爷家里打零活的。

何：张老婶子，真没出息，又不知道她得什么病，二太太叫你去帮几天忙，这就去。

妈：啊，那我这就去。（向屋内下）

何：田纸人哪，哈哈……你今天可碰着好事啦，三姑娘有喜事，生了个小孩子，叫你去送粥米！

田：噢！我吃完就去。

何：不要在家吃饭啦，今天三爷开恩啦，叫你到那里去吃，这会就去。去晚了三爷见怪啊，可吃不了。

妈：（急上）那咱快走吧！

何：纸人，你两口子不要愁眉苦脸的，哈哈，喜这就快到了。

妈：生得这样苦命，哪里来的喜？

何:走吧,走吧,快走吧!（叫田同下）

妈:孩子,饭凉了,你快去吃罢!（走下）

凤:（上）哎!怎么大大又走了?

三:（从另一边上叫）凤孩在家吗?

凤:（拿着饭碗,吃着饭）噢,三爷来啦。

三:嗯。凤孩,你一个人在这野外不害怕吗?

凤:不害怕。（低下头）

三:凤孩,你说我家,里一套外一套的大厅房好不好呀? 凤孩,你愿
　　意住大厅房吗?

凤:俺住在这里就很好。

三:这里就好,哈……孩子,可是天这么冷,怎么不穿棉袄呀!

凤:（有点气）俺穷人家,哪里配穿棉袄!

三:我知道,你一辈子也穿不起。凤孩,你看像我似的,要穿长的吧,
　　有长的,要穿短的吧,有短的,凤孩你说好么?

凤:好,是三爷好。

三:哈……给你做一身新衣服。你穿吧?

凤:俺不穿。（转身,有气）

三:不穿?恐怕捞不着吧!（从她手里要碗）这是吃的什么文明饭?
　　（用手拿点放在口里,又连忙吐出作呕把碗摔了）可恶心死我啦。
　　可药死我啦。（吐）凤孩你就天天吃这个吗?

凤:俺没有这榆树皮叶子早饿死啦。哎,哪天吃过人粮食来!

三:凤孩这太可怜啦。不过无论什么事情都依靠自己,就说我家姨
　　太太吧,也是我家老佃户张七的闺女,自从到了我家,穿的吧,是
　　绫罗缎匹,吃的吧,是精米细面。凤孩你说多么好呀!

凤:哎!

三：(步步地接近凤孩)哈……凤孩你知道我今天来的意思吗？

凤：俺不知道。

三：哈……我早就看你不错,想叫你到我家去。

凤：俺不去,俺不去。

三：哈……我说你听呀,一来吧,我觉得你在这里受罪我不忍的。二来吧,三姨太太也老啦,我也不很喜欢她啦,想把我家的事情交给你。三来吧! 哈……哈……伺候伺候……哈……你三爷我哈……

凤：三爷别胡说吧。俺爸爸妈妈都不在家。叫人家看见多么不像样子。快走吧!

三：哈……这有什么不像样子,以后还要常在一起哪。哈……(拿钱)给你几块钱压压腰。(向凤怀里塞)

凤：俺不要! 你这是做什么。(想跑下被三一把拉住,凤坐地上哭小声)

三：不好意思啦,哈……傻孩子。你想想,到我家去,吃的又好,穿的又好,要钱有钱花,丫头老妈子支使着,多么好呀。还羞答的做什么? 和我一块走吧。(用手拉凤)

凤：没有良心,欺负人。

三：(怒)不识抬举! 我实话告诉你,你从了我,我拿你比三姨太太还多看一眼,要不,你头顶是我的、脚踏是我的,给我滚蛋! 哼,你一家三口的性命都在我手里。

凤：(哭着)我死也不去。我死也不去。

三：(阴险的)凤孩呀你想想,你这里就是地狱,我那里就像天堂,不要想不开,凤孩走吧。(用双手抱,被凤将脸抓破)

凤：该死的活阎王狼心狗肺!

三:(冲冲大怒)啊,真造反哪!(用棍猛打)

凤:(大哭)活阎王杀人啦。救人哪!

三:(按着伤口)该死的贼丫头子。我长了这么大,谁敢碰我一指头!
　　你——你抓破我的脸,我非打死你不可!(又猛打)

凤:狼心狗肺的活阎王! 你家没有姊妹?!

三:(张口喘气)你三爷受过谁欺负?! 好心当了驴肝肺! 我不给你
　　个厉害,你不知道好歹! 等着吧!(下)

凤:(走几步又倒了)

　　(后面声:"打,打这个老女人,真造反!""打!"妈哭声:"真
该死。")

妈:(哭上一见凤孩)凤孩你怎么啦?

凤:(更大哭)

妈:凤孩你怎么啦,你说呀! 怎么啦?

凤:活阎王叫我……我给他……做姨太太,我不从,看看把我打死
　　啦!(哭)

妈:该死的活阎王,狼心的活阎王,你逼去了俺的来子,又强逼俺的
　　凤孩,俺这一家都要死在你手里了。

　　(后台又是一阵打骂声:"打死这狗东西,打……真是胆大包天,
太可恨,打……"田哀叫声。又骂:"养了坏闺女就得打!"田自远而
近哭上)

田:(哭上)你们……你们是怎么啦?

妈:作下孽啦! 活阎王叫你闺女给他当姨太太,凤孩不从,就打成这
　　个样儿! 把我打坏啦。这可怎么活吧?

田:哎哟。这可怎么了,这可怎么了?! 怪不得将才我一到大门口,
　　把我拖倒就打,说我养了坏闺女,哎哟,这可怎么了?!

妈：怎么了？死了算完罢！活着受这样的罪，还不如死了好。

田：死，闭眼就死了么？有口气，谁想死呀？还有凤孩。来子走了，也捞不着见面。这样死叫我怎么死得下去。

妈：谁愿意死呀，这不是逼得咱们没路可走吗？要是听我的话去找来子，找不到，路上死了也甘心。

何：（领着高七、刘二麻子、王五上。何手提棍子气汹汹的）算他是好的，不知香臭的东西。这是三爷的地方。滚开滚开！

田：何掌柜的，孩子不懂事，得罪了三爷。请您多给加两句好话，求三爷恩典。

何：别他妈的，河驮锅瞎鼓鼓，快他妈的，给我滚！（一脚将田踢倒）

妈：叫俺到哪里去？何掌柜的，可怜可怜吧！

何：可怜？告诉你，三爷府上西边黑屋子里可正闲着，今年不押起你们来就是可怜你们。（向众人）把他拉出去！

众：啊，是。（不愿意动手）

何：（每人揍了一棍）真他妈的孬种，三爷叫你们来干什么的，饭碗不想要啦。

何：（拉着凤孩向林里走，众随着）

妈：不用拉，俺走就是啦！（去，田同去）

何：（雪坷垃里用脚蹬倒他三人）田纸人，告诉你，你再踏到三爷地边上，打断你的狗腿！（指屋内向众）把里边用的东西全拿着！（众进去拿东西出）

何：（又将门锁上）叫他知道三爷的厉害。（向众指东西）瞎了眼睛。捎着！

田：（很惨地上）

何：田纸人，你他妈的来干什么？

370

田:何掌柜的,俺爷三个趴在雪坷垃里,快要冻死了! 何掌柜的,开
　　开恩,把门开开。叫我把块破棉花套拿出来围围。

何:你他妈的,癞蛤蟆想吃天鹅肉,三爷说过啦,什么都不是你的了。
　　你吃主人的,喝主人的,你的骨头肉,就是主人的,你还要你的东
　　西! 什么是你的东西! 他妈的,快给我滚!

田:何掌柜的,可怜可怜吧,这样冷的天! 一整夜就冻死了! 何掌柜
　　的,看在我老头的面上,(跪下)行行好,可怜可怜吧。

王:何掌柜的,行行好吧! 可怜可怜他吧。

田:何掌柜的能方便方便! 那俺爷三个可感恩不尽了!

高:何掌柜的,行行好吧,也是积阴功呵!

刘:高抬贵手,饶了她这一回吧!

何:啊? 你们都给她求情,我虽然不能做主,可是,我这个人一辈子
　　就是行好事。只是她太可恶了,就敢抓破了三爷的脸! 你想想,
　　这不是比打了我的脸都厉害吗?

田:凤孩这丫头太该死啦,太该死啦! 求求你何掌柜的,你抬抬手,
　　俺就过去啦,低低手,俺就过不去。俺一家三口的性命都在您手
　　里。何掌柜的恩典吧!

刘:何掌柜的,凭俺几个人的面子,给出个主意吧。

何:出个主意也倒容易,可能照着我的法子办吗?

田:(急急的)何掌柜的说了,俺一定照办。

众:田大哥能照办。

何:田纸人呀,告诉你吧! 刚才我在三爷面前给你加了几句好话。
　　三爷在说话里也露出一些口风来。

众:那可好啦。

田:何掌柜的真是我的救命恩人。

371

何:三爷提出三个条件。第一个条件,以后三爷叫你干什么你就干什么,不准违背。

田:这我一定能办到!

众:这,田大哥能办到啦。

何:第二个条件,你一步三个头,三步九叩首,跪上大厅房,给三爷赎罪赔礼。

田:这我也能办到。

众:是啊,穷人磕个头还算什么?

何:第三条吗,哼!可就难啦。要把凤孩打扮得花咕隆咚的送到三爷那里去!

田:这个……

何:这个怎么啦?哼,不行?

众:这个也能照办。(向田使眼色)

田:这个我也……一定能办。

何:样样都能照办吗?

田:能照办,能照办。

何:(向众)你们能保他样样照办吗?

众:能。田大哥照办就是。

何:田纸人,那就在你啦。办好啦,两个便;办不好么,小心你家三条狗命!

田:是是,一定照办。

何:好好。走吧。(向众)走!(众跟下)

田:何掌柜的千万要多费心呀,(沉思一会)可是……

高:(又上)田大哥,到了这般地步,快应承吧。要不,今天晚上不要冻死了么?俺算有个家,谁敢领你到家去,要饭吃,谁又敢打发你?

田:就怕孩子不愿意。

高:不愿意?(沉思)可是田大哥,我还忘了告诉你,大来子有了信啦!

田:什么? 大来子有了信啦? 他在哪里?

高:在安东县,六道沟煤炭窑里打炭,和咱庄小牛在一块。

田:那我明年春天一定去找他。

高:是呀,我也替你这样想,咱们今天先忍辱受气地受着,等天暖了找着大来子,有那一天就算报仇也不晚呀。他妈的,真没有人心肝的东西!

田:七弟,你说得对,我一定听你的话。

高:田大哥,那我走啦。叫他妈的看见又不方便。(急下)

田:你走啦。(自语)这可怎么办?(思想一会)是啦,一步一步地走吧! 先跪下再说吧! 唉,逼到这一步可怎么办?(向后走几步)凤孩都来吧!

(妈、凤从后悲惨哭泣着上)

妈:哎哟,门也锁上了,棉花套也没拿出来吗?

田:谁拿出来啦? 要住在这里,就得给他们叩头赔礼。

妈:咱们就没点人骨头啦。咱们死也不去啦!

凤:我死了,也不能给他们跪下赔礼。

田:我和你们说呀,来子有了信啦。

妈:来子有信啦?

凤:在哪里?!

田:在安东县六道沟煤炭窑里打炭,和咱庄里的小牛在一起。

妈:可好啦,到下年春天,有一口气也要去找俺那孩子,把凤孩交给他，死了也放心。

田：我也是这样想，咱们今天先忍辱受气地受着，等到明年春天见了俺那来子，他要是有骨气，给咱们全家报仇也不晚呀，这不是逼得咱这个样子。

妈：凤孩你大大说得对，唉！谁叫咱们穷来着？穷逼着咱们没有法子呀！等着见了你哥哥就是死也死在一块，比死得东一个西一个强呀。凤孩咱们去跪门吧！

凤：妈妈，我死也不去，我死也不去给活阎王跪门赔礼，我更不能跪在俺的仇人活阎王面前，我死也不去。

田：你不去，来子也不能见面啦。我的好孩子呀，你和大大妈妈去跪门去吧！你忍心看着爸爸妈妈死?！去吧！孩子去跪门去。

凤：（慷慨地）哦！我……我去。我不忍心看爸爸妈妈这样死。爸爸妈妈养我一场，我也不能养爸爸妈妈的老，是我作的孽，惹得爸爸妈妈！（哭）我……我去！

田：那咱们就去吧！

（幕急闭）

第三幕

在活阎王的很好的大厅里。左边有一个监狱的门。开幕时，阎王在吸大烟。七姨太太在一旁伺候着。

太：老爷还是少生气好。大人不见小人怪。宰相肚子撑开船。总还是小，等着到了老爷脸前教训教训就好了，为那么一个小丫头子，不值当生气。老爷消消气吧！

三：真是胆大包天，不识抬举。这回何掌柜的再办不成，我给他个一不做二不休,量小非君子,无毒不丈夫。把这三个穷鬼送到阎王殿去。太可恨啦,太可恨了!

太:凤孩这孩子真是太大胆,太不识抬举。我听了也很生气,我想她不会不来给老爷赔礼的。可是老爷,昨天刘二太爷还着人给老爷送来了烟土。

三:快,快拿上,我过上瘾。

太:是,老爷。(下)

三:他妈的这地方带的烟土不过瘾。

(黄维年上)

黄:老爷你可怜可怜我救救我,救我这一家八口人的性命。

三:你这把贱骨头,说清楚!到底怎么回事?

黄:老爷,何掌柜的要锁我的门,抽我的地,要我走。我没有屋没有地,一家人就要饿死了。老爷你可怜可怜我的一家八口人,可怜我的八十多的老娘,还有——

三:不要啰唆,你一定没交齐租子。

黄:老爷,我没拉下租子。连一斗还三斗的份子粮我都交齐了,我家里现在一粒粮也没有了。吃的都是野菜树皮,我……

三:那你一定是不很听使唤。

黄:老爷,我向来是很听使唤的。从年头到年尾,没有一天不出个人来在老爷家里干活的,我从来没敌巴背过。

三:你一定是不遵守规矩,送礼不周到。

黄:老爷,我是很守规矩的,逢年、三大节我没敢提过一次,今天八月十五为了送礼我把——三保卖了。

三:你他妈的,来怨谁?你好?!为什么就撺你?!

黄:老爷,不,不光我家,还有王全二虎子,还有……

三:你,你不是黄维年吗?

黄:老爷,是,我叫黄维年。

三:(厉声)好,黄维年你他妈的还来装好人,给我滚出去!

黄:老爷,我不对,我做了什么不是,老爷撵我是应该的,我到底做了什么不是?!

三:你生了一身贱骨头穷命鬼,你整天还恨天怨命,我就看你不顺眼!

黄:是,老爷,我常常恨自己的命,我不知道老爷犯恶,以后再不恨了,老爷饶我这次吧!

三:吓,对田纸人的事你还不满意,还说我的坏话。

黄:(急忙)老爷,我没有。

三:(怒)你这个老鬼给我滚!你再多说一句我就搋死你,给我滚,快给我滚出去!

黄:(站起来)滚到哪儿去?我没有屋没有地,没有粮食没有衣服,我这不要饿死冻死,滚,叫我滚到哪里去?

三:你他妈的,爱滚到哪里滚到哪里去!来人!(出四人)把他拖出去!(是!拖走)

黄:(边走边说)我姓黄的在这两三辈子,没过一天好日子,流尽了汗,流尽了血。把你养得又肥又胖的,这回要我死。(大声)狠心的阎王,你……

三:(大怒)回来,回来!好老鬼真胆大包天,骂起来了,把他押到黑房子里去!

黄:好,押吧!押吧。阎王你总有死的时候……狠心的阎王,杀人的刽子手!(远远的听不清了)

三:怎么这不要命的穷鬼一天一天地多起来了。埋不尽的穷鬼杀不尽的穷鬼，又离不得穷鬼，还……

太：（拿着大烟上）老爷，拿来了。

三：怎么才来？

太：老爷，小香的衣裳丢了半个多月了。老爷还罚小香的跪，大太太
可是还天天用鞭子打她，我在那替小香讲了讲情，唉。这孩子太
可恨，可也太可怜了。

三：你没有不可怜的！

太：是，老爷，我的心太软，没有不可怜的，连我自己也可怜自己。

三：怎么你，你也可怜吗？

太：老爷，不，老爷待我很好，我不可怜。

三：（有些怒）我看你太有些不知好。你是一个下贱的丫头子，我把
你提到这天堂来。你吃的穿的，你，你不可怜呵！

太：老爷，我不可怜，我忘不了老爷待我的好处，三姨太太，她——

三：她，她怎么了？ 她偷了小香的衣裳吗？ 她不会呀，我想这衣裳跑
不了何掌柜的，不，大天不会呀！

太：哎，老爷，我不是说衣裳的，我是说三姨太太太可怜了。

三：你是看见我常打她、骂她，是不是？

太：是她不好该打的！

三：是啊！ 是怨她不知规矩，再说也老了，惹人讨厌，可是你到底为
什么可怜她？

太：我……

三：啊，是啦！ 你是怕我把凤孩娶来就把你和三姨太太一样看待，是
不是？

太：不，老爷待我很好，不会那样待我。

三：放心，我不会那样待你。凤孩来的时候，我待你和从前一样，不，

待你比从前还好!

太:那是,老爷的好心。

三:今天你老爷要喝喜酒。去把新从上海捎来的白兰地酒热上。

太:是,老爷。(下)

三:他妈的她可怜!女人就是洗脚水,泼了这盆换那盆,哈……(望上天踱来踱去)

何:(嬉皮笑脸地上)嘿嘿嘿,三爷,我可给三爷报了仇了。我到了那里把脸一变,连撅带骂就用棍打,又想起了三爷脸上挨了她的抓,我的大火更向上冲,我这只手抓住了田纸人,那只手就抓住那个老女人,我连拖带拉拉出半里外,把他推到雪坑里,回来我就把个穷门给他锁了。田纸人又跪在脸前求情,我把三爷嘱咐的那三件事说了,他倒知时务,样样都应承了。不一会他娘仁就来跪门赔礼。三天以后,凤孩就花咕隆咚送上厅,三爷呀,眼看着就要喝那老夫小妻的合欢酒啦。

三:何大吹办事真行,事后重重地赏你。

何:嘿嘿嘿,三爷抬举我了。以后三爷用我之处我无不尽力去干!

吴:(上)三爷,田家来跪门赔礼了。

三:先叫他在外面等等。

吴:是!老爷。(下)

何:(得意地)三爷,来了吧?嘿……

三:到底何大吹办事行。摆布摆布他,叫他知道知道厉害,来,我和你说。(耳语)

何:是……(向内)站班的一人拿条黑棍上来,越快越好,快!

(吴上)

何:老吴,叫田纸人来吧!

378

吴:是!（田家三口跪着上）

三:（把桌子一拍）田纸人真是胆大包天,我养个狗,见了我还得提溜提溜尾巴,你使用闺女抓破我的脸,真是无法无天,左右把这三个穷鬼送到西班房子去。

吴:是!（想下手）

何:嘿嘿三爷先消消气,我问问他。（大声）田纸人你真太可恶了,主人养活了你,你反咬起主人来了,你该死不该死?

田:该死,该死,求求三爷恩典恩典!

妈:孩子不懂事,抓了三爷的脸,以后再也不敢了,三爷呀,大人不见小人怪。

三:我向来不好和你们这些人一般见识,不过这回欺我太甚。

何:是呀! 你想咱三爷谁人不知,谁人不晓,受过谁的欺侮,谁敢欺侮?

田:唉,孩子实在太该死啦。三爷这回饶了我们,再也忘不了三爷的大恩。

妈:三爷,俺老两口子,在三爷家一辈子了,从来不敢给三爷气生。三爷可怜可怜吧,以后再不敢给三爷气生了。

三:我向来为人是宽大的,不过你们这群穷鬼,太不识抬举! 可是何掌柜和你说的条件,你们都应承了么?

何:（急说）我和你说的条件,你不是都应承了么? 你说你说。

田:是,都应承,都应承。

妈:以后叫俺怎么俺怎么,再不敢不听三爷的话。

三:既然都应承了,好吧,这回就便宜你这三条狗命。

何:田纸人听见没有?

田:听见了……听着啦!

何：还不给我出去，办不好，再要你的狗命！

田：噢！是是！

何：你们回去吧！

太：（忙跑上）老爷，太太又打起小香来啦。非打死她不可！

三：又因为什么？

太：还不是那两件衣裳的事么？

何：衣裳丢了，小香也是不知道呀。光打她有什么用呢？

三：你去告诉大太太，她再打小香，我就打死她，快去。

太：是。（急下）

三：老何，你说咱们这大门楼里，怎么还会有小偷！你说这个衣裳是会叫谁拿走了？

何：（想）这衣裳，我想没别人来过，佣人也不敢哪！大天虽然是个流氓，可是对待三爷还是很忠实的呀。

三：噢，我想起来了，前几天田纸人两口在咱家做活，会不会……

何：没有错，一定是他两口，你知道，他一家人都没有穿的！

三：对，带着几个人去他家翻一翻，翻出来再给他加一层罪！

何：对。（向外）大天在家吗？

声：噢，在家。（天上）

天：何掌柜的有什么事？

何：你带几个人到田纸人家翻衣裳去。

天：翻什么衣裳？

何：小香衣裳丢了半个月了，你不知道吗？

天：是——他家偷去了么？他从来没偷过人家。

三：什么？你知道不是他偷的吗？

天：别人不知道他，我用了他十几年啦，没见过他这件事。

三:（生气）大天,你说他不偷,是你偷的吗? 怎么你从来在三爷面前
　　都是很好的,这次怎么啦?

天:（害怕）是是是,三爷,我、我说错了。

三:快去。

何:去吧,带几个人去!

天:来人,（众声是）跟我到田家翻衣服去。

众:是!

（幕急闭)

第四幕

　　惨淡的灯光,斜挂着的半月牙,纸人夫妻在荒凉的林边,悲惨地
商讨着。

田:（沉思）哎! 你还是劝劝她。

妈:人都是说人穷志短,凤孩偏偏穷了人没穷志气,那她,她就是不
　　去,好怎么办呢?

田:（更难为地）那,那怎么办!（低头）

妈:（兴奋地）我说,我说咱今天晚上跑了吧,去找咱那来子去。

田:唉,你还在做梦,这几天打更的这么紧,你怎么能跑得出去? 从
　　前打更不上咱这林里来,这几天哪天不上这儿来?

妈:你也得打更么? 你打的时候咱跑不行么?

田:跑? 咱们好几天不吃顿饭啦,穿了这样单衣裳,天又这么冷,跑
　　几步还不得死在雪坷垃里? 跑,怎么那么容易?

妈:那! 那可怎么办哪! 天呀! 愁死我了!

凤:（慢慢地走到两老人的身后)

田：光愁没有用，还是得想办法呀！

妈：我没有办法想啦，快死了吧！早死一会，少受一点罪！

田：唉！要不是为了凤孩，谁愿意活着，过这不是人过的日子，受这不是人受的罪。

妈：逼到这步田地，又好怎么办呢？天哪！苦死了！（哭）

田：光哭有什么用？你再去劝劝她，叫她去吧！不去，明天也会叫很多凶手把她拉去的，叫她可怜可怜咱这老两口子。凤孩是很孝顺的，或许去，要是再不去，那，那只好就得死了！（拭泪）

妈：唉！真难死了！（起来向屋内走）

凤：（急急地）妈！我在这儿。

田、妈：（同声惊讶）你在这儿？！

妈：凤孩！我的孩子！你自己打定路头吧！（哭不成声）

凤：妈！我……（倒在妈的怀里哭）

田：凤孩！我可怜的孩子，我说句心里话，爸爸妈妈舍不得自己的孩子，不忍心死，死了也放不下心。可怜的孩子，我知道你也舍不得你娘老子，也不忍死，死了也不放心。我不愿意离开我的孩子，我也不愿意孩子死，可是我（大声）也不愿意逼孩子任凭活阎王污辱！（三人大哭）

凤：（哭）妈……

妈：（哭）孩子……

　　（打更的声音，由远而近，狗咬声）

田：打更的来了，我得接班去，你再和孩子商量商量吧。（母女进屋）

高：（手拿梆子）田大哥还没睡么？

吴：怎么还能睡呢？（手拿梆子和灯笼）

田：三爷不是叫孩子明天就去么？我想商量商量。

382

吴:今晚该咱们打更啦。

田:我这就去。

高:田大哥！你要有事,我替你打好了。

吴:什么,打更还准替代么?

田:我去我去。(接梆子)高七弟,你去睡吧。

吴:老田呀！三爷说这几天有小偷,叫咱们紧着点。

田:是呀！有了事咱俩负责,高七弟,你回去吧！

高:对。(同下)(台上静悄悄地,远处听到打更声,渐有狗咬声)

凤:(泪泣,两手放在衣袖里,慢慢走出)

声:(妈问)孩子！你上哪儿去?

凤:(装好声)妈妈,我上茅房去。(慢慢走向前台,两手拿下绳子,泪水不由地流下来)噢！叫我明天就去,去给活阎王当姨太太。我怎么能和他在一块,怎么能让那野兽糟蹋我? 我不去！唉！可怜的爸爸妈妈哥哥,我要和你们离开了,我知道,我死啦,爸爸妈妈会跟我来的,来子哥哥,俺的亲哥哥呀,你要有志气,好生干,得手就给咱一家子报仇呀！

　　(打绳子拉在树上……突然人声大作)

众:走！

天:快走！

何:找出衣裳来,先打她一顿再说。

众:走！(众上,凤快把绳子拉开,站着)

何:噢！凤孩在这儿干什么呢? (手提灯笼)

凤:何掌柜的,明天三爷叫我到他家里去,我想拉上绳子,出太阳晒晒衣裳,俺的衣裳都反潮了。

何:好,(大声)我就是来看你的衣裳,(指众)你们过去给我搜一搜,

把那个老女人给我拉出来。

众：走！（一拥而进）

凤：你们这是干什么？（跟屋内）

众：（拉妈，屋内吵闹声）

妈：这是干什么？这是干什么？

众：出来再说。

　　（众拉妈带衣上，凤跟着上）

众：（拉衣掷地）这不是衣裳么？

何：好贼子，三爷叫你帮两天忙，你就把小香的衣服偷来。

妈：这……

天：不准你说话。（众随大天齐说）

何：你要知道！小香快让她妈打死了！

凤：（看看大天）

天：（用眼瞪着凤）

凤：（急忙）何掌柜的，这……

天：妈的，你还有什么说的。（举枪）你要犯到老子的手里，叫你见活
　　阎王！

凤：见阎王，我也要……

何：你要干什么？来人！

众：是。

何：给我打这个老女人！

众：（上去乱打一顿）

凤：（去拉）老爷们，别打啦！（拉不开）

众：（将妈打死）报告，打死啦！

　　（凤跑去哭）

何:带着衣裳走!(众下)

天:(回来,用手枪指着)凤孩,明天还得到三爷家里去,可是这衣裳的事,你要在三爷面前说出半个字来,(指枪)你看看这是什么!我是翻脸不认人的,告诉你!(急跑下)

凤:(扶起妈来)妈妈,醒醒,妈妈……

妈:(在模糊中)你去找哥哥去吧!我我……我……(突然倒在地上死去)

凤:(大声)妈妈……(更大声)妈妈……(大哭)妈妈死了!(两眼目不转睛地望着天)(突然跑进屋中手持剪刀上)妈妈,咱们一块走,爸爸,俺的亲爸爸,俺的亲哥哥呀,这活阎王吃人的地方……我再不能活下去了,再不能和你们见面了……(猛用剪刀刺胸倒地)

刘:(在后急叫)田大爷,田大爷,有人找你,要打你啊!(急跑上)田大爷(突见她们)哎呀……怎么啦,(摸摸)都死了,田大娘,凤妹妹,你们怎么啦?(又向屋内一看,来路碰王上)啊?王大哥!毁啦!

王:这怎么啦?!

刘:她俩都死了。

王:这……这怎么死的?

刘:她手里拿着剪子,是自己死的,这是怎么回事呀?

王:啊,老刘,我在屋里听见何掌柜的骂着说要找田大爷,要打死他。

刘:打死田大爷?

王:听说田大爷偷了小香的衣裳。

刘:那咱快找田大爷,告诉他这事情,要不田大爷又得吃亏。

王:你说田大爷知道她娘俩死了,他怎么再活下去呢?

刘：反正这年头没穷人过的日子！（同下）

声：何掌柜的，田纸人打更，不知道跑哪里去啦！

声：再上他家去找。

声：是。

众：（见娘俩）都死了！

何：（跑过去看啊）凤孩死了？坏了，坏了。

天：怎么凤孩也死了？

何：大天，凤孩死了，你说三爷怎么办？

天：这样一个穷丫头死了还不算了？三爷还缺少这个么？

何：可是，你要知道，三爷计算着是要把他们老两口弄死，好把凤孩嫁过去，永享清福的，这可……

天：那咱们快回去报告三爷去。

何：三爷还叫咱把田纸人打死呢！咱没找着他，行么？

天：三爷可不知道凤孩死了。

何：对，咱去报告再说吧。（众下）

田：（少停，从侧面精神失常的样子上）凤孩，（哭着）凤孩她妈，你们都死了？也好，死了比这样活着受穷罪强。（大声向后指着）活阎王，你逼走我的儿子，又逼死了我的闺女，还有孩子他妈。（咬嘴）你逼我到这步田地，我还能再忍受下去吗？我是天生的奴隶么？我还能再——好，（把衣服一脱，跑到屋内拿火把上）我和你拼啦，我烧你的房子，杀你的头。（忙跑下）

（后台大声，火光冲天，人声鼎沸）

声：了不得，不得了，起火了，救火啊！

三：（暴怒声）谁放的火，谁放的火？！

声：田纸人放的火。

何：快拿住，真他妈的造反了！

三：快拿住，绑起来！

田：活阎王，你这杀人的贼，多少的穷人都死在你的手里，我生不能吃你的肉，死也要抓你的魂。

三：快把田纸人扔到火里去！

何：扔进去！

田：活阎王，你总有死的一天！

（幕急闭）

第五幕

时间：来子跑走六年后的一个冬天，八路军开到此地，群众组织正在澎湃发展的阶段，一天的晚饭后。

布景：田纸人破落的家，草屋已经塌落，草棚还只能看见驴槽和屋根的痕迹，树木有些枯，在草棚前增加了一座坟。

来：（背着行李穿着破衣，慢慢地走到屋边，惊疑地）都到哪里去啦？
（向四处里张望着，把行李放在地上，又向林里望去，见有人）哎！
（手招呼着）那不是七叔吗？

高：（背着粪筐上）啊！你你……是谁呀？（认不得）

来：七叔！我是来子。

高：（看着他的脸）噢！（放下粪筐）是啦！来子回家来啦！

来：七叔你可好呀！俺家搬到哪里去住啦？

高：你家……（哭）哎……

来：怎么啦？七叔，我家到底上哪去啦？

高：来子！那不是在那里么？（手指而泪泣）

来：怎么？都死啦！（步步走到坟前跪下）爸爸妈妈,你的孩子把你老人家丢下饿死啦！（哭着说）

高：（也站在一边哭）饿死还倒好啦！

来：（站起来）七叔！他们老人家是怎么死的？

高：活阎王要你妹妹去给他当姨太太,逼着你妹妹剪子穿了心死了,你妈妈活活地被三爷的狗党打死啦！

来：噢！打死啦！穿死啦！

高：还有哪！最死得惨的是你爸爸。他一看她娘俩死啦,他一气,去和三爷拼命。这是你爸爸第一次这么大胆,去烧三爷的房子,和三爷拼命,谁知道叫三爷的狗党把你爸爸捉住撩在火里！烧死啦！

来：烧……死啦！（跳起来）活阎王,你这个杀人不眨眼的刽子手,你杀了我全家！我……给你拼啦！（哭走）

高：（一把抓住）来子！你想怎么？

来：七叔！我要和活阎王拼命！

高：来子！你自己就拼过他吗？

来：（气喘喘的）我知道拼不了,可是咱要钱无钱,要势无势,喊不了冤,告不了状,倒不如和他拼了,尽尽我的心。（向外走）

高：（又拦住）来子！我告诉你,现在不是从前啦,自从八路军共产党过来,咱穷人都翻身啦！减租减息增加工资,有仇报仇,有冤报冤,有理讲理,过去欺负人的大肚子,咱都和他们讲了理,俺庄上的五马虎四屠户,咱也都和他们讲过理了。你回来得正好,你也到会上去发表一下意见,不比你一个去拼命强吗？来子！你走了三四年,咱这里八路军就来啦！现在老百姓都组织起来啦！哎！我看斗争快开始啦！咱去吧！

来:七叔！活阎王也去吗？

高:哎！他不去那怎么能行呢？

来:七叔！你这一说我可明白啦！从前我在外面就听说这里有八路军共产党,我半信半疑的,早知道我早就回来啦！七叔！咱这就去吧！

高:走。(各拿起东西,来走下)

声:噢！这不是来子回来了吗？好！你来得正好！出去五六年啦！(也有来子应声答声)来子你来啦,老少爷们！都来！来子回来了！

　　(甲乙上,抬着桌凳)

甲:斗争会不是在这里么？

乙:是呀！说的在田家坟前,哎！我看见这坟就难过！

甲:可不是吗！我看见这坟就想起活阎王,恨得我就想咬他一块肉。

乙:大来子回来啦！斗争会可有了材料啦！

甲:可真巧,来子可得给他全家报仇啦。

　　(他俩把带来的桌凳放下了)

声:(由远而近的口号声)打倒恶霸活阎王！有仇报仇,有冤报冤,有理的讲理,欠债还债,有租减租。(群众推着活阎王一拥而上)

甲:这回给你算算老账！(有人指着他头皮)

乙:你还站在俺的头上吗？你这该死的东西！

众:活阎王,俺和你算老账啦！

丙:(一个老大娘)活阎王,该你死的时候了！

王:(提议)大家都不要说话啦！坐下咱这就开会啦！咱欢迎主席杨会长报告啦！

众:(鼓掌欢迎)

杨：（很郑重而沉痛地）大家伙，兄弟爷儿们，今天咱要和咱穷人的对头活阎王算账讲理，他是咱庄上第一个恶霸，他逼死咱的穷人可不少啦！

王：打倒你这恶霸，逼死了人要你的命呀！

众：逼死人要你的命呀！

杨：咱们穷兄弟爷们，叫他逼得妻离子散，家破人亡。

众：活阎王，你不是人呀！

杨：过去黑暗政府在这里，我们有冤无处诉，有苦无处说，我们的血都流尽啦，我们的泪都流干啦，现在有了咱们的救星共产党，大家都组织起来啦！多年的血债，今天要算账啦。

刘：（呼口号）活阎王，你欠下我们多年的血债，今天要算账啦！

杨：兄弟爷们！今天是咱们老百姓的天下，大家伙有意见请大胆地发表吧！

高：主席，我发表个意见。活阎王，我给你种二十多亩地，正当割麦子的时候，你说俺老婆偷你的煎饼，俺给你跪了三回，你把俺打出来，还把俺的锅揭去，锁了俺的门，可怜呀！到了冬天，把俺的爷活活冻死啦，老娘饿死啦！活阎王你真得还俺的命呀！

刘：（口号）反对活阎王大抹头逼死一家老少。

众：跪门要跪回来，要给高七磕三个头。（众乱言）磕三个头。（三爷磕三个头起来）

丁：（一个老大娘）该死的活阎王，俺闺女有了婆家，你强占了去，你糟蹋够啦，把她赶出来，俺闺女气得喝了盐卤死啦！（哭）活阎王，你还给俺闺女！（大哭）

丙：没有人心的活阎王，俺雇给你家办饭，你存心不良，俺不从你，要害俺的全家老少。小孩的爸爸知道了，又气又怕，得了病，俺又

390

没有钱治病,就这样得病死啦! 活阎王你还俺的男人吧!

刘:(口号)活阎王,不要脸,强奸妇女,逼死人命,活阎王是个人面兽心的东西,是个野兽呀,咱打了吧!(众人乱说)打打打!(站起来)

杨:咱先叫来子再说说!

来:(上前蹿了一步)活阎王你这狠心的野兽,你逼死了我妹妹,打死了我妈妈,最可怜的是我年老的爸爸,你把他捆起来丢到火里烧死啦!(转眼看着三)活阎王,(气喘喘地)我抓抓你的心。(并打了几拳)

众:(突然站起举拳)活阎王,该死的活阎王,你逼死了多少人啦! (大家乱说)

杨:大家还是一个个地发表意见。

刘:(口号)要求民主政府,给我们做主,处理杀人的活阎王。

众:枪毙活阎王,要枪毙呀!

刘:我给他当二十年佃户,得给我减租。

乙:我给你种二十多亩地,还给你担水、送礼,还要带着五亩,我得给你算账。

丙:汉奸在这里,你当了两个月保长,你贪污好几万块,还把我的两个锅饼喂了日本马,你得还我的!

众:当汉奸保长贪污,得还账呀!

丙:你得还我的人命。

众:活阎王,还人命,还血债呀!

王:你硬说田大娘偷了小香的衣裳,把田大娘打死啦,你该死不该死?

三:是她偷的,是从她家里翻出来的。

来：那衣裳吗？该死的活阎王，那是大天送给俺妹妹穿，非叫要不行，你说俺娘偷的，把她打死了，我非打死你不可！

杨：兄弟爷们，活阎王害得咱穷人太苦了，这样十天也说不完，我看先叫活阎王把这几件重要的答复行不行？

众：活阎王要好好地说！说不对不饶你。

三：老少爷们，我太……该死啦，我老辈的就不做好事，我也学着不做好事，大家提的意见，有的是我做的，可是来子他妈不是我打死的。

来：（上去一耳光）放屁！

众：打！打！

三：兄弟爷们，来子他妈是何大吹打死的！

众：打！打！

杨：哎！哎！（众停）不是你打死的，也是你出的主意，他父亲是不是你烧死的？

众：说！快说！

三：（怕）是、是，兄弟爷们！

来：（指着他）你逼死我全家，我饶你？我要用刀割你的肉。

众：不能饶，要活阎王祭灵，祭奠冤死的老少，快一点！

三：我祭灵！（跪在坟前）田大爷，田大娘，我给你们磕头啦！

刘：（口号）有了共产党，穷人才能大报冤仇！

杨：他的坏事很多，大家怎么办？

众：（拉他）送他去民主政府，要求枪毙！（一拥而下）

杨：对！送政府！

众：走！走！

刘:（口号）有了共产党,有了民主政府,穷人才翻身! 打倒恶霸活
阎王!

（幕急闭）

（全剧完）

选自《解放区农村剧团创作选集》,东北书店 1947 年 10 月初版

戏剧卷⑧ 一笔血债

存 目

丁洪

两天一夜

小波

幸福

王家乙

光荣匾

文泉

接收小员

平章

报喜

田稼

捡宝

史奔

十一运动

西虹

梁万金,决心干!

庄中

白玉江光救活了老李吗?

苍松

状元过年

李熏风

卓喜富扭秧歌

张绍杰

陈树元挂奖章

陈戈

大兵

抓俘虏

陈明

夜战大凤庄

武老二

小英雄

郑文

送郎参军

赵云华

姑嫂做军鞋

胡青

李有才板话影词

胡莫臣

兄弟

昨非

机智英雄丁显荣

侯相九

灯下劝夫

铁石

铁石快板

奚子矶

义气

高水宝

自找麻烦

黄红

治病

黄耘

新小放牛

崔宝玉

翻身

鲁亚农

百战百胜

丁洪、陈戈、戴碧湘、吴雪等

抓壮丁

正平、维纲

捉害虫

合江省鲁艺农民组

王家大院

军大宣传队

天下无敌

祁继先、侯心一

演唱戴荣久

苏里、武照题、吴因

钢筋铁骨

张为、吴琼

翻身年

雪立、宁森

坚守排

韩彤、赵家襄

破除迷信

敬　告

　　《1945—1949 年东北解放区文学大系》为展现东北解放区文学的整体风貌而编辑出版。丛书选取此间最具代表性的作品,以纪录这段波澜壮阔的历史时期内东北解放区所发生的翻天覆地的变化。由于丛书所收录的作品众多,时代不一,加之编辑出版时间有限,至今尚有部分收录作品未能与原作者或继承人取得联系。为保护作者著作权益,我社真诚敬告:凡拥有丛书所选录作品著作权的,请与我们联系,我们将按照国家规定及时付酬。

　　感谢社会各界对我们的理解与支持。

黑龙江大学出版社